A ÚLTIMA VÍTIMA

Obras da autora publicadas pela Editora Record

Série Rizolli & Isles

O cirurgião

O dominador

O pecador

O dublê de corpo

Desaparecidas

O Clube Mefisto

Relíquias

Gélido

A garota silenciosa

A última vítima

O predador

Segredo de sangue

Vida assistida

Corrente sanguínia

A forma da noite

Gravidade

O jardim de ossos

Valsa maldita

TESS GERRITSEN

A ÚLTIMA VÍTIMA

Tradução de
MARCELO SCHILD

4ª edição

EDITORA RECORD
RIO DE JANEIRO • SÃO PAULO
2023

CIP-BRASIL. CATALOGAÇÃO NA FONTE
SINDICATO NACIONAL DOS EDITORES DE LIVROS, RJ

G326u   Gerritsen, Tess, 1953 – A última vítima / Tess Gerritsen. –
4ª ed.   4ª ed. – Rio de Janeiro: Record, 2023.

      ISBN 978-85-01-40458-9

      1. Ficção americana. I. Título.

                    CDD: 813
14-14299   CDU: 821.111(73)-3

TÍTULO ORIGINAL EM INGLÊS:
Last to die

Copyright © 2012 by Tess Gerritsen

Texto revisado segundo o Acordo Ortográfico da Língua Portuguesa de 1990.

Todos os direitos reservados. Proibida a reprodução, no todo ou em parte, através de quaisquer meios. Os direitos morais da autora foram assegurados.

Direitos exclusivos de publicação em língua portuguesa somente para o Brasil adquiridos pela
EDITORA RECORD LTDA.
Rua Argentina, 171 – Rio de Janeiro, RJ – 20921-380 – Tel.: (21) 2585-2000, que se reserva a propriedade literária desta tradução.

Impresso no Brasil

ISBN 978-85-01-40458-9

Seja um leitor preferencial Record.
Cadastre-se no site www.record.com.br e receba informações sobre nossos lançamentos e nossas promoções.

Atendimento e venda direta ao leitor:
sac@record.com.br

Em memória de minha mãe,
Ruby Jui Chiung Tom

Nós o chamávamos de Ícaro.

Não era o nome verdadeiro dele, é claro. Minha infância na fazenda me ensinou que jamais devíamos dar um nome a um animal marcado para o abate. Em vez disso, referíamo-nos a ele como Porco Número Um ou Porco Número Dois e sempre evitávamos olhá-lo nos olhos, para nos proteger de qualquer vislumbre de consciência, personalidade ou afeto. Quando um animal confia em você, é necessário muito mais determinação para cortar sua garganta.

Não tínhamos tal problema com Ícaro, que não confiava em nós e tampouco tinha a menor ideia de quem éramos. Mas sabíamos bastante sobre ele. Sabíamos que vivia atrás de muros altos em uma villa no topo de uma colina nos arredores de Roma. Que ele e a esposa, Lucia, tinham dois filhos, com 8 e 10 anos. Que, apesar da enorme riqueza, tinha gostos culinários simples e um restaurante favorito, La Nonna, no qual jantava quase todas as quintas-feiras.

E que era um monstro. Motivo pelo qual fomos parar na Itália naquele verão.

Caçar monstros não é para os fracos de coração. Tampouco é para aqueles que se sentem presos por doutrinas triviais como a lei ou as fronteiras nacionais. Monstros, afinal de contas, não jogam de acordo com as regras, portanto também não podemos jogar. Não se esperamos derrotá-los.

Mas, quando se abandonam os padrões de conduta civilizados, corre-se o risco de tornar a si próprio um monstro. E foi o que ocorreu naquele verão em Roma. Não reconheci no momento; nenhum de nós o fez.

Até que fosse tarde demais.

1

Na noite em que deveria ter morrido, Claire Ward, de 13 anos, estava de pé no parapeito da janela de seu quarto no terceiro andar, em Ithaca, tentando decidir se saltava ou não. Sete metros abaixo, havia arbustos raquíticos de sino-dourado; o florescer da primavera passara havia muito tempo. Eles amorteceriam a queda, mas provavelmente haveria ossos quebrados. Ela desviou o olhar para a árvore de bordo, examinando o galho robusto que se arqueava a poucos centímetros. Ela jamais tinha tentado aquele salto, pois nunca havia sido obrigada a fazê-lo. Até aquela noite, tinha conseguido escapulir pela porta da frente sem que percebessem. Mas seus dias de fugas fáceis haviam acabado, pois Bob Entediante estava de olho nela. *De agora em diante, senhorita, você fica em casa! Chega de correr por aí depois do anoitecer como um gato selvagem.*

Se eu quebrar o pescoço neste salto, pensou ela, é culpa de Bob.

Sim, aquele galho de bordo estava definitivamente ao alcance. Ela tinha lugares para ir, pessoas para ver, e não podia ficar ali para sempre, avaliando suas possibilidades.

Ela se agachou, retesando-se para o salto, mas congelou de repente quando os faróis de um carro que se aproximava contornaram a esquina. O SUV deslizou como um tubarão negro sob a sua janela e seguiu, subindo devagar a rua tranquila, como que procurando uma casa específica. Não a nossa, pensou ela; ninguém interessante jamais aparecia na residência dos pais adotivos, Bob Entediante e Barbara Buckley Igualmente Entediante. Até os nomes deles eram entediantes, sem mencionar as conversas durante o jantar. *Como foi seu dia, querido? E o seu? O tempo está ficando bom, não está? Pode me passar as batatas?*

No mundo acadêmico e livresco deles, Claire era a estranha, a criança selvagem que eles jamais compreenderiam, apesar de tentarem. Eles realmente tentavam. Ela deveria morar com artistas ou atores ou músicos, pessoas que ficassem acordadas a noite toda e soubessem como se divertir. *Seu* tipo de gente.

O SUV preto havia desaparecido. Era agora ou nunca.

Ela tomou fôlego e saltou. Sentiu o ar noturno sibilar em seus cabelos longos enquanto voava pela escuridão. Aterrissou, graciosa como uma gata, e o galho estremeceu sob seu peso. Moleza. Claire desceu para um galho mais baixo e estava prestes a saltar da árvore quando o SUV preto reapareceu. Mais uma vez, o carro passou deslizando, com o ronronar do motor. Ela observou-o até ele desaparecer ao dobrar a esquina; depois, saltou para a grama molhada.

Olhando sobre os ombros para a casa, esperou ver Bob sair furioso pela porta da frente, berrando para ela: *Volte para dentro agora, senhorita!* Mas o pórtico permanecia escuro.

Agora a noite poderia começar.

Ela fechou o zíper do casaco com capuz e seguiu para o centro da cidade, onde ficava o movimento — se é que se podia chamar aquilo de movimento. Naquela hora da noite, a rua estava tranquila, a maioria das luzes, apagada. Era uma vizinhança de casas perfeitas, com ornamentos típicos de casas de bonecas, uma rua povoada por professores universitários e mães veganas que não ingeriam glúten e participavam de clubes do livro. *Dezesseis quilômetros quadrados cercados pela realidade* era como Bob descrevia afetuosamente a cidade, mas ele e Barbara pertenciam ao lugar.

Claire não sabia a que lugar pertencia.

Ela atravessou a rua a passos largos, espalhando folhas mortas ao arrastar as botas. Uma quadra adiante, um trio de adolescentes, dois garotos e uma garota, fumavam cigarros de pé sob a luz de um poste.

— Ei — chamou ela.

O garoto mais alto acenou.

— Ei, Claire. Ouvi dizer que estava de novo de castigo.

— Durante cerca de trinta segundos. — Ela pegou o cigarro aceso oferecido por ele, tragou uma vez e expirou com um suspiro feliz. — E então? Qual é o plano para hoje à noite? O que vamos fazer?

— Ouvi dizer que há uma festa lá nas quedas. Mas precisamos encontrar uma carona.

— Que tal sua irmã? Ela poderia nos levar.

— Não, meu pai pegou as chaves do carro dela. Vamos ficar por aqui e ver quem mais aparece. — O garoto fez uma pausa, franzindo a testa ao olhar sobre o ombro de Claire. — Oh, oh! Vejam quem apareceu.

Claire virou-se e gemeu quando um Saab azul-escuro parou no meio-fio ao seu lado. A janela do carona abriu-se e Barbara Buckley disse:

— Claire, entre no carro.

— Estou só conversando com meus amigos.

— É quase meia-noite e você tem aula amanhã.

— Não é como se eu estivesse fazendo alguma coisa ilegal.

No assento do motorista, Bob Buckley ordenou:

— Entre no carro *agora*, senhorita!

— Vocês não são meus pais!

— Mas *somos* responsáveis por você. É nosso trabalho criar você, e é o que estamos tentando fazer. Se não vier para casa conosco, haverá... haverá... Bem, consequências!

Sim, estou tão amedrontada que estou tremendo nas botas. Ela começou a rir, mas reparou que Barbara estava vestindo um roupão de banho e que o cabelo de Bob estava arrepiado em um lado da cabeça. Estavam com tanta pressa para procurá-la que sequer se vestiram. Ambos pareciam mais velhos e esgotados, um casal amarrotado de meia-idade que tinha sido tirado da cama e, por causa dela, acordaria exausto no dia seguinte.

Barbara deu um suspiro cansado.

— Sei que não somos seus pais, Claire. Sei que odeia morar conosco, mas estamos tentando fazer o melhor que podemos. Portanto, por favor, entre no carro. Não é seguro para você aqui fora.

Claire lançou um olhar exasperado para os amigos, entrou no banco traseiro do Saab e fechou a porta.

— E aí? — perguntou ela. — Satisfeitos?

Bob virou-se para olhar para ela.

— Isso não tem a ver com a gente. Tem a ver com você. Juramos aos seus pais que cuidaríamos de você. Se Isabel estivesse viva, você partiria o coração dela. Descontrolada e furiosa o tempo todo. Claire, você recebeu uma segunda chance, e isto é uma dádiva. Por favor, não a desperdice. Agora, coloque o cinto, por favor?

Se Bob estivesse com raiva, se tivesse gritado com ela, Claire conseguiria lidar com aquilo, mas o olhar que ele lançou foi tão pesaroso que ela se sentiu culpada. Culpada por ser estúpida, por retribuir a bondade deles com rebelião. Não era culpa dos Buckley que os pais dela estivessem mortos. Que a vida dela estivesse ferrada.

Enquanto partiam, ela ficou sentada, cruzando os braços no banco de trás e sentindo remorso, mas era orgulhosa demais para se desculpar. Amanhã, serei mais agradável com eles, pensou. Ajudarei Barbara a colocar a mesa, talvez até lavarei o carro de Bob. Porque este carro com certeza está precisando.

— Bob — disse Barbara —, o que aquele carro está fazendo ali?

Um motor rugiu. Faróis colidiram contra eles.

Barbara gritou:

— *Bob!*

O impacto impulsionou Claire contra o cinto de segurança enquanto a noite explodia com sons terríveis. Vidro estilhaçando. Aço amassando.

E alguém gritando, gemendo. Ao abrir os olhos, Claire viu que o mundo tinha virado de ponta-cabeça e percebeu que os gemidos eram seus.

— Barbara? — sussurrou ela.

Claire ouviu um estouro abafado, seguido por outro. Sentiu o cheiro de gasolina. Ela estava suspensa pelo cinto de segurança, e a fivela cortava a pele tão profundamente na altura das costelas que ela mal conseguia respirar. Ela tateou em busca do botão para soltar o cinto. Libertou-se dele com um clique e bateu a cabeça ao cair, fazendo a dor subir pelo pescoço. De alguma maneira, ela conseguiu girar o corpo de modo a ficar deitada, estatelada, vendo a janela estilhaçada. Ela contorceu-se na direção da janela, pensando em chamas, em um calor causticante e em carne assando em seus ossos. *Saia, saia. Enquanto ainda há tempo de salvar Bob e Barbara!* Ela socou os últimos fragmentos de vidro, lançando-os sobre o asfalto.

Dois pés surgiram e pararam diante dela. Ela levantou os olhos para o homem que impedia sua fuga. Ela não conseguia ver um rosto, somente a silhueta dele. E sua pistola.

Pneus cantaram enquanto outro carro rugia em direção a eles.

Claire encolheu-se no Saab, como uma tartaruga recolhendo-se à segurança de sua carapaça. Encolhendo-se diante da janela, cobriu a cabeça com os braços e se perguntou se desta vez o tiro doeria. Se sentiria o projétil explodindo seu cérebro. Estava tão encolhida que tudo que ouvia era o som da própria respiração, o palpitar da própria pulsação.

Ela quase não ouviu a voz chamando seu nome.

— Claire Ward? — Era uma mulher.

Devo estar morta. E ela é um anjo.

— Ele se foi. É seguro sair agora — disse o anjo. — Mas precisa se apressar.

Claire abriu os olhos e espiou o rosto que a olhava de lado através da janela quebrada. Um braço esguio estendeu-se em sua direção, e Claire recuou diante dele.

— Ele voltará — disse a mulher. — Portanto, venha logo.

Claire agarrou a mão estendida, e a mulher puxou-a para fora. Vidros quebrados tilintaram como chuva forte quando Claire rolou para o pavimento. Ela sentou-se rapidamente e a noite girou ao seu redor. Ela captou um vislumbre atordoante do Saab capotado e precisou baixar a cabeça de novo.

— Consegue se levantar?

Devagar, Claire olhou para cima. A mulher vestia preto. O cabelo dela estava preso em um rabo de cavalo; as mechas louras eram claras o bastante para refletir o brilho fraco do poste de luz.

— Quem é você? — sussurrou Claire.

— Meu nome não importa.

— Bob... Barbara... — Claire olhou para o Saab capotado. — Precisamos tirar Bob do carro! Me ajude.

Claire arrastou-se até o lado do motorista e abriu a porta com um puxão.

Bob Buckley caiu no asfalto, olhos abertos e vítreos. Claire olhou para a perfuração do tiro na têmpora.

— Bob — gemeu ela. — *Bob!*

— Você não pode ajudá-lo.

— Barbara... E Barbara?

— É tarde demais. — A mulher segurou-a pelos ombros e sacudiu-a com força. — Eles estão mortos, entendem? Ambos estão mortos.

Claire balançou a cabeça, com o olhar ainda fixo em Bob. Na poça de sangue espalhando-se como uma auréola escura ao redor da cabeça dele.

— Isso não pode estar acontecendo — sussurrou ela. — Não de novo.

— Venha, Claire. — A mulher agarrou a mão dela e puxou-a para que ficasse de pé. — Venha comigo. Se quiser viver.

2

Na noite em que deveria morrer, Will Yablonski, de 14 anos, estava em um campo escuro em New Hampshire, em busca de alienígenas.

Ele havia providenciado todos os equipamentos necessários para a caçada. Havia o espelho dobsoniano de 25 centímetros, que lixara à mão havia três anos, quando tinha apenas 11 anos. Ele levara dois meses, começando com a lixa de papel número oitenta e progredindo para lixas cada vez mais finas e lisas até polir o vidro. Com a ajuda do pai, tinha construído seu próprio suporte para altazimute. O visor Plössl de 25 milímetros havia sido presente do tio Brian, que ajudava Will a transportar todo o equipamento até o campo depois do jantar sempre que o céu estava limpo. Mas tio Brian era uma cotovia, não uma coruja, e às dez horas dava a noite por encerrada e ia para a cama.

Sendo assim, Will ficava sozinho no campo atrás da casa dos tios na maioria das noites em que o céu estava claro e a lua não brilhava e procurava no céu bolas alienígenas, também conhecidas como cometas. Caso algum dia descobrisse um novo cometa, sabia exatamente como o chamaria: *Cometa Neil Yablonski*, em homenagem ao falecido pai. Novos cometas eram identificados toda hora por astrônomos amadores; por que um garoto de 14 anos não poderia ser o próximo a encontrar um? O pai dissera a ele certa vez que bastava dedicação, um olho treinado e muita sorte. *É uma caça ao tesouro, Will. O universo é como uma praia, e as estrelas são grãos de areia escondendo o que você procura.*

Para Will, a caça ao tesouro nunca perdia a graça. Ainda sentia a mesma agitação sempre que ele e tio Brian carregavam o equipamento para fora da casa e o montavam sob o céu ao anoitecer, a mesma sensação de expectativa de que *aquela* poderia ser a noite na qual descobriria o Cometa Neil Yablonski. E depois o esforço valeria a pena, valeria as incontáveis vigílias noturnas abastecidas por chocolate quente e barras de chocolate. Compensariam até os insultos lançados contra ele pelos antigos colegas da escola em Maryland: *Gorducho. Marshmallow Preguiçoso.*

Caçar cometas não era um hobby que o deixava bronzeado e esbelto.

Naquela noite, como de costume, ele tinha começado a observação logo após o anoitecer, pois os cometas eram mais visíveis logo após o pôr do sol ou antes do amanhecer. Mas o sol desaparecera havia horas, e ele ainda não tinha detectado nenhuma bola alienígena. Ele vira alguns satélites e um meteoro incandescente por um instante, mas nada que já não tivesse visto naquele setor do céu. Ele virou o telescópio para outro setor, e a estrela inferior de Canes Venatici apareceu em seu campo de visão. Os cães de caça. Lembrou-se da noite em que o pai havia mencionado o nome daquela constelação. Uma noite fria na qual ambos tinham permanecido acordados até o amanhecer, bebericando em uma garrafa térmica e beliscando...

De repente, ele se levantou com um sobressalto e virou-se para olhar para trás. O que foi aquele barulho? Um animal ou apenas o vento nas árvores? Ele permaneceu imóvel, atento a qualquer som, mas a noite ficara estranhamente silenciosa, tão silenciosa que amplificava sua própria respiração. Tio Brian tinha assegurado a ele que não havia perigo na floresta, mas sozinho ali, no escuro, Will podia imaginar todo tipo de coisas com dentes. Ursos-negros. Lobos. Pumas.

Desconfortável, ele voltou-se para o telescópio e mudou o campo de visão. Algo como uma bola de neve suja apareceu de repente no meio da lente. *Encontrei! Cometa Neil Yablonski!*

Não. Não, idiota, não era um cometa. Ele suspirou decepcionado ao dar-se conta de que estava olhando para M3, um aglomerado globular. Algo que qualquer astrônomo decente reconheceria. Graças a Deus, ele não havia acordado tio Brian para ver aquilo; teria sido constrangedor.

O estalar de um graveto fez Will girar outra vez. Algo movia-se na floresta. Definitivamente, havia algo lá.

A explosão arremessou-o para a frente. Ele caiu no chão, amortecido pela grama, onde ficou deitado, atordoado pelo impacto. Uma luz tremulou, ficando mais clara. Will levantou a cabeça e viu que a fileira de árvores estava bruxuleando com um brilho alaranjado. Ele sentiu calor no pescoço, como a respiração de um monstro.

A casa da fazenda estava pegando fogo, chamas subiam como dedos esticando-se para o céu.

— Tio Brian! — gritou Will. — Tia Lynn!

Ele correu para a casa, mas uma parede de fogo bloqueava o caminho e o calor impeliu-o para trás, um calor tão intenso que ressecou sua garganta. Ele tropeçou para trás, engasgando, e sentiu o cheiro do próprio cabelo chamuscado.

Peça ajuda! Os vizinhos! Ele virou-se para a estrada e correu dois segundos antes de parar.

Uma mulher caminhava em sua direção. Uma mulher vestida de preto e esguia como uma pantera. Seu cabelo louro estava penteado para trás em um rabo de cavalo, e a luz bruxuleante do fogo iluminava seu rosto em ângulos agudos.

— Preciso de ajuda! — gritou ele. — Minha tia e meu tio... Eles estão na casa!

Ela olhou para a casa da fazenda totalmente consumida pelas chamas.

— Sinto muito, mas é tarde demais para eles.

— *Não* é tarde demais. Precisamos salvar os dois.

Ela balançou a cabeça com tristeza.

— Não posso ajudar vocês, Will. Mas posso salvar *você*. — Ela estendeu a mão. — Venha comigo. Se quiser viver.

3

Algumas garotas ficavam bonitas de cor-de-rosa. Algumas garotas podiam usar laços e rendas e podiam mover-se com elegância em tafetá de seda e parecer charmosas e femininas.

Jane Rizzoli não era uma dessas garotas.

Ela estava de pé no quarto da mãe, olhando para seu reflexo no espelho de corpo inteiro, e pensou: "Por favor, atirem em mim. Atirem em mim agora."

O vestido em forma de sino tinha cor de chiclete e um babado no decote largo como uma gola de palhaço. A saia era bufante, com fileiras sobre fileiras grotescas de babados. Em volta da cintura havia uma fita amarrada em um enorme laço cor-de-rosa. Até Scarlett O'Hara ficaria horrorizada.

— Ah, Janie, olhe só para você! — disse Angela Rizzoli, batendo as mãos em deleite. — Você está tão linda que roubará toda a atenção. Você simplesmente não ama isso tudo?

Jane piscou, atordoada demais para dizer uma palavra sequer.

— É claro que precisará de saltos altos para compor. *Stilettos* de seda é o que tenho em mente. E um buquê com rosas rosadas e mosquitinhos. Ou isso está fora de moda? Acha que eu deveria ser mais moderna? Com lírios ou algo diferente?

— Mãe...

— Precisarei ajustar na cintura. Como pode ter perdido peso? Não está comendo direito?

— Sério? É *isso* que quer que eu use?

— Qual é o problema?

— É... *cor-de-rosa.*

— E você está linda com ele.

— *Alguma vez* me viu de cor-de-rosa?

— Estou costurando um vestido como esse para Regina. Vocês ficarão tão fofas juntas! Mãe e filha em vestidos iguais!

— Regina é fofa. Eu, definitivamente, não.

O lábio de Angela começou a tremer. Era um sinal tão sutilmente ominoso quanto o primeiro movimento do ponteiro de alarme de um reator nuclear.

— Trabalhei a semana toda para fazer esse vestido. Costurei cada ponto, cada babado com minhas próprias mãos. E você não quer vestir ele nem para o meu casamento?

Jane engoliu em seco.

— Não falei isso. Não exatamente.

— Posso ver em seu rosto. Você o odeia.

— Não, mãe. É um vestido *ótimo.* — *Para uma maldita Barbie, talvez.*

Angela afundou na cama, e o suspiro dela foi digno de uma heroína à beira da morte.

— Sabe de uma coisa? Talvez Vince e eu devêssemos simplesmente fugir e casar. Isso deixaria todo mundo feliz, não é mesmo? Então eu não precisaria lidar com Frankie. Eu não precisaria me preocupar com quem está incluído na lista de convidados ou não. E você não precisaria usar um vestido que odeia.

Jane sentou-se na cama ao lado da mãe; o tafetá inflou-se no colo dela como uma grande bola de algodão-doce. Ela socou-o para baixo.

— Mãe, seu divórcio sequer foi finalizado. Você tem todo o tempo do mundo para planejar isso. Essa é a diversão de um casamento, não acha? Você não precisa apressar nada.

Ela levantou os olhos ao ouvir a campainha.

— Vince está impaciente. Sabe o que ele me contou? Ele diz que quer desposar sua noiva, isso não é fofo? Sinto-me como naquela música da Madonna, "Like a Virgin".

Jane levantou-se com um salto.

— Vou atender a porta.

— Deveríamos simplesmente casar em Miami — gritou Angela enquanto Jane saía do quarto. — Seria muito mais fácil. Mais barato, também, pois eu não precisaria dar comida a todos os parentes!

Jane abriu a porta da frente. De pé no pórtico estavam os dois homens que ela menos queria ver naquela manhã de domingo.

O irmão dela, Frankie, riu ao entrar na casa.

— Por que está usando esse vestido feio?

O pai, Frank sênior, seguiu-o, anunciando:

— Estou aqui para falar com a sua mãe.

— Pai, não é um bom momento — disse Jane.

— Estou aqui. É um bom momento. Onde ela está? — perguntou ele, olhando ao redor pela sala de estar.

— Acho que ela não quer falar com você.

— Ela precisa falar comigo. Precisamos pôr um fim a essa insanidade.

— Insanidade? — perguntou Angela, emergindo do quarto. — Vejam só quem está falando de insanidade.

— Frankie diz que você vai levar essa ideia adiante — falou o pai de Jane. — Você vai mesmo se casar com aquele homem?

— Vince me pediu em casamento. Eu disse sim.

— E quanto ao fato de que *nós* ainda estamos casados?

— É apenas uma questão de papelada.

— Não vou assinar.

— O quê?

— Eu disse que não vou assinar os documentos. E você não vai se casar com aquele sujeito.

Angela deu uma risada de descrédito.

— Foi *você* quem foi embora.

— Eu não sabia que você daria meia-volta e se casaria.

— O que devo fazer? Ficar sentada sofrendo de saudade porque você me deixou por *ela*? Ainda sou uma mulher jovem, Frank! Homens me querem. Eles querem dormir comigo!

Frankie grunhiu.

— Jesus, mãe.

— E sabe de uma coisa? — acrescentou Angela. — Sexo nunca foi tão bom!

Jane ouviu o telefone celular tocar no quarto. Ela ignorou-o e segurou o braço do pai.

— Acho melhor você ir, pai. Vamos. Eu acompanho você até lá fora.

— Estou *feliz* que tenha me abandonado, Frank — disse Angela. — Agora tenho minha vida de volta e sei como é ser valorizada.

— Você é minha esposa. Ainda pertence a mim.

O celular de Jane, que ficara em silêncio por alguns instantes, tocava de novo, insistente, e agora era impossível ignorar.

— Frankie... — suplicou ela. — Pelo amor de Deus, me ajude aqui! Leve o papai daqui.

— Vamos, pai — disse Frankie, com um tapa nas costas do pai. — Vamos tomar uma cerveja.

— Não terminei aqui.

— Sim, terminou — disse Angela.

Jane correu de volta para o quarto e sacou o celular de sua bolsa. Tentou ignorar as vozes discutindo no corredor quando atendeu:

— Rizzoli.

Era o detetive Darren Crowe.

— Precisamos de você. Em quanto tempo pode chegar aqui? — Nenhum preâmbulo educado, nenhum *por favor* ou *será que se importaria*, apenas Crowe com seu jeito charmoso de sempre.

Ela respondeu de modo igualmente brusco:

— Não estou em serviço.

— Marquette está convocando três equipes. Sou o chefe. Frost acaba de chegar aqui, mas precisamos de uma mulher.

— Ouvi direito? Você disse que realmente *precisa* da ajuda de uma mulher?

— Escute, nossa testemunha está em um estado de choque muito grave para dizer qualquer coisa. Moore já tentou falar com o garoto, mas acha que você terá mais sorte com ele.

Garoto. A palavra fez Jane congelar.

— Sua testemunha é uma criança?

— Parece ter 13, 14 anos. É o único sobrevivente.

— O que aconteceu?

Pelo telefone, ela ouviu outras vozes ao fundo, o diálogo em *staccato* do pessoal da equipe forense e o eco de diversos passos em um cômodo com piso de madeira. Ela conseguia imaginar Crowe gabando-se no centro, com o peito estufado, ombros musculosos e seu corte de cabelo hollywoodiano.

— Foi um maldito banho de sangue — disse ele. — Cinco vítimas, incluindo três crianças. A mais nova não deve ter mais de 8 anos.

Não quero ver isso, pensou ela. Não hoje. Não em dia nenhum. Mas conseguiu dizer:

— Onde você está?

— A residência fica em Louisburg Square. As malditas vans das redes de tv estão deixando a rua lotada, portanto você precisará estacionar a uma ou duas quadras daqui.

Ela piscou, surpresa.

— Isso aconteceu em Beacon Hill?

— Sim. Até os ricos são assassinados.

— Quem são as vítimas?

— Bernard e Cecilia Ackerman, idades 50 e 48. E as três filhas adotivas.

— E o sobrevivente? É um dos três filhos?

— Não, o nome é Teddy Clock. Ele mora com os Ackerman há uns dois anos.

— Mora com eles? É um parente?

— Não — respondeu Crowe. — É o filho adotivo.

4

Enquanto caminhava para Louisburg Square, Jane detectou o Lexus preto familiar no meio do emaranhado de veículos do Departamento de Polícia de Boston e soube que a patologista Maura Isles já estava na cena do crime. A julgar pelas vans das redes de TV, todas as emissoras de Boston também estavam presentes, e não era de surpreender: de todos os bairros desejáveis na cidade, poucos se equiparavam a essa quadra com o parque em forma de joia e árvores frondosas. As mansões em estilo grego clássico, com vista para o parque, eram lares tanto para riquezas antigas quanto novas, para magnatas corporativos e brâmanes de Boston e um ex-senador dos Estados Unidos. Mesmo naquele bairo a violência não era uma estranha. *Até os ricos são assassinados*, havia afirmado o detetive Crowe, mas, quando ocorria com eles, todos davam atenção. Atrás da fita policial, uma multidão espremia-se para ver melhor. Beacon Hill era uma parada popular para grupos de excursão e os turistas com certeza estavam recebendo pelo que tinham pagado.

— Ei, vejam! É a detetive Rizzoli.

Jane viu a repórter da TV e o câmera vindo em sua direção e levantou a mão para evitar qualquer pergunta. Obviamente, foi ignorada e seguida através da praça.

— Detetive, ouvimos dizer que há uma testemunha.

Jane abriu caminho em meio à multidão, murmurando:

— Polícia. Preciso passar.

— É verdade que o sistema de segurança estava desligado? E que nada foi roubado?

Os malditos repórteres sabiam mais do que ela. Jane abaixou-se, passou sob a fita que demarcava a cena do crime e forneceu seu nome e número de unidade ao oficial de patrulha que estava de guarda. Era apenas uma questão de protocolo; ele sabia exatamente quem ela era e já ticara o nome dela na prancheta.

— Deveria ter visto aquela garota perseguindo o detetive Frost — disse o patrulha com uma risada. — Ele parecia um coelho assustado.

— Frost está lá dentro?

— Assim como o tenente Marquette. O comissário está a caminho, e espero que o Meritíssimo também apareça.

Ela olhou para a impressionante residência de tijolos vermelhos e quatro andares e murmurou:

— Uau.

— Calculo que valha 15, 20 milhões de dólares.

Valia antes de os fantasmas se mudarem para cá, pensou ela, olhando para as belas janelas arqueadas e o frontão elaboradamente entalhado acima da enorme porta principal. Além daquela porta haveria horrores para os quais ela não tinha estômago. Três crianças mortas. Esta era a maldição da maternidade: cada criança morta assumia o rosto de seu próprio filho. Ao colocar luvas e protetores para sapatos, ela também vestia proteções emocionais. Como o trabalhador em uma construção que coloca o capacete, ela vestiu sua própria armadura e entrou.

Jane levantou o olhar para uma escadaria que se elevava por quatro andares até um teto com domo de vidro, através do qual a luz do sol penetrava como uma chuva dourada. Muitas vozes, a maioria masculina, ecoavam escadaria abaixo a partir dos andares superiores. Mesmo curvando o pescoço, ela não conseguiu ver ninguém; só ouvia as vozes, como zumbidos de fantasmas em uma casa que, no decorrer de um século, teria abrigado muitas almas.

— Um vislumbre de como a outra metade vive — disse uma voz masculina.

Jane virou-se e viu o detetive Crowe de pé junto a uma porta.

— E morre — disse ela.

— Deixamos o garoto na casa ao lado. A vizinha foi gentil o bastante para permitir que ele aguardasse em sua casa. O garoto a conhece, e achamos que se sentiria mais confortável se fosse interrogado lá.

— Primeiro, preciso saber o que ocorreu *nessa* casa.

— Ainda estamos tentando entender.

— Por que todo o primeiro escalão está aqui? Ouvi dizer que o comissário está a caminho.

— Apenas dê uma olhada pelo lugar. O dinheiro fala mesmo quando você está morto.

— De onde vem o dinheiro?

— Bernard Ackerman é um banqueiro e investidor aposentado. A família é proprietária desta casa há duas gerações. Filantropos renomados. Basta dizer o nome da causa humanitária e eles provavelmente contribuíram para ela.

— Como isso aconteceu?

— Por que simplesmente não faz um tour? — Ele indicou para ela a sala de onde tinha saído. — Diga-me o que *você* acha.

Não que a opinião dela importasse muito para Darren Crowe. Quando Jane ingressara na Unidade de Homicídios, os conflitos entre eles foram amargos e o desdém dele, muito evidente. Ela ainda detectava insinuações em sua risada, em seu tom de voz. Qualquer respeito que ela conquistasse sempre seria probatório aos olhos dele, e ali estava mais uma oportunidade de perdê-lo.

Ela seguiu-o através de uma sala de estar com um pé-direito de 7 metros de altura e cujo teto era pintado com ornamentos de querubins, oliveiras e rosetas com folhas douradas. As oportunidades para admirar o teto ou as pinturas a óleo foram escassas, pois Crowe caminhou diretamente para a biblioteca, onde Jane encontrou o tenente Marquette e a Dra. Maura Isles. Naquele dia quente de junho, Maura vestia uma blusa pêssego, uma cor atipicamente alegre para alguém que dava preferência a pretos e cinzas invernais. Com um corte de cabelo estilosamente geométrico e traços elegantes, Maura parecia uma mulher que de fato poderia morar em uma mansão como aquela, cercada por pinturas a óleo e tapetes persas.

Estavam cercados por livros, dispostos em prateleiras de mogno. Alguns volumes tinham caído no chão, ao lado de um homem de cabeça grisalha, de bruços, com um braço apontando para cima, apoiado contra a estante, como que tentando alcançar um volume mesmo estando morto. Vestia pijama e sandálias. A bala tinha penetrado tanto na sua mão quanto na testa, e sangue espirrara de um ponto sobre as lombadas de couro na prateleira acima do corpo. A vítima havia levantado a mão para bloquear o disparo, pensou Jane. Ele sabia que ia morrer.

— Minha estimativa do horário da morte bate com o que a testemunha contou — disse Maura a Marquette.

— Início da madrugada, então. Pouco após a meia-noite.

— Sim.

Jane agachou-se sobre o corpo e estudou o ferimento.

— Nove milímetros?

— Ou possivelmente uma 357 — disse Maura.

— Você não sabe? Não temos cápsulas?

— Nenhuma sequer em toda a casa.

Jane levantou um olhar surpreso.

— Quem quer que tenha sido, arrumou a própria bagunça.

— Arrumado em vários aspectos — disse Maura, examinando pensativamente o falecido Bernard Ackerman. — Foi uma morte rápida e eficiente. O mínimo de desordem. Igual às outras lá em cima.

Lá em cima, pensou Jane. As crianças.

— O resto da família — disse Jane, soando mais casual do que se sentia. — Eles morreram em torno do mesmo horário? Houve algum atraso?

— Minha estimativa é apenas aproximada. Precisaremos de informações melhores da testemunha.

— O que a detetive Rizzoli aqui obterá para nós.

— Como sabe que me sairei melhor com o garoto? — perguntou Jane. — Não posso fazer mágica.

— Contamos com você. Não temos muito com o que trabalhar. Somente algumas impressões digitais na maçaneta da cozinha. Nenhum sinal de arrombamento. E o sistema de segurança estava desligado.

— Desligado? — Jane baixou o olhar para o corpo. — Parece que o Sr. Ackerman recebeu o próprio assassino.

— Ou talvez tenha apenas esquecido de ligar o sistema. Depois, ouviu um barulho e desceu para conferir.

— Assalto? Algo está faltando?

— A caixa de joias da Sra. Ackerman, lá em cima, parece intocada — disse Crowe. — A carteira dele e a bolsa dela permanecem na cômoda do quarto.

— O assassino ao menos entrou no quarto do casal?

— Ah, sim. Ele entrou no quarto. Ele entrou em todos os quartos. — Jane ouviu o tom ominoso na voz de Crowe e soube que o que a aguardava era muito pior do que aquela biblioteca ensanguentada.

Maura disse em voz baixa:

— Posso levar você, Jane.

Jane seguiu-a de volta ao saguão; não falavam, como se fosse um calvário melhor suportado em silêncio. Conforme subiam a grande escadaria, Jane vislumbrou tesouros em todos os cantos. Um relógio antigo. Uma pintura de uma mulher de vermelho. Os detalhes foram registrados automaticamente mesmo enquanto ela se preparava para o que a aguardava nos andares superiores. Nos quartos.

No topo da escada, Maura virou à direita e caminhou até o quarto no final do corredor. Do outro lado da porta, Jane viu de relance seu parceiro, o detetive Barry Frost, com as mãos enluvadas em látex roxo. Ele estava de pé, abraçando os lados do corpo, na posição que todos os policiais adotam instintivamente em uma cena de crime para evitar contaminação cruzada. Ele viu Jane e balançou a cabeça com tristeza, com um olhar que dizia: *Também não quero estar aqui neste lindo dia.*

Jane entrou no quarto e foi momentaneamente cegada pela luz do sol que penetrava pelas janelas que iam do chão até o teto. O quarto não precisava de cortinas para garantir privacidade pois as janelas davam para um jardim murado, no qual uma árvore de bordo japonês mostrava sua folhagem vermelho-escura e cheia de rosas em pleno esplendor. Mas era o corpo da mulher que clamava pela atenção de Jane. Cecilia Ackerman, vestindo uma camisola bege, jazia de costas na cama, as cobertas puxadas até os ombros. Ela parecia mais jovem do que seus 48 anos, o cabelo artisticamente iluminado com mechas louras. Seus olhos estavam cerrados e o rosto, estranhamente sereno. A bala tinha penetrado acima da sobrancelha esquerda; o círculo de pólvora na pele revelava que se tratava de um ferimento de contato, com o cano pressionado contra a testa no momento em que o gatilho foi puxado. Você estava dormindo quando o assassino puxou o gatilho, pensou Jane. Você não gritou, não resistiu, não impôs ameaça. Ainda assim, o invasor entrou neste quarto, atravessou-o até a cama e disparou uma bala na sua cabeça.

— Fica pior — disse Frost.

Ela olhou para o parceiro, que parecia desgrenhado sob a luz matinal inclemente. Era mais do que simples fadiga que ela via nos olhos de Frost; o que quer que ele vira, deixara-o abalado.

— Os quartos das crianças ficam no terceiro andar — disse Maura, numa afirmação tão casual que poderia ter vindo de uma corretora de imóveis descrevendo as características daquela casa grandiosa. Jane ouviu rangidos acima, os passos de outros membros da equipe nos quartos superiores, e pensou de repente no ano em que ajudara a planejar a casa de horrores para a festa de Halloween de sua escola no ensino médio. Eles espalharam sangue falso por toda parte e montaram cenas horripilantes e espalhafatosas, muito mais horripilantes do que ela via naquele quarto, com a vítima repousando serenamente. O terror da vida real exigia pouco sangue.

Maura saiu do quarto, indicando que tinham visto o que importava ali e que estava na hora de seguir em frente. Jane foi atrás, de volta à escada. A luz dourada do sol brilhava pela abóbada, como se estivessem subindo uma escadaria para o céu, mas aqueles degraus conduziam a um destino bastante diferente. A um lugar aonde Jane não queria ir. A blusa atipicamente fresca de Maura parecia tão luminosamente incongruente quanto vestir rosa-shocking em um funeral. Era um detalhe sem importância, mas incomodava a Jane, até a irritava, que, de todos os dias, Maura tivesse escolhido usar cores tão alegres em uma manhã na qual três crianças haviam morrido.

Elas chegaram ao terceiro andar. Maura deu um gracioso passo ao lado, desviando o sapato protegido com papel sobre um obstáculo no patamar. Somente quando subiu o último degrau, Jane viu a pequena forma de partir o coração, coberta com uma capa plástica. Agachando-se, Maura levantou uma ponta da capa.

A garota estava deitada de lado, encolhida em posição fetal, como que buscando a vagamente recordada segurança do útero. A pele dela era da cor de café; em seu cabelo preto havia tranças decoradas com contas brilhantes. Diferentemente das vítimas caucasianas nos andares inferiores, a criança parecia ser afro-americana.

— A vítima número três é Kimmie Ackerman, 8 anos — disse Maura, em uma voz clínica atonal, uma voz que Jane considerava cada vez mais irritante conforme olhava para a criança no patamar. Apenas uma criança. Uma criança que usava pijama cor-de-rosa com pequenos pôneis dançantes. No chão, perto do corpo, havia a impressão de um pé esguio e descalço. Alguém tinha pisado no sangue daquela criança e deixado aquela pegada ao fugir da casa. Era pequena demais para ser de um homem. *De Teddy.*

— O projétil penetrou o osso occipital da garota, mas não saiu. O ângulo é indício de um atirador mais alto que tenha disparado por trás da vítima.

— Ela estava em movimento — disse Jane suavemente. — Tentando fugir.

— A julgar pela posição dela, parece que estava fugindo para um dos quartos do terceiro andar quando foi atingida.

— Atrás da cabeça.

— Sim.

— Quem faz algo assim? Quem mata uma criança?

Maura recolocou a capa plástica e levantou-se.

— Ela pode ter testemunhado algo. Visto o rosto do assassino. Isso seria um motivo.

— Não me venha com toda essa lógica. Quem quer que tenha feito isso entrou na casa *preparado* para matar uma criança. Para eliminar uma família inteira.

— Não posso falar sobre motivos.

— Apenas sobre a maneira da morte.

— Homicídio.

— Você *acha*?

Maura franziu a testa para ela.

— Por que está com raiva de mim?

— Por que isso parece não incomodar você?

— Acha que isso não me incomoda? Acha que consigo olhar para esta criança e não sentir o que você está sentindo?

As duas se entreolharam durante um momento, com o corpo da criança entre elas. Foi mais um lembrete do abismo que havia rompido a amizade entre elas desde o recente testemunho danoso de Maura contra um policial de Boston, que o tinha enviado para a prisão. Apesar de traições dentro da congregação não serem esquecidas rapidamente, Jane tivera todas as intenções de cicatrizar o cisma entre elas. Mas desculpas não eram fáceis e semanas demais tinham se passado, durante as quais o cisma endurecera como concreto.

— É só que... — Jane suspirou. — Odeio quando isso acontece com crianças. Eu sinto vontade de estrangular alguém.

— Então somos duas.

Apesar das palavras terem sido ditas em voz baixa, Jane viu o cintilar de aço nos olhos de Maura. Sim, a fúria estava lá, mas melhor mascarada e sob controle, da maneira como Maura se esforçava para controlar quase tudo em sua vida.

— Rizzoli — chamou o detetive Thomas Moore, de uma porta. Como Frost, ele parecia abatido, como se o desgaste daquele dia o tivesse envelhecido uma década. — Já falou com o garoto?

— Ainda não. Eu queria ver com o que estamos lidando.

— Passei uma hora com ele. Ele mal disse uma palavra. A Sra. Lyman, a vizinha, disse que quando apareceu na casa dela, em torno das oito da manhã, ele estava quase catatônico.

— Parece que ele precisa de um psiquiatra.

— Já chamamos o Dr. Zucker, e a assistente social está a caminho, mas achei que talvez Teddy pudesse falar com você. Alguém que é mãe.

— O que o garoto viu? Você sabe?

Moore balançou a cabeça.

— Apenas espero que não tenha visto o que há nesse quarto.

O aviso foi suficiente para fazer os dedos de Jane gelarem dentro das luvas de látex. Moore era um homem alto, e seus ombros bloqueavam a visão do quarto, como se ele tentasse protegê-la da cena que a aguardava. Em silêncio, ele deu um passo para o lado para deixá-la passar.

Duas técnicas forenses estavam agachadas em um canto e levantaram o olhar quando Jane entrou. Eram jovens, parte da nova onda de mulheres criminalistas que agora dominavam o campo. Nenhuma parecia velha o bastante para ter filhos, para saber como era pressionar beijos preocupados em uma bochecha febril ou ficar em pânico ao ver uma janela aberta ou um berço vazio. Com a maternidade, vinha um mundo de pesadelos. Naquele quarto, um deles tornara-se realidade.

— Acreditamos que estas vítimas sejam filhas dos Ackerman: Cassandra, 10 anos, e Sarah, 9. Ambas adotadas — disse Maura. — Como estão fora das camas, algo deve ter despertado as duas.

— Tiros? — perguntou Jane em voz baixa.

— Tiros não foram ouvidos na vizinhança — disse Moore. — Deve ter usado um silenciador.

— Mas algo assustou essas crianças — disse Maura. — Algo que as fez sair da cama.

Jane não deixara seu lugar ao lado da porta. Por um momento, ninguém falou, e ela percebeu que todos aguardavam que se aproximasse dos cadáveres, que fizesse seu trabalho. Exatamente o que ela não desejava fazer. Forçou a si mesma a mover-se na direção dos corpos abraçados e se ajoelhou. *Elas morreram abraçadas.*

— A julgar pela posição — disse Maura —, parece que Cassandra tentou proteger a irmã mais nova. Duas balas passaram pelo corpo de Cassandra antes de penetrarem em Sarah. Um tiro de misericórdia foi disparado na cabeça de cada garota. As roupas parecem estar intactas, portanto não vejo evidências óbvias de agressão sexual, mas precisarei confirmar na necropsia. Será realizada hoje à tarde, caso queira acompanhar, Jane.

— Não. Eu *não* quero acompanhar. Eu sequer deveria estar aqui hoje. — Abruptamente, ela deu meia-volta e saiu do quarto; os protetores de papel para sapatos estalavam enquanto ela abandonava a visão das duas garotas enroladas juntas na morte. Mas, ao seguir em direção à escada, viu de novo o corpo da criança mais nova. Kimmie, 8 anos. Qualquer cena nesta casa é de partir o coração, pensou.

— Jane, você está bem? — perguntou Maura.

— Além de querer desmembrar esse desgraçado?

— Sinto exatamente a mesma coisa.

Então você se sai melhor escondendo isso. Jane baixou os olhos para o corpo coberto.

— Olho para essa criança — disse ela delicadamente — e vejo minha filha.

— Você é mãe, então isso é natural. Escute, Crowe e Moore acompanharão a necropsia. Não é necessário que você esteja presente. — Ela olhou para o relógio. — Será um longo dia. E sequer preparei as malas.

— Você visitará a escola de Julian essa semana?

— Chova ou faça sol, amanhã viajo para o Maine. Duas semanas com um garoto adolescente e um cachorro. Não tenho ideia do que esperar.

Maura não tinha filhos, portanto como poderia saber? Ela e Julian Perkins, de 16 anos, nada tinham em comum além do calvário pelo qual passaram no inverno passado, lutando para sobreviver ao frio em Wyoming. Ela devia a vida ao garoto e estava determinada a ser a mãe que ele perdera.

— Vejamos, o que posso dizer sobre garotos adolescentes? — disse Jane, tentando ajudar. — Meus irmãos tinham sapatos fedorentos. Dormiam até o meio-dia. E comiam cerca de 12 vezes por dia.

— Metabolismo púbere masculino. Eles não podem evitar.

— Uau. Você *realmente* se transformou em uma mãe.

Maura sorriu.

— É uma sensação gostosa, na verdade.

Mas a maternidade é acompanhada por pesadelos, Jane lembrou a si mesma ao dar as costas para o corpo de Kimmie. Ela ficou satisfeita por descer a escada, por escapar daquela casa de horrores. Quando finalmente saiu, respirou fundo, como que para limpar o perfume da morte dos pulmões. A horda de jornalistas tornara-se ainda mais densa, com câmeras de TV alinhadas como aríetes no perímetro da cena do crime. Crowe estava na frente e no centro, o Detetive Hollywood atuando para sua plateia. Ninguém reparou quando Jane passou por eles e caminhou para a casa vizinha.

Um patrulha guardava o pórtico, sorrindo enquanto assistia Crowe exibindo-se para as câmeras.

— E então? Quem você acha que fará o papel dele no filme? — perguntou ele a Jane. — Brad Pitt é bonito o bastante?

— Ninguém é bonito o bastante para interpretar Crowe. — Ela riu com desdém. — Preciso falar com o garoto. Ele está aí?

— Com a oficial Vasquez.

— Estamos esperando pelo psiquiatra. Se o Dr. Zucker chegar, mande-o entrar.

— Sim, senhora.

Jane percebeu que ainda usava luvas e os protetores para sapatos. Ela removeu-as, colocou os protetores no bolso e tocou a campainha. Um momento depois, uma bela mulher, de cabelo grisalho, apareceu à porta.

— Sra. Lyman? — perguntou Jane. — Sou a detetive Rizzoli.

A mulher concordou com a cabeça e gesticulou para que Jane entrasse.

— Entre logo. Não quero que aquelas terríveis câmeras de TV nos vejam. É uma enorme invasão de privacidade.

Jane entrou na casa. A mulher fechou a porta rapidamente.

— Me disseram para esperar você. Se bem que não tenho certeza de que conseguirá se sair muito melhor com Teddy. Aquele gentil detetive Moore foi tão paciente com ele.

— Onde está Teddy?

— Está na estufa no jardim. O pobre garoto mal disse uma palavra para mim. Simplesmente apareceu à minha porta pela manhã, ainda de pijama. Dei uma olhada nele e soube que algo terrível tinha ocorrido. — Ela deu meia-volta. — Por aqui.

Jane seguiu a Sra. Lyman até o saguão e olhou para cima, acompanhando uma escada idêntica àquela que subira na casa dos Ackerman e que também ostentava obras de arte primorosas e aparentemente caras.

— O que ele disse a você? — perguntou Jane.

— Ele disse: "Estão mortos. Estão todos mortos." Foi praticamente tudo que conseguiu colocar para fora. Vi sangue em seus pés descalços e chamei a polícia na mesma hora. — Ela parou diante da porta da estufa. — Eram pessoas *boas*, Cecilia e Bernard. E ela estava tão feliz por finalmente ter o que desejava: uma casa cheia de crianças. Eles já estavam no processo de adoção de Teddy. Agora, ele está totalmente sozinho outra vez. — Ela fez uma pausa. — Entenda que não me importo de manter ele aqui. Ele está familiarizado comigo e conhece a casa. É o que Cecilia desejaria.

— É uma oferta generosa, Sra. Lyman, mas o Serviço de Assistência Social possui famílias especialmente treinadas para lidar com crianças traumatizadas.

— Ah... Bem, foi apenas uma ideia. Considerando que já o conheço.

— Então pode me contar mais sobre ele. Existe qualquer coisa que pode ajudar a criar uma conexão com Teddy? Quais são os interesses dele?

— Ele é muito quieto. Ama seus livros. Sempre que eu os visitava, Teddy estava na biblioteca de Bernard, cercado por livros sobre história romana. Você poderia tentar quebrar o gelo conversando sobre esse tema.

História romana. Sim, minha especialidade.

— Algo mais?

— Horticultura. Ele ama as plantas exóticas da minha estufa.

— Que tal esportes? Poderíamos falar sobre o Bruins? O Patriots?

— Ah, ele não tem nenhum interesse por esportes. É refinado demais.

O que faria de mim uma troglodita.

A Sra. Lyman estava prestes a abrir a porta da estufa quando Jane perguntou algo mais:

— E quanto à família biológica? Como ele foi parar com os Ackerman?

A Sra. Lyman voltou-se para Jane.

— Você não sabe nada sobre eles?

— Me disseram que ele é órfão, sem parentes vivos.

— É por isso que é um choque tão grande, especialmente para Teddy. Cecilia queria tanto proporcionar um novo começo para ele, com uma chance real de felicidade. Creio que não haverá outra chance. Agora que aconteceu de novo.

— De novo?

— Há dois anos, Teddy e sua família estavam ancorados em seu veleiro, perto de Saint Thomas. À noite, enquanto a família dormia, alguém embarcou. Os pais de Teddy e as irmãs foram assassinados. A tiros.

Na pausa que se seguiu, Jane se deu conta do quanto a casa era silenciosa. Tão silenciosa que fez a pergunta seguinte sair num sussurro.

— E Teddy? Como sobreviveu?

— Cecilia me contou que foi encontrado na água, flutuando em um colete salva-vidas. E não se lembrava de como tinha ido parar lá. — A Sra. Lyman fechou a porta da estufa. — Agora você percebe por que é tão devastador para ele. É terrível perder a família uma vez. Mas duas? — Ela balançou a cabeça. — É mais do que qualquer criança deveria suportar.

5

Não poderiam ter escolhido um lugar mais relaxante para uma criança traumatizada do que a estufa no jardim da Sra. Lyman. As paredes de vidro mostravam um jardim particular murado. O sol da manhã penetrava através das janelas, nutrindo uma selva úmida de videiras, samambaias e árvores em vasos. Naquela folhagem excessiva e exuberante, Jane não viu o garoto, mas apenas a policial que se levantou prontamente de uma cadeira de vime.

— Detetive Rizzoli? Sou a oficial Vasquez — disse a mulher.

— Como está Teddy? — perguntou Jane.

Vasquez olhou para um canto, onde as videiras tinham crescido e formado uma copa espessa, e sussurrou:

— Ele não disse nenhuma palavra para mim. Apenas continua escondido e choramingando.

Foi somente então que Jane localizou a figura comprida, agachada sob o caramanchão de videiras. Ele estava encolhido, envolvendo as pernas contra o peito. Apesar de terem dito que o garoto tinha 14 anos, ele parecia muito mais novo, trajando pijamas azul-claros, com uma franja de cabelo castanho-claro ocultando o rosto.

Jane ajoelhou-se e arrastou-se em direção a ele, agachando-se sob as videiras à medida que se aprofundava nas sombras das folhagens. O garoto não se moveu quando ela se acomodou ao lado dele em seu esconderijo na selva.

— Teddy — disse ela. — Meu nome é Jane. Estou aqui para ajudar você.

Ele não levantou os olhos nem respondeu.

— Você está sentado aqui há algum tempo, não está? Deve estar com fome.

Foi um movimento de cabeça o que ela viu? Ou foi um estremecer, um abalo sísmico em função de toda a dor armazenada dentro daquele corpo frágil?

— O que acha de um pouco de achocolatado? Talvez um sorvete? Aposto que a Sra. Lyman tem um pouco na geladeira.

O garoto pareceu recuar ainda mais dentro de si, encolhendo-se em um nó tão apertado que Jane pensou que jamais conseguiriam separar os membros dele, nem mesmo com um pé de cabra. Ela olhou para cima, entre o emaranhado de videiras, e viu a policial Vasquez de pé, observando-os atentamente.

— Poderia nos deixar a sós? — perguntou Jane. — Acho que é um pouco demais nós duas aqui.

Vasquez saiu da estufa, fechando a porta. Durante dez, quinze minutos, Jane não disse uma palavra nem olhou para o garoto. Ficaram sentados lado a lado, companheiros no silêncio, e o único som que se ouvia era o delicado respingar da água em uma fonte de mármore. Recostando-se no caramanchão, ela levantou o olhar para os galhos arqueados. Naquele jardim do éden, protegidas do frio, até bananeiras e laranjeiras cresciam, e ela imaginou entrar naquele espaço em um dia de inverno, quando a neve estivesse caindo lá fora, e respirar o perfume da terra quente e das plantas. É o que o dinheiro compra, pensou ela. Primavera eterna. Enquanto mantinha o olhar fixo na luz do sol, Jane estava ciente da respiração do garoto ao seu lado. Estava mais lenta, mais tranquila do que momentos antes. Ela ouvia folhas farfalharem quando ele se recostou contra as videiras, mas resistiu à tentação de olhá-lo. Pensou nos ataques ensurdecedores que a filha de 2 anos tinha sofrido na semana anterior, quando a pequena Regina havia gritado e gritado: *Pare de olhar para mim! Pare de olhar!* Jane e o marido, Gabriel, gargalharam, o que apenas enfurecera Regina ainda mais. Nem mesmo crianças de 2 anos gostavam de ser encaradas e ressentiam ter a privacidade invadida. Portanto, ela tentou não invadir o espaço de Teddy Clock, meramente compartilhando a caverna folhosa do garoto. Mesmo quando ouviu ele se mover, Jane permaneceu focada na luz sarapintada do sol brilhando entre os galhos.

— Quem é você? — As palavras mal formavam um sussurro. Ela forçou-se a permanecer imóvel, a permitir que uma pausa se formasse entre os dois.

— Sou Jane — respondeu, tão suavemente quanto ele.

— Mas quem é você?

— Sou uma amiga.

— Não, não é. Nem conheço você.

Ela considerou as palavras do garoto, e precisou admitir que eram verdadeiras. Não era amiga dele. Era uma policial que precisava de algo dele e depois o entregaria a uma assistente social.

— Tem razão, Teddy — admitiu ela. — Não sou uma amiga. Sou uma detetive. Mas quero ajudar você.

— Ninguém pode me ajudar.

— Eu posso. E vou.

— Então, você também vai morrer.

Aquela afirmação, feita de maneira tão categórica, fez algo gelado subir pelas costas de Jane. *Você também vai morrer.* Ela virou para olhar o garoto. Ele não olhava para ela, apenas mantinha o olhar fixo para a frente e um ar lúgubre, como se visse um futuro sem esperança. Seus olhos eram de um azul tão claro que pareciam sobrenaturais. Seu cabelo castanho-claro parecia fino como palha de milho, uma franja encaracolada pendurada sobre a testa pálida e proeminente. Os pés estavam descalços, e, conforme ele se balançava para a frente e para trás, Jane vislumbrava as manchas de sangue seco sob os dedos do pé direito. Ela lembrou das pegadas diante do patamar, afastando-se do corpo de Kimmie, de 8 anos. Teddy tinha sido obrigado a pisar no sangue dela para fugir da casa.

— Você vai mesmo me ajudar? — perguntou ele.

— Sim. Prometo.

— Não consigo ver nada sem eles. E agora tenho medo de voltar e procurar.

— Procurar o quê, Teddy?

— Meus óculos. Acho que estão no meu quarto. Devo ter deixado no meu quarto, mas não consigo me lembrar...

— Vou encontrá-los para você.

— É por isso que não posso dizer como ele era. Porque não consegui enxergar direito.

Jane ficou imóvel, com medo de interrompê-lo. Com medo de que qualquer coisa que dissesse, qualquer movimento que fizesse, pudesse levá-lo a recolher-se de volta à sua concha. Ela aguardou, mas ouviu apenas o som da água na fonte.

— De quem está falando? — finalmente perguntou.

Teddy olhou para Jane e seus olhos pareceram se iluminar por dentro como fogo azul.

— O homem que os matou. — A voz dele falhou; a garganta sufocou as palavras em um ganido. — Eu gostaria de ajudar você, mas não posso. Não posso, não posso...

Foi um instinto materno que a fez abrir os braços, e o menino tombou contra ela, com o rosto pressionado contra seu ombro. Jane abraçou-o enquanto ele estremecia com calafrios tão fortes que ela sentia que aquele corpo poderia se despedaçar, que ela era a única força mantendo unida aquela cesta trêmula de ossos. Ele podia não ser uma criança, mas, naquele momento, enquanto se agarrava a Jane, lágrimas ensopando sua blusa, ela sentiu-se inteiramente como sua mãe, pronta para defendê-lo contra todos os monstros do mundo.

— Ele nunca para. — As palavras do garoto foram tão abafadas contra a blusa que ela quase não as compreendeu. — Na próxima vez, ele vai me encontrar.

— Não, não vai. — Ela agarrou-o pelos ombros e afastou-o delicadamente para que pudesse olhar para seu rosto. Cílios longos projetavam sombras em suas bochechas brancas como talco. — Ele não vai encontrar você.

— Ele vai voltar. — Teddy colocou os braços em torno do próprio corpo, voltando para dentro de si, para algum lugar distante e seguro onde ninguém poderia alcançar. — Ele sempre volta.

— Teddy, só podemos capturá-lo se você ajudar a gente. Se me contar o que aconteceu ontem à noite.

Ela viu o peito magro do menino se expandir, e o suspiro que se seguiu soou desgastado e derrotado demais para alguém tão jovem.

— Eu estava no meu quarto — sussurrou ele. — Estava lendo um dos livros de Bernard.

— E o que aconteceu? — perguntou Jane.

Teddy fixou os olhos assombrados nela.

— Então, começou.

Quando Jane retornou à residência dos Ackerman, o último corpo, de uma das crianças, estava sendo retirado. Jane parou no saguão enquanto a maca era empurrada à sua frente, rangendo sobre o piso reluzente de parquete, e não conseguiu bloquear a imagem repentina da própria filha, Regina, deitada sob a coberta. Com um calafrio, virou-se e viu Moore descendo a escada.

— O garoto falou com você?

— O suficiente para me contar que não viu nada que possa nos ajudar.

— Então você foi muito mais longe do que eu. Tive a sensação de que conseguiria se comunicar com ele.

— Não é como se eu fosse calorosa e reconfortante.

— Mas ele falou com você. Crowe quer que você seja o contato primário do garoto.

— Agora sou a interrogadora oficial de crianças?

Ele deu de ombros apologeticamente.

— Crowe é quem manda.

Ela olhou escada acima, para os andares superiores, que agora pareciam estranhamente tranquilos.

— O que está acontecendo aqui? Onde estão todos?

— Estão seguindo uma pista sobre a empregada, Maria Salazar. Ela tem as chaves e a senha do sistema de segurança.

— É de se esperar que uma empregada tenha.

— Acontece que ela tem um namorado com alguns problemas.

— Quem é ele?

— Um estrangeiro não registrado, chamado Andres Zapata. Ele tem uma ficha criminal na Colômbia. Roubo. Contrabando de drogas.

— Histórico de violência?

— Não que saibamos, mas mesmo assim...

Jane concentrou-se no relógio antigo pendurado na parede, um item que nenhum ladrão deixaria passar. E lembrou-se do que ouvira mais cedo: tanto a bolsa de Cecilia quanto a carteira de Bernard tinham sido encontradas no quarto e a caixa de joias estava intocada.

— Se foi um roubo — disse ela —, o que ele roubou?

— Numa casa desse tamanho, com tantas coisas de valor para escolher? — Moore balançou a cabeça. — A única pessoa que pode nos dizer é a empregada.

A mulher agora soava como uma suspeita.

— Vou subir para ver o quarto de Teddy — disse Jane, começando a subir a escada.

Moore não a seguiu. Quando chegou ao terceiro andar, Jane viu-se sozinha; até a equipe da Unidade Forense já tinha partido. Mais cedo, ela meramente espiara além da porta; sobre a escrivaninha voltada para a janela havia uma pilha de livros, muitos antigos e obviamente muito amados. Ela leu os títulos: *Técnicas de guerra antigas. Uma introdução à etnobotânica. O manual de criptozoologia. Alexandre no Egito.* Não era o tipo de leitura que ela esperaria de um garoto de 14 anos, mas Teddy Clock era diferente de qualquer garoto que ela havia conhecido. Ela não viu nenhuma TV, mas um laptop estava aberto ao lado dos livros. Ela pressionou uma tecla. Na tela, surgiu o último site visitado por Teddy. Era uma página de busca do Google, em que ele havia digitado: *Alexandre, o Grande, foi assassinado?*

Julgando pela escrivaninha e pela pilha alinhada de livros, o garoto era viciado em arrumação. Os lápis na escrivaninha estavam apontados como lanças prontas para a batalha; os clipes e o grampeador tinham compartimentos específicos. Apenas 14 anos e já incorrigivelmente obsessivo-compulsivo. Ele estava sentado ali à meia-noite anterior, segundo contara a ela, quando ouviu os estampidos baixos e depois os gritos de Kimmie enquanto subia a escada correndo. A propensão por arrumação impeliu-o a fechar o livro, *Alexandre no Egito*, apesar de estar aterrorizado. Ele sabia o que os estampidos, os gritos, significavam.

Foi o que aconteceu antes. Os mesmos sons que ouvi no barco. Eu sabia que eram tiros.

Não havia janela por onde escapar, nenhuma fuga fácil daquele quarto no terceiro andar.

Sendo assim, ele apagou a luz. Ouviu os gritos das meninas e mais estampidos e escondeu-se no primeiro lugar em que uma criança assustada se refugiaria: sob a cama.

Jane virou-se para olhar o edredom perfeitamente alisado, os lençóis enfiados sob o colchão, tão esticados quanto em um catre de soldado. Teria a arrumação obsessivo-compulsiva de Teddy resultado naquelas roupas de cama perfeitamente colocadas? Caso tivesse, poderia muito bem ter salvado a vida dele. Enquanto Teddy acuava-se sob a cama, o assassino havia acendido a luz e entrado no quarto.

Sapatos pretos. Foi tudo que vi. Ele calçava sapatos pretos e estava ao lado da minha cama.

Uma cama em que, à meia-noite, ainda não haviam dormido. Para um intruso, pareceria que a criança que morava naquele quarto estava fora naquela noite.

O assassino com os sapatos pretos saiu do quarto. Horas se passaram, mas Teddy permaneceu sob a cama, acuado em cada fresta. Ele pensou ter ouvido os passos novamente, mais silenciosos, mais furtivos, e imaginou que o assassino continuava na casa, aguardando.

Ele não sabia que horas eram quando caiu no sono. Quando despertou, o sol brilhava. Só então, finalmente, arrastou-se para fora do esconderijo, enrijecido e dolorido por passar metade da noite no chão. Através da janela, viu a Sra. Lyman trabalhando em seu jardim. A casa ao lado significava segurança; a casa ao lado representava alguém a quem podia recorrer.

E foi o que fez.

Jane ajoelhou-se e olhou sob a cama. A altura era tão pouca sob a cama box que ela jamais poderia se acomodar sob ela. Mas um garoto assustado espremera-se naquele espaço menor que um caixão. Ela vislumbrou algo no fundo daquelas sombras e precisou deitar-se no chão para conseguir esticar o braço o suficiente e pegar o objeto.

Eram os óculos desaparecidos de Tommy.

Ela levantou-se e deu uma última olhada ao redor do quarto. Apesar do sol brilhar intensamente através da janela, e a temperatura estar em torno 24 de graus, ela sentiu um calafrio e estremeceu cercada por aquelas quatro paredes. Era estranho que não tivesse experimentado essa sensação gelada nos quartos onde a família Ackerman morrera. Não, era somente ali que o horror da noite anterior parecia perdurar.

Ali, no quarto do garoto que sobrevivera.

6

— Teddy Clock deve ser o garoto mais azarado do mundo — disse o detetive Thomas Moore. — Se considerarmos tudo que aconteceu com ele, não é surpreendente que esteja apresentando graves problemas emocionais.

— Não é como se ele fosse normal, para início de conversa — disse Darren Crowe. — O garoto é mesmo estranho.

— Estranho como?

— Ele tem 14 anos e não pratica esportes? Não vê TV? Passa as noites e os finais de semana debruçado sobre o computador e uma pilha de livros velhos e empoeirados.

— Algumas pessoas não considerariam isso estranho.

Crowe voltou-se para Jane.

— Você passou mais tempo com ele, Rizolli. Precisa admitir que o garoto não é normal.

— Pelos *seus* padrões — disse Jane. — Teddy é muito mais esperto do que isso.

Um coro de surpresa circulou pela mesa enquanto os outros quatro detetives aguardavam a reação de Crowe ao insulto não tão sutil.

— Existe conhecimento inútil — retrucou ele. — E também a malandragem.

— Ele tem apenas 14 anos e sobreviveu a dois massacres — disse Jane. — Não me diga que o garoto não tem malandragem.

Como chefe da equipe de investigação do caso Ackerman, Crowe agia de modo mais duro do que de costume. A reunião matinal da equipe já durava quase uma hora, e todos estavam tensos. Nas trinta e poucas horas desde o massacre, o frenesi da mídia tinha se intensificado, e, naquela manhã, Jane vira a manchete de um tabloide que dizia "TERROR EM BEACON HILL", acompanhada pela foto do principal suspeito da polícia, Andres Zapata, o namorado desaparecido da empregada dos Ackerman. Era uma antiga fotografia para registro policial por ocasião de uma prisão relacionada a drogas efetuada na Colômbia; o rosto dele *parecia* com o rosto de um assassino. Ele era um imigrante ilegal, tinha ficha por roubo e suas impressões digitais haviam sido encontradas na porta e nos balcões da cozinha dos Ackerman. A polícia tinha o bastante para uma prisão, mas para uma condenação? Jane não tinha certeza.

— Não podemos contar com Teddy para ajudar a gente a construir um caso contra Zapata — disse ela.

— Você tem bastante tempo para preparar isso — argumentou Crowe.

— Ele não viu o rosto.

— Ele deve ter visto algo que nos ajudará no tribunal.

— Teddy é muito mais frágil do que você pensa. Não podemos esperar que ele testemunhe.

— Ele tem 14 anos, pelo amor de Deus — ralhou Crowe. — Quando eu tinha 14 anos...

— Não me diga! Você estrangulava pítons com as próprias mãos?

Crowe inclinou-se para a frente.

— Não quero que esse caso desmorone. Precisamos cuidar dos mínimos detalhes.

— Teddy não é um detalhe — disse Jane. — É uma criança.

— E psicologicamente traumatizada, diga-se de passagem — completou Moore. Ele abriu a pasta que trouxera para a reunião. — Falei de novo com o detetive Edmonds, nas Ilhas Virgens Americanas. Ele enviou por fax um arquivo sobre os assassinatos da família Clock e...

— Eles foram mortos há dois anos — interrompeu Crowe. — Outra jurisdição, até mesmo outro país. Qual é a conexão com este caso?

— Provavelmente, nenhuma — admitiu Moore. — Mas a informação diz respeito ao estado emocional do garoto. Ao motivo pelo qual está tão devastado. O que aconteceu com ele em Saint Thomas foi, em todos os aspectos, tão horripilante quanto o que aconteceu aqui.

— E o caso nunca foi solucionado? — perguntou Frost.

Moore negou com a cabeça.

— Mas agitou muito a imprensa. Me lembro de ler a respeito na época. Família americana em viagem dos sonhos ao redor do mundo é assassinada a bordo do próprio iate de 75 pés. Temos que admitir, as Ilhas Virgens Americanas possuem uma taxa de homicídios dez vezes mais alta do que a nossa, mas mesmo assim o massacre foi chocante. Na verdade, o crime ocorreu nas Ilhas Capella, que ficam longe de Saint Thomas. Nicholas, Annabelle e os três filhos estavam morando no iate, *Pantomime*. Eles atracaram para passar a noite em uma baía tranquila, sem qualquer outro iate por perto. Enquanto a família dormia, o assassino ou assassinos subiram a bordo do barco. Tiros foram disparados. Gritos, berros. Depois, uma explosão. Pelo menos foi o que Teddy disse posteriormente à polícia.

— Como ele conseguiu sobreviver? — perguntou Frost.

— A explosão fez com que perdesse a consciência, portanto há lapsos em sua memória. A última coisa de que se lembra é a voz do pai dizendo para ele saltar. Quando despertou, estava na água, preso a um colete salva-vidas. Um barco de mergulho encontrou-o na manhã seguinte, cercado por restos do *Pantomime*.

— E a família?

— Houve uma busca extensiva no mar. Encontraram os corpos de Annabelle e de uma das meninas. O que restou, de todo modo, depois que os tubarões fizeram seu estrago. A necropsia revelou que ambas tinham sido baleadas na cabeça. Os corpos de Nicholas e da outra filha jamais foram encontrados. — Moore distribuiu cópias do arquivo transmitido por fax. — O tenente Edmonds disse que foi o crime mais perturbador que já investigou. Um iate de 75 pés é um alvo tentador, portanto ele presumiu que o motivo tenha sido roubo. Os assassinos provavelmente levaram os itens de valor do barco e depois o explodiram para destruir as provas, não deixando pistas para a polícia. O caso permanece não solucionado.

— E o garoto também não conseguiu se lembrar de qualquer coisa útil naquele caso — disse Crowe. — Há algo de muito errado com este garoto?

— Ele só tinha 12 anos — explicou Moore. — E certamente é inteligente. Telefonei para a antiga vizinha da família em Providence, onde a família Clock vivia. Ela contou que Teddy era considerado superdotado. Estava no programa para alunos avançados na escola. Sim, tinha problemas em fazer amigos e em socializar, mas tinha pelo menos 12 pontos de QI a mais que os colegas.

Jane pensou nos livros que vira no quarto de Teddy e na vasta gama de temas esotéricos que cobriam. História grega. Etnobotânica. Criptozoologia. Assuntos de cuja existência ela duvidava que a maioria dos jovens de 14 anos sequer tivesse conhecimento.

— Síndrome de Asperger — disse ela.

Moore concordou.

— Foi o que a vizinha disse. Os Clock submeteram Teddy a um exame e ouviram do médico que o menino tem alto desempenho intelectual, mas carece de certos estímulos emocionais. Por isso tem dificuldade em fazer amigos.

— E agora não tem ninguém — falou Jane. Ela pensou em como Teddy se agarrara a ela na estufa da vizinha. Ela ainda podia sentir o cabelo sedoso dele contra sua bochecha e lembrou-se do cheiro de menino sonolento em seu pijama. Perguntou-se como ele estaria se ajustando à família guardiã temporária, a cujos cuidados a assistência social o havia deixado. Na noite anterior, antes de voltar para casa e para a própria filha, ela tinha ido até o novo lar de Teddy e entregara a ele os óculos. Teddy estava hospedado com um casal mais velho, pais guardiões que tinham anos de experiência com crianças em crise.

Mas o olhar que Teddy havia lançado a Jane quando ela atravessara a porta após a visita poderia partir o coração de qualquer mãe. Como se ela fosse a única pessoa capaz de salvá-lo e o estivesse abandonando nas mãos de estranhos.

Moore retirou de sua pasta uma fotografia de um cartão de Natal com a legenda: "OS CLOCK DESEJAM BOAS FESTAS!"

— Essa foi a última correspondência que a vizinha recebeu. É um cartão eletrônico enviado cerca de um mês depois que a família deixou Providence. Eles tiraram os três filhos da escola e colocaram a casa à venda, e toda a família partiu para velejar ao redor do mundo.

— Em um iate de 75 pés? Eles tinham dinheiro — disse Frost. — O que faziam?

— Annabelle era dona de casa. Nicholas era consultor financeiro para alguma empresa em Providence. A vizinha não recordava o nome.

Crowe riu.

— É, uma profissão como *consultor financeiro* realmente soa como dinheiro.

— É uma atitude um pouco radical, não é? — sugeriu Frost. — Levantar acampamento assim, de repente? Deixar tudo para trás e arrastar a família para um veleiro?

— A vizinha certamente pensou que sim — disse Moore. — E aconteceu de repente. Annabelle jamais mencionou o plano até o dia anterior à partida. Gera muitas perguntas.

— Sobre o quê? — inquiriu Crowe.

— A família estava fugindo de algo? Com medo de algo? Talvez *haja* alguma ligação entre os dois ataques contra Teddy.

— Com um intervalo de dois anos? — Crowe balançou a cabeça. — Até onde sabemos, os Clock e os Ackerman sequer se conheciam. Tudo que tinham em comum era o garoto.

— Apenas me perturba. Só isso.

Também perturbava Jane. Ela olhou para a foto tirada no Natal, talvez a última da família Clock. O cabelo castanho de Annabelle Clock estava penteado para trás, elegante de maneira casual, refletindo traços dourados. Seu rosto, como marfim esculpido, com sobrancelhas delicadamente arqueadas, poderia ter adornado uma pintura medieval.

Nicholas era louro e atlético; os ombros imponentes recheavam uma camisa polo amarelo-lima. Com a mandíbula quadrada e olhar direto, parecia um homem constituído para proteger a família de qualquer ameaça. No dia em que a foto foi tirada, quando tinha posado com um braço musculoso pendurado em torno da esposa, ele não podia imaginar os horrores que os aguardavam. Uma sepultura de água para ele. O massacre da esposa e de dois filhos. E, naquele instante, a câmera capturou uma família sem motivo para temer o futuro; o otimismo brilhava intensamente em seus olhos e sorrisos e também nas decorações de Natal que tinham pendurado na árvore atrás deles. Até Teddy parecia efusivo ao lado das irmãs mais novas, três crianças de aspecto angelical com cabelos castanhos e grandes olhos azuis. Todos sorriam, seguros dentro da bolha da família protetora.

E Jane pensou: Teddy jamais se sentirá seguro outra vez.

Matar é fácil. Tudo que você precisa é da ferramenta correta, seja um revólver, uma lâmina ou Semtex. E, se planejar direito, nenhuma limpeza é necessária. Mas acabar com um homem como Ícaro, que está vivo e resistindo a você, um homem que se cerca pela família e por guarda-costas, é um processo muito mais delicado.

Foi por isso que devotamos boa parte daquele junho à vigilância, ao reconhecimento e a ensaios. As horas eram longas, sete dias por semana, mas ninguém se queixava. Por que reclamaríamos? Nosso hotel era confortável e as despesas estavam pagas. E, no final do dia, havia sempre bastante álcool. Não apenas vinhaça, mas bons vinhos italianos. Pelo que exigiam que fizéssemos, acreditávamos que merecíamos o melhor.

Era quinta-feira quando recebemos o telefonema de nosso agente local. Ele trabalhava como garçom no restaurante La Nonna, onde, naquela noite, duas mesas adjacentes haviam sido reservadas para o jantar. Uma era para um grupo de quatro pessoas e a outra, para duas. Garrafas de Brunello di Montalcino tinham sido requisitadas e seriam abertas para arejar o ambiente no momento da chegada do cliente. Ele não tinha dúvida de para quem as mesas estavam reservadas.

Eles chegaram em veículos separados, um atrás do outro. Na BMW preta estavam os dois guarda-costas. Ícaro dirigia o Volvo prateado. Era uma de suas esquisitices: ele sempre insistia em ser o motorista, em estar no controle. Os dois carros foram estacionados no lado oposto da rua, onde poderiam ser vistos durante toda a refeição. Eu já estava em posição, sentada em uma cafeteria vizinha, ao ar livre, bebericando um espresso. Dali, eu teria uma visão de primeira fila do preciso balé que estava prestes a se desenrolar.

Vi os guarda-costas saírem da BMW e acompanharem Ícaro emergir do Volvo. Ele sempre dirigia um Volvo, uma escolha nada excitante para um homem que podia adquirir uma frota de Masera-

tis. Ele abriu a porta traseira. Por ela saiu uma das razões para escolher um veículo tão seguro: o pequeno Carlo, seu filho mais novo, tinha 8 anos, grandes olhos escuros e cabelos rebeldes, como os da mãe. O laço do cadarço do sapato do garoto havia se desfeito, e Ícaro agachou-se para amarrá-lo.

Foi nesse momento que Carlo reparou em mim, sentada ali perto. Os olhos dele fixaram-se em mim tão atentamente que senti uma pontada de pânico. O garoto sabe, pensei. De alguma maneira, ele sabe o que está prestes a acontecer. Ninguém em nossa equipe tinha filhos, portanto crianças eram um mistério para nós. Eram como pequenos alienígenas, criaturas incompletas que podiam ser ignoradas. Mas os olhos de Carlo eram luminosos e sábios, e senti-me despida de qualquer subterfúgio, incapaz de justificar o que estávamos prestes a fazer com seu pai.

Então Ícaro se levantou. Ele pegou a mão de Carlo e conduziu a esposa e o filho mais velho até o outro lado da rua, entrando no restaurante para o jantar.

Voltei a respirar.

Nossa equipe entrou em ação.

Uma jovem aproximou-se, empurrando um carrinho de bebê, com o filho escondido sob camadas de cueiros. O bebê emitiu um gemido repentino; a mulher parou para atendê-lo. Eu era a única suficientemente próxima para vê-la rasgar um pneu do veículo dos guarda-costas. O bebê calou-se, e a mulher seguiu adiante pela calçada.

Naquele momento, dentro do restaurante, o vinho era servido, dois garotinhos enrolavam espaguete, e pratos de vitela, cordeiro e carne de porco emergiam da cozinha.

Fora do restaurante, as mandíbulas de uma armadilha estavam prestes a se cerrar. Tudo corria conforme o planejado.

Mas eu não conseguia me livrar da imagem do pequeno Carlo olhando para mim. Um olhar que tocou meu peito e cravou-se no meu coração. Uma premonição tão forte jamais deve ser ignorada.

Lamento ter feito isso.

7

Maura dirigia com as janelas abertas. O cheiro do verão entrava no carro. Horas antes, ela havia deixado a costa do Maine para trás e seguido para noroeste, entre montanhas delicadamente sinuosas onde o sol da tarde dourava campos de feno. Então, a floresta fechou-se sobre ela; as árvores se tornaram repentinamente tão densas que parecia que a noite caíra em um instante. Ela dirigiu por quilômetros sem passar por outro carro e se perguntou se pegara alguma curva errada. Ali não havia casas, entradas para propriedades, nem mesmo uma única placa de trânsito que informasse se estava seguindo na direção certa.

Ela estava pronta para pegar um retorno quando a estrada terminou, de repente, em um portão. No arco acima dele, havia uma única palavra, escrita em letras graciosamente entrelaçadas: EVENSONG.

Ela saiu do Lexus e franziu a testa diante do portão trancado, flanqueado por gigantescos pilares de pedra. Não viu botão de interfone, e a cerca de ferro forjado estendia-se profundamente para dentro da floresta em ambas as direções, até onde a vista alcançava. Ela pegou o celular para telefonar para a escola, mas estava tão entranhada na floresta que não obteve sinal. O silêncio amplificava o zunido ominoso de um mosquito, e Maura deu um tapa no próprio rosto ao sentir uma picada repentina na bochecha. Ela baixou o olhar para a alarmante mancha de sangue. Outros mosquitos começavam a cercá-la em uma nuvem esfomeada. Ela estava prestes a recuar para o carro quando detectou um carrinho de golfe aproximando-se do outro lado do portão.

Uma jovem de aparência familiar desceu do carrinho e acenou. Com pouco mais de 30 anos, vestindo jeans azuis justos e um casaco verde que a protegia do vento, Lily Saul parecia muito mais saudável e feliz do que na última vez em que Maura a vira. O cabelo castanho, penteado para trás e preso em um rabo de cavalo frouxo, tinha agora mechas louras, e as bochechas, um brilho saudável, tão diferente do rosto pálido e magro que Laura lembrava de ter visto no Natal sangrento em que se conheceram, no decorrer de uma investigação de homicídio. A violenta conclusão do caso quase custara a vida de ambas. Mas Lily Saul, que passara anos fugindo de demônios reais e imaginários, era uma sobrevivente astuta e, julgando pelo sorriso alegre, finalmente deixara os pesadelos para trás.

— Esperávamos você mais cedo, Dra. Isles — disse Lily. — Estou feliz que tenha conseguido chegar antes de escurecer.

— Achei que precisaria pular o muro — comentou Maura. — Não há sinal de celular aqui.

— Ah, nós sabíamos que tinha chegado. — Lily digitou um código no teclado numérico de segurança do portão. — Há sensores ao longo de toda a estrada. E você provavelmente não reparou, mas há câmeras também.

— É muita segurança para uma escola.

— O que importa é manter as crianças seguras. E você sabe como Anthony é no que diz respeito à segurança. Nunca é demais. — Ela encontrou o olhar de Maura através das barras. — Não é estranho que ele se sinta assim. Quando levamos em consideração o que todos passamos.

Encarando Lily, Maura se deu conta de que os pesadelos da jovem não tinham sido totalmente deixados para trás. As sombras ainda persistiam.

— Já se passaram quase dois anos, Lily. Aconteceu mais alguma coisa?

Lily puxou o portão para abri-lo e disse, ominosamente:

— Ainda não.

Era justamente o tipo de afirmação que Anthony Sansone faria. Crimes deixavam cicatrizes permanentes em sobreviventes como Sansone e Lily, ambos assombrados por violentas tragédias pessoais. Para eles, o mundo sempre seria uma paisagem infestada de perigo.

— Me siga — pediu Lily enquanto retomava seu lugar no carrinho de golfe. — O castelo fica a alguns quilômetros daqui, seguindo a estrada.

— Não precisa fechar o portão?

— Ele fechará automaticamente. Se você precisar, a senha esta semana é quatro-cinco-nove-seis, tanto para o portão quanto para a porta da casa. O número é trocado todas as segundas-feiras e anunciado durante o café da manhã.

— Então, os alunos também têm a senha.

— É claro. O portão não está aqui para nos manter aqui dentro, Dra. Isles, mas para manter o mundo lá *fora*.

Maura sentou-se no Lexus; o portão já começava a se fechar quando passou entre os dois pilares idênticos. Apesar da garantia de Lily de que o portão não tinha a função de trancá-la, as barras de ferro forjado a fizeram pensar em uma prisão de alta segurança. Elas trouxeram de volta o som de metal contra metal e os rostos enjaulados encarando-a.

O carrinho de golfe de Lily levou-a por uma estrada de pista única, aberta através de uma floresta densa. Na escuridão entre as árvores, um fungo de tom laranja chocantemente vivo destacava-se, preso ao tronco de um venerável carvalho. No alto das copas, pássaros revoavam. Um esquilo vermelho empoleirou-se em um galho, contorcendo a cauda. Tão dentro das florestas do Maine, quais outras criaturas emergiriam quando caísse a noite?

A floresta deu lugar ao céu aberto e um lago surgiu diante dela. A distância, além das águas escuras impenetráveis, pairava a casa Evensong. Lily referira-se a ela como *o castelo*, e era exatamente com o que se parecia, erguido sobre granito infértil. Construídas com a mesma pedra cinza, as paredes erguiam-se como que projetadas da própria rocha.

Elas passaram sob um arco de pedra e adentraram o pátio; Maura estacionou o Lexus ao lado de uma parede coberta de musgo. Apenas uma hora antes, o dia estivera ensolarado, mas o ar estava frio e úmido quando ela saiu do carro. Levantando os olhos para as imponentes paredes de granito e para o íngreme telhado, ela imaginou morcegos circulando o torreão no alto.

— Não se preocupe com a mala — disse Lily, retirando-a do bagageiro do Lexus. — Vamos deixá-la aqui, nos degraus, e o Sr. Roman a levará até seu quarto.

— Onde estão todos os alunos?

— A maioria dos alunos e funcionários partiram para o recesso de verão. Sobrou apenas uma dúzia de crianças e estamos operando com o mínimo de pessoal, que permanece aqui o ano todo. Na próxima semana, você e Julian acharão o lugar bastante tranquilo, pois vamos levar as crianças para uma viagem a Quebec. Me deixe levar você em um breve tour. Depois a levarei para ver Julian; ele está em aula agora.

— Como ele está? — perguntou Maura.

— Ah, ele realmente desabrochou depois que chegou aqui! Ainda não é louco pelos trabalhos em aula, mas é talentoso e percebe coisas que os outros deixam passar. É protetor em relação aos garotos menores e está sempre atento a eles. Uma verdadeira personalidade de guardião. — Lily pausou. — É verdade que demorou um pouco para confiar em nós. É compreensível depois do que ele passou em Wyoming.

Sim, Maura realmente compreendia. Ela e Julian tinham sobrevivido juntos, lutando pelas próprias vidas, sem saber em quem confiar.

— E você, Lily? — perguntou Maura. — Como tem estado?

— Estou exatamente onde deveria estar. Vivendo nesse lugar lindo. Ensinando a crianças incríveis.

— Julian contou que vocês construíram uma catapulta romana em aula.

— Sim, durante nossa unidade sobre cerco de guerra. Os alunos ficaram verdadeiramente absortos. Quebramos uma janela, infelizmente.

Elas subiram a escadaria de pedra e chegaram a uma porta tão alta que por ela poderia passar um gigante. Lily digitou o código de segurança outra vez. A enorme porta de madeira abriu-se com facilidade, com apenas um empurrão, e elas atravessaram o umbral, entrando em um salão com imponentes arcadas emolduradas em madeira antiga. Pendendo no alto, havia um lustre de ferro, e, construído no arco acima, como um olho multicolorido, um vitral. Naquela tarde sombria, o vitral permitia apenas a passagem de um brilho opaco.

Maura parou diante da enorme escadaria e admirou a tapeçaria pendurada na parede, uma imagem desbotada de dois unicórnios descansando à sombra de videiras e árvores frutíferas.

— É *realmente* um castelo.

— Construído em torno de 1835 por um megalomaníaco chamado Cyril Magnus. — Lily balançou a cabeça, enojada. — Ele era um barão ferroviário, caçador de animais grandes, colecionador de arte e um desgraçado perverso em todos os aspectos, segundo muitos relatos. Esse lugar foi construído como seu castelo particular. Projetado no estilo gótico que ele admirava durante suas viagens para a Europa. O granito foi retirado de uma pedreira a 90 quilômetros daqui. As madeiras vêm do bom e velho carvalho do Maine. Quando Evensong adquiriu a propriedade, há trinta anos, ela ainda estava em bom estado, de modo que boa parte ainda é original. Com o passar dos anos, Cyril Magnus seguiu expandindo o castelo, o que tornou a circulação no interior um pouco confusa. Não fique surpresa caso se perca.

— Essa tapeçaria... — comentou Maura, apontando para a tecelagem dos unicórnios. — Parece mesmo medieval.

— E é. Veio da *villa* de Anthony em Florença.

Maura tinha conhecido a coleção de tesouros valiosos constituída de pinturas do século XVI e mobília veneziana que Sansone mantinha em sua residência em Beacon Hill. Ela não tinha dúvidas de que a *villa* em Florença era tão grandiosa quanto o castelo e a arte, ainda mais impressionante. Mas aquelas não eram as típicas paredes quentes em tom de mel da Toscana; ali, a pedra cinza irradiava um frio que nem mesmo um dia ensolarado era capaz de dissipar.

— Você já esteve lá? — perguntou Lily. — Na casa dele em Florença?

— Não fui convidada — respondeu Maura. *Diferentemente de você, é óbvio.*

Lily lançou um olhar pensativo.

— Tenho certeza de que se trata de uma questão de tempo — disse ela, e virou-se para o que parecia uma parede apainelada. Ela empurrou um painel, que se abriu para revelar uma porta.

— Essa é a passagem para a biblioteca.

— Estão tentando esconder os livros?

— Não, é apenas uma das características peculiares do castelo. Creio que o velho Cyril Magnus apreciava surpresas, pois essa não é a única porta disfarçada.

Lily conduziu-a por um corredor sem janelas, onde as sombras eram acentuadas por painéis de madeira escura nas paredes. Na extremidade oposta, saíram em um cômodo no qual altas janelas arqueadas admitiam a última luz cinzenta do dia. Maura olhou para cima, impressionada com galerias e galerias de prateleiras cheias de livros, que subiam três andares até um teto abobadado cujo gesso tinha sido decorado com uma pintura de nuvens fofas em um céu azul.

— Esse é o coração de Evensong — disse Lily — Essa biblioteca. A qualquer momento, do dia ou da noite, os alunos são bem-vindos para entrar aqui e pegar qualquer livro, desde que prometam cuidar dele com respeito. E caso não consigam encontrar o que procuram na biblioteca... — Lily caminhou até uma porta e abriu-a, revelando uma sala com 12 computadores. — Como último recurso, há sempre o Dr. Google. — Ela fechou a porta, com um ar de nojo. — Mas, realmente, quem quer a internet quando os verdadeiros tesouros estão bem *aqui*. — Ela apontou para os três andares de livros. — A sabedoria de séculos reunida sob um teto. Fico com água na boca só de olhar para eles.

— Você fala como uma verdadeira professora dos clássicos — comentou Maura enquanto corria os olhos pelos títulos. *Mulheres de Napoleão. Vidas dos santos. Mitologia egípcia.* Um livro pequeno deteve sua atenção. *Lúcifer.* O livro parecia clamar por ela, exigindo sua atenção. Ela pegou o volume e olhou para a desgastada capa de couro, com a ilustração gravada de um demônio agachado.

— Acreditamos que nenhum conhecimento está fora dos limites — disse Lily em voz baixa.

— Conhecimento? — Maura devolveu o livro para a prateleira e olhou para a jovem. — Ou superstição?

— É bom conhecer as duas coisas, não concorda?

Maura atravessou a sala, passando por fileiras de longas mesas redondas, cadeiras de madeira e por uma série de globos, cada um representando como o mundo era conhecido em diferentes eras.

— Desde que você não ensine como uma realidade — respondeu Maura, parando para examinar um globo de 1650, com os continentes deformados e vastos territórios desconhecidos e inexplorados. — É superstição. Mito.

— Na verdade, creio que ensinamos a eles *seu* sistema de crenças, Dra. Isles.

— *Meu* sistema de crenças? — Maura olhou intrigada para ela. — E qual seria ele?

— Ciência. Química e física, biologia e botânica. — Ela olhou para o antigo relógio de pêndulo. — É onde Julian está agora. E a aula deve estar terminando.

Elas saíram da biblioteca, retornando pelo corredor revestido com painéis até o salão de entrada, e subiram a escadaria gigantesca. Ao passarem pela tapeçaria, Maura viu-a tremular contra a parede de pedra, e os unicórnios pareceram ganhar vida, tremendo sob as frondosas árvores frutíferas. Os degraus faziam uma curva na altura de uma janela, onde Maura parou para admirar a vista das colinas cobertas de árvores. Julian havia contado que a escola era cercada pela floresta e que ficava a 18 quilômetros da aldeia mais próxima. Somente agora ela via o quanto Evensong era isolada.

— Nada pode nos alcançar aqui. — A voz, tão suave, assustou-a pela proximidade. Lily estava parcialmente escondida nas sombras da arcada. — Plantamos nossa própria comida. Criamos galinhas para que tenhamos ovos. Vacas para termos leite. A calefação é obtida com nossa própria madeira. Não precisamos de absolutamente nada do mundo exterior. Esse é o primeiro lugar onde me sinto realmente segura.

— Aqui na floresta, com ursos e lobos?

— Nós duas sabemos que há muitas coisas mais perigosas do que ursos e lobos.

— As coisas não ficaram mais fáceis para você, Lily?

— Ainda penso sobre o que aconteceu, todos os dias. O que ele fez com minha família, comigo. Mas estar aqui tem ajudado bastante.

— Tem mesmo? Ou será que tamanho isolamento apenas reforça seus medos?

Lily olhou para Maura.

— Um medo sadio do mundo é o que mantém alguns de nós vivos. Foi essa a lição que aprendi dois anos atrás.

Ela seguiu subindo os degraus, passando por uma pintura sombria de três homens em robes medievais — sem dúvida mais uma contribuição da família de Anthony Sansone. Maura pensou em alunos revoltados passando em disparada por aquela obra de arte todos os dias e perguntou-se quantos milissegundos aquela pintura permaneceria intacta em qualquer outra escola. Ela pensou, também, na biblioteca, com seus volumes de valor incalculável encadernados em couro com relevos de ouro. Os alunos de Evensong devem formar mesmo um grupo incomum para serem confiados com tamanhos tesouros.

Elas chegaram ao segundo andar. Lily apontou para o terceiro andar.

— Os alojamentos ficam no próximo andar. Os dormitórios dos alunos ficam na ala leste e os quartos dos professores e convidados, na ala oeste. Você ficará na parte mais antiga da ala oeste, na qual os quartos possuem adoráveis lareiras de pedra. No verão, é o melhor lugar em todo o castelo.

— E no inverno?

— Não é habitável. A menos que queira passar a noite jogando troncos na lareira. Fechamos essa parte quando esfria. — Lily conduziu-a pelo corredor do segundo andar. — Me deixe ver se o velho Pasky já terminou.

— Quem?

— Professor David Pasquantonio. Ensina botânica, biologia celular e química orgânica.

— Temas bastante avançados para alunos do ensino médio.

— Ensino médio? — Lily gargalhou. — Iniciamos esses tópicos no ensino fundamental. Aos 12 anos, eles são muito mais inteligentes do que a maioria das pessoas acredita.

Elas passaram por portas abertas e por salas de aula desertas. Ela vislumbrou um esqueleto humano pendurado, uma bancada de laboratório, suportes e tubos de ensaio e uma tabela cobrindo as paredes com uma linha do tempo da história do mundo.

— Como estamos no recesso de verão, fico surpresa que ainda tenham aulas.

— A alternativa seria um monte de alunos enlouquecendo de tédio. Não... Tentamos manter suas massas cinzentas em atividade.

Elas viraram em outro corredor e deparam-se com um enorme cão negro deitado diante de uma porta fechada. Ao ver Maura, sua cabeça empinou-se de imediato, e ele avançou em direção a ela, balançando a cauda furiosamente.

— Calma! Urso! — Maura gargalhou quando ele se levantou, apoiado nas patas traseiras. Duas patas gigantes pousaram em seus ombros e uma língua molhada lambuzou seu rosto.

— Vejo que seus modos não melhoraram.

— Ele está mesmo feliz por rever você.

— Também estou feliz por ver você — sussurrou Maura enquanto abraçava o cachorro. Ele desceu nas quatro patas, e ela podia jurar que Urso sorria para ela.

— Deixarei vocês aqui, então — disse Lily. — Julian está aguardando ansiosamente sua chegada, então, por que não entra?

Maura despediu-se com um aceno e entrou tão sorrateiramente na sala de aula que ninguém percebeu. Ela parou em um canto e observou o professor calvo, que usava óculos, escrever a agenda da semana no quadro-negro, em uma caligrafia fina e nervosa.

— Às oito em ponto, nos reuniremos no lago — disse ele.
— Se chegarem atrasados, *serão* deixados para trás. E perderão a oportunidade de ver um raro espécime de *Amanita bisporigera*, que surgiu após a última chuva. Usem botas e capas de chuva. Pode ser que esteja enlameado.

Mesmo pelas costas, era fácil identificar Julian "Rato" Perkins entre as duas dúzias de alunos reunidos em torno da mesa de exibição do professor Pasquantonio. Aos 16 anos, já tinha o corpo de um homem, com ombros largos que se tornaram ainda mais musculosos desde a última vez que Maura o vira. Ela havia dependido daqueles ombros no inverno passado, quando lutaram para sobreviver nas montanhas de Wyoming, uma batalha que tinha forjado um laço profundo e duradouro entre os dois. Julian era o mais próximo de um filho que ela chegaria a conhecer, e ela observou com orgulho sua postura ereta e o quanto parecia atento, mesmo enquanto o professor Pasquantonio afundava em uma voz que zunia como um mosquito.

— Quero todos os seus relatórios sobre toxicidade das plantas até sexta-feira, antes que a maioria de vocês parta para Quebec. E não se esqueçam de que temos um teste de identificação de cogumelos na quinta-feira. Dispensados.

Virando-se para partir, Julian viu Maura de relance, e seu rosto iluminou-se com um sorriso. Em passos rápidos, atravessou a sala em direção a ela, braços já se abrindo para dar um abraço, mas no último instante, ciente de que os colegas o observavam, pensou duas vezes, e ela precisou se dar por satisfeita com um beijo na bochecha e um tapinha desajeitado nos ombros.

— Você finalmente chegou! Esperei a tarde toda!
— Bem, agora temos duas semanas inteiras. — Ela afastou o topete escuro que caía na testa dele e manteve a mão em sua bochecha, onde ficou surpresa por sentir o primeiro indício de uma barba. Ele estava crescendo rápido demais.

Julian corou sob o toque, e ela percebeu que alguns alunos não tinham deixado a sala e estavam de pé ao redor, observando. A maioria dos adolescentes ignora a existência de adultos, mas os colegas de turma de Julian pareciam intrigados com aquela visitante estranha ao seu mundo. As idades variavam entre o ensino fundamental e o médio, e as roupas também eram muito diferentes, desde uma menina loura com jeans rasgados a um garoto usando calças sociais e uma camisa oxford. Todos olhavam fixamente para Maura.

— Você é a patologista — disse uma garota de minissaia. — Ouvimos dizer que estava para chegar.

Maura sorriu.

— Julian falou de mim?

— Tipo, mais ou menos o tempo todo. Você vai dar uma aula?

— Uma aula? — Ela olhou para Julian. — Eu não planejei isso.

— Queríamos ouvir sobre patologia forense — disse um garoto asiático. — Em biologia, dissecamos sapos e fetos de porcos, mas era apenas anatomia. Não é como as coisas legais que você faz com pessoas mortas.

Maura olhou para os rostos ansiosos ao redor. Como acontece com boa parte do público, a imaginação deles era provavelmente alimentada por um excesso de programas policiais de TV e livros sobre crimes.

— Não sei se o tópico seria apropriado... — começou Maura.

— Porque somos crianças?

— Patologia forense é um tema ensinado na faculdade de medicina. Mesmo a maioria dos adultos considera o assunto perturbador.

— Nós não consideraríamos — disse o garoto asiático. — Mas talvez Julian não tenha dito a você quem somos.

Vocês são *esquisitos*, isso sim, pensou Maura ao observar os colegas de turma de Julian partirem, arrastando sapatos e fazendo o piso ranger. No silêncio que se seguiu, Urso emitiu um ganido entediado e trotou até eles para lamber a mão de Julian.

— *Quem somos*? O que ele quis dizer? — perguntou Maura.

Foi o professor quem respondeu.

— Como um número grande demais dos colegas de turma, o jovem Sr. Chinn costuma usar a boca antes do cérebro. Não adianta tentar decifrar qualquer sentido mais profundo em baboseiras adolescentes. — O homem espiou amargamente sobre seus óculos para Maura. — Sou o professor Pasquantonio. Julian me contou que você nos visitaria nesta semana, Dra. Isles. — Ele olhou para o garoto, e seus lábios se contorceram em um meio sorriso. — Ele é um ótimo aluno, aliás. Precisa trabalhar em suas habilidades em redação e é desesperadoramente ruim em ortografia, mas é melhor do que ninguém em detectar espécimes botânicos incomuns na floresta.

Apesar de carregado de críticas, o elogio fez Julian sorrir.

— Vou exercitar minha ortografia, professor.

— Aproveite a estadia conosco, Dra. Isles — disse Pasquantonio enquanto recolhia suas anotações e seus espécimes de plantas colocados na bancada de demonstração. — Por sorte, o lugar está tranquilo nessa época do ano. Não há tantos pés barulhentos pisoteando as escadas como elefantes.

Maura reparou na moita de flores roxas que o homem segurava.

— Acônito.

Pasquantonio concordou com a cabeça.

— *Aconitum*. Muito bem.

Ela passou os olhos pelos outros espécimes de plantas que ele tinha colocado sobre a mesa.

— Dedaleira. Beladona. Ruibarbo.

— E essa aqui? — Ele pegou um graveto com folhas secas. — Ponto extra se me disser de qual arbusto florido isto veio.

— É espirradeira.

Ele olhou para ela, com olhos pálidos incensados com interesse.

— Ele sequer cresce nesse clima e ainda assim você o reconhece. — Ele fez um gesto deferencial com sua cabeça careca. — Estou impressionado.

— Cresci na Califórnia, onde espirradeira é comum.

— Suspeito que também goste de jardinagem.

— Sou apenas uma aspirante. Mas sou patologista. — Ela olhou para os espécimes botânicos dispostos sobre a mesa. — São todas plantas venenosas.

Ele concordou.

— E tão lindas. Cultivamos acônito e dedaleira aqui, em nosso jardim. O ruibarbo está crescendo em nossa horta. E beladona, com as pequenas flores e os frutos tão lindos, nasce em toda parte, como erva comum. Bem ao nosso redor, tão lindamente disfarçados, estão os instrumentos da morte.

— E você está ensinando isso a crianças?

— Elas necessitam do conhecimento tanto quanto qualquer outra pessoa. Isso lembra a elas de que o mundo natural é um lugar perigoso, como você sabe. — Ele colocou os espécimes em uma prateleira e recolheu páginas de anotações. — Foi um prazer conhecê-la, Dra. Isles — disse ele antes de voltar-se para Julian. — Sr. Perkins, a visita de sua amiga não servirá como desculpa para o atraso na entrega do dever de casa. Apenas estejamos claros quanto a isso.

— Sim, senhor — disse Julian solenemente. Ele manteve a expressão sóbria até que o professor Pasquantonio estivesse bem longe no corredor, com os ouvidos fora de alcance, e depois caiu na gargalhada. — Agora você sabe por que o chamamos de Pasky Venenoso.

— Ele não parece o mais amigável dos professores.

— E não é. Ele preferiria conversar com suas plantas.

— Espero que os outros professores não sejam muito estranhos.

— *Todos* somos estranhos aqui. Por isso é um lugar tão interessante. Como a Srta. Saul diz, ser normal é tão chato.

Ela sorriu para ele. Tocou de novo seu rosto. Desta vez, ele não recuou.

— Você parece feliz aqui, Rato. Você se dá bem com todo mundo?

— Melhor do que em casa.

Sua casa, no Wyoming, era um lugar lúgubre para Julian. Na escola, foi um aluno ruim, atormentado e ridicularizado pelos colegas, reconhecido não por realizações acadêmicas, mas por atribulações com a polícia e brigas no pátio da escola. Aos 16 anos, parecia destinado a uma cela na prisão.

Portanto, havia verdade no que Julian tinha falado quanto a ser estranho. Ele não era normal e jamais seria. Expulso de casa pela própria família, abandonado na floresta, havia aprendido a se virar sozinho. Matara um homem. Apesar de ter sido em legítima defesa, derramar o sangue de outra pessoa muda você para sempre, e Maura perguntava-se o quanto aquela memória ainda o assombrava.

Ele pegou a mão dela.

— Venha. Quero te mostrar o lugar.

— A Srta. Saul me mostrou a biblioteca.

— Já foi ao seu quarto?

— Não.

— É na ala antiga, onde ficam todos os hóspedes importantes. É onde o Sr. Sansone fica sempre que nos visita. Seu quarto tem uma grande lareira. Quando nos visitou, a tia de Briana esqueceu de abrir o duto da chaminé e o quarto ficou cheio de fumaça. Precisaram evacuar todo o castelo. Então, você vai se lembrar, certo? De abrir o duto? — "E não vai me constranger" era a mensagem não dita.

— Vou me lembrar. Quem é Briana?

— É só uma garota daqui.

— *Só* uma garota? — Com cabelo preto e olhos penetrantes, Julian crescia e se tornava um jovem bonito, que um dia captaria os olhares de muitas mulheres. — Detalhes, por favor.

— Não é ninguém especial.

— Ela estava na aula?

— Sim. Ela tem cabelos pretos longos. Uma saia *bem* curta.

— Ah... Está falando da garota bonita.

— Acho que sim.

Ela riu.

— Deixe disso! Não me diga que não tinha reparado nisso.

— Bem, sim. Mas acho que ela é um pouco babaca. Apesar de sentir pena dela.

— Pena dela? Por quê?

Julian olhou para Maura.

— Ela está aqui porque a mãe dela foi assassinada.

De repente, Maura arrependeu-se por quão jubilosamente se intrometeu nas amizades dele. Rapazes adolescentes eram um mistério para ela, criaturas enormes, com pés grandes e hormônios em ebulição, vulneráveis em um momento, frios e distantes no seguinte. Por mais que quisesse ser uma mãe para ele, jamais seria boa naquilo, jamais teria instintos maternos.

Ela seguiu em silêncio, descendo o corredor do terceiro andar, onde havia pinturas de aldeias medievais nas paredes, apoiadores e uma madona de marfim segurando o filho. O quarto de hóspede era quase no final do corredor; quando Maura entrou, viu que sua mala havia sido entregue e descansava sobre um cavalete de cerejeira para bagagens. Da janela arqueada, ela podia ver um jardim murado e adornado com estátuas de pedra. Além do muro, a floresta se fechava, como um exército invasor.

— O quarto está voltado para o leste, então você terá uma bela vista do nascer do sol amanhã.

— Todas as vistas são belas neste lugar.

— O Sr. Sansone achou que você gostaria desse quarto. É o mais silencioso.

Ela permaneceu junto à janela, com as costas voltadas para ele enquanto perguntava:

— Ele esteve aqui recentemente?

— Há cerca de um mês. Ele sempre vem para reuniões da diretoria de Evensong.

— Quando é a próxima?

— Só no mês que vem. — Ele fez uma pausa. — Você gosta mesmo dele, não gosta?

O silêncio dela foi revelador demais.

— Ele foi um homem generoso — disse ela, casualmente. Depois, virou-se para encarar Julian. — Nós devemos muito a ele.

— Isso é mesmo tudo que tem a dizer sobre ele?

— O que mais haveria?

— Bem, você me perguntou sobre Briana. Achei que deveria perguntar sobre o Sr. Sansone.

— Bom argumento — admitiu ela.

Mas a pergunta dele ficou no ar; ela não sabia como respondê-la. *Você gosta mesmo dele, não gosta?*

Ela virou-se para olhar para a cama com colunas entalhadas e o armário de carvalho. Talvez fossem mais antiguidades vindas da casa de Sansone. Apesar de o homem não estar presente, ela via a influência dele em todos os lugares, das obras de arte de valores incalculáveis aos livros com encadernação em couro na biblioteca. O isolamento do castelo, o portão trancado e a estrada particular refletiam sua obsessão por privacidade. O único detalhe que maculava o quarto estava pendurado sobre a cornija da lareira: um retrato a óleo de um cavalheiro de ar arrogante, com casaco de caçador, um rifle apoiado sobre o ombro e uma bota repousando sobre um veado caído.

— Esse é Cyril Magnus — disse Julian.

— O homem que construiu o castelo?

— Ele gostava muito de caçar. No sótão, há uma tonelada de animais empalhados que ele trouxe como troféus de todos os cantos do mundo. Eles costumavam ficar pendurados no refeitório até a Dra. Welliver dizer que todas aquelas cabeças empalhadas arruinavam seu apetite e mandar o Sr. Roman tirá-las das paredes. Eles entraram na maior briga ao discutirem se os troféus glorificavam a violência. No final, o diretor Baum decidiu que todos votaríamos sobre a questão, até os alunos. Então as cabeças foram removidas.

Ela não conhecia aquelas pessoas sobre quem Julian estava falando, num triste lembrete de que ela não era parte do mundo dele naquele lugar, de que ele agora tinha sua própria vida longe e independente dela. Ela já se sentia deixada para trás.

— ... E agora a Dra. Welliver e o Sr. Roman estão brigando para decidirem se os alunos devem aprender a caçar. O Sr. Roman disse que sim, pois é uma habilidade antiga, mas a Dra. Welliver diz que é barbárie. Então o Sr. Roman destacou que a Dra. Welliver come carne, então isso a qualifica como bárbara. Nossa, como aquilo a deixou furiosa!

Enquanto Maura tirava da mala seus jeans e botas de caminhada e pendurava blusas e um vestido no armário, Julian falava sobre os colegas e professores, sobre a catapulta que construíram na turma da Srta. Saul e sobre o passeio na floresta em que um urso negro invadira o acampamento.

— E aposto que foi você quem colocou o urso para correr — disse ela, com um sorriso.

— Não, o Sr. Roman o afugentou. Nenhum urso quer se atracar com *ele*.

— Então ele deve ser um homem muito assustador.

— Ele é o guarda-florestal. Você vai conhecer ele no jantar. Se ele aparecer.

— Ele não precisa comer?

— Ele está evitando a Dra. Welliver, por causa da discussão sobre a qual te contei.

Maura fechou a gaveta da cômoda.

— E quem é essa Dra. Welliver, que odeia tanto caçar?

— É nossa psicóloga. Vejo-a duas vezes por mês, às quintas-feiras.

Maura virou-se e franziu a testa para ele.

— Por quê?

— Porque tenho problemas. Como todo mundo.

— De que problemas está falando?

Ele olhou intrigado para ela.

— Imaginei que soubesse. É por isso que estou aqui, o motivo pelo qual fomos escolhidos para Evensong. Porque somos diferentes dos garotos comuns.

Ela pensou na turma que visitara, nas duas dúzias de alunos reunidos em torno da mesa de demonstração de Pasky Venenoso. Pareciam adolescentes americanos comuns.

— O que exatamente é diferente em você? — perguntou ela.

— A maneira como perdi minha mãe. A mesma coisa que torna todos os garotos aqui diferentes.

— Os outros alunos também perderam os pais?

— Alguns. Ou perderam irmãs ou irmãos. A Dra. Welliver nos ajuda a lidar com a raiva. Com os pesadelos. E Evensong nos ensina a reagir.

Ela pensou em como a mãe de Julian tinha morrido. Pensou em como crimes violentos propagam-se através de famílias, de vizinhanças, de gerações. *Evensong nos ensina a reagir.*

— Quando diz que os outros garotos perderam os pais ou irmãs ou irmãos... — começou Maura. — Quer dizer...

— Assassinato — disse Julian. — É o que todos temos em comum.

8

Havia um rosto novo no refeitório naquela noite.

Durante semanas, Julian tinha falado sobre a visitante, a Dra. Isles, e sobre o trabalho dela no Instituto Médico Legal de Boston, cortando pessoas mortas. Ele jamais havia mencionado que ela era linda. Cabelos escuros e esguia, com um olhar tranquilamente intenso, era tão parecida com Julian que quase poderiam ser mãe e filho. E a Dra. Isles olhava para Julian como uma mãe olharia para o próprio filho, com um orgulho evidente, atenta a cada palavra que ele dizia.

Ninguém jamais olhará para mim desta maneira, pensou Claire Ward.

Sentada em seu habitual lugar solitário num canto, Claire observava a Dra. Isles, reparando na elegância com a qual a mulher usava a faca e o garfo para cortar a carne. De sua mesa, Claire via tudo que acontecia no refeitório. Ela não se importava em se sentar sozinha; assim não precisaria se envolver em conversas sem sentido e poderia observar o que todo mundo estivesse fazendo. E aquele canto era o único lugar onde se sentia confortável, de costas para a parede, sem ninguém atrás dela.

Hoje, o cardápio era *consommé*, uma salada de alface americana, *beef Wellington* com batatas assadas e aspargos e torta de limão para sobremesa, o que significava que seria necessário um malabarismo com um conjunto de garfos, colheres e facas, algo que confundia Claire desde o dia em que chegara a Evensong, um mês antes. Na casa de Bob e Barbara Buckley, em Ithaca, os jantares eram muito mais simples, envolvendo apenas uma faca, um garfo e um ou dois guardanapos de papel.

Jamais houvera *beef Wellington*.

Ela sentia muito mais falta de Bob e Barbara do que jamais podia ter imaginado. Sentia quase tanta falta quanto dos próprios pais, cujas mortes, dois anos atrás, tinham deixado memórias perturbadoramente difusas que se dissipavam rapidamente dia após dia. Mas as mortes de Bob e Barbara permaneciam vivas e dolorosas, pois foram culpa dela. Se ela não tivesse escapulido de casa naquela noite e se Bob e Barbara não tivessem sido forçados a sair em busca dela, poderiam ainda estar vivos.

Agora, estão mortos. E estou comendo torta de limão.

Ela pousou o garfo e olhou além dos outros alunos, entre os quais a maioria a ignorava, assim como ela os ignorava. Mais uma vez, concentrou-se na mesa em que Julian estava sentado com a Dra. Isles. A mulher que fatiava cadáveres. Em geral, Claire evitava olhar para outros adultos, porque a deixavam desconfortável e faziam perguntas demais. Especialmente a Dra. Anna Welliver, psicóloga da escola, com quem Claire passava todas as tardes de quarta-feira. A Dra. Welliver era bastante simpática, um tipo de vovó com cabelos grandes e ondulados, mas sempre fazia as mesmas perguntas. Claire ainda tinha problemas com o sono? O que ela lembrava dos pais? Os pesadelos tinham melhorado? Como se falar a respeito e pensar a respeito fosse fazer os pesadelos desaparecerem.

E todos nós temos pesadelos.

Olhando ao redor para os colegas, Claire viu o que um observador casual talvez deixasse passar. Lester Grimmett olhando para a porta para se assegurar de que havia uma rota de fuga aberta. Os braços de Arhtur Toombs marcados por feias cicatrizes de queimadura. Bruno Chinn enfiando freneticamente a comida na boca, para que seu sequestrador não a tirasse dele. Todos nós fomos marcados, pensou ela, mas algumas cicatrizes são mais aparentes do que outras.

Ela tocou a própria cicatriz, escondida atrás de seus longos cabelos louros; uma crista de tecido cicatrizado marcava o ponto em que os cirurgiões tinham cortado seu couro cabeludo e serrado seu crânio para remover sangue e fragmentos de um projétil. Ninguém mais poderia ver o ferimento, mas ela nunca se esquecia de que ele estava lá.

Deitada mais tarde, naquela noite, Claire ainda coçava a cicatriz e perguntava-se qual teria sido a aparência de seu cérebro. Será que cérebros também tinham cicatrizes, como aquela crista emaranhada de pele? Um dos médicos — foram tantos naquele hospital em Londres que ela não lembrava o nome dele — disse a ela que os cérebros de crianças recuperavam-se melhor, que ela tinha tido sorte de ter apenas 11 anos quando havia levado o tiro. *Sorte* havia sido a palavra que ele tinha usado, médico idiota. Ele estivera essencialmente certo quanto à recuperação. Ela podia andar e falar como todo mundo, mas suas notas eram terríveis porque tinha dificuldade em se concentrar em qualquer coisa por mais de dez minutos e ficava irritada rápido demais e de jeitos que a deixavam assustada e envergonhada. Apesar de não *parecer* danificada, ela sabia que estava. E aquele dano era o motivo pelo qual ela estava deitada, totalmente desperta, à meia-noite. Como de costume.

Não fazia sentido desperdiçar tempo na cama.

Ela levantou-se e acendeu a luz. As três colegas de quarto tinham ido passar o verão em suas casas, de modo que ela tinha o quarto só para si e podia ir e vir sem que ninguém a dedurasse. Em segundos, estava vestida e no corredor.

Foi quando viu o bilhete sujo e preso com fita adesiva à sua porta: *Canos derebrais!*

A desgraçada da Briana, pensou ela. Briana, que sussurrava "retardada" sempre que Claire passava por ela e que tinha gargalhado histericamente na sala de aula quando Claire havia tropeçado em um pé colocado estrategicamente. Claire havia retaliado, escondendo um punhado de minhocas grudentas na cama de Briana. Ah, os gritos histéricos valeram a pena!

Claire arrancou o bilhete da porta, entrou no quarto para pegar uma caneta e rabiscou: *Melhor conferir seus lençóis.* Descendo o corredor, colou o bilhete na porta do quarto de Briana e seguiu, passando por quartos onde outros colegas de turma dormiam. Na escada, sua sombra tremulou pela parede como um espírito gêmeo descendo em espiral ao seu lado. Ela saiu pela porta da frente e saiu para o luar.

A noite estava estranhamente quente e o vento cheirava a grama seca, como se viesse de muito longe, trazendo com ele o perfume de pradarias, desertos e lugares para os quais ela jamais iria. Ela inspirou fundo e, pela primeira vez no dia, sentiu-se livre. Livre das aulas, de professores a observando e das provocações de Briana.

Ela desceu os degraus de pedra, com passos determinados sob o luar intenso. O lago ficava adiante, onde a água brilhava como paetês, clamando por ela. Ela começou a tirar a camisa, ansiosa para deslizar na água sedosa.

— Você saiu de novo — disse alguém.

Claire virou-se para ver uma figura separar-se da sombra das árvores. Uma figura que ela reconheceu instantaneamente pela silhueta larga. Will Yablonski surgiu sob o luar, mostrando o rosto com bochechas gorduchas. Ela se perguntou se ele sabia que Briana suspirava "grande baleia branca" pelas costas dele. Pelo menos isto Will e eu temos em comum, pensou ela. Somos os esquisitos.

— O que está fazendo aqui? — perguntou ela.

— Eu estava observando o céu. Mas a lua subiu, então guardei o telescópio por hoje. — Ele apontou para o lago. — Há um lugar muito bom ali, perto da água. Perfeito para olhar o céu.

— O que está procurando?

— Um cometa.

— Você o viu?

— Não, quero dizer um cometa *novo*. Um que nunca tenha sido relatado. Amadores encontram cometas toda hora. Há um cara chamado Don Machholz que encontrou 11, e ele é só um amador, como eu. Se eu encontrar um, posso dar um nome para ele. Como cometa Kohoutek. Ou Halley ou Shoemaker-Levy.

— Como você o chamaria?

— Cometa Neil Yablonski.

Ela riu.

— Como se *isso* fosse nome de cometa.

— Não acho que soe tão mal — disse ele tranquilamente. — É em memória de meu pai.

Ela ouviu a tristeza na voz dele e desejou não ter rido.

— É, acho que seria bem legal dar a ele o nome do seu pai — disse ela. Ainda que *Cometa Yablonski* realmente soe estúpido.

— Vi você há algumas noites — disse ele. — O que *você* faz aqui fora?

— Não consigo dormir. — Ela virou-se para olhar para a água e imaginou-se atravessando lagos, oceanos a nado. A água escura não a assustava; fazia com que se sentisse viva, como uma sereia retornando para casa. — Quase não durmo. Desde...

— Você também tem pesadelos? — perguntou ele.

— Só não durmo. É porque meu cérebro está todo bagunçado.

— O que você quer dizer?

— Tenho uma cicatriz aqui, na cabeça, onde os médicos serraram e abriram meu crânio. Eles removeram pedaços da bala de revólver e danificaram coisas lá dentro. Por isso, não durmo.

— As pessoas *precisam* dormir ou morrem. Como consegue ficar sem dormir?

— Só não durmo tanto quanto os outros. Algumas horas, é tudo. — Ela inspirou o vento com perfume de verão. — De todo modo, gosto da noite. Gosto porque é tranquila. Há animais que você não vê durante o dia, como corujas e gambás. Às vezes, caminho pela floresta e vejo os olhos deles.

— Você se lembra de mim, Claire?

A pergunta, feita de maneira tão delicada, fez com que ela se virasse para ele, intrigada.

— Vejo você todos os dias, Will.

— Não, quero saber se você se lembra de mim de algum outro lugar? Antes de virmos para Evensong?

— Eu não conhecia você antes.

— Tem certeza?

Ela encarou-o sob o luar. Viu uma grande cabeça, com um rosto em forma de lua. Will era assim, grande, da cabeça aos pés enormes. Grande e macio, como um marshmallow.

— Do que está falando?

— Quando cheguei aqui, quando vi você no refeitório, tive uma sensação estranha. Como se tivesse conhecido você antes.

— Eu estava morando em Ithaca. Onde você estava?

— Em New Hampshire. Com meus tios.

— Nunca estive em New Hampshire.

Ele aproximou-se. Aproximou-se tanto que sua grande cabeça eclipsou a lua que nascia.

— E eu costumava morar em Maryland. Há dois anos, quando meus pais eram vivos. Isso significa alguma coisa para você?

Ela balançou a cabeça.

— Eu não me lembraria. Tenho dificuldade até mesmo em me lembrar dos meus pais. De como eram as vozes deles. De como riam ou do cheiro deles.

— Isso é muito triste. Que não se lembre.

— Tenho álbuns de fotos, mas quase não os vejo. É como ver fotos de estranhos.

O toque dele a assustou, e ela recuou. Não gostava que a tocassem. Não desde que havia despertado naquele hospital em Londres, onde um toque costumava significar outra agulhada e outra pessoa infligindo dor, por mais que bem-intencionada.

— Evensong deveria ser nossa família agora — disse ele.

— É — grunhiu ela. — É o que a Dra. Welliver vive repetindo. Que somos todos uma *família* grande e feliz.

— É bom acreditar nisso, não acha? Que vamos todos tomar conta uns dos outros?

— Claro. E acredito na fada dos dentes. As pessoas não cuidam umas das outras. Elas só se preocupam consigo mesmas.

Um feixe de luz tremulou em meio às árvores. Ela virou-se, viu o carro que se aproximava e disparou instantaneamente em direção ao arbusto mais próximo. Will seguiu-a, movendo-se como um alce ruidoso com seus pés gigantescos. Ele agachou-se ao lado dela.

— Quem está chegando a essa hora da noite? — sussurrou ele.

Um sedã escuro reduziu a velocidade até parar diante da casa; um homem saiu do carro, alto e esguio como uma pantera. Ele pausou ao lado do automóvel e examinou a noite, como que procurando na escuridão algo que ninguém mais conseguia ver. Durante um instante frenético, Claire pensou que ele estivesse olhando para ela e abaixou-se mais ainda atrás do arbusto, tentando se esconder dos olhos que viam tudo.

A porta da frente da escola abriu-se, jogando luz sobre o pátio, e o diretor Gottfried Baum surgiu na entrada.

— Anthony! — bradou Baum. — Obrigado por vir tão prontamente.

— São acontecimentos perturbadores.

— É o que parece. Venha, venha. Seu quarto está pronto e uma refeição o aguarda.

— Comi no avião. Devemos cuidar imediatamente do problema em questão.

— É claro. A Dra. Welliver tem monitorado a situação em Boston. Está pronta para interceder, se necessário.

A porta fechou-se. Claire se levantou, perguntando-se quem seria o estranho visitante. E por que o diretor Baum soara tão nervoso.

— Vou checar o carro dele — disse ela.

— Claire, não — sussurrou Will.

Mas ela já seguia em direção ao sedã. O capô ainda estava quente; a superfície encerada brilhava sob o luar. Ela contornou o veículo, acariciando a superfície. Sabia que era uma Mercedes por causa da insígnia. Preto, reluzente, caro. O carro de um homem rico.

Trancado, é claro.

— Quem é ele? — perguntou Will. Ele finalmente tinha encontrado coragem para emergir do arbusto e estava ao lado dela.

Ela levantou os olhos para a ala oeste, onde uma silhueta apareceu brevemente contra uma luz acesa. Depois, as cortinas fecharam-se abruptamente, cortando sua visão.

— Sabemos que o nome dele é Anthony.

9

Maura não dormiu bem naquela noite.

Talvez fosse a cama estranha, talvez fosse o silêncio do lugar — um silêncio tão profundo que parecia que a própria noite estava prendendo a respiração, esperando. Quando Maura despertou pela terceira vez, a lua havia nascido e brilhava através da sua janela. Ela tinha deixado as cortinas abertas para que o ar fresco entrasse no quarto, mas precisou sair da cama para fechá-las por causa da claridade. Parando na janela, baixou os olhos para o jardim. Ele estava banhado pelo luar e as estátuas de pedra eram tão luminosas quanto fantasmas.

Será que alguma se mexeu?

Ela ficou parada, segurando a cortina e olhando para estátuas dispostas como peças de xadrez entre os arbustos podados. Pela paisagem espectral, uma figura esguia, com longos cabelos claros prateados, moveu-se como uma ninfa. Era uma garota andando pelo jardim.

Maura ouviu passos no corredor e vozes de homens.

— ... Não sabemos se a ameaça é real ou imaginária, mas a Dra. Welliver parece convencida.

— A polícia parece ter a situação sob controle. Tudo que podemos fazer é aguardar.

Conheço essa voz. Maura colocou um roupão e abriu a porta.

— Anthony — chamou ela.

Anthony Sansone virou-se e deparou-se com Maura. Em roupas pretas, ao lado do muito mais baixo Gottfried Baum, Sansone parecia uma figura imponente, quase sinistra naquele corredor mal-iluminado. Ela reparou em suas roupas amassadas e no cansaço em seus olhos e compreendeu que a jornada até a escola tinha sido longa.

— Lamento se a despertamos, Maura — disse ele.

— Eu não tinha a menor ideia de que você vinha para a escola.

— Somente alguns problemas para resolver. — Ele sorriu, um sorriso cansado que não alcançou seus olhos.

Ela sentiu uma tensão trêmula no corredor. Viu-a no rosto de Gottfried Baum e no distanciamento frio com o qual Sansone se dirigia a ela. Ele nunca foi um homem caloroso e houve momentos nos quais Maura havia se perguntado se ele não gostava dela. Hoje, aquela reserva estava mais impenetrável do que nunca.

— Preciso conversar com você — disse ela. — É sobre Julian.

— É claro. De manhã, talvez? Não partirei até a tarde.

— Ficará aqui tão pouco tempo?

Ele balançou os ombros de maneira pesarosa.

— Eu gostaria de ficar mais. Mas você sempre pode discutir qualquer preocupação com Gottfried.

— Você *tem* preocupações, Dra. Isles? — perguntou Gottfried.

— Sim, tenho. Sobre por que Julian está aqui. Evensong não é apenas um colégio interno, é?

Ela viu algo acontecer entre os dois homens.

— Seria melhor deixar esse assunto para amanhã — disse Sansone.

— Eu preciso mesmo conversar sobre isso. Antes que você suma de novo.

— Conversaremos. Prometo. — Ele moveu a cabeça bruscamente. — Boa noite, Maura.

Ela fechou a porta, perturbada pelo distanciamento dele.
A última vez que se falaram havia sido há apenas dois meses,
quando Sansone havia levado Julian para uma visita à casa
dela. Eles ficaram no pórtico, sorrindo, e ele parecera relutante
em partir. *Ou será que imaginei tudo? Será que nunca fui sábia
em relação aos homens?*

O histórico de Maura com certeza era desanimador. Durante os últimos dois anos, tinha ficado presa em um caso com
um homem que jamais poderia ter, um caso que sabia que terminaria mal, mas havia sido tão impotente quanto um viciado
para resistir a ele. Apaixonar-se realmente se reduzia a isso: seu
cérebro sob efeito de drogas. Adrenalina e dopamina, oxitocina
e serotonina. Insanidade química, celebrada por poetas.

Dessa vez, prometo que serei mais sábia.

Ela voltou à janela para fechar as cortinas e impedir a
entrada do luar, outra fonte de insanidade tão louvada por
esses mesmos poetas desmiolados. Somente quando estendeu
a mão para pegar as cortinas, lembrou-se da figura que vira
pouco antes. Começando pelo jardim, ela viu estátuas em uma
paisagem prateada de sombras e luar. Nada se moveu.

A garota tinha partido.

Ou será que nunca esteve lá?, perguntou-se Maura na manhã
seguinte, quando olhou pela mesma janela e viu um jardineiro agachado lá embaixo, brandindo aparadores de arbustos.
Um galo cacarejou, alta e estrondosamente, proclamando sua
autoridade. Parecia uma manhã perfeitamente normal, com
o sol brilhando e o galo cacarejando repetidas vezes. Mas na
noite anterior, sob o luar, tudo havia parecido tão sobrenatural.

Alguém bateu na porta do quarto. Era Lily Saul, que a cumprimentou, animada:

— Bom dia! Vamos nos reunir no gabinete de curiosidades, caso queira se juntar a nós.

— Para quê?

— Para abordar suas preocupações relativas a Evensong. Anthony disse que tinha perguntas e estamos prontos para responder. — Ela apontou para a escada. — Fica lá embaixo, atravessando a biblioteca. Há café esperando por nós.

Maura encontrou muito mais do que apenas café aguardando por ela quando entrou no gabinete de curiosidades. Ao longo das paredes, havia armários de vidro repletos de artefatos: figuras entalhadas, ferramentas antigas de pedra, pontas de flechas e ossos de animais. Os rótulos amarelados informavam a ela que aquela era uma coleção antiga, talvez do próprio Cyril Magnus. Em qualquer outro momento, ela teria se detido sobre os tesouros, mas as cinco pessoas já sentadas em torno da enorme mesa de carvalho exigiam sua atenção.

Sansone levantou-se de sua cadeira e disse:

— Bom dia, Maura. Você já conhece Gottfried Baum, nosso diretor. Ao lado dele está a Srta. Duplessis, que ensina literatura. Nosso professor de botânica, David Pasquantonio. E esta é a Dra. Anna Welliver, a psicóloga da escola. — Ele indicou a mulher sorridente, de ossos largos, à sua direita. Com pouco mais de 60 anos, cabelos grisalhos e ondulados em uma juba alegremente indisciplinada, a Dra. Welliver parecia uma hippie envelhecendo em seu vestido de gola alta típico de avó.

— Por favor, Dra. Isles — disse Gottfried, apontando para a jarra de café e a bandeja com croissants e geleias. — Sirva-se.

Enquanto Maura se sentava ao lado do diretor Baum, Lily colocou uma xícara de café fumegante diante dela. Os croissants pareciam amanteigados e tentadores, mas Maura tomou somente um pequeno gole de café e concentrou-se em Sansone, que a encarava na extremidade oposta da mesa.

— Você tem perguntas sobre nossa escola e nossos alunos — disse ele. — Essas são as pessoas que têm as respostas. — Ele indicou com a cabeça seus parceiros ao redor da mesa. — Por favor, vamos ouvir suas preocupações, Maura.

A formalidade incomum desconcertou Maura, assim como o ambiente, cercado por objetos estranhos em armários e por pessoas que ela mal conhecia.

Ela respondeu com a mesma formalidade.

— Não creio que Evensong seja a escola certa para Julian.

Gottfried ergueu uma sobrancelha, surpreso.

— Ele disse a você que está infeliz, Dra. Isles?

— Não.

— Você acha que ele está infeliz?

Ela fez uma pausa.

— Não.

— Então, qual é a natureza de sua preocupação?

— Julian tem me contado sobre os colegas. Ele disse que vários perderam familiares vítimas de violência. É verdade?

Gottfried concordou com a cabeça.

— Para muitos de nossos alunos.

— Muitos? Ou a maioria?

Ele deu de ombros conciliatoriamente.

— A maioria.

— Portanto, essa é uma escola para vítimas.

— Ah, querida, não vítimas — disse a Dra. Welliver. — Pensamos neles como *sobreviventes*. Eles chegam até nós com necessidades especiais. E sabemos exatamente como ajudar eles.

— É por isso que está aqui, Dra. Welliver? Para atender às necessidades emocionais deles?

A Dra. Welliver lançou um sorriso indulgente.

— A maioria das escolas tem orientadores.

— Mas não mantêm terapeutas na equipe.

— É verdade. — A psicóloga olhou ao redor da mesa para os colegas. — Temos orgulho de dizer que somos únicos nesse aspecto.

— Únicos porque se especializam em crianças traumatizadas. — Ela olhou ao redor da mesa. — Na verdade, vocês as recrutam.

— Maura... — disse Sansone. — Agências protetoras de todo o país enviam crianças para nós porque oferecemos o que outras escolas não podem. Uma sensação de segurança. Uma sensação de ordem.

— E um propósito? É o que estão tentando infundir? — Maura olhou para os seis rostos que a observavam. — Vocês todos são membros da Sociedade Mefisto, não são?

— Será que podemos tentar nos ater ao assunto da conversa? — sugeriu a Dra. Welliver. — E nos concentrar no que fazemos aqui em Evensong?

— Estou falando de Evensong. Estou falando sobre como estão usando a escola para recrutar soldados para a missão paranoica da sua organização.

— Paranoica? — A Dra. Welliver deu uma gargalhada surpresa. — Esse não é o diagnóstico que eu faria sobre qualquer um nessa sala.

— A Sociedade Mefisto acredita que o mal é real. Vocês acreditam que a humanidade está sob ataque e que sua missão é defendê-la.

— É *isso* que imagina que estamos fazendo aqui? Treinando caçadores de demônios? — Welliver balançou a cabeça, entretida. — Acredite, nosso papel não é nem um pouco metafísico. Ajudamos crianças a se recuperar de violências e tragédias. Oferecemos a elas estrutura, segurança e uma educação maravilhosa. Nós as preparamos para a universidade ou seja lá quais forem seus objetivos. Você visitou ontem a aula do professor Pasquantonio. Você viu o quanto os alunos são envolvidos, até mesmo em um assunto como botânica.

— Ele estava mostrando plantas venenosas.

— E é precisamente por isso que elas estavam interessadas — disse Pasquantonio.

— Porque o subtexto era assassinato? Quais plantas podem ser usadas para matar?

— Essa é sua interpretação. Outros poderiam chamar de aula de segurança. Como reconhecer e evitar o que poderia fazer mal a elas.

— O que mais ensinam aqui? Balística? Manchas de sangue?

Pasquantonio deu de ombros.

— Nenhum dos dois assuntos cairia mal em uma aula de física. Qual é sua objeção?

— Minha objeção é que estão usando as crianças para levar adiante suas próprias ideias.

— Contra violência? Contra os males que os homens fazem contra outros homens? — bufou Pasquantonio. — Você faz soar como se estivéssemos dando drogas a eles ou treinando gângsteres.

— Estamos ajudando os alunos a se curarem, Dra. Isles — disse Lily. — Sabemos como é ser vítima de um crime. Nós os ajudamos a encontrar um propósito na dor. Assim como nós encontramos.

Sabemos como é. Sim, Lily Saul saberia; ela havia perdido a família em um assassinato. E Sansone também teve a família assassinada.

Maura olhou para os seis rostos e teve uma sensação arrepiante de compreensão.

— Todos vocês perderam alguém — disse ela.

Gottfried concordou pesarosamente com a cabeça.

— Minha esposa — disse ele. — Um assalto em Berlim.

— Minha irmã — falou a Srta. Duplessis. — Estuprada e estrangulada em Detroit.

— Meu marido — disse suavemente a Dra. Welliver, com a cabeça abaixada. — Sequestrado e morto em Buenos Aires.

Maura voltou-se para Pasquantonio, que olhava para baixo, em silêncio, sentado à mesa. Ele não respondeu à pergunta; não precisava. A resposta estava ali, em seu rosto. Ela pensou de repente na própria irmã, assassinada havia apenas poucos anos. E percebeu: *Pertenço a esse círculo. Como eles, velo por alguém que perdi para a violência.*

— Compreendemos essas crianças — disse a Dra. Welliver. — Por isso Evensong é o melhor lugar para elas. Talvez o único lugar para elas. Porque são como nós. Somos todos uma família.

— De vítimas.

— Não. De *sobreviventes.*

— Seus alunos podem ser sobreviventes — argumentou Maura —, mas são apenas crianças. Não podem escolher por conta própria. Não podem se recusar.

— A quê? — perguntou a Dra. Welliver.

— A se unir a esse exército. É o que vocês acham que são: um exército de virtuosos. Vocês reúnem os feridos e os transformam em guerreiros.

— Nós os criamos. Oferecemos a eles uma maneira de se reerguer diante da adversidade.

— Não, vocês os mantêm em um lugar onde jamais poderão esquecer. Ao cercá-los de outras vítimas, vocês tiram deles qualquer chance de ver o mundo da maneira que outras crianças veem. Em vez de luz, eles veem escuridão. Veem o mal.

— Porque ele existe. O mal — sussurrou Pasquantonio. Estava sentado na cadeira, com a cabeça ainda baixa. — A prova está nas próprias vidas dessas crianças. Elas meramente veem o que já sabem que existe. — Lentamente, ele levantou a cabeça e olhou para ela com olhos pálidos e úmidos. — Assim como você.

— Não — disse ela. — O que vejo no meu trabalho é o resultado de violência. Essa coisa que você chama de *mal* é apenas um termo filosófico.

— Chame do que quiser. Essas crianças sabem a verdade. Ela está gravada em suas memórias.

Gottfried disse, racionalmente:

— Fornecemos o conhecimento e as habilidades para que elas façam diferença no mundo. Inspiramos as crianças a agir, assim como fazem outras escolas particulares. Academias militares ensinam disciplina. Escolas religiosas ensinam piedade. Escolas preparatórias para faculdades enfatizam a academia.

— E Evensong?

— Ensinamos resiliência, Dra. Isles — respondeu Gottfried.

Maura olhou para os rostos ao redor da mesa, todos evangelistas. E seus recrutas eram os feridos e vulneráveis, crianças que não tiveram uma escolha.

Ela se levantou.

— Julian não serve para esse lugar. Encontrarei outra escola para ele.

— Lamento que essa decisão não caiba a você — disse a Dra. Welliver. — Você não tem a custódia legal do garoto.

— Farei uma petição ao estado de Wyoming.

— Você teve a oportunidade de fazer isso há seis meses. E abriu mão.

— Porque pensei que essa escola seria o lugar certo para ele.

— Essa escola *é* o lugar certo para ele, Maura — disse Sansone. — Tirá-lo de Evensong seria um erro. Um erro do qual se arrependerá. — Haveria um aviso na voz dele? Ela tentou ler seu rosto, mas, como tantas vezes antes, fracassou.

— Isso cabe a Julian, não acha? — perguntou a Dra. Welliver.

— Sim, claro que cabe — disse Maura. — Mas vou dizer a ele exatamente o que penso.

— Então sugiro que antes compreenda o que estamos realizando aqui.

— Mas eu *já* compreendo.

— Você chegou aqui ontem, Dra. Isles — disse Lily. — Ainda não viu o que oferecemos às crianças. Não caminhou na nossa floresta, não viu nossos estábulos e a fazenda, não observou as habilidades que estão aprendendo aqui. Tudo: de arco e flecha a plantar a própria comida e aprender como sobreviver na floresta. Sei que você é uma cientista. Não deveria basear suas decisões em fatos em vez de emoções?

O que Lily dizia era verdade e fez Maura pensar. Ela ainda não explorara Evensong. Não tinha ideia se haveria alternativa melhor para Julian.

— Nos dê uma chance — disse Lily. — Separe um tempo para conhecer os alunos e verá por que Evensong é o único lugar que pode ajudá-las. Acabamos de acolher duas crianças novas. Ambas sobreviveram a massacres. Primeiro, tiveram os pais mortos, depois os pais *adotivos* foram assassinados. Imagine quão profundas são as cicatrizes *deles*. Ficarem órfãos duas vezes? Duas vezes sobreviventes? — Lily balançou a cabeça. — Não conheço outra escola que compreenderia a dor deles da maneira como nós podemos.

Órfãos duas vezes. Duas vezes sobreviventes.

— Essas crianças... — disse Maura, delicadamente. — Quem são?

— Os nomes não importam — disse a Dra. Welliver. — O que importa é que *precisam* de Evensong.

— Quero saber quem essas crianças *são*. — A exigência ríspida pareceu alarmar a todos.

Um silêncio se passou antes que Lily perguntasse:

— Por que quer saber?

— Você disse que eram duas.

— Um garoto e uma menina.

— Os casos são relacionados?

— Não. Will veio de New Hampshire. Claire veio de Ithaca, Nova York. Por que pergunta?

— Porque acabo de realizar necropsias em uma família de Boston, morta durante uma invasão doméstica. Houve um sobrevivente na casa, o filho adotivo. Um garoto de 14 anos. Um garoto que ficou órfão há dois anos, quando a família foi massacrada. — Ela olhou para os rostos chocados. — Ele é justamente como seus dois alunos. Duas vezes órfão. Duas vezes sobrevivente.

10

Era um lugar estranho para um encontro.

Jane estava na calçada, olhando para as janelas com cortinas fechadas nas quais as palavras NOITES DAS ARÁBIAS estavam gravadas em tinta dourada e descascada sobre a figura pintada de uma mulher voluptuosa com calças de odalisca. A porta abriu-se de repente, e um homem saiu, tropeçando. Ele cambaleou por um momento, franzindo os olhos contra o sol, e desceu a rua, desequilibrado, deixando atrás de si o cheiro azedo de bebida.

Quando Jane entrou no estabelecimento, um cheiro de álcool ainda mais forte atingiu-a em cheio no rosto. No interior, estava tão escuro que ela mal enxergava as silhuetas de dois homens debruçados sobre o bar diante de suas bebidas. Almofadas espalhafatosas e sinos adornando pequenos camelos decoravam os reservados revestidos de veludo, e Jane quase esperava ver uma dançarina do ventre entrar com uma bandeja de coquetéis.

— Quer alguma coisa, senhorita? — gritou o bartender. Os dois clientes giraram nos bancos para olhar para ela.

— Estou aqui para encontrar alguém — respondeu ela.

— Acho que está procurando aquele cara nos fundos.

Uma voz gritou:

— Estou aqui, Jane.

Ela concordou com a cabeça para o bartender e seguiu até uma mesa nos fundos na qual seu pai estava sentado, quase engolido por almofadas fofas de veludo. Um copo com o que parecia ser uísque descansava na mesa diante dele. Sequer eram cinco da tarde e ele já estava bebendo, algo que ela jamais o vira fazer. No entanto, recentemente Frank Rizzoli tinha feito muitas coisas que ela jamais havia pensado que ele faria.

Como abandonar a esposa.

Ela deslizou sobre o banco diante do pai e espirrou ao se acomodar sobre o veludo empoeirado.

— Por que diabos estamos aqui, pai? — perguntou ela.

— É tranquilo. Um bom lugar para conversar.

— É *aqui* que vem passar o tempo?

— Ultimamente. Quer uma bebida?

— Não. — Ela olhou para o copo diante dele. — O que é isso?

— Uísque.

— Não, quero saber que história é essa de beber antes das cinco?

— Quem diabos inventou esta regra? O que há de tão mágico em torno das cinco? De todo modo, você sabe o que diz a canção. É sempre cinco horas em algum lugar. Homem esperto, aquele Jimmy Buffett.

— Você não deveria estar no trabalho?

— Eu disse que estava passando mal. Dane-se. — Ele bebericou o uísque, mas não pareceu desfrutar, e pousou o copo sobre a mesa. — Você não tem falado muito comigo ultimamente, Jane. Isso dói.

— Não sei mais quem você é.

— Sou seu pai. Isso não mudou.

— É, mas você é como um invasor de corpos. Você faz coisas que meu pai, meu antigo pai, não faria.

Ele suspirou.

— Loucura.

— Parece que sim.

— Não, estou falando sério. A loucura da luxúria. Hormônios filhos da puta.

— Meu antigo pai não usaria essa palavra.

— Seu antigo pai é muito mais sábio agora.

— É mesmo? — Ela se recostou, e sua garganta coçou por causa da poeira que levantou do estofamento de couro. — É por isso que está tentando se reaproximar?

— Jamais me afastei de você. *Você* me rejeitou.

— É difícil se manter próxima quando você está morando com outra mulher. Houve semanas nas quais você nem se importou em telefonar, nenhuma vez sequer. Para ver como *qualquer um* de nós estava.

— Eu não ousaria. Vocês estavam com raiva demais de mim. E você ficou do lado de sua mãe.

— E você me culpa?

— Você tem dois pais, Jane.

— E um deles saiu de casa. Partiu o coração da mamãe e fugiu com uma vagabunda.

— Sua mãe não parece estar com o coração tão partido assim.

— Sabe quantos meses levou para ela chegar a esse ponto? Quantas noites passou chorando sem parar? Enquanto você estava por aí, curtindo com aquela fulana, mamãe tentava descobrir como sobreviver por conta própria. E ela conseguiu. Preciso dar o devido crédito a ela: caiu de pé e está se saindo bem. Muito bem, na verdade.

As palavras pareceram atingi-lo com tanta força quanto se tivesse recebido um soco. Mesmo na escuridão daquele bar, ela pôde ver o rosto dele desmoronar e seus ombros se curvarem para a frente. A cabeça do pai caiu nas mãos, e ela ouviu o que soava como um soluço.

— Pai? Pai?

— Você precisa impedir. Ela não pode se casar com aquele homem. Não pode.

— Pai, eu... — Jane baixou os olhos para o celular que vibrava em seu cinto. Uma espiada rápida informou-a que era um código de área do Maine, um número que ela não reconheceu. Ela deixou a chamada ser encaminhada para a caixa postal e retornou o foco para o pai. — Pai, o que está acontecendo?

— Foi um erro. Se eu pudesse fazer o tempo voltar...

— Pensei que você estivesse noivo da fulana...

Ele respirou fundo.

— Sandie cancelou. E me deu um pé na bunda.

Jane não disse nada. Por um momento, os únicos sons foram o tilintar dos cubos de gelo e o chacoalhar do misturador no bar.

Com a cabeça baixa, ele murmurou contra o peito.

— Estou hospedado em um hotel barato, dobrando a esquina daqui. Foi por isso que te pedi para me encontrar aqui. É onde passo o tempo agora. — Ele deu uma gargalhada incrédula. — O maldito bar Noites das Arábias!

— O que aconteceu entre vocês?

Ele levantou os olhos até encontrar os dela.

— Vida. Tédio. Não sei. Ela disse que eu não conseguiria acompanhá-la. Que eu estava agindo como um velho idiota, querendo meu jantar preparado todas as noites, e o que ela era? A empregada?

— Talvez agora você valorize mamãe.

— É, bem, ninguém cozinha melhor do que sua mãe, isso é uma certeza absoluta. Então, talvez eu *tenha* sido injusto, esperando que Sandie se equiparasse. Mas ela não precisava enfiar a faca mais fundo, entende? Não precisava me chamar de *velho*.

— *Ai*. Isso deve doer.

— Tenho apenas 62! Ter 14 anos a menos não faz dela uma mocinha. Mas é como ela me vê: velho demais para ela. Velho demais para valer... — Ele deixou a cabeça cair de novo entre as mãos.

O desejo esvanece e você vê seu novo e excitante amante sob a severa luz do dia. Sandie Huffington deve ter despertado, olhado para Frank Rizzoli e reparado nas rugas no rosto dele, na pelanca sob a mandíbula. Quando os hormônios sumiam, o que restava eram 62 anos, flacidez e calvície. Ela havia agarrado o homem de outra mulher e agora queria devolver o que tinha fisgado.

— Você precisa me ajudar — disse ele.

— Precisa de dinheiro, pai?

A cabeça dele ergueu-se de pronto.

— Não! Não estou pedindo isso! Tenho um emprego. Por que precisaria do seu dinheiro?

— Então do que precisa?

— Preciso que converse com sua mãe. Diga a ela que sinto muito.

— Ela deveria ouvir isso de você.

— Tentei dizer a ela, mas ela não quer me ouvir.

Jane suspirou.

— Tudo bem, tudo bem. Direi a ela.

— E... pergunte quando posso voltar para casa.

Ela o encarou.

— Você está brincando.

— O que significa esse olhar?

— Espera que mamãe deixe você voltar?

— Metade da casa é minha.

— Vocês vão se matar.

— É má ideia ter seus pais juntos de novo? Isso é coisa que uma filha diga?

Ela respirou fundo e falou lenta e claramente.

— Então você quer voltar para mamãe e que seja como antes. É o que está dizendo? — Ela esfregou as têmporas. — Mas que merda.

— Quero que sejamos uma família outra vez. Ela, eu, você e seus irmãos. Natal e dia de Ação de Graças juntos. Todos aqueles momentos maravilhosos, refeições maravilhosas.

Principalmente as refeições maravilhosas.

— Frankie está no barco — disse ele. — Ele quer os pais juntos. E Mike também. Só preciso que fale com ela, pois ela te dá ouvidos. Diga a ela para me aceitar. Diga a ela que é como as coisas deveriam ser.

— E quanto a Korsak?

— Quem se importa com ele?

— Eles estão noivos. Estão planejando o casamento.

— Ela ainda não está divorciada. Ainda é minha esposa.

— É só uma questão burocrática.

— É uma questão de *família*. Uma questão do *que é certo*. Por favor, Jane, fale com ela. E podemos voltar a ser os Rizzoli.

Os Rizzoli. Ela pensou sobre o que aquilo significava. Uma história. Todas as férias e aniversários juntos. Memórias compartilhadas somente por eles. Havia algo de sagrado naquilo, algo que não era facilmente deixado de lado, e ela era sentimental o bastante para sentir pesar pelo que havia sido perdido. Agora, tudo poderia ser reconstruído e tornado inteiro: mamãe e papai juntos de novo, como sempre. Frankie e Mike queriam assim. O pai queria assim.

E a mãe dela? O que ela queria?

Ela pensou no vestido de dama de honra, de tafetá cor-de-rosa, que Angela havia feito e dado a ela com tanta felicidade. Lembrou-se da última vez em que ela e Gabriel tinham ido à casa da mãe para jantar, quando Angela e Korsak tinham rido como adolescentes e se acariciado com os pés sob a mesa. Ela olhou para o pai do outro lado da mesa e não conseguiu lembrar-se de jamais o ver acariciando a mãe com o pé. Ou rindo. Ou batendo no traseiro de Angela. O que via era um homem cansado e maltratado, que havia apostado em uma loura perturbada e tinha perdido. *Se eu fosse mamãe, será que o aceitaria?*

— Janie? Fale com ela por mim. — Ele implorou.

Ela suspirou.

— Tudo bem.

— E faça isso logo. Antes que ela esteja firme demais com aquele babaca.

— Korsak não é um babaca, pai.

— Como pode dizer isso? Ele chegou e tomou o que não era dele.

— Ele chegou porque havia espaço. Você compreende que as coisas mudaram desde que você partiu, não é? Mamãe mudou.

— E quero ela do jeito que era. Farei o que for necessário para a deixar feliz. Diga isso a ela. Que será como nos velhos tempos.

Jane olhou para o relógio.

— Está na hora do jantar. Preciso ir.

— Promete que fará isso por seu velho pai?

— Sim, prometo. — Ela deslizou pelo banco, feliz por escapar das almofadas sujas. — Se cuide.

Ele sorriu para ela, o primeiro sorriso que Jane havia visto desde que tinha chegado, e um vestígio da velha autoconfiança de Frank Rizzoli retornou. Papai reclamando seu território.

— Vou me cuidar. Agora que sei que tudo ficará bem.

Eu não contaria com isso, pensou ela ao sair do Noites das Arábias. Ela receava a conversa com Angela e a reação da mãe. Provavelmente haveria gritos. Não importava o que a mãe decidisse, alguém se magoaria. Ou Korsak ou o pai. E Jane havia acabado de se habituar com a ideia de Korsak se juntar à família. Ele era um homem grande, com um grande coração, e amava Angela, sem dúvida. *Quem você vai escolher, mãe?*

A conversa iminente perturbou-a durante toda a viagem para casa, piorando seu humor durante o jantar, durante o banho de Regina, durante os rituais noturnos de ler uma história e dar cinco beijos de boa-noite na cama. Quando Jane finalmente fechou a porta do quarto da filha e caminhou até a cozinha para telefonar para Angela, sentiu-se na última caminhada no corredor da morte. Ela pegou o telefone, desligou-o e afundou, com um suspiro, em uma cadeira na cozinha.

— Você sabe que está sendo manipulada — disse Gabriel. Ele fechou o lava-louça e ligou. — Não precisa fazer isso, Jane.

— Prometi ao meu pai que ligaria para ela.

— Ele é perfeitamente capaz de ligar por conta própria. É errado colocar você no meio. O casamento é problema deles.

Ela grunhiu e apoiou a cabeça entre as mãos.

— O que o faz um problema meu.

— Vou apenas dizer isso: seu pai é um covarde. Ele pisou na bola de vez e agora quer que você conserte tudo.

— E se eu for a única que puder consertar?

Gabriel se sentou, juntando-se a ela à mesa da cozinha.

— Convencendo sua mãe a aceitá-lo de volta?

— Não sei. O que é melhor?

— Sua mãe precisará escolher.

Jane levantou a cabeça e olhou para Gabriel.

— O que acha que ela deveria fazer?

Ele ponderou a questão enquanto o lava-louça esguichava água e murmurava ao fundo.

— Acho que ela parece bastante feliz.

— Então você votaria em Korsak.

— Ele é um homem decente, Jane. Ele é gentil com ela. E não a magoará.

— Mas ele não é meu pai.

— E é por isso que você não deveria se envolver. Você está sendo forçada a escolher um lado. Veja o que seu pai está fazendo você passar.

Depois de um momento, ela endireitou-se na cadeira.

— Você tem razão. Eu não deveria precisar fazer isso. Vou dizer para ele mesmo telefonar para ela.

— Não se sinta mal. Se sua mãe quiser seu conselho, ela vai te pedir.

— É. É, eu vou dizer isso a ele. Agora, qual é o maldito número novo dele?

Ela pegou o celular na bolsa para conferir a lista de contatos. Foi somente aí que reparou no que aparecia escrito no visor: UMA NOVA MENSAGEM DE VOZ. A chamada que chegara quando estava conversando com o pai.

Ela ouviu a mensagem e reconheceu a voz de Maura: "... duas crianças aqui, uma garota chamada Claire Ward e um garoto, Will Yablonski. Jane, eles são como Teddy Clock. Pais biológicos mortos há dois anos. Pais adotivos mortos no mês passado. Não sei se os casos estão relacionados, mas é muito estranho, não acha?"

Jane ouviu a mensagem duas vezes. Então, ligou para o número do qual Maura telefonara.

Depois de seis toques, uma mulher atendeu:

— Escola Evensong. Aqui é a Dra. Welliver.

— Aqui é a detetive Jane Rizzoli, polícia de Boston. Estou tentando falar com a Dra. Maura Isles.

— Lamento, mas ela foi passear de canoa no lago ao final da tarde.

— Tentarei o celular dela.

— Não temos sinal aqui. Foi por isso que ela usou nossa linha fixa.

— Então peça para ela me telefonar quando puder. Obrigada.

Jane desligou e olhou para o telefone por um instante, esquecendo momentaneamente todos os pensamentos sobre os pais. Em vez deles, pensou em Teddy Clock. Moore chamara-o de "o garoto mais azarado do mundo", mas agora ela sabia que havia outros dois iguais a ele. Três crianças azaradas. Talvez houvesse mais crianças adotivas em outras cidades sendo caçadas naquele instante.

— Preciso sair — disse ela.

— O que está acontecendo? — perguntou Gabriel.

— Preciso ver Teddy Clock.

— Algum problema?

Ela pegou as chaves do carro e seguiu para a porta.

— Espero que não.

Estava escuro quando ela chegou ao abrigo nos subúrbios onde Teddy havia sido temporariamente instalado. Era uma casa colonial branca e antiga, mas preservada, recuada e protegida por árvores frondosas. Jane estacionou na entrada e saiu para a noite quente que cheirava a grama recém-cortada. A rua era tranquila e apenas carros passavam ocasionalmente. Através das árvores, Jane mal conseguia vislumbrar as luzes dos vizinhos ao lado.

Ela subiu os degraus do pórtico e tocou a campainha.

A Sra. Nancy Inigo atendeu, secando as mãos em um pano de prato. Seu rosto sorridente estava salpicado de farinha e cabelos grisalhos tinham se soltado de sua trança. A casa exalava cheiro de canela e baunilha, e Jane ouviu o som de risadas de meninas.

— Você chegou aqui em tempo recorde, detetive — disse Nancy.

— Lamento se meu telefonema a alarmou — disse Jane.

— Não, as garotas e eu estamos nos divertindo muito assando cookies. Acabamos a primeira fornada. Entre.

— Teddy está bem? — perguntou Jane em voz baixa ao entrar no saguão.

Nancy suspirou.

— Receio que esteja escondido lá em cima. Não está com humor para se juntar a nós na cozinha. É como tem agido desde que chegou aqui. Come o jantar, vai para o quarto e fecha a porta. — Ela balançou a cabeça. — Perguntamos à psicóloga se deveríamos tentar convencer Teddy a sair, talvez o impedir de usar o computador e fazer com que se juntasse às atividades em família, mas ela disse que é cedo demais. Talvez ele apenas tenha medo de se ligar a nós, por causa do que aconteceu com a última... — Nancy fez uma pausa. — De todo modo, Patrick e eu estamos indo devagar com ele.

— Patrick está aqui?

— Não, está na aula de futebol de Trevor. Com quatro crianças, nunca há tempo para ficar parado.

— Vocês são realmente demais, sabia?

— Apenas gostamos de crianças por perto — disse Nancy, rindo. Elas entraram na cozinha, onde duas garotas com cerca de 8 anos, sujas de farinha, apertavam formas de cookies em uma camada de massa. — Desde que começamos a recebê-las, não conseguimos parar. Sabia que estamos prestes a comparecer ao nosso quarto casamento? Patrick levará mais uma filha adotiva ao altar mês que vem.

— Isso vai trazer um monte de netos para vocês.

Nancy sorriu.

— A ideia é essa.

Jane sorriu ao olhar para a cozinha, com bancadas cobertas com papéis de deveres de casa, livros escolares e correspondências espalhadas. A feliz bagunça de uma família ocupada. Mas ela vira como o *normal* podia desaparecer instantaneamente. Ela vira cozinhas transformadas por manchas de sangue e, apenas por um instante, imaginou manchas naqueles armários. Ela piscou e o sangue desapareceu, dando de novo lugar a duas meninas de 8 anos, com mãos grudentas, cortando cookies em forma de estrelas.

— Vou subir para ver Teddy — disse ela.

— Lá em cima, segundo quarto à direita. Com a porta fechada. — Nancy colocou outro tabuleiro no forno e virou-se para olhar para ela. — Bata primeiro. Ele é exigente quanto a isso. E não fique surpresa se ele não quiser falar. Apenas dê tempo a ele, detetive.

Podemos não ter muito tempo, pensou Jane enquanto subia a escada para o segundo andar. Não se outras famílias adotivas estiverem sob ataque. Ela parou diante do quarto do garoto e prestou atenção, tentando ouvir o som de um rádio ou TV, mas só ouviu silêncio através da porta fechada.

Ela bateu.

— Teddy? É a detetive Rizzoli. Posso entrar?

Depois de um momento, a tranca de botão estalou e a porta se abriu. O pálido rosto de coruja de Teddy olhou-a através da fresta, piscando rapidamente, com óculos tortos, como se ele tivesse despertado.

Enquanto Jane entrava no quarto, ele ficou em silêncio, magro como um espantalho em sua camiseta larga e jeans. Era um cômodo agradável, pintado de amarelo-lima e com cortinas de estampa da savana africana. As prateleiras guardavam livros infantis para várias idades e nas paredes pendiam pôsteres de personagens de Vila Sésamo, uma decoração certamente infantil demais para um garoto de 14 anos inteligente como Teddy. Jane perguntou-se quantas outras crianças traumatizadas se refugiaram naquele quarto e encontraram consolo naquele mundo seguro criado pelos Inigo.

O garoto ainda não havia falado.

Jane sentou-se em uma cadeira ao lado do laptop de Teddy, no qual um protetor de tela desenhava formas geométricas no monitor.

— Como vai? — perguntou ela.

Ele deu de ombros.

— Por que não se senta para que possamos conversar?

Obedientemente, afundou-se na cama, os ombros curvados para a frente, como se quisesse se tornar o menor e menos importante possível.

— Gosta daqui? Com Nancy e Patrick?

Ele concordou.

— Tem qualquer coisa de que precise, qualquer coisa que eu possa trazer para você?

Uma recusa com a cabeça.

— Teddy, não tem *nada* a dizer?

— Não.

Pelo menos uma palavra, ainda que apenas uma.

— Certo. — Ela suspirou. — Então, talvez, eu possa ir direto ao assunto. Preciso perguntar a você uma coisa.

— Não sei mais nada. — Ele pareceu se encolher ainda mais em si mesmo e murmurou junto ao peito: — Contei a você tudo de que me lembrava.

— E nos ajudou, Teddy. De verdade.

— Mas não o pegaram, não é? Então quer que eu te conte mais.

— Não se trata daquela noite. Sequer é sobre você. É sobre duas outras crianças.

Lentamente, a cabeça dele levantou, e ele olhou para ela.

— Não sou o único?

Jane viu olhos tão sem cor que pareciam transparentes, como se ela pudesse olhar através dele.

— *Você* acha que há outras crianças como você?

— Não sei. Mas você disse que há duas outras crianças. O que elas têm a ver comigo?

O garoto poderia não dizer muito, mas era óbvio que ouvia e entendia mais do que ela se dava conta.

— Não tenho certeza, Teddy. Talvez você possa me ajudar a responder a esta pergunta.

— Quem são? As outras crianças?

— O nome da menina é Claire Ward. Já ouviu esse nome?

Ele refletiu por um momento. Da cozinha, vieram os sons da porta do forno e das garotas gritando, sons de uma família feliz, mas no quarto de Teddy havia silêncio enquanto o garoto pensava, sentado. Finalmente, ele balançou a cabeça.

— Acho que não.

— Não tem certeza?

— Qualquer coisa é possível. Era o que meu pai costumava dizer. Mas não posso ter certeza.

— Há também um garoto chamado Will Yablonski. Soa familiar?

— A família dele também está morta?

A pergunta, colocada de maneira tão delicada, fez o coração de Jane doer pelo garoto. Ela aproximou-se, para colocar o braço em torno de seus ombros lamentavelmente magros. Ele manteve-se rígido ao lado dela, como se seu toque fosse algo apenas a ser suportado. De todo modo, ela manteve o braço ali durante o tempo que ficaram sentados na cama, dois companheiros mudos unidos por uma tragédia que não podiam explicar.

— O garoto está vivo? — perguntou Teddy suavemente.

— Sim, está.

— E a garota?

— Ambos estão seguros. Você também está, prometo.

— Não, não estou. — Ele olhou para ela, com o olhar límpido e firme e a voz casual. — Vou morrer.

— Não diga isso, Teddy. Não é verdade e...

As palavras foram interrompidas quando as luzes apagaram de repente. Na escuridão, Jane ouviu o garoto respirando alto e rápido e sentiu o próprio coração batendo no peito.

Nancy Inigo gritou:

— Detetive Rizzoli? Acho que queimamos um fusível!

É claro que é só isso, pensou Jane. Um fusível queimado. Coisas assim acontecem toda a hora.

O barulho de vidro quebrado fez Jane levantar-se com um sobressalto. Em um instante, ela desafivelou o coldre, pegando a Glock.

— Nancy! — gritou ela.

Passos rápidos subiram ruidosamente a escada. As duas meninas entraram correndo no quarto, seguidas pelos passos mais pesados de Nancy Inigo.

— Veio da frente da casa! — disse Nancy, com a voz quase abafada pelos choramingos apavorados das meninas. — Alguém está invadindo a casa!

E estavam todos presos lá em cima. A única saída era a janela de Teddy e uma queda de dois andares.

— Onde fica o telefone mais próximo? — sussurrou Jane.

— Lá embaixo. No meu quarto.

E o celular de Jane estava na bolsa, que ela deixara na cozinha.

— Fique aqui. Tranque a porta — ordenou Jane.

— O que está fazendo? Detetive, não nos deixe!

Mas Jane já estava saindo do quarto. Ela ouviu a porta fechar suavemente atrás dela e Nancy fechar um trinco praticamente inútil; qualquer intruso levaria somente alguns segundos para derrubar a porta frágil.

Primeiro, ele tem que passar por mim.

Segurando a porta, ela arrastou-se pelo corredor escuro. Quem quer que tivesse quebrado a janela estava em silêncio. Ela ouvia somente a batida do próprio coração e o sangue zunindo nos ouvidos. No topo da escada, parou e agachouse. Era até onde iria. Somente um louco tentaria espreitar um assassino na escuridão, e a única prioridade era proteger Nancy e as crianças. Não, ela esperaria bem ali e o acertaria enquanto ele subisse a escada. *Venha para a mamãe, babaca.*

Seus olhos finalmente se ajustaram à escuridão, e ela mal conseguia identificar o corrimão descendo em espiral nas sombras. A única luz era o brilho fraco que passava através de uma janela do andar de baixo. Onde ele estava? Onde ele estava? Ela não ouviu nenhum som, nenhum movimento.

Talvez ele não esteja mais lá embaixo. Talvez já esteja no segundo andar, bem atrás de mim.

Em pânico, a cabeça de Jane girou para trás, mas ela não viu nenhum monstro à espreita.

Sua atenção voltou-se para a escada justamente quando os faróis de um carro que se aproximava iluminaram a casa através da janela. As portas dos carros bateram, e ela ouviu vozes de crianças e passos subindo os degraus. A porta da frente se abriu e um homem parou emoldurado pelo umbral.

— Ei, Nancy? Qual é o problema com a luz? — gritou ele. — Metade do time de futebol está aqui esperando por cookies!

A invasão de meninos, gargalhando e uivando na escuridão, soou como o estouro de uma boiada. Ainda agachada no topo da escada, Jane abaixou lentamente a arma.

— Sr. Inigo? — gritou ela.

— Olá? Quem está aí em cima?

— Detetive Rizzoli. Está com seu celular?

— Sim. Onde está Nancy?

— Quero que ligue para a polícia. E tire as crianças da casa.

11

A janela do escritório no primeiro andar estava quebrada e estilhaços de vidro reluziam como diamantes espalhados pelo chão.

— Parece ser o ponto de entrada do intruso — disse Frost. — Encontramos a porta dos fundos entreaberta e foi provavelmente por onde ele saiu. A chegada do Sr. Inigo e todos aqueles garotos barulhentos deve ter feito ele correr. Quanto a apagar a luz, bastou entrar na garagem, abrir a caixa de fusíveis e desligar a chave principal.

Jane agachou-se para analisar o piso de carvalho, onde o pé do intruso tinha deixado uma leve impressão na poeira. Através da janela quebrada, ela ouviu vozes da equipe da Unidade Forense examinando o solo em busca de pegadas, e, na entrada, o rádio de uma viatura zunia e estalava. Sons tranquilizadores. Mas, enquanto olhava para a pegada, Jane sentiu sua pulsação acelerar e lembrou-se do cheiro do próprio medo na escuridão. *Se ao menos tivesse existido uma chance de derrubá-lo.*

— Como ele encontrou o garoto? — perguntou ela. — Como ele sabia que Teddy estava aqui?

— Não podemos ter certeza de que Teddy era o alvo. Pode ter sido uma escolha aleatória.

— Por favor, Frost. — Ela levantou o olhar para o parceiro.
— Você não acredita mesmo nisso, acredita?

Houve um silêncio.

— Não — admitiu ele.

— De alguma maneira, ele sabia que o garoto estava aqui.

— A informação pode ter vazado da assistência social. Da polícia de Boston. Várias fontes podem ter revelado acidentalmente. Ou o criminoso pode ter seguido *você* até aqui. Qualquer um que a viu na cena do crime sabe que está trabalhando no caso.

Jane pensou na viagem até a casa dos Inigo e tentou lembrar se havia percebido qualquer coisa incomum, se algum par de faróis havia se destacado no retrovisor. Mas faróis eram anônimos e o tráfego em Boston, incessante. Se um assassino me seguiu, pensou ela, então ele conhece meu carro. *E sabe onde moro.*

O celular de Jane tocou. Ela pegou-o, viu o código de área do Maine e soube quem estava ligando.

— Maura? — perguntou ela.

— A Dra. Welliver me disse que você recebeu meu recado. É muita coincidência, não é? Outras duas crianças exatamente como Teddy Clock. O que acha?

— Acho que temos um problema aqui. Alguém veio atrás de Teddy.

— *De novo?*

— O intruso chegou a entrar na casa. Por sorte, eu estava aqui.

— Você está bem? E o garoto?

— Todos estão bem, mas o criminoso escapou. Precisamos encontrar um local mais seguro para colocar o garoto.

— Conheço um local seguro. E é bem aqui.

Um técnico da Unidade Forense entrou na sala; Jane caiu em silêncio enquanto ele e Frost falavam sobre impressões digitais atrás da porta e do peitoril da janela. O ataque deixara

Jane abalada e suspeitando até dos profissionais com quem trabalhava. Se não fui seguida até aqui, pensou, então alguém vazou a localização de Teddy. Alguém que poderia estar trabalhando neste instante na cena do crime.

Ela entrou em um banheiro e fechou a porta para prosseguir com a conversa.

— Me conte como é a situação aí — pediu. — É segura?

— É isolada. Há apenas uma estrada para entrar e o lugar é protegido por um portão. Eles possuem sensores de movimento ao longo da estrada.

— E os arredores?

— Mais de 12 mil hectares de floresta particular. Em tese, alguém poderia se esconder no mato, mas depois precisaria entrar no castelo. A porta é enorme, protegida por uma senha numérica. Todas as janelas ficam bem acima do nível do chão. Além disso, há funcionários.

— Um monte de professores? Ah, sim, isso é reconfortante.

— Eles têm um guarda-florestal que protege a propriedade e anda armado. A escola é autossuficiente. Possui uma fazenda própria e gerador.

— Ainda assim, estamos falando de professores. Não há guarda-costas.

— Jane, são todos membros da Sociedade Mefisto.

Aquilo fez Jane parar de falar.

O grupinho bizarro de Anthony Sansone mantinha registros de crimes violentos em todo o mundo, procurando padrões nos dados e provas de que o mal era real. De que a humanidade estava sendo atacada.

— Você nunca me disse que eles administravam a escola.

— Eu não sabia até chegar aqui.

— Eles adoram teorias conspiratórias. Veem monstros sob todas as rochas.

— Talvez dessa vez tenham razão.

— Não comece. Não você, por favor.

— Não estou falando de demônios. *Existe* algo aqui que não podemos explicar, algo que conecta estas crianças. A psicóloga da escola se recusa a compartilhar os detalhes por causa da confidencialidade dos pacientes, mas Lily Saul contou o suficiente sobre Claire e Will para me convencer de que há um padrão aqui. E Evensong pode ser o lugar onde estas três crianças estarão seguras.

— Uma escola operada por uma organização paranoica.

— O que os torna guardiões perfeitos. Eles escolheram este local remoto porque podem defendê-lo.

Houve uma batida na porta do banheiro.

— Rizzoli? — chamou Frost. — A assistente social está aqui para levar o garoto.

— Não deixe ninguém o levar!

— O que digo a ela?

— Espere. Sairei em um minuto. — Ela voltou a atenção para o telefone. — Maura, não estou certa de que confio em Sansone e seu pessoal.

— Ele nunca falhou em nos ajudar, você sabe. E essas pessoas certamente possuem mais recursos do que a polícia de Boston jamais conseguiria reunir.

E não haveria vazamento de informações, pensou Jane. Não havia lugar melhor para manter um garoto escondido do mundo.

— Como chego aí? — perguntou ela.

— Não é fácil. Precisarei mandar a rota para você por e-mail.

— Faça isso. Falarei com você mais tarde. — Ela desligou e saiu do banheiro.

Na sala de estar, a assistente social e Frost a aguardavam.

— Detetive Rizzoli — disse ela. — Providenciamos outra casa para...

— Tomei providências alternativas para Teddy — disse Jane.

A assistente social franziu a testa.

— Mas achei que iríamos instalar ele.

— Teddy pode ter sido o alvo essa noite. O que quer dizer que pode haver mais ataques. Você não quer outra família adotiva assassinada, quer?

A mulher levou a mão até a boca.

— Ah, Deus! Você realmente acha...

— Exatamente. — Jane olhou para Frost e continuou: — Pode conseguir um lugar seguro para os Inigo hoje? Vou levar Teddy.

— Para onde? — perguntou ele.

— Vou te ligar mais tarde. Vou subir para pegar uma mala para ele. Depois, ele e eu vamos meter o pé.

— Você precisa me dar uma ideia, pelo menos.

Ela olhou para a assistente social, que os observava, boquiaberta.

— Quanto menos pessoas souberem, melhor — disse Jane. *Para nós dois.*

Jane dirigiu para o norte, com um olho no retrovisor, até o amanhecer. No banco de trás, Teddy dormiu durante toda a viagem. Eles pararam no apartamento de Jane, onde ela apenas jogou algumas roupas e itens de toalete em uma mala de final de semana, e pegaram a estrada. Gabriel queria que ela tivesse uma boa noite de sono antes e esperasse até o amanhecer para partir, mas ela estava ansiosa para tirar Teddy de Boston.

Jane com certeza não o deixaria em sua casa nem em qualquer lugar perto de sua família. Ela vira o que acontecia com famílias que acolhiam Teddy. A morte parecia seguir os passos do garoto, brandindo a foice e talhando quem estivesse por perto. Ela não queria aquela foice ensanguentada ceifando as duas pessoas que mais amava.

Sendo assim, colocou o garoto no assento traseiro, jogou a mala no carro, e, à uma e meia da manhã, saíam de Boston rumo ao norte. Para longe da família dela.

Àquela hora da madrugada, o tráfego estava leve, e ela viu apenas alguns faróis a seguindo. Jane acompanhou o progresso deles. Logo depois de Saugus, um par de estilosos faróis de luzes halogênicas desviou. Quarenta quilômetros depois, as luzes de um SUV fizeram o mesmo. Quando atravessaram a ponte Kittery para o Maine, eram quase três da manhã. Jane não via nenhum farol atrás dela, mas em momento algum parou de olhar para o retrovisor, de vigiar em busca de um perseguidor.

O assassino havia estado dentro da casa.

Ela tinha visto a pegada e sabia que ele havia caminhado pelo primeiro andar, contudo sequer tinha captado um vislumbre da sombra dele enquanto observava no alto da escada. Quanto tempo havia passado agachada, aguardando que ele aparecesse? Quando a adrenalina inunda suas veias, quando você está prestes a encarar a própria morte, meros sessenta segundos podem parecer uma vida. Ela estava certa de que tinham sido cinco minutos, talvez mais. Certamente tempo suficiente para ele revistar o primeiro andar e subir as escadas. Contudo, não foi o que fez. O que o havia impedido? Será que ele tinha sentido que uma policial o aguardava no alto da escada? Teria se dado conta de que as probabilidades estavam contra ele, que uma execução simples tinha se tornado uma batalha contra um oponente igualmente letal?

Ela olhou sobre o ombro para o garoto. Teddy estava encolhido, braços e pernas magrelos dobrados com força, como um embrião. Ele dormia profundamente, como dormem as crianças, sem demonstrar qualquer sinal de que o terror daquela noite invadira seus sonhos.

Quando o sol nasceu, subindo entre uma massa de nuvens que retrocedia, Jane ainda estava atrás do volante. Ela abriu a janela, sentiu o cheiro de terra molhada e viu o vapor aquecido pelo sol subir do asfalto. Parou somente uma vez para reabastecer, tomar café e ir ao banheiro. Teddy dormiu o tempo todo.

Mesmo com a dose de café, Jane precisou lutar para permanecer desperta, permanecer concentrada naquele último trecho da estrada. Ela estava tão exausta que se esqueceu de telefonar antes, como Maura havia aconselhado. Quando se lembrou de pegar o celular, não havia sinal nem como avisar à escola de que tinha chegado.

Não importava; alguém já aguardava junto ao portão trancado. O homem do tamanho de um urso que bloqueava a entrada era uma figura ameaçadora em jeans desbotados e botas de caminhada. Pendendo de seu cinto de couro havia uma enorme faca de caça, cujos dentes serrados letais reluziam sob o sol matutino. Ela avançou até parar diante dele, mas ele não recuou, não deu sequer um passo para o lado; ficou parado, com os braços cruzados, imóvel como uma montanha.

— Diga o que veio fazer aqui, senhora — disse ele.

Ela franziu a testa ao ver o arco e a aljava de flechas pendurados em seu ombro e perguntou-se se tinha feito uma curva errada em algum lugar. Se havia ido parar em um território em que se faziam duelos de banjos. Depois, levantou o olhar para a arcada de ferro moldado e leu a palavra EVENSONG.

— Sou a detetive Jane Rizzoli. Sou esperada na escola.

Ele caminhou até a janela do carona e olhou para o garoto adormecido.

— Esse é o jovem Sr. Clock?

— Sim. Estou trazendo ele para a escola.

No assento traseiro, Teddy finalmente despertou e, quando viu o homem selvagem o encarando, ganiu, assustado.

— Está tudo bem, filho. — A voz era surpreendentemente delicada para um homem de aparência tão feroz. — Meu nome é Roman. Sou o guarda-florestal da escola. Cuido dessas florestas e também cuidarei de você.

— Devo chamá-lo de *Sr.* Roman? — perguntou Jane.

— Apenas Roman basta. — Ele grunhiu e abriu o portão. — Daqui a 5 quilômetros, vocês chegarão ao lago. O castelo fica logo depois. Estão esperando vocês. — Ele acenou para que entrassem. — Não atropele o urso.

Jane presumiu que ele se referisse a Urso, o cachorro que pertencia a Julian Perkins, mas, descendo a estrada 100 metros, ela fez uma curva na floresta e derrapou até parar abruptamente quando um urso-negro — um urso *de verdade* — atravessou tranquilamente a estrada, seguido por dois filhotes de penugem brilhosa e reluzente sob o sol.

— O que é esse lugar? — perguntou Teddy, maravilhado.

— Com certeza não é a cidade grande. — Ela observou o trio desaparecer entre as árvores. — Posso ver a manchete agora: POLICIAL DE BOSTON DEVORADA POR URSOS.

— Eles não comem pessoas.

— Você sabe o que eles comem, é?

— Ursos-negros são essencialmente vegetarianos.

— Essencialmente?

— Essencialmente.

— *Isso* não é reconfortante.

Ela seguiu adiante, perguntando-se quais outras surpresas poderiam surgir no meio das árvores. Lobos. Pumas. Unicórnios. Naquele lugar selvagem, com uma floresta impenetrável, qualquer coisa poderia aparecer.

No assento traseiro, Teddy estava alerta, olhando pela janela, como se tudo fosse fascinante. Talvez seja aqui, no meio da floresta, exatamente onde o garoto deva estar. Era a primeira vez que ela o ouvira dizer espontaneamente mais do que duas frases.

— Há outras crianças aqui? — perguntou ele.

— Claro. É uma escola.

— Mas estamos no verão. Não estão de férias?

— É um colégio interno. Alguns alunos ficam o ano todo aqui.

— Eles não têm famílias para visitar?

Ela hesitou.

— Nem todos.

— Então é aqui que vivem.

Ela olhou para trás sobre o ombro, mas ele não olhava para ela; em vez disso, estava concentrado na espessa cortina de folhagem além da janela.

— Parece um lugar agradável — disse ela. — O que acha?

— É — respondeu ele. E acrescentou em voz baixa: — Não acho que ele vai me encontrar aqui.

12

Claire foi a primeira a perceber a chegada do novo garoto. Da janela na escadaria, ela observou o carro avançar por debaixo do arco de pedra da escola e estacionar no pátio. A motorista saiu, uma mulher baixa com cabelos negros desgrenhados, usando jeans azuis e um casaco pesado. Ela levantou-se e alongou-se, como se estivesse dirigindo há muito tempo. Depois, contornou o carro até a traseira e pegou duas malas pequenas.

A porta traseira do lado do passageiro se abriu e outra pessoa saiu do carro: um garoto.

Claire colou-se ao vidro para examiná-lo e viu uma cabeça em forma de ovo, com cabelo castanho-claro cujo topo parecia lambido por uma vaca. Ele lembrava o Pinóquio, com braços e pernas de gravetos movendo-se e parando mecanicamente. Ele franziu os olhos ao levantar a cabeça para olhar o castelo; seu rosto era tão pálido que Claire pensou que parecia um vampiro. Ou alguém que ficou tempo demais trancado em um porão.

— Ei, vejam. É a Lagarta da Noite.

As costas de Claire enrijeceram com o insulto familiar demais. Ela virou-se e viu Briana e duas amigas arrogantes descendo a escadaria a caminho do café da manhã. Eram as garotas de ouro, o grupo de princesas com cabelo brilhante e dentes perfeitos.

— O que há de tão interessante lá fora? — perguntou uma das princesas.

— Talvez ela esteja procurando um novo lugar onde catar larvas essa noite.

— Ei, Briana, veja — disse uma das princesas. — É o aluno novo de quem ouvimos falar.

As três garotas empurraram Claire e avançaram juntas para olhar pela janela.

— *Ele tem* 14 anos? — inquiriu Briana.

— Você ouviu falarem a respeito dele? — perguntou Claire. Briana ignorou-a.

— Mas que magrelo. Parece que tem uns 10.

O diretor Baum e a Dra. Isles saíram do castelo para receber os recém-chegados. Pela maneira como se cumprimentaram, ficou claro que as duas mulheres já se conheciam.

— Ele parece um inseto — disse uma das princesas. — Como um louva-a-deus assustador.

Briana riu e olhou para Claire.

— Ei, Lagarta da Noite. Parece que seu novo namorado acaba de chegar.

Meia hora depois, no café da manhã, Claire observou-o novamente. O garoto estava sentado à mesa de Julian, à qual os garotos mais velhos se sentavam. Havia sido provavelmente por isso que o colocaram ali, para que cuidassem dele em seu primeiro dia. Ele parecia atordoado e um pouco amedrontado, como se tivesse aterrissado em um planeta estranho. De alguma maneira, Teddy sentiu que Claire o olhava e virou-se para ela. Então, continuou olhando, como se ela fosse a única pessoa que tivesse achado interessante. Como se tivesse detectado a única outra pessoa tão deslocada quanto ele.

O tilintar insistente de uma colher contra uma taça de água fez com que todos olhassem para a mesa dos professores. O diretor Baum levantou-se com um ranger ruidoso de sua cadeira contra o chão.

— Bom dia, alunos — disse ele. — Como tenho certeza de que repararam, há um novo aluno conosco. A partir de amanhã, ele assistirá a aulas. — Ele indicou com a mão o garoto-Pinóquio, que corou diante da atenção repentina. — Espero que o façam se sentir bem-vindo. E espero que todos se lembrem do dia em que chegaram e tentem tornar o primeiro dia de Teddy aqui maravilhoso.

Teddy. Sem sobrenome. Claire perguntou-se por que o diretor Baum deixara de fora aquele detalhe específico. Ela estudou-o com mais atenção, da mesma maneira que o garoto a observava, e viu os lábios dele se curvarem em um sorriso tão incerto que ela sequer teve certeza absoluta de que estava ali. Perguntou-se por que, de todas as garotas na sala, era para *ela* que Teddy olhava. As três princesas eram muito mais bonitas e estavam sentadas mais perto dele. Sou apenas a esquisita da turma, pensou, a garota que sempre diz a coisa errada. A garota com um buraco na cabeça. *Então por que está olhando para mim?*

Aquilo a deixava desconfortável e empolgada ao mesmo tempo.

— Ah, vejam! Ele está *olhando* para ela. — Briana havia se espreitado até a mesa de Claire e se debruçado para sussurrar algo no ouvido dela. — Parece que o Sr. Besouro Magrelo tem um lance pela Srta. Lagarta da Noite.

— Me deixe em paz.

— Talvez vocês tenham lindos bebês insetos.

Sem uma palavra, Claire pegou o copo com suco de laranja e derramou-o em Briana, molhando os jeans com brilhos da rival e as sapatilhas novinhas.

— Vocês *viram* isso? — gritou Briana. — Vocês *viram* o que ela fez comigo?

Ignorando os gritinhos ultrajados, Claire levantou-se e seguiu para a porta. Ao sair, viu o rosto com espinhas de Will Yablonski sorrindo para ela e o polegar furtivo que ele levantou. *Ali* estava outro esquisitão, como ela. Talvez por isso Will fosse sempre tão gentil com ela. Esquisitões precisavam se unir ali naquela escola de aberrações, onde ninguém podia ouvir você gritar.

O garoto novo também a olhava. Teddy-sem-sobrenome. Claire sentiu seus olhos seguindo cada passo que ela dava.

Ela só falou com ele na tarde seguinte. Todas as quintas-feiras, ela tinha afazeres no estábulo, e naquele dia estava cuidando de Plum Crazy, um dos quatros cavalos de Evensong. De todas as obrigações regularmente designadas a alunos, Claire não se importava nem um pouco com essa, apesar de significar limpar estábulos e levar fardos de serragem de um lado para o outro. Cavalos não reclamavam. Não faziam perguntas. Apenas a olhavam com aqueles olhos castanhos e tranquilos e confiavam que ela não os machucaria. Assim como ela confiava que eles não a machucariam, ainda que Plum Crazy pesasse mais de 400 quilos em músculos e cascos afiados e tudo que precisasse fazer fosse rolar para esmagá-la bem ali, no próprio estábulo. Galinhas ciscavam e batiam asas por perto, e Herman, o galo, berrava com um agudo perfurante, mas Plum Crazy ficava parado e sereno, guinchando em contentamento quando Claire corria a escova para cavalos sobre seu dorso e traseiro. O *roçar* dos dentes de borracha da escova era hipnoticamente relaxante. Ela estava tão concentrada no trabalho que não se deu conta de que havia alguém atrás dela. Somente quando se aprumou reparou, de repente, no rosto de Teddy espiando-a por sobre a porta do estábulo. Ela ficou tão sobressaltada que quase derrubou a escova.

— O que *você* está fazendo aqui? — ralhou ela. Não era exatamente a saudação mais amigável.

— Me desculpe! Eu só queria... Disseram que eu poderia... — Ele olhou sobre o ombro, como que esperando que alguém o resgatasse. — Gosto de animais — falou, finalmente. — A Dra. Welliver me disse que havia cavalos.

— E vacas e ovelhas. E essas galinhas burras. — Ela largou a escova em um balde pendurado, produzindo um baque alto. Era um som raivoso, mas ela não estava realmente com raiva. Ela apenas não gostava de levar sustos. Teddy já estava recuando da porta do estábulo. — Ei — disse ela, tentando fazer as pazes. — Quer fazer carinho nele? O nome dele é Plum Crazy.

— Ele morde?

— Não, é só um bebezão. — Ela deu um tapa leve no pescoço do cavalo. — Não é mesmo, Plum?

Com cuidado, Teddy abriu a porta do estábulo e entrou. Enquanto acariciavam o animal, Claire pegou a escova e recomeçou a escovar. Durante um tempo, não falaram; apenas compartilharam o estábulo em silêncio, inalando os cheiros de serragem de pinheiro e do corpo quente do cavalo.

— Sou Claire Ward — disse ela.

— Sou Teddy.

— É. Ouvi seu nome no café da manhã.

Ele tocou o focinho de Plum, e o cavalo moveu a cabeça de repente. Teddy recuou e empurrou os óculos para trás sobre a ponte do nariz. Mesmo na escuridão do estábulo, Claire via como ele era pálido e magro, com punhos delicados como gravetos. Mas seus olhos eram hipnóticos, grandes e com cílios longos, e ele parecia absorver tudo de uma vez.

— Quantos anos você tem? — perguntou ela.

— Quatorze.

— É mesmo?

— Por que soa tão surpresa?

— Porque tenho um ano a menos. E você parece tão... — *Pequeno* era o que ela estava prestes a dizer, mas, no último segundo, uma palavra mais gentil veio à cabeça. — Tímido. — Ela espiou para ele sobre as costas do cavalo. — E então? Você tem um sobrenome?

— A detetive Rizzoli disse que eu não deveria sair por aí contando para todo mundo o meu sobrenome.

— Está falando da mulher que trouxe você? Ela é uma detetive?

— É. — Ele reuniu coragem para acariciar de novo o focinho de Plum. Dessa vez o cavalo aceitou o carinho e relinchou baixinho.

Ela parou de escovar Plum e dedicou toda a atenção ao garoto.

— E o que aconteceu com *você*?

Ele não respondeu, apenas olhou para ela com aqueles olhos grandes e transparentes.

— Não tem problema falar sobre isso aqui — disse ela. — Todos falam. É o tipo de escola em que querem que você coloque a dor para fora.

— É o que os psicólogos sempre dizem.

— É, eu sei. Também preciso falar com ela.

— Por que *você* precisa de uma psicóloga?

Ela largou a escova.

— Tenho um buraco na cabeça. Quando eu tinha 11 anos, alguém matou meu pai e minha mãe. E depois atirou na minha cabeça. — Ela virou-se para olhar para ele. — É por isso que tenho uma psicóloga. Porque preciso lidar com o trauma. Ainda que não me lembre. De nada.

— E pegaram ele? O cara que atirou em você?

— Não. Ele ainda está solto. Acho que pode estar me procurando.

— Como sabe?

— Porque aconteceu de novo, mês passado. Meus pais adotivos foram assassinados e foi por isso que vim parar aqui. Porque aqui é seguro.

Em voz baixa, Teddy falou:

— Também foi por isso que me trouxeram para cá.

Ela olhou para ele com uma nova sensação de compreensão e viu a tragédia escrita em suas bochechas pálidas e no brilho de seus olhos.

— Então você está no lugar certo — disse ela. — É a única escola para crianças como nós.

— Quer dizer que todas as outras crianças aqui...

— Você vai descobrir — comentou Claire. — Se ficar tempo suficiente.

Uma sombra bloqueou a luz sobre a porta do estábulo.

— Aí está você, Teddy. Estive procurando você — disse a detetive Rizzoli. Ela reparou em Claire e sorriu. — Já está fazendo novos amigos?

— Sim, senhora — disse Teddy.

— Desculpe interromper, mas a Dra. Welliver quer falar com você agora.

Ele olhou para Claire, que respondeu, apenas movendo os lábios, a pergunta não feita por ele: *a psicóloga*.

— Ela só quer fazer algumas perguntas. Conhecer você melhor. — A detetive Rizzoli abriu a porta do estábulo. — Venha.

Teddy saiu, puxando a porta para fechá-la. Virando-se, sussurrou para Claire:

— É Teddy Clock.

Ele se parece com um Teddy Clock, pensou Claire enquanto o observava partir. Ela saiu do estábulo e empurrou o barril cheio de palha suja em que os cavalos dormiam para fora dos estábulos. No quintal do celeiro, o irritante galo estava criando confusão de novo, correndo atrás de uma galinha e bicando-a. Até galos podiam ser cruéis. São tão cruéis quanto nós, pensou. Atacam-se e até se matam. De repente, a visão daquela pobre galinha, encolhida sob o ataque de Herman, o galo, deixou-a furiosa.

— Deixe-a *em paz*! — Ela mirou um chute, mas Herman voou para fora de alcance, cacarejando. — Galo babaca! — gritou ela. Ao se virar, viu uma das princesas gargalhando para ela. — O que foi? — ralhou Claire.

— É só um galo, retardada. Qual é o seu problema?

— Como se alguém se importasse — murmurou ela, indo embora.

Até o momento em que tudo deu errado, a operação corria perfeitamente bem. Quando ocorre um desastre, em geral consegue-se olhar em retrospecto e detectar exatamente onde ele começa a se desenrolar, onde um evento azarado dispara a sequência que leva inevitavelmente a ele. É como aquele ditado que fala que, por falta de um prego, uma ferradura foi perdida. E é verdade: o menor detalhe, ignorado, pode condenar um cavalo, um soldado, uma batalha.

Mas, naquela noite de junho, em Roma, com nosso alvo em vista, parecia que a vitória da batalha seria nossa.

Dentro do La Nonna, Ícaro e seu grupo terminavam a sobremesa. Estávamos todos em posição quando eles finalmente saíram — os guarda-costas primeiro, seguidos por Ícaro com a esposa e os filhos. Uma refeição pesada, acompanhada por taças de excelente vinho, havia deixado Ícaro relaxado naquela noite, e ele não parara para examinar os arredores, seguindo direto para o carro. Ele ajudou a esposa, Lucia, e os dois filhos a entrarem no Volvo; depois, sentou-se atrás do volante. Logo atrás dele, os guarda-costas entraram na BMW.

Ícaro foi o primeiro a sair e pegar a estrada.

Naquele instante, o caminhão de verduras entrou em posição, avançando até bloquear o caminho da BMW. Os guarda-costas saíram do carro, gritando para o motorista do caminhão sair dali, mas ele os ignorou enquanto carregava tranquilamente uma caixa de cebolas para a cozinha do La Nonna.

Foi quando os guarda-costas se deram conta de que o pneu tinha sido rasgado e de que estavam presos. Uma emboscada. Ícaro percebeu na hora o que estava acontecendo e reagiu como esperávamos.

Ele pisou no acelerador e arrancou, acelerando na direção de sua casa no topo da colina.

Estávamos no carro bem atrás dele. Um segundo carro, com outros dois membros da nossa equipe, aguardava a 100 metros dali, estrada acima. Ele fechou a via, entrando na frente de Ícaro, e mantendo o Volvo entre nossos dois veículos.

A estrada estreitava-se à medida que subia pela encosta da colina, entalhando curvas fechadas. Uma curva cega aproximava-se, e o primeiro carro freou para desacelerar o Volvo. O plano era obrigá-lo a parar, arrancar Ícaro do carro e enfiá-lo em nosso veículo. Mas, em vez de reduzir, Ícaro nos surpreendeu. De maneira imprudente, acelerou, passando pelo primeiro carro, com pouco mais de um centímetro de espaço livre.

Ninguém viu o caminhão até que fosse tarde demais.

Ícaro girou desesperadamente o volante para a direita, mas a manobra jogou o Volvo contra a mureta baixa. O carro ricocheteou e derrapou.

O caminhão atingiu-o na lateral, amassando as portas do lado do carona.

Antes mesmo de sair do meu carro aos tropeços, eu sabia que a esposa estava morta. Fui eu quem abriu a porta de Ícaro com um puxão, quem primeiro viu os mortos lá dentro. O corpo mutilado de Lucia. O rosto destruído do garoto de 10 anos. O pequeno Carlo, ainda consciente, porém morrendo. Carlo olhou para mim, e vi a pergunta em seus olhos. É uma pergunta que ainda luto para responder: Por quê?

Arrastamos Ícaro para fora do Volvo. Diferentemente do resto da família, ele estava bem vivo e resistindo a nós. Em segundos, teve os pulsos e tornozelos algemados, foi enfiado no banco traseiro do meu veículo e escondido sob um cobertor.

O motorista do caminhão, impotente, atordoado e zonzo por causa da colisão, não tinha ideia do que de fato havia ocorrido. Depois, diria à polícia que bons samaritanos tinham parado para resgatar o motorista do Volvo e provavelmente o levaram a um hospital. Mas nosso destino era um aeroporto particular a 77 quilômetros dali, onde um jato alugado e abastecido nos aguardava.

Tínhamos feito o que viéramos fazer, mas não deveria ter terminado daquele modo, com três inocentes mortos. Depois de qualquer missão bem-sucedida, celebrávamos com uma rodada de uísque e cumprimentos. Mas, naquela noite, estávamos desanimados. Ansiosos em relação às repercussões que se seguiriam.

Não tínhamos ideia do quanto seriam terríveis.

13

O vento batia nas janelas da sala da Dra. Welliver, e, daquele poleiro no torreão do castelo, Jane via nuvens negras aproximando-se, avançando inexoravelmente em direção a eles. Uma tempestade de verão estava se formando, e o som do vento incomodava Jane, que, com Maura, observava a Dra. Welliver preparar uma bandeja com xícaras e pires. A vista parecia ameaçadora, mas no interior da torre havia um espaço confortável, com um sofá florido e varetas de incenso e cristais na janela, um retiro sereno onde uma criança traumatizada poderia se acomodar em uma poltrona estufada e compartilhar em segurança seus medos mais obscuros. O incenso fazia com que o local parecesse mais a sala de estar de uma mãe hippie e excêntrica do que o consultório de um analista, mas Welliver *era* excêntrica, com seu cabelo grisalho desgrenhado, vestidos de vovó e sapatos ortopédicos.

— Tive cerca de 48 horas para observar o garoto — disse a Dra. Welliver. — E, devo dizer, tenho preocupações.

Na mesa de cabeceira, o bule elétrico começou a assobiar e a borbulhar. Ela levantou-se para despejar a água fumegante em uma chaleira de porcelana.

— Que problemas você vê?

— Superficialmente, ele parece se ajustar muito bem. Pareceu gostar do primeiro dia de aulas. A Srta. Duplessis disse que ele lê bem melhor do que o nível de sua série. O Sr. Roman convenceu-o a disparar algumas flechas na aula. E, na última noite, encontrei-o na sala de computadores, navegando no YouTube.

Jane olhou para Maura.

— Você não consegue usar o celular, mas dá para navegar na internet?

— Não podemos conter a era digital — disse a Dra. Welliver com uma risada. Ela acomodou-se pesadamente na cadeira; o vestido inflou-se como uma barraca ao redor de seu corpo generoso. — É claro que bloqueamos sites inadequados e nossos alunos sabem que jamais devem revelar qualquer informação pessoal. Nem suas localizações, nem seus nomes. É uma questão de segurança.

— Para essas crianças, em especial— disse Maura.

— O ponto ao qual eu queria chegar — continuou a Dra. Welliver — é que Teddy, aparentemente, ajustou-se muito bem ao novo ambiente. Até parece ter feito alguns amigos.

— Então, qual o problema? — perguntou Jane.

— Ontem, na sessão com ele, descobri uma série de coisas de que ele não lembra, ou opta por não lembrar, sobre a família biológica.

— Você sabe que há um motivo para que ele não se lembre da noite em que morreram.

— Sei que foram mortos a bordo do veleiro da família nos arredores de Saint Thomas. E que houve uma explosão que fez Teddy perder a consciência. Mas me pergunto se essa explosão é a única explicação para os lapsos de memória dele. Quando pergunto sobre sua família, ele tenta evitar o assunto. Ele se esquiva. Diz que está com fome ou que precisa usar o banheiro. De vez em quando ainda se refere a membros da família no presente. Ele simplesmente não quer lidar em absoluto com a perda.

— Ele tinha apenas 12 anos — disse Maura. — Uma idade delicada.

— Já se passaram dois anos. É tempo suficiente para que tenha processado a perda, assim como nossos outros alunos. Há muito trabalho a ser feito com Teddy. Para o fazer superar esse estado de negação. Para ele aceitar que a família se foi. — Ela olhou para Jane. — É uma coisa boa ter trazido ele para cá, detetive. Espero que o deixe ficar.

— Foi uma ação emergencial — disse Jane. — Não cabe a mim decidir onde ele ficará a longo prazo.

— Na noite passada, a diretoria de Evensong aceitou Teddy por unanimidade, com todas as despesas pagas. Por favor, comunique ao estado de Massachusetts. Queremos ajudar.

— Direi como realmente podem ajudar — sugeriu Jane. — Me conte sobre os outros dois alunos: Claire Ward e Will Yablonski.

Welliver levantou-se para servir o chá de ervas, que estava em infusão. Em silêncio, encheu as xícaras e serviu as visitantes. Depois, sentou-se e adicionou várias colheres generosas de açúcar à sua bebida.

— É uma questão delicada — disse ela, finalmente. — Compartilhar arquivos confidenciais sobre nossos alunos.

— Também tenho uma questão delicada — disse Jane. — Manter Teddy vivo.

— Por que acha que há uma conexão entre as três crianças?

— A coincidência é assustadora — interferiu Maura. — Foi por isso que telefonei para Jane, por haver tantos paralelos. Três famílias diferentes foram assassinadas no mesmo ano. Inclusive na mesma *semana*. Agora, dois anos depois, os filhos sobreviventes são atacados de novo. Com semanas de intervalo.

— Sim, concordo que *é* estranho.

— É mais do que estranho — disse Jane.

— Mas é apenas uma coincidência.

Jane inclinou-se para a frente para olhar nos olhos da Dra. Welliver.

— Como pode desconsiderar tão facilmente a possibilidade de uma conexão?

— Porque as famílias foram mortas em lugares diferentes. A família de Teddy Clock morreu no próprio veleiro, nos arredores de Saint Thomas. Os pais de Claire foram mortos a tiros em Londres.

— E os pais de Will? Os Yablonski?

— Morreram quando o avião particular deles caiu, em Maryland.

Jane franziu a testa.

— Pensei que tivessem sido assassinados. Isso soa mais como um acidente.

A Dra. Welliver virou-se e olhou através da porta de vidro para a escada que levava à passarela do telhado, vendo a névoa girar no vento.

— Provavelmente já contei demais a vocês. São meus pacientes e confiam em mim para guardar seus segredos. Me sinto presa por regras de confidencialidade.

Jane disse:

— Você sabe que eu poderia simplesmente falar com a polícia e conseguir esses detalhes por conta própria. Por que não facilita a minha vida e apenas me conta? A queda do avião *foi* um acidente?

A Dra. Welliver ficou em silêncio por um momento enquanto ponderava a resposta.

— Não, não foi um acidente — disse ela finalmente. — A NTSB, responsável por investigar acidentes de aviação civil, concluiu que a aeronave foi sabotada. Contudo, mais uma vez, não há qualquer ligação óbvia com as outras duas famílias. Exceto por como morreram.

— Me desculpe por dizer isso — disse Jane —, mas tirar essa conclusão é *meu* trabalho, não seu. Provavelmente é uma coincidência, mas preciso proceder como se não fosse. Porque, se eu deixar passar algo, posso terminar com três crianças mortas.

Welliver pousou a xícara de chá e estudou Jane por um momento, como que tentando medir sua determinação. Enfim, levantou-se da cadeira e arrastou os pés até o arquivo, que revirou em busca de uma pasta.

— O avião dos Yablonski caiu pouco depois da decolagem — disse ela. — Neil Yablonski estava no controle quando aconteceu. Ele e a esposa eram os únicos a bordo. A princípio, presumiu-se que fosse um acidente. — Ela trouxe a pasta de Will à mesa e entregou-a a Jane. — Então, a NTSB encontrou evidências forenses de explosivos. Os investigadores procuraram um motivo, qualquer razão pela qual aquele casal específico fosse um alvo. Jamais chegaram a uma resposta. Por sorte, o filho, Will, não estava a bordo do avião do pai naquele dia. Ele havia escolhido passar o final de semana com os tios, para trabalhar em um projeto de ciências.

Jane abriu a pasta e passou os olhos pelo formulário de admissão de Evensong.

Branco, 14 anos, sexo masculino, sem parentes vivos conhecidos. Indicado pelo estado de New Hampshire depois que um incêndio de origem suspeita destruiu a casa dos tios, Brian e Lynn Temple, seus guardiões desde a morte dos pais, há dois anos...

Jane leu o parágrafo seguinte e levantou o olhar para Welliver, que acrescentava a quarta colher de açúcar à sua xícara de chá.

— O garoto foi considerado suspeito pelo incêndio em New Hampshire?

— A polícia precisou considerar a possibilidade, pois Will foi o único sobrevivente. Ele disse que estava fora de casa, observando o céu pelo telescópio quando a casa explodiu. Uma motorista viu as chamas e parou para ajudar. Foi ela quem levou o garoto para a emergência.

— O garoto *por acaso* estava fora de casa observando o céu?

— O pai e o tio eram cientistas da Nasa e trabalhavam no Centro de Voo Espacial Goddard, em Maryland. Não é de surpreender que Will seja um astrônomo amador.

— Quer dizer que o garoto é um nerd.

— Você poderia chamar ele assim. Motivo pelo qual a polícia o considerou um suspeito, ainda que brevemente, pois é certo que ele possui inteligência para construir uma bomba. Mas não tinha motivo.

— Que eles saibam.

— Pelo que observei, Will é um garoto muito comportado, com habilidades acadêmicas excelentes, especialmente em matemática. Não vejo traços de agressividade, mas tem dificuldade em socializar. Os tios educavam-no em casa, em New Hampshire, portanto ele não tinha muita interação com outras crianças. Essa pode ser uma das razões pelas quais não é rápido em fazer amigos.

— Por que era educado em casa? — perguntou Maura.

— Ele teve problemas em Maryland. O pobre menino era provocado e sofria bullying.

— Por quê?

— Por causa do peso. — A Dra. Welliver olhou para o próprio corpo grande, apenas parcialmente disfarçado pelos vestidos volumosos que sempre vestia. — Durante quase toda a vida, lutei contra meu peso, portanto sei como é ser ridicularizada. Crianças podem ser especialmente cruéis, concentrando-se no fato de que Will é gordo e um pouco desastrado. Aqui, intervimos na mesma hora quando vemos qualquer tipo de bullying, mas não somos oniscientes. Apesar de qualquer provocação, Will está sempre animado e de bom humor. Ele é gentil com as crianças mais novas. É um aluno confiável e que nunca causa problemas. — Welliver fez uma pausa. — Diferentemente da garota.

— Claire Ward — disse Jane.

Welliver suspirou.

— Nossa pequena errante noturna. — Ela levantou-se, empurrando a cadeira, e retornou ao arquivo para procurar a pasta de Claire. — Agora, *essa* criança tem nos causado muitas dores de cabeça. A maioria relacionada com seus problemas neurológicos.

— O que quer dizer por *problemas neurológicos*?

Welliver aprumou-se e olhou para ela.

— Claire estava com os pais na noite em que foram atacados em Londres. Todos levaram tiros na cabeça. Apenas Claire sobreviveu.

Trovejou ao longe; o céu tornara-se ameaçadoramente escuro. Jane baixou o olhar para o próprio braço e percebeu que seus pelos estavam eriçados, como se um vento frio tivesse assoprado sobre sua pele.

Welliver colocou a pasta de Claire diante de Jane.

— Aconteceu quando a família voltava para o carro depois de jantar em um restaurante. O pai de Claire era Erskine Ward, um oficial do serviço estrangeiro que havia trabalhado em Londres, Roma e Washington. A mãe, Isabel, era dona de casa. Por causa do trabalho de Erskine na embaixada dos Estados Unidos, houve preocupação de que pudesse ter sido um ataque terrorista, mas a polícia concluiu que havia sido um assalto que tinha dado errado. Claire não pôde ajudar a investigação porque não se lembrava do ataque. A primeira coisa de que se lembra é despertar em um hospital após a cirurgia.

— Para uma garota que levou um tiro na cabeça, ela parece incrivelmente normal — disse Jane.

— À primeira vista, ela parece perfeitamente normal. — Welliver olhou para Maura. — Nem mesmo você detectou as deficiências dela, não foi, Dra. Isles?

— Não — admitiu Maura. — Eles são sutis.

— O ferimento causado pela bala resultou no que é chamado de diásquise — disse Welliver. — É grego para "pensamento chocado". Aos 11 anos, seu cérebro ainda era relativamente plástico, portanto ela foi capaz de recuperar quase todo o funcionamento. Suas habilidades de linguagem e motoras são normais, assim como a memória. Exceto por aquela noite em Londres. Antes do ataque, ela era uma aluna excelente, até superdotada. Mas receio que jamais será uma estrela acadêmica agora.

— Mas ainda pode levar uma vida normal? — perguntou Jane.

— Não inteiramente. Como muitos pacientes com ferimentos na cabeça, ela é impulsiva. Corre riscos. Diz coisas sem avaliar as consequências.

— Soa como uma adolescente típica.

A Dra. Welliver deu uma risada perspicaz.

— É verdade. *Cérebro adolescente* é um diagnóstico por si só. Mas não creio que Claire crescerá e superará isso. O controle de impulsos sempre será um problema para ela. Ela perde a cabeça e deixa escapar o que pensa. Isso já causou problemas. Ela tem uma disputa com outra garota daqui. Começou com apelidos, bilhetes malcriados. Avançou para rasteiras, empurrões, roupas rasgadas, minhocas na cama.

— Soa como eu e meus irmãos — disse Jane.

— Exceto que você, esperamos, cresceu e deixou essas coisas para trás, mas Claire sempre agirá antes de pensar. E isso é especialmente perigoso levando em conta seu outro problema neurológico.

— Qual?

— Seu ciclo de sono e vigília foi totalmente perturbado. Isso acontece com muitos pacientes com ferimentos na cabeça, mas a maioria sofre de excesso de cansaço. Dorme mais do que o normal. Claire, por algum motivo, teve um resultado paradoxal. Ela é irrequieta, especialmente à noite, quando parece hiperalerta. Precisa de apenas quatro horas de sono por dia.

— Na noite em que cheguei — disse Maura —, eu a vi lá embaixo, no jardim. Era bem depois da meia-noite.

Welliver concordou com a cabeça.

— É quando ela está mais ativa. É como uma criatura noturna. Chamamos Claire de nossa "errante da meia-noite".

— E vocês permitem que ela apenas ande por aí no escuro? — perguntou Jane.

— Quando ela vivia em Ithaca, a família adotiva fez tudo para a impedir. Tentaram medicamentos, portas trancadas, ameaças de punições. Esse será o comportamento de Claire para o resto da vida, e ela precisa aprender a lidar com ele. Ela não é uma prisioneira aqui, portanto decidimos não tratá-la como tal.

— Permitindo que ela fuja à noite?

— Felizmente, não há muita coisa que a possa ferir nas florestas do Maine. Não temos cobras venenosas nem predadores grandes, e os ursos negros sentem mais medo de nós do que o contrário. O maior perigo é que ela pise em um porco-espinho ou tropece na toca de algum animal e machuque o tornozelo. Essa é simplesmente a natureza da Claire, uma condição com a qual ela precisará viver. Francamente, é muito mais seguro para ela caminhar aqui na floresta do que em qualquer cidade grande.

Jane não podia discutir; ela sabia bem demais onde os predadores mais perigosos eram encontrados.

— E quando ela se formar em Evensong? O que acontecerá com ela?

— Quando chegar o momento, Claire precisará fazer as próprias escolhas. Enquanto isso, estamos dando a ela habilidades para sobreviver. Esse é nosso propósito aqui, detetive. É o motivo pelo qual essa escola existe: para que essas crianças possam encontrar seus lugares no mundo. Um mundo que não foi bom com eles. — Welliver apontou para o arquivo. — Temos dezenas de alunos como Claire, alguns tão traumatizados quando chegaram aqui que mal conseguiam falar. Ou que acordavam aos gritos todas as noites. Mas crianças são resilientes. Com orientação, podem se reerguer.

Jane abriu a pasta de Claire. Como no arquivo de Will, havia uma avaliação psicológica inicial feita pela Dra. Welliver. Ela folheou até um resumo da investigação feito pelo Departamento de Polícia de Ithaca.

— Como Claire foi parar com os Buckley?

— Bob e Barbara Buckley eram amigos dos pais de Claire e os guardiões designados para ela no testamento. Os Buckley não tinham filhos. Acolher Claire certamente mudou suas vidas.

Jane olhou para o relatório de polícia que resumia as mortes dos Buckley e levantou os olhos para Maura.

— Alguém bateu no carro deles. E atirou nos dois. Na cabeça.

— Parece que o assassino tinha um alvo — disse a Dra. Welliver. — Mas os Buckley não tinham inimigos. O que levantou a possibilidade de que *Claire* fosse o alvo, pois também estava no carro.

— Então por que a garota ainda está viva? — perguntou Jane.

A Dra. Welliver deu de ombros.

— Intervenção divina.

— Como assim?

— Se perguntar a Claire, ela te dirá que foi exatamente o que ocorreu. Ela estava presa dentro do carro. Ouviu os tiros. Na verdade, chegou a ver o assassino *bem diante de si*. E, então, alguém apareceu. "Um anjo", foi como Claire a descreveu. Uma mulher que a ajudou a sair do veículo e ficou com ela.

— A polícia interrogou a mulher? *Ela* viu o assassino?

— Infelizmente, a mulher desapareceu assim que a polícia chegou. Ninguém exceto Claire jamais a viu.

— Talvez ela não exista — sugeriu Maura. — Talvez Claire a tenha imaginado.

A Dra. Welliver concordou com a cabeça.

— A polícia chegou a ter dúvidas quanto a essa mulher misteriosa. Mas certamente não teve dúvidas de que foi uma execução. E por isso Claire foi trazida para Evensong.

Jane fechou a pasta e olhou para a psicóloga.

— Isso levanta outra pergunta. Como, exatamente, isso aconteceu?

— Ela foi indicada.

— Tenho certeza de que o estado de Nova York pode cuidar das próprias crianças. Por que mandar Claire para Evensong? E como Will Yablonski veio parar aqui se vivia em New Hampshire?

A Dra. Welliver não olhou para Jane; em vez disso, concentrou-se nos cristais que pendiam na janela. Em um dia ensolarado, aquele pedaço de quartzo espalharia vários arco-íris pela sala, mas, naquela manhã cinzenta, pendia inerte, sem oferecer nenhuma mágica ao mudar a direção da luz.

— Evensong possui uma reputação — respondeu ela. — Em muitos casos, oferecemos o curso, a acomodação e a alimentação sem custo para os estados. Agências da lei de todo o país conhecem o trabalho que realizamos aqui.

— Porque a Sociedade Mefisto está em toda a parte — comentou Jane. — E seus espiões também.

Welliver encarou Jane.

144

— Você e eu estamos do mesmo lado, detetive — disse ela. — Jamais duvide disso.

— São as teorias da conspiração que me incomodam.

— Podemos concordar, pelo menos, que os inocentes precisam de proteção? Que as vítimas precisam ser curadas? Em Evensong, fazemos as duas coisas. Sim, rastreamos crimes em todo o mundo. Como qualquer cientista, procuramos padrões. Porque também somos vítimas e escolhemos revidar.

Alguém bateu na porta. Todas se viraram quando um garoto asiático, pequeno e musculoso, entrou na sala.

— Olá, Bruno — disse a Dra. Welliver, cumprimentando-o com um sorriso maternal. — Você precisa de alguma coisa?

— Encontramos algo na floresta. Em uma árvore — disse o garoto rapidamente.

— A floresta está cheia de árvores. O que há nessa árvore?

— Não temos certeza do que significa, mas todas as garotas estão gritando... — Bruno respirou fundo para se acalmar, e Jane reparou que o garoto estava tremendo. — O Sr. Roman disse que vocês precisam vir *agora*.

A Dra. Welliver levantou-se preocupada.

— Nos mostre.

14

Elas seguiram o garoto, descendo três andares de escadas em um ruidoso desfile de passos. Fora do castelo, o vento levantou o cabelo de Jane, que lamentou não ter trazido o casaco. As nuvens escuras distantes que vira no alto da torre estavam quase em cima delas. Havia o ranger e o grunhir das árvores e cheiro de chuva iminente no ar. Elas embrenharam-se na floresta, guiadas pelo menino que não parecia seguir uma trilha óbvia. Com tantos pés quebrando gravetos e esmigalhando folhas secas, os pássaros ficaram em silêncio. Havia somente o som que faziam ao passar e o vento nos galhos.

— Estamos perdidas? — perguntou Jane.

— Não, é apenas um atalho — respondeu a Dra. Welliver. Apesar do vestido parecido com uma barraca, ela conseguia seguir em ritmo constante pela floresta, avançando pesadamente atrás daquele garoto que mais parecia um elfo correndo, agitado, mostrando o caminho.

As árvores ficavam mais densas; os galhos bloqueavam a vista para o céu. Apesar de ser apenas o meio da manhã, ali, na floresta, o dia tinha escurecido até uma penumbra de final de tarde.

— Esse garoto sabe mesmo aonde está indo?

— Bruno sabe exatamente aonde está indo. — A Dra. Welliver apontou para um galho quebrado acima de suas cabeças.

— Ele criou uma trilha?

A psicóloga olhou para ela.

— Não subestime nossos alunos.

Elas já não viam o castelo. Agora tudo que Jane via, em todas as direções, eram árvores. Quanto teriam andado? Oitocentos metros? Mais? E aquilo era um atalho? O cadarço de Jane desamarrou e ela agachou-se para amarrá-lo. Quando levantou, os outros já estavam vários passos à sua frente e ela quase não podia vê-los. Abandonada ali, poderia vagar por dias tentando encontrar uma saída. Ela se apressou para alcançá-los e abriu caminho em meio a uma cortina de arbustos até uma pequena clareira onde os outros tinham parado.

Sob um salgueiro magnífico, estavam o professor Pasquantonio e Roman, o guarda-florestal. Perto havia um grupo de alunos aninhados contra o vento.

— Não tocamos em nada. Deixamos exatamente como encontramos — disse Roman à Dra. Welliver. — Sei exatamente o que significa.

— Uma piada de péssimo gosto. — Pasquantonio bufou. — É o que isso significa. Crianças fazem coisas ridículas.

A Dra. Welliver moveu-se sob o salgueiro e levantou o olhar para os galhos.

— Sabemos quem fez isso?

— Ninguém assumiu a responsabilidade — grunhiu Roman.

— *Todos* sabemos que foi ela — disse uma garota de cabelos escuros. — Quem mais poderia ter sido? — Ela apontou para Claire. — Ela escapuliu de novo ontem à noite. Eu a vi. *Lagarta da Noite.*

— Não fui eu — disse Claire. Ela estava sozinha à margem da clareira, com os braços cruzados sobre o peito como que para rebater as acusações.

— Você *saiu*. Não minta.

— Briana — disse a Dra. Welliver —, não acusamos pessoas sem provas.

Jane abriu caminho através da clareira para ver o que atraíra todos até o lugar. Pendendo do salgueiro, havia três bonecos feitos de gravetos e barbante, suspensos como rústicos ornamentos de Natal. Aproximando-se, Jane viu que um deles tinha uma camisa feita de casca de vidoeiro. Uma menina. Os bonecos de graveto moviam-se lentamente ao vento, como pequenas vítimas de um enforcador, salpicados com o que parecia sangue. No alto do salgueiro, corvos grasnavam, e Jane olhou para cima. Viu a fonte dos gotejos acima da cabeça e sentiu um cheiro de podridão. Com nojo, recuou, com o olhar fixo na carcaça que pendia daquele galho alto.

— Quem encontrou isso? — perguntou a Dra. Welliver.

— Todos encontramos — disse Roman. — A cada poucos dias, trago eles por esta trilha, indicando como a floresta muda. Essas garotas foram as primeiras a ver. — Ele apontou para Briana e as duas garotas que pareciam sempre pairar ao seu redor. — Jamais ouvi tantos gritos histéricos. — Ele sacou uma faca e cortou a corda que suspendia a carcaça. O galo morto caiu no chão. — Parece até que elas nunca comeram galinha — murmurou ele.

— É Herman — murmurou um dos garotos. — Alguém matou Herman.

Não apenas o matou, pensou Jane. Abriu-o com uma faca. Arrancou as entranhas e deixou-o exposto aos corvos. Aquilo não era uma brincadeira juvenil; aquilo revirava seu estômago.

A Dra. Welliver olhou para os alunos, que tremiam enquanto as primeiras gotas de chuva começavam a cair.

— Alguém sabe qualquer coisa sobre isso?

— Não o ouvi cacarejar pela manhã — disse uma das garotas. — Herman sempre me acorda. Mas não hoje.

— Passei pela trilha ontem à tarde — disse Roman. — Ele não estava pendurado ainda. Deve ter sido feito ontem à noite.

Jane olhou para Claire. *A errante da meia-noite*. A garota, ciente do olhar de Jane, retribuiu-o desafiadoramente. Um olhar que desafiava qualquer um a provar que Claire tivesse feito aquilo.

Enquanto gotas de chuva salpicavam seu vestido, a Dra. Welliver olhou para o círculo de alunos com os braços abertos, como que oferecendo um abraço a quem quer que precisasse.

— Se qualquer um quiser falar comigo sobre isso mais tarde, minha porta está sempre aberta. Prometo que qualquer coisa que me disserem ficará apenas entre vocês e eu. — Ela suspirou, com o olhar voltado para a chuva. — Agora, por que não voltam?

Enquanto os alunos deixavam a clareira, os adultos permaneceram ao lado do salgueiro. Somente quando as crianças estavam longe o bastante, a Dra. Welliver disse, em voz baixa:

— Isso é muito perturbador.

Maura agachou-se sobre o galo assassinado.

— O pescoço está quebrado. Foi provavelmente o que o matou. Mas estripar ele depois? Deixar aqui onde todos o veriam? — Ela olhou para a Dra. Welliver. — Há um significado.

— Significa que você tem um atrevidinho perturbado aqui — disse Jane. Ela olhou para os três bonecos de graveto. — E o que *isso* significa? Parecem bonecos assustadores de vodu. Por que ela fez isso?

— Ela? — perguntou Welliver.

— É claro. Claire negou, mas crianças mentem o tempo todo.

A Dra. Welliver balançou a cabeça.

— O ferimento na cabeça tornou-a impulsiva mas também praticamente incapaz de enganar. Claire diz exatamente o que pensa, ainda que isso traga problemas. Ela negou, e acreditei nela.

— Então qual deles fez isso? — perguntou Roman.

Atrás deles, uma voz perguntou:

— Por que acham que foi um aluno?

Todos se viraram e viram Julian à margem da clareira. Ele havia retornado tão silenciosamente que não o ouviram.

— Vocês presumem que seja um de nós — disse Julian. — Não é justo.

O Dr. Pasquantonio riu.

— Você não acha que um professor faria isto, acha?

— Lembra-se do que nos ensinou sobre a palavra presumir, senhor? Que faz de você e de mim dois idiotas?

— Julian! — interferiu Maura.

— Bem, *foi* o que ele disse.

— Para onde, exatamente, está levando essa conversa, Sr. Perkins? — perguntou Pasquantonio.

Julian aprumou a postura.

— Eu gostaria de pegar o corpo de Herman.

— Ele já está apodrecendo — disse Roman. Ele levantou o corpo pela corda e jogou-o na floresta. — Os corvos já começaram a comer. Deixe que terminem.

— Bem, então posso ficar com os bonecos de graveto?

— Prefiro queimar os malditos. Esqueça essa besteira.

— Queimar não faz o mistério desaparecer, senhor.

— Por que quer os bonecos, Julian? — perguntou Maura.

— Porque nós estamos todos nos entreolhando e suspeitando uns dos outros, perguntando-se quem seria perturbado o bastante para fazer isso. — Ele olhou para o Dr. Pasquantonio. — Isso é uma evidência. Os Jackals podem a analisar.

— O que são os Jackals? — perguntou Jane. Ela olhou para Maura, que balançou a cabeça, igualmente confusa.

— É o clube forense da escola — explicou a Dra. Welliver. — Fundado há décadas por um ex-estudante chamado Jack Jackman.

— É por isso que se chama os Jackals — disse Julian. — Sou o novo presidente, e esse é justamente o tipo de trabalho que o clube realiza. Estudamos manchas de sangue, rastros de pneus. Podemos analisar *essa* evidência.

— Ah, entendi. — Jane riu e olhou para Maura. — É *CSI: Ensino médio*.

— Tudo bem, rapaz — disse Roman. Ele estendeu a faca de caça e cortou os bonecos do galho. Ofereceu-os a Julian. — São seus. Investigue.

— Obrigado, senhor.

Roman olhou para o céu quando trovejou.

— Agora é melhor entrarmos — disse ele. — Sinto cheiro de raios nessa direção. E não há como dizer onde cairão.

15

— Foi você?

Claire já estava esperando a pergunta. Na floresta, quando todos observavam o que estava pendurado no salgueiro, ela havia capturado um olhar de Will em sua direção e lera a pergunta nos olhos dele. Will fora discreto o bastante para não dizer nada naquela hora. Agora que tinham ficado para trás dos outros na trilha, ele se juntou a ela e sussurrou:

— Os outros estão dizendo que foi você.

— Eles são idiotas.

— Foi o que eu disse a eles, mas você *saiu* ontem à noite.

— Eu te disse que não durmo. Não consigo dormir.

— Na próxima vez, por que não me acorda? Podemos sair juntos.

Ela parou na margem do riacho. Gotas de chuva caíam em seus rostos e tamborilavam nas folhas.

— Você quer passear *comigo*?

— Conferi a previsão do tempo; o céu deve estar limpo amanhã à noite. Você poderia olhar pelo meu telescópio. Posso mostrar algumas galáxias muito legais. Tenho certeza de que você vai gostar.

— Você mal me conhece, Will.

— Conheço você melhor do que pensa.

— Ah, claro, como se fôssemos melhores amigos. — Ela não teve a intenção de soar sarcástica, mas, quando as palavras saíram, não pôde retirá-las, mesmo desejando que pudesse. Havia muitas coisas que desejava jamais ter dito. Ela deu mais alguns passos, subindo a trilha, e percebeu que Will não estava mais ao seu lado. Virando-se, viu que ele havia parado e estava olhando para o riacho, no qual a água batia nas rochas.

— Por que não poderíamos ser? — perguntou ele em voz baixa, olhando para ela. — Não somos como todo mundo. Você e eu, nós somos...

— Ferrados.

— Não foi o que eu quis dizer.

— Bem, *eu* sou ferrada de qualquer modo — disse ela.

— Por que diz isso?

— Todos dizem, inclusive minha psicóloga. Quer provas? — Ela segurou a mão dele e pressionou-a contra a cicatriz no couro cabeludo. — Sentiu? É onde serraram meu crânio. É por isso que fico acordada a noite toda, como um vampiro. Porque sofri danos cerebrais.

Ele não tentou tirar a mão, como ela esperava, mantendo-a em seu cabelo e acariciando a cicatriz que marcava sua esquisitice. Will poderia ser gordo e ter o rosto salpicado de espinhas, mas Claire reparou, de repente, que ele tinha olhos bonitos. Suaves e castanhos, com cílios longos. Ele continuava olhando para ela, como que tentando ver o que ela realmente pensava. Todas as coisas que tinha medo de contar para ele.

Claire afastou a mão dele e seguiu andando até a trilha terminar na beira do lago. Ali, parou e olhou para a água agitada pela chuva. Esperando que Will a seguisse.

E ali estava ele, bem ao seu lado. Um vento gelado soprava do lago, e Claire abraçava o próprio corpo, tremendo. Will não parecia reparar no frio, apesar de usar apenas jeans e uma camiseta úmida que revelava cada volume nada gracioso de seu torso fofo.

— Doeu? — perguntou ele. — Levar um tiro?

Automaticamente, ela levantou a mão para tocar na ferida no crânio. A pequena endentação que marcava o fim de sua vida como uma criança normal que dormia a noite inteira e tinha notas boas. Uma criança que não dizia coisas erradas o tempo todo.

— Não sei. A última coisa de que me lembro é jantar em um restaurante com meus pais. Eles queriam que eu experimentasse algo novo, mas eu queria espaguete. Insisti em espaguete, espaguete, e minha mãe finalmente disse ao garçom para simplesmente trazer o que eu queria. É a última coisa de que me lembro. De que minha mãe estava irritada comigo. De que a decepcionei.

Ela passou a mão sobre os olhos, deixando um rastro quente nas bochechas.

Sobre o lago, um mergulhão grasnou, emitindo um som solitário e sobrenatural que fez lágrimas fecharem a garganta de Claire.

— Acordei no hospital — continuou. — E meus pais estavam mortos.

O toque de Will foi tão suave que ela não tinha certeza de que não o havia imaginado. Somente um toque suave como uma pena em seu rosto. Ela levantou a cabeça para ver os olhos castanhos de Will.

— Também sinto falta dos meus pais — disse ele.

— Essa é uma escola assustadora com crianças assustadoras — disse Jane. — Todas são estranhas.

Elas estavam sentadas no quarto de Maura, com cadeiras próximas à lareira, na qual o fogo ardia. A chuva batia nas janelas e o vento sacudia o vidro. Apesar de ter se trocado e vestido roupas secas, a umidade havia penetrado tão profundamente nos ossos de Jane que nem mesmo o calor das chamas conseguia esquentá-la. Ela envolveu-se ainda mais no agasalho e olhou para a pintura a óleo que pendia sobre a lareira. Era um cavalheiro em trajes de caça e rifle apoiado no ombro enquanto posava, orgulhoso, sobre um veado caído. Homens e seus troféus.

— A palavra que eu usaria é *assombradas* — disse Maura.

— As crianças?

— Sim. São assombradas pelo crime. Pela violência. Não é surpreendente que pareçam estranhas para você.

— Se você reunir um monte de crianças assim, com graves problemas emocionais, tudo que fará é reforçar suas esquisitices.

— Talvez — disse Maura. — Mas também é o único lugar onde encontram aceitação. Com pessoas que as entendem.

Não era o que Jane esperava ouvir. A Maura que via agora, sentada diante do fogo, parecia uma mulher diferente. O vento e a umidade transformaram seu cabelo negro normalmente esculpido em um ninho desgrenhado. Sua camisa de flanela xadrez estava fora das calças e as barras dos jeans azuis estavam manchadas de lama seca. Apenas alguns dias no Maine a transformaram em alguém que Jane não reconhecia.

— Você disse que queria tirar Julian dessa escola — disse Jane.

— Sim.

— E o que a fez mudar de ideia?

— Posso ver o quanto ele está feliz aqui. E ele se recusa a partir. Foi o que me contou. Aos 16 anos, já sabe exatamente o que quer. — Maura bebericou de uma xícara de chá fumegante e olhou para Jane. — Você se lembra de como ele era em Wyoming? Um animal selvagem que entrava em brigas, só com o cachorro como amigo. Mas aqui, em Evensong, ele encontrou amigos. Ele pertence a esse lugar.

— Porque *todos* são esquisitos.

Maura sorriu para o fogo.

— Talvez seja por isso que Julian e eu nos conectamos. Porque também sou esquisita.

— Mas de uma boa maneira — respondeu Jane rapidamente.

— De que maneira seria?

— Brilhante. Determinada. Confiável.

— Estou parecendo um pastor alemão.

— E honesta. — Jane fez uma pausa. — Mesmo quando significa perder amigos.

Maura olhou para a xícara de chá.

— Pagarei por esse pecado para sempre, não é mesmo?

Durante um momento, elas não falaram; o único som era a chuva batendo na janela e o crepitar do fogo. Jane não conseguia se lembrar da última vez em que tinham se sentado juntas e conversado tranquilamente. Sua mala já estava pronta e esperavam por ela em Boston à noite, mas Jane não fez qualquer movimento no sentido de partir. Em vez disso, permaneceu na poltrona, porque não sabia quando teriam aquela oportunidade de novo. A vida muitas vezes era uma série de interrupções. Telefonemas, crises familiares, outras pessoas surgindo, fosse no necrotério ou na cena de um crime. Naquela tarde cinzenta, não havia telefones tocando e ninguém batia à porta, contudo o silêncio pairava entre as duas, pesado com tudo que não havia sido dito nas últimas semanas, desde que o testemunho de Maura tinha enviado um policial para a prisão. A polícia de Boston não se esquecia facilmente de atos de traição.

Agora, em toda cena de crime, Maura era obrigada a suportar uma provação de silêncio gelado e olhares hostis, e o desgaste era aparente em seu rosto. Sob a luz do fogo, seus olhos pareciam vazios e as bochechas, mais magras.

— Graff era culpado. — Os dedos de Maura apertaram-se em torno da xícara de chá. — Eu testemunharia outra vez.

— É claro que testemunharia. É o que você faz: contar a verdade.

— Você fala como se fosse um mau hábito. Um tique.

— Não, é preciso coragem para contar a verdade. Eu deveria ter sido uma amiga melhor.

— Eu não tinha certeza de que *ainda* éramos amigas. Ou de que sou capaz de manter *qualquer* amigo. — Maura olhou para o fogo, como se todas as respostas pudessem ser encontradas nas chamas. — Talvez eu pudesse apenas ficar aqui. Me tornar uma eremita e viver na floresta. É tão lindo. Eu poderia passar o resto da vida no Maine.

— Sua vida é em Boston.

— Não é como se Boston tivesse me recebido de braços abertos.

— Cidades não têm braços. Pessoas têm.

— E são as pessoas que nos decepcionam. — Maura piscou diante do fogo.

— Isso poderia acontecer em qualquer lugar, Maura.

— Há uma dureza em Boston. Uma frieza. Antes de me mudar para lá, ouvi falar sobre a frieza do povo da Nova Inglaterra, mas não acreditava nisso. Então cheguei a Boston e senti que precisava perfurar gelo só para conhecer pessoas.

— Até eu?

Maura olhou para ela.

— Até você.

— Eu não tinha ideia de que passávamos essa impressão. Acho que não é a ensolarada Califórnia.

Mais uma vez, o olhar de Maura estava nas chamas.

— Eu nunca deveria ter deixado São Francisco.

— Você tem amigos em Boston agora. Tem a mim.

Um sorriso elevou os cantos da boca de Maura.

— É, eu sentiria saudades de você.

— Boston é realmente o problema? Ou é um bostoniano em particular?

Elas não precisavam dizer o nome dele — ambas pensavam no padre Daniel Brophy, o homem que havia trazido alegria e tristeza para a vida de Maura. O homem que provavelmente tinha sofrido tanto quanto ela por causa do caso impensado entre os dois.

— Justamente quando acho que o esqueci — disse Maura —, quando acho que finalmente saí do buraco e voltei para a luz, vejo ele em uma cena de crime. E a ferida se abre de novo.

— É difícil evitar isso quando o trabalho de vocês é em cenas de crime.

Maura riu com pesar.

— Que maneira saudável de construir uma relação. Em cima de tragédias.

— Está acabado entre vocês, não está?

— Sim. — Maura pausou. — E não.

— Mas vocês não estão juntos.

— E vejo o quanto ele está sofrendo. Está escrito no rosto dele. *No seu rosto também.*

— E é por isso que eu *deveria* deixar Boston. Voltar para a Califórnia ou ir para qualquer lugar.

— E isso vai resolver tudo?

— Poderia.

— Você estaria a 3.200 quilômetros dele mas também estaria a 3.200 quilômetros de todos os laços que criou nos últimos anos. Seu lar, seus colegas. Seus amigos.

— Amiga. No singular.

— Você não viu o funeral que fizemos quando pensamos que você tinha morrido. Quando achamos que o corpo no caixão era seu. A sala estava lotada, Maura, de pessoas que respeitam você. Que se importam com você. Sim, talvez não sejamos bons em demonstrar nossos sentimentos. Talvez os invernos prolongados deixem todos irritáveis. Mas temos sentimentos. Até em Boston.

Maura continuou olhando para a lareira, onde as chamas morriam lentamente, deixando apenas o brilho das brasas.

— Bem, conheço alguém que ficaria realmente triste se você voltasse para a Califórnia — disse Jane. — Ele sabe que está pensando sobre isso?

— Ele?

— Ah, céus, não se faça de boba! Vi como ele olha para você. É o único motivo pelo qual Sansone e Brophy se desgostam tanto. É por causa de *você*.

Surpresa cintilou nos olhos de Maura quando ela se virou para Jane.

— Anthony Sansone jamais esteve na sua lista de pessoas favoritas.

— Por falar em esquisitos... E ele é parte desse estranho grupo Mefisto.

— Ainda assim, você está dizendo que ele é um motivo para que eu fique em Boston.

— Ele é digno de consideração, não é?

— Uau, ele subiu muito na sua estima.

— Pelo menos está disponível. — *Diferente de Daniel Brophy* era o que Jane não precisava acrescentar. — E sente algo por você.

— Não, Jane. — Maura afundou de volta na poltrona. — Não sente.

Jane franziu a testa.

— Como sabe?

— Uma mulher sabe. — O olhar dela se desviou de novo, atraído como uma mariposa pelas chamas moribundas. — Na noite em que cheguei aqui, Anthony apareceu.

— E o que aconteceu?

— Nada. Na manhã seguinte, tivemos uma reunião com os professores. E depois ele partiu de novo para Londres. Apenas um fantasma que invade a minha vida e então desaparece dela.

— Ele é conhecido por fazer esse tipo de coisa. Não significa que não está interessado.

— Jane, *por favor*. Não tente me convencer a entrar em outro caso ruim.

— Estou tentando convencer você a não deixar Boston.

— Porque Anthony é um partido *tão* bom assim?

— Não, porque Boston precisa de você. Porque você é a patologista mais inteligente com quem já trabalhei. E porque... — Jane suspirou. — Eu sentiria muitas saudades de você, Maura.

Os últimos vestígios do tronco de vidoeiro desmoronaram, levantando uma nuvem de cinzas em brasa. Isso e o tamborilar contínuo da chuva eram os únicos sons no quarto. Maura estava sentada e tão imóvel que Jane se perguntou se tinha registrado o que ela havia acabado de dizer. Se aquilo fazia qualquer diferença para ela. Então, Maura olhou para ela, com lágrimas nos olhos, e Jane soube que suas palavras poderiam fazer toda a diferença.

— Levarei isso em consideração — disse Maura.

— Sim, faça isso. — Jane olhou de novo para o relógio. — Eu deveria partir.

— Precisa mesmo ir hoje?

— Quero investigar mais a fundo os casos Ward e Yablonski, o que significa lidar com várias jurisdições, várias agências. E farei praticamente tudo sozinha, já que Crowe não quer desperdiçar nenhum homem com isso.

— Crowe sofre de uma falta de imaginação patética.

— Você também percebeu? — Jane levantou-se. — Vou ligar todos os dias para me assegurar de que Teddy esteja bem. Me telefone caso haja problemas.

— Relaxe, Jane. Esse é o lugar mais seguro onde ele poderia estar.

Jane pensou na estrada protegida pelo portão e no isolamento. Nos mais de 12 mil hectares de floresta. E nos guardiões sempre alertas que vigiavam tudo aquilo: a Sociedade Mefisto. Que lugar melhor para esconder uma criança ameaçada do que com pessoas que sabem o quanto o mundo poderia ser perigoso?

— Estou satisfeita com o que vi — disse ela. — Vejo você em Boston.

Ao deixar o castelo, Jane procurou Teddy pela última vez. Ele estava sentado na sala de aula, e ela não o perturbou, apenas observou enquanto Lily Saul, com arcos e investidas, demonstrava as vantagens da espada espanhola usada pelas legiões romanas. Teddy parecia encantado, com o corpo inclinado para a frente como que prestes a saltar da cadeira e juntar-se à batalha. Lily viu Jane e acenou para ela com a cabeça, com um olhar que dizia *Ele ficará bem. Está tudo sob controle.*

Era tudo que Jane precisava ver.

Lá fora, ela correu sob a chuva até o carro, jogou a pequena mala no assento traseiro e sentou-se atrás do volante. Secando a água do rosto, colocou a mão no bolso para pegar o código de quatro dígitos necessário para passar pelo portão.

Está tudo sob controle.

Mas, ao tirar o carro do pátio e passar sob o arco, algo na distância captou seu olhar, algo na floresta. Um homem entre as árvores. Ele estava tão distante que Jane não conseguiu ver seu rosto. As roupas tinham o mesmo tom cinza salpicado dos troncos ao seu redor.

A estrada seguia naquela direção, e, enquanto se aproximava, ela observava o homem, perguntando-se por que ele estava tão imóvel. Depois, uma curva bloqueou sua visão por um instante, e, quando o aglomerado de árvores reapareceu, Jane não viu ninguém ali. Era apenas o toco de um carvalho velho, com a casca manchada de liquens e esburacada por pica-paus.

Jane parou no canto da estrada e abaixou o vidro da janela. Ela viu gotas de chuva caindo de folhas, galhos balançando ao vento. Mas não havia ninguém observando na floresta, apenas aquele toco de árvore sem vida, fingindo ser uma ameaça.

Está tudo sob controle.

Contudo, o desconforto persistia enquanto ela atravessava o portão e dirigia para o sul através da floresta e entre as fazendas. Talvez fosse a chuva incessante e as nuvens escuras pairando no horizonte. Talvez fosse a estrada solitária e as casas abandonadas com pórticos vergados e janelas cerradas com tábuas. Aquele lugar parecia o final do mundo, e ela poderia ser a última humana viva.

O toque do celular estilhaçou tal ilusão. Estou de volta à civilização, pensou Jane enquanto revirava a bolsa atrás do telefone. O sinal estava fraco e mal dava para manter uma conversa, mas ela conseguia entender a voz fragmentada de Frost.

— Seu último e-mail... Falei com a polícia de Hillsborough...

— Hillsborough? É sobre os tios de Will Yablonski?

— ... diz que é estranho... quer discutir...

— Frost? Frost?

De repente, a voz dele surgiu alta e clara. O milagre de um bom sinal de celular finalmente.

— Ele não tem ideia do que isso tudo significa.

— Falou com o policial de Hillsborough?

— Sim. Um detetive David G. Wyman. Ele disse que o caso pareceu estranho desde o começo. Contei a ele sobre Claire Ward, o que *realmente* atiçou sua atenção. Ele não sabia que havia outras crianças. Você precisa conversar com ele.

— Pode me encontrar em New Hampshire? — perguntou Jane.

Houve uma pausa; depois, a voz dele baixou.

— Impossível. Crowe quer que nos concentremos em encontrar Andres Zapata. Estou de tocaia essa noite. No apartamento da empregada.

— Crowe continua acreditando em roubo como motivo?

— Teoricamente Zapata parece um bom suspeito. Antecedentes de roubo na Colômbia. Ele tinha acesso e oportunidade. E as impressões digitais dele estão na porta da cozinha.

— Mas isso está me preocupando, Frost. As três crianças.

— Escute, não esperamos você até amanhã. Dá tempo de fazer um pequeno desvio.

Ela havia planejado estar em casa à noite para jantar com Gabriel e dar um beijo em Regina. Agora, parecia que estava seguindo para New Hampshire.

— Não diga nada a Crowe.

— Eu não estava planejando dizer.

— Mais uma coisa: faça uma busca no VICAP, o programa de apreensão de criminosos perigosos, sobre massacres familiares não solucionados. No mesmo ano em que os Ward, os Yablonski e os Clock foram assassinados.

— Com o que acha que estamos lidando?

— Não sei. — Jane olhou para a estrada molhada pela chuva à sua frente. — Mas seja lá o que for, está começando a me deixar assustada.

16

Quando Jane estacionou na garagem, a chuva tinha cessado, mas as nuvens permaneciam no céu, cinzentas e opressivas, e as árvores continuavam gotejando. Nenhum outro veículo estava à vista. Ela saiu do carro e aproximou-se do que um dia havia sido a casa de fazenda dos tios de Will, Lynn e Brian Temple. Alguns metros adiante, o celeiro estava intocado, mas a residência não era mais do que um monte de madeira carbonizada. Ao lado das ruínas, com o som de água pingando ao redor, Jane quase sentia o cheiro forte de fumaça ainda subindo das cinzas.

Pneus esmagaram o granito. Ela virou-se e viu um SUV azul-escuro parar atrás do seu Subaru. O homem que saiu do carro usava um casaco de chuva amarelo, que em sua estrutura larga parecia uma barraca para quatro pessoas. Tudo nele parecia grande, da cabeça careca às mãos carnudas, e, apesar de não sentir medo, Jane estava muito ciente da vantagem física que aquele homem tinha sobre ela naquele local isolado.

— Detetive Wyman? — gritou ela para o homem.

Ele caminhou em direção a Jane, pisando em poças.

— E você deve ser a detetive Rizzoli. Como foi a viagem do Maine até aqui?

— Molhada. Obrigada por me encontrar. — Ela olhou para as ruínas. — Era isso que queria que eu visse?

— Achei que deveríamos nos encontrar aqui enquanto ainda é dia. Para que pudesse dar uma olhada.

Durante um momento, observaram em silêncio a casa destruída. No campo, mais além, um veado apareceu e olhou para eles, sem medo. O animal ainda não estava familiarizado com o estampido de um rifle e com o impacto de uma bala.

— Eles pareciam cidadãos decentes — disse o detetive Wyman. — Tranquilos. Mantinham a propriedade em ordem. Nunca nos chamaram a atenção. — Ele pausou e balançou a cabeça com ironia. — Essa é uma definição de *cidadão decente*, suponho.

— Quer dizer que não conhecia os Temple?

— Ouvi dizer que um novo casal estava alugando a antiga propriedade dos McMurray, mas nunca cheguei a conhecê-los. Não pareciam ter empregos fixos, portanto não eram muitas as pessoas na cidade que os conheciam, exceto a agente imobiliária que alugava a fazenda. Eles disseram que procuravam uma vida tranquila no campo, um lugar onde o sobrinho pudesse desfrutar a natureza e respirar ar puro. Atendentes do posto de gasolina e do mercado viam o casal pela cidade, mas, para todo o resto, os Temple eram praticamente invisíveis.

— E quanto ao sobrinho, Will? Ele deveria ter amigos por aqui.

— Ele tinha aulas em casa. Não teve oportunidade de brincar com qualquer criança daqui. Além disso, tenho a sensação de que era um pouco diferente.

— Como assim?

— Grande e desajeitado. Um verdadeiro nerd, se entende o que digo. Na noite em que aconteceu, ele disse que estava naquele campo. — Wyman apontou para o pasto, onde o veado solitário comia tranquilo. — Ele tinha um telescópio bacana montado e olhava para as estrelas ou algo parecido. Ah, me lembro agora... Estava procurando por cometas. — Wyman riu. — Tenho dois filhos adolescentes. A última coisa que querem em um sábado à noite é ficar em um pasto sem TV nem Facebook.

— Então Will estava naquele pasto sozinho, olhando para o céu. E a casa explodiu.

— Mais ou menos. Presumi que fosse só um acidente. Fornalha, tanque de propano, algo assim. Então, o chefe dos bombeiros conferiu e descobriu o que pareciam ser materiais explosivos. Foi quando ligamos para a polícia do estado. Está tudo no meu relatório. Trouxe uma cópia para você. Está no jipe.

— O sobrinho, Will. O que achou dele? Quero dizer, além de ser um nerd.

— Examinei o garoto com calma, é claro. Eu me perguntei se talvez tivesse problemas com os tios, se talvez quisesse independência. Mas temos praticamente certeza de que não poderia ter feito isso.

— Você acaba de dizer que é um garoto inteligente. Provavelmente poderia descobrir como construir uma bomba.

— Não como essa.

— O que há de especial nela?

— Semtex, para começar.

Aquilo a alarmou.

— Explosivos plásticos?

— Um projeto altamente sofisticado. Segundo o FBI, os componentes eram franceses. Não é o que um garoto de 14 anos utilizaria para matar os tios.

Jane franziu a testa, olhando para a madeira enegrecida. E chegou à única conclusão possível: *um profissional explodiu a casa.*

— Me fale dos Temple — pediu ela.

— Eram os únicos parentes vivos do garoto. Lynn Temple era irmã da mãe de Will. Ela trabalhava como bibliotecária perto de Baltimore. Brian Temple era físico e trabalhava para o Nasa-Goddard em Greenbelt, Maryland, junto ao pai de Will, Neil Yablonski. Os dois homens eram amigos, e os casais eram muito próximos. Depois que os pais do garoto foram mortos no acidente aéreo, Lynn e Brian receberam a custódia de Will. O que aconteceu depois é uma espécie de enigma.

— O que quer dizer?

— Dias após os pais do garoto morrerem no acidente aéreo, tanto Brian quanto Lynn largaram seus empregos. Assim, do nada, Brian abandonou uma carreira de vinte anos na Nasa. Eles fizeram as malas, guardaram a mobília em depósitos e deixaram Baltimore. Alguns meses depois, instalaram-se aqui.

— Sem empregos? E como se sustentavam?

— Mais uma boa pergunta. Quando morreram, os Temple tinham 500 mil dólares na conta bancária. Agora, não sei se a Nasa paga bem, mas é um bom pé-de-meia, até mesmo para um físico.

O dia estava chegando ao fim. Da floresta, outros dois veados surgiram — uma fêmea com o filhote —, mas estavam cautelosos, olhando para os dois humanos enquanto se aventuravam, passo a passo, para o campo. Quando chegasse a temporada de caça, aquela cautela poderia ser a margem adicional de segurança que os manteria vivos. *Mas nada os salvará quando chamarem a atenção do caçador.*

— Do que os Temple estavam fugindo? — perguntou Jane.

— Não sei, mas é bastante óbvio que *estavam* fugindo. Talvez soubessem algo a respeito da queda do avião.

— Então por que não procuraram a polícia?

— Não tenho ideia. O detetive de Maryland com quem falei, que investigou as mortes dos Yablonski, parecia tão perplexo quanto eu.

— Will sabia por que os tios se mudaram com ele para cá?

— Disseram a ele que Baltimore era uma cidade perigosa e que queriam morar em um lugar mais seguro. Só isso.

— E foi aqui que terminaram — comentou ela, pensando em vigas caindo e em chamas incandescentes. Uma morte infernal à beira de uma floresta tranquila.

— E aqui *é* uma cidade tranquila — disse Wyman. — Temos nossas multas por motoristas bêbados e nossos adolescentes estúpidos fazendo coisas estúpidas. Talvez algum roubo ou alguma briga de família. Esses são nossos registros policiais. Mas isso? — Ele balançou a cabeça. — Jamais lidei com nada parecido. E espero jamais lidar outra vez.

No campo, mais silhuetas apareceram. Todo um rebanho de veados, movendo-se em silêncio no crepúsculo. Para uma garota da cidade como Jane, era uma visão mágica. Ali, onde veados selvagens se sentiam seguros o bastante para aparecer, os Temple pensaram ter encontrado o próprio refúgio. Um lugar onde poderiam se instalar, desconhecidos e despercebidos.

— O garoto só sobreviveu por uma questão de sorte — disse Wyman.

— Você tem certeza de que foi apenas sorte?

— Como disse, cheguei a considerar ele suspeito brevemente. Eu precisava, apenas por uma questão de rotina. Mas o garoto estava realmente abalado. Encontramos seu telescópio ainda no campo, onde ele disse que o havia deixado. O céu estava totalmente límpido naquela noite; era de fato o tipo de noite em que se montaria um telescópio. E ele teve várias queimaduras tentando salvar os tios.

— Sei que uma motorista estava de passagem e levou-o ao hospital.

Wyman concordou.

— Uma mulher passou e viu as chamas. Ela levou o garoto para a emergência.

Jane virou-se para olhar para a estrada.

— A última casa que vi ficava a mais de 1 quilômetro daqui. Essa mulher mora por aqui?

— Creio que não.

— Você não sabe?

— Não falamos com ela. Ela deixou o garoto e foi embora. Informou seu telefone à enfermeira, mas houve alguma confusão. Quando ligamos para o número, um cara em Nova Jersey atendeu e não tinha ideia do que estávamos falando. Em certo ponto, sequer pensávamos que se tratava de um crime. Pensamos que fosse um acidente, portanto caçar testemunhas não era prioridade. Foi só mais tarde, depois de sabermos sobre o Semtex, que percebemos que estávamos lidando com um homicídio.

— Ela pode ter visto algo naquela noite. Talvez até passado pelo assassino na estrada.

— Não tivemos sorte ao tentar localizá-la. Tanto o garoto quanto a enfermeira a descreveram como loura e magra, na faixa dos 40 anos. Confere com a imagem rápida que vimos no vídeo de segurança do hospital. — Wyman levantou os olhos quando uma chuva leve começou a cair. — Portanto, esse é o quebra-cabeça com o qual ficamos. Essa coisa é como um iceberg, com somente uma parte despontando fora d'água. E existe toda uma história mais profunda que não conseguimos enxergar. — Ele puxou o capuz para proteger a cabeça. — Trouxe o arquivo para você. Por que não dá uma olhada? Me ligue se tiver dúvidas.

Ela pegou a espessa resma de papéis que ele entregou.

— Na verdade, tenho mais uma pergunta. Sobre como Will foi parar em Evensong.

— Achei que você tivesse ido lá. Eles não te disseram?

— A psicóloga da escola disse que Will foi indicado pela agência do estado.

— Foi a colocação mais rápida que já vi na vida. No dia seguinte ao incêndio, enquanto o garoto ainda estava no hospital, recebi um telefonema do gabinete do governador. Colocaram o garoto sob proteção especial. Então, um sujeito chegou em um carro sem placa, pegou o menino e se foram.

— Um sujeito?

— Alto, cabelo escuro. Todo vestido de preto, como um vampiro.

Todo vestido de preto. *Anthony Sansone.*

17

— Inicio agora essa reunião dos Jackals — anunciou Julian.

Maura observava enquanto seis garotos assumiam seus lugares na sala de química. Como todos se sentavam à mesa com Julian no refeitório, Maura tinha aprendido seus nomes. Na segunda fila, estava Bruno Chinn, que parecia jamais ficar parado por um minuto sequer e estava se remexendo e contorcendo na cadeira. Ao lado dele, Arthur Toombs estava sentado perfeitamente imóvel, com as mãos marcadas por cicatrizes de queimaduras unidas sobre a mesa. As cicatrizes, disseram a Maura, eram as lembranças feias de um incêndio iniciado pelo próprio pai do garoto. Perto da porta, estava sentado Lester Grimmett, um garoto obcecado por rotas de fuga rápidas. Um escape por uma janela salvara sua vida uma vez, e ele sempre, sempre escolhia um assento perto da saída. E, na primeira fila, os dois membros mais novos dos Jackals: Will Yablosnki e Teddy Clock. Essas histórias Maura conhecia bem demais.

Seis garotos, seis tragédias, pensou ela. Mas a vida seguia e ali estavam eles; alguns com cicatrizes, todos sobreviventes. Aquele clube era a maneira como lidavam com as perdas e as memórias ruins, uma forma para que até aquelas crianças impotentes se sentissem como guerreiros.

Mas, como combatentes do crime, formavam um grupo nada impressionante.

Somente Julian se destacava, alto e imperativo, adequado ao papel de presidente do clube. Apesar de Jane ter desconsiderado os Jackals como nada mais do que *CSI: Ensino Médio*, estava claro que Julian levava a sério a posição de presidente do clube. E os outros garotos pareciam igualmente sérios.

— Hoje, Jackals, temos conosco uma *verdadeira* investigadora forense — disse Julian. — A Dra. Isles trabalha no Instituto Médico Legal em Boston, onde realiza necropsias. Ela é médica. Uma patologista forense. Uma cientista. E... — Ele olhou para ela com orgulho. — Minha amiga.

Minha amiga. Duas palavras tão simples, contudo a maneira como ele havia falado continha um sentido muito mais profundo para ambos. Ela levantou-se, sorrindo, e dirigiu-se ao clube com o mesmo respeito que atribuíam a ela.

— Obrigada pela apresentação, Julian. Como ele disse a vocês, sou patologista. Trabalho com os mortos. Examino restos mortais na mesa de necropsia e analiso tecidos sob o microscópio para compreender por que as pessoas morreram. Se foi o resultado natural de uma doença ou se foi causado por algum trauma ou toxinas. Venenos. Como minha formação científica é em medicina, posso aconselhar vocês a... — Ela parou, vislumbrando um movimento no corredor. Um lampejo de cabelos louros. — Claire? — gritou ela. — Gostaria de se juntar a nós?

Todos os meninos se viraram de uma vez para a porta. Claire não tinha como escapar, portanto deu de ombros, como se não tivesse nada melhor a fazer, de qualquer modo. Ela caminhou para a primeira fila e sentou-se indiferentemente na cadeira ao lado da de Will. Todos os garotos ainda olhavam para aquela criatura exótica que havia adentrado seu meio. De fato, pensou Maura, Claire Ward *era* uma menina estranha. Com o cabelo louro quase branco e cílios claros, parecia sobrenatural, como uma ninfa da floresta, mas sua expressão entediada e ombros caídos irradiavam a pura adolescência.

Claire olhou ao redor para os garotos emudecidos.

— Vocês *fazem* algo nessas reuniões ou ficam só olhando?

— Estávamos prestes a discutir o que encontramos no salgueiro — disse Julian.

— Com o que não tive nada a ver. Não importa o que os outros digam.

— Apenas seguiremos as evidências, Claire. Para onde quer que nos leve. — Ele olhou para Maura e continuou: — Imaginei, já que você é a especialista, que poderia começar nos dizendo a causa da morte?

Maura franziu a testa.

— Causa da morte?

— Do galo — gritou Bruno. — Já sabemos que foi homicídio. Ou "frangocídio", na verdade. Mas *como* ele morreu?

Maura olhou para os rostos que a observavam. Estão falando sério, pensou. Estão realmente tratando isto como uma investigação de assassinato.

— Você o examinou — disse Arthur. — Não foi?

— Rapidamente — admitiu Maura. — Antes do Sr. Roman descartar os restos. E, tendo por base o ângulo do pescoço, eu diria que estava claramente quebrado.

— Portanto, seria morte por estrangulamento ou por trauma na coluna?

— Ela acabou de dizer que o pescoço foi quebrado — disse Bruno. — Eu definiria como neurológico, e não vascular.

— E quanto à hora estimada da morte? — perguntou Lester. — Sabe qual foi o intervalo *post mortem*?

Maura olhou de rosto em rosto, impressionada com a saraivada de perguntas.

— A hora da morte é sempre complicada se não há testemunhas. Em humanos, observamos uma série de indicadores. Temperatura corporal, *rigor mortis*, *livor mortis*...

— Você já tentou aplicar potássio vítreo em um pássaro? — perguntou Bruno.

Ela olhou para ele.

— Não. Não posso dizer que já tentei. Admito que não sei muito sobre patologia de galináceos.

— Bem, ao menos temos a causa da morte, então. Mas qual é o sentido de abrir o corpo com uma faca? Por que arrancar as tripas e pendurá-lo na árvore?

Justamente a pergunta que fiz na clareira.

— Essa pergunta cai na elaboração do perfil — disse Julian. — Por enquanto, vamos nos deter às evidências físicas. Voltei à floresta para tentar encontrar o corpo, mas acho que algum carnívoro o levou, portanto não temos os restos para examinar. Também procurei por marcas de solas de sapatos ao redor do galinheiro, mas lamento dizer que a chuva praticamente limpou qualquer vestígio. Portanto, acho que seguiremos para o que vocês encontraram. — Ele olhou para Bruno. — Quer falar agora?

Enquanto Bruno ia para a frente da sala, Maura se sentava, sentindo-se como a aluna que não havia feito o dever de casa. Ela não imaginava o que o agitado e ativo Bruno teria para compartilhar. Ele colocou luvas de látex e esticou a mão para pegar algo dentro de um saco de papel pardo. De dentro, saíram os três bonecos de gravetos, ainda presos às forcas de barbante. Bruno colocou-os sobre o balcão de aço inoxidável do laboratório. Coisas tão triviais, pensou Maura, olhando para os bonecos. Sob as luzes fluorescentes e fortes da sala de aula, as manchas escuras pareciam respingos de lama, e não sangue. Pendendo do salgueiro e virando ao vento, os bonecos pareciam profanos. Agora, tinham perdido o poder, reduzidos a nada mais do que aquilo que eram: fardos de gravetos.

— Temos aqui provas A, B e C — explicou Bruno. — Bonecos em forma humana, que parecem ser dois masculinos e um feminino. São feitos de vários gravetos e pedaços de casca de árvore amarrados por barbante. Examinei o barbante. Percebi que é feito de juta. Descobri amostras do mesmo barbante no celeiro, onde é usado para amarrar fardos de feno para os cavalos. — Ele colocou a mão no bolso e puxou uma amostra de barbante. — Estão vendo? São idênticos. Do nosso próprio celeiro! — Ele sentou-se.

— Arthur, quer ser o próximo? — sugeriu Julian.

— Identifiquei os gravetos — disse Arthur, levantando-se. — A saia feita de casca de árvore foi fácil. É *Betula papyrifera*. Os gravetos não foram tão fáceis e há dois tipos diferentes. Tomando por base a casca verde e lisa e os espinhos pontiagudos, creio que alguns deles são de *Fraxinus nigra*. Consegui identificar os outros gravetos por causa do cerne em forma de estrela. Acho que são choupo-bálsamo. Pode-se encontrar os três à margem do córrego.

— Bom trabalho — disse Julian.

Maura olhou para Arthur enquanto ele se sentava e pensou que aquele garoto de 15 anos sabia mais sobre árvores do que ela jamais saberia. *CSI: Ensino Médio* estava se revelando muito mais impressionante do que ela havia imaginado.

Lester levantou-se, mas não foi à frente da sala de aula. Ele ficou ao lado da saída, onde se sentia seguro.

— Analisei a corda usada para pendurar a vítima no galho alto. Precisei voltar e subir na árvore para pegar uma amostra, já que não conseguimos encontrar Herman, a vítima, na floresta.

— E o que descobriu sobre a corda? — perguntou Julian.

— É de náilon branco, com 6 milímetros de espessura, trançada em formato diamante. Multiuso e boa força tensional. Resiste a deterioração e mofo. — Lester fez uma pausa. — Procurei a fonte em todas as partes. E encontrei um rolo inteiro no casebre das ferramentas.

Ele sentou-se.

— Estabelecemos que todos os materiais necessários para fazer os bonecos estavam nos terrenos da escola. Os gravetos. O barbante. A corda. — Julian olhou ao redor. — Portanto, chegamos à parte difícil: por quê? Por que alguém mataria um galo, o abriria com uma faca e arrancaria seus intestinos? Por que o pendurar em um trilha pela qual caminhamos praticamente todos os dias? Um lugar onde com certeza o encontraríamos? — Ele aguardou uma resposta.

Arthur disse:

— Alguém quer atenção.

— Ou odeia galos — disse Bruno, olhando ostensivamente para Claire.

— Um ritual religioso — sugeriu Will. — Como *santería*. Eles matam galinhas, não matam?

— Um psicopata mata animais por diversão — disse Lester. — Talvez ele tenha gostado. Talvez isso o deixe animado, o que significa que fará de novo. — Lester fez uma pausa. — Na próxima vez, pode não ser uma galinha.

Aquilo fez a sala cair em um silêncio.

Foi Teddy quem o quebrou.

— Acho que é uma mensagem — disse ele.

— Que tipo de mensagem? — perguntou Julian.

— Ele está tentando nos dizer algo. Tentando nos avisar algo. — A voz de Teddy abaixou e tornou-se um sussurro. — Alguém mais se pergunta por que há três bonecos?

Maura olhou para os bonecos de gravetos. Em seguida, olhou para Claire, sentada na primeira fila, entre Will e Teddy.

Dois masculinos. Um feminino.

18

— As minhas noções de geografia estão um pouco enferrujadas, Rizzoli, portanto me ajude — disse o detetive Crowe. — Na última vez em que conferi, New Hampshire não ficava na nossa jurisdição.

Jane olhou ao redor da mesa para os detetives reunidos para a conferência. Frost e Moore estavam sentados de frente para ela, mas não pareciam dispostos a bater cabeça com Crowe naquela manhã. A equipe toda, na verdade, parecia desgastada demais para conflitos. Crowe havia massacrado a todos, e ela era a única preparada para desafiá-lo. A única que, na verdade, gostaria de uma boa briga com socos e empurrões.

— Listei todos os paralelos com o caso Ackerman — disse ela. — Há dois anos, uma bomba explodiu o avião particular dos Yablonski e os matou.

— O avião caiu em Maryland — destacou Crowe.

— Também há dois anos, os pais de Claire Ward foram mortos a tiros...

— Em Londres. — Crowe riu. — Outro *país*, pelo amor de Deus!

— ... e os dois eventos ocorrem *na mesma semana* em que a família de Teddy foi atacada em Saint Thomas. Três famílias, Crowe. Todas mortas em intervalos de dias. Agora, passados dois anos, os únicos sobreviventes dessas famílias são atacados de novo. É como se alguém estivesse determinado a eliminar as linhagens. E estas três crianças serão as últimas a morrer.

— O que propõe, Rizzoli? Quer voar até Maryland e fazer a investigação da polícia por eles?

— Voar para Maryland seria um começo.

— E depois Londres? A polícia de Boston ficaria *encantada* em pagar a conta. Ah, e não devemos nos esquecer de Saint Thomas. Alguém precisa checar *aquele* incidente.

Frost levantou uma mão.

— Eu me ofereço para ir a Saint Thomas.

— Não estou pedindo viagens de graça para Londres e Saint Thomas — disse Jane. — Eu só gostaria de dedicar algum tempo a isso. Creio que simplesmente não estamos vendo algumas conexões. Algo que conecte os Ward, os Yablonski e os Clock.

— Uma enorme conspiração internacional — disse Crowe. — Certo.

— Isso merece ser examinado mais a fundo.

— Não. Permaneceremos focados em Andres Zapata. De repente, ninguém consegue encontrá-lo em lugar algum, o que me soa como um homem culpado. — Crowe olhou para Frost. — O que temos sobre os telefonemas dele?

Frost balançou a cabeça.

— Não usou o celular desde quando os Ackerman foram mortos. Acho que o jogou fora ou já voltou à Colômbia. Os telefonemas de Maria não chamaram minha atenção.

— Então ela tem alguma outra maneira de contatá-lo. E-mail. Um intermediário. Portanto, seguiremos para amigos de amigos. Alguma pista nova desde a emissão do boletim essa manhã?

Moore concordou com a cabeça.

— Tantas que estamos tentando permanecer atualizados.

— Você sabe o que diz o mestre Yoda: *Faça. Ou não faça. Tentativa não há.* — Crowe olhou para o relógio e levantou-se abruptamente, endireitando a gravata. — Há um repórter esperando por mim — falou, e saiu da sala.

— Acha que deveríamos mandar alargar a porta? — questionou Jane. — Antes que o ego dele não consiga mais passar?

— Acho que é tarde demais — disse Moore. Conhecido pela paciência, até ele parecia enojado enquanto recolhia os papéis e enfiava-os em sua maleta. Recentemente, ele falava muito sobre aposentadoria, e aquele poderia ser o caso que finalmente o empurraria porta afora.

— O que acha de Zapata? — perguntou Jane a ele.

— Andres Zapata tem tudo que Crowe ama em um suspeito. Acesso, oportunidade, uma ficha na polícia. E é um imigrante ilegal.

— Você não soa convencido.

— Tampouco tenho um argumento convincente para o refutar. Por enquanto, Zapata é nosso homem. — Moore fechou a maleta e saiu lentamente pela porta como um burocrata cansado.

— Nossa... — Jane virou-se para Frost. — O que aconteceu com *ele*?

— Você não sabe como tem sido por aqui nos últimos dias — disse Frost. — Você não tem desfrutado o prazer da companhia de Crowe.

Ela ficou sentada, batucando com a caneta nas pastas que tinha trazido para a reunião. Pensou em todas as horas que havia dedicado pesquisando os Ward e os Yablonski.

— Me diga que o que estou dizendo faz algum sentido, Frost. Me diga que há algo estranho nisso tudo.

— Há algo estranho.

— Obrigada.

— Mas não quer dizer que se encaixe nesse caso. Fiz a busca no VICAP. Encontrei centenas de aniquilações de famílias em todo o país. Lamento dizer, mas essas três famílias têm muita companhia.

— Mas são os *segundos* ataques que fazem com que se destaquem. É como se a Morte não desistisse até terminar seu trabalho. Como explicamos isso?

— Nem todas as loucuras têm explicação. Às vezes, as coisas são como são.

— Eu nunca gostei dessa resposta. É o tipo de coisa que digo à minha filha.

— E Regina aceita, certo?

— Não quer dizer que eu aceite.

O celular de Jane tocou. Ela viu o número de Crowe e grunhiu. Revirou os olhos para Frost ao atender:

— Rizzoli.

— Viram Zapata em um apartamento em Roxbury. A vigilância seguiu Maria até lá, e o idiota maldito apareceu. Vá agora para lá. Vamos invadir.

Dez minutos depois, Jane e Frost pararam ao lado de uma grade e saíram do carro. Crowe já estava lá, andando pomposamente como o general MacArthur exortando as tropas, as quais consistiam dos detetives Arbato e Moore e dois patrulheiros.

— A entrada principal fica logo após a esquina — disse Arbato, apontando para o prédio de quatro andares feito de tijolos vermelhos. — Cahill está vigiando a porta. Ainda não viu o suspeito sair.

— Temos certeza de que é Zapata? — perguntou Moore.

— Se não for, ele tem um sósia. Maria saltou do ônibus a dois quarteirões daqui e caminhou direto para este endereço.

Meia hora depois, Zapata chegou, atravessou aquele estacionamento e entrou no prédio.

— Você tem uma lista dos inquilinos? — perguntou Jane.

— Sim. São 24 apartamentos. Cinco estão vagos.

— Algum nome hispânico? — perguntou Crowe. — Checaremos esses primeiro.

Um dos patrulheiros riu.

— Ei, cara, isso é preconceito!

— Então me processe.

— Posso ver a lista? — pediu Frost, correndo os olhos pelos nomes. — Há um Philbrook morando aqui.

— Ah, *muito* hispânico — disse o patrulha.

— Maria tem uma irmã. — Frost levantou o olhar. — Ela é casada com um Philbrook.

— Deve ser lá — disse Crowe. — Qual é o apartamento?

— Diz aqui 210.

— Quer dizer que fica nos fundos do prédio — disse Arbato. — A senha de segurança para o teclado na entrada é 1-2-7.

— Arbato — ralhou Crowe. — Você e esses dois oficiais fiquem nas saídas. Nós *vamos entrar.*

Quem visse Crowe, Moore, Frost e Jane moverem-se juntos em direção à entrada do prédio saberia que algo estava para acontecer. Mas as pessoas no apartamento 210, que dava para os fundos, estariam cegas quanto a isso. Crowe digitou 1-2-7 no teclado da entrada e a tranca destravou, emitindo um estalo. Enquanto entrava atrás dele, Jane sentia o coração bater forte, as mãos começando a suar. Aquilo poderia transcorrer facilmente ou poderia se tornar um desastre sangrento. O que significava que aqueles poderiam ser os últimos segundos que ela registraria: seus sapatos subindo degraus arranhados, o peso da Glock em suas mãos, as costas de Frost bem à sua frente, o colete Kevlar fazendo volume sob a camisa dele. Ela absorvia todos os detalhes com eficiência instantânea, várias impressões de uma só vez.

Eles chegaram ao patamar do segundo andar. O apartamento 210 ficava no final do corredor. Atrás dela, uma porta se abriu. Jane girou o corpo, virando a arma para trás. Uma jovem encarou-a de volta, com um bebê agarrado nos braços e olhos escuros arregalados e aterrorizados.

— Fique dentro de casa! — sibilou Jane. Instantaneamente, a mulher recuou e bateu a porta.

Crowe já estava no apartamento 210. Ele parou e lançou um olhar para a equipe.

— Rizolli — sussurrou ele. — É seu show. Nos coloque lá dentro.

Ela sabia por que ele a havia escolhido. Rosto e voz femininos e não tão ameaçadores. Ela respirou e tocou a campainha. Ficou perto o bastante do olho mágico para ocupar toda a área de visão. Infelizmente, aquilo também tornava mais fácil para qualquer um dentro do apartamento explodir sua cabeça. Ela detectou um movimento do outro lado do olho mágico; alguém estava olhando para ela.

A porta abriu. Uma mulher hispânica apareceu: rosto redondo, na faixa dos 40 anos, tão parecida com a empregada dos Ackerman que Jane soube que era a irmã de Maria.

— Sra. Philbrook? — perguntou Jane.

A mulher viu os outros detetives no corredor e gritou:

— Maria!

— Vão, vão! — gritava Crowe enquanto empurrava Jane e entrava no apartamento.

Coisas demais aconteceram ao mesmo tempo. Detetives invadindo o apartamento. A irmã de Maria berrando em espanhol. Enquanto atravessava a sala, em direção ao cômodo seguinte, Jane captou vislumbres de um tapete manchado, um sofá listrado, um cercado para bebê.

Crianças. Há crianças no apartamento.

Jane invadiu um quarto, onde cortinas pesadas criavam uma escuridão tão profunda que ela quase não viu as figuras encolhidas no canto. Uma mulher abraçava dois bebês, com o corpo encolhido em torno das crianças como se quisesse protegê-las com o calor da própria carne.

Maria.

Passos chocaram-se contra metal.

Jane agachou-se e entrou por outra porta em um segundo quarto, onde Moore atravessava atrapalhado a janela aberta, saindo para a escada de emergência.

— Zapata? — perguntou Jane.

— Subiu a escada!

Por que para cima?

Jane enfiou a cabeça pela janela e viu Arbato e Cahill no beco abaixo, com as armas nas mãos. Ela olhou para cima e viu os três colegas de equipe subindo a escada atrás do fugitivo.

Jane disparou pelo apartamento e correu para a escada do prédio. Se Zapata chegasse ao telhado, poderiam interceptá-lo ali. Ela subia dois degraus de cada vez. Viu uma porta abrir-se e bater quando subiu o último lance com o coração martelando forte e o peito arfando.

Jane atravessou a porta para o telhado e saiu na claridade do meio-dia. Ela viu Zapata escalar e saltar o topo da amurada e cair com os dois pés no telhado.

— Não se mova! — gritou ela. — Polícia!

Ele parou, olhando para ela. Tinha as mãos vazias. Jeans azuis desbotados, camisa de botões amarrotada, com uma manga rasgada. Durante alguns segundos, havia apenas os dois naquele telhado. Ela viu desespero nos olhos dele, que endureceu até uma determinação sombria.

— Mãos para cima! — gritou Crowe quando ele e Frost saltaram para o telhado.

Não havia para onde fugir. Havia um guarda diante dele e dois atrás, todos armados. Jane viu as pernas de Zapata bambearem e pensou que ele estivesse prestes a cair de joelhos em rendição. O que fez em seguida a chocou.

Ele disparou para a esquerda e correu para a extremidade oposta do telhado. Em direção ao beco estreito que separava os prédios vizinhos. Somente um salto olímpico poderia transpor um homem através daquele abismo.

Ainda assim, foi o que ele fez, atirando-se da margem do telhado em direção ao outro prédio. Por um instante, pareceu parar no ar, com o corpo esticado em um mergulho de cisne que quase o levou até o outro lado do abismo.

Jane avançou rapidamente até a beira do telhado. Viu Zapata segurando desesperadamente a calha de chuva do outro prédio enquanto suas pernas moviam-se como tesouras no alto de uma queda de quatro andares.

— Jesus, ele está louco? — sugeriu Frost.

— Arbato, vá para o prédio ao lado! — gritou Crowe para a rua abaixo. Os dois detetives dispararam pelo beco.

Ainda pendendo e segurando a calha, Zapata tentou puxar o corpo, apoiando os pés contra a parede. Ele balançou uma perna, buscando a beirada do telhado, mas errou. Balançou de novo. Assim que o sapato conseguiu passar sobre a beirada, a calha soltou-se.

Jane fechou os olhos, mas não pode fugir do ranger do metal caindo nem do baque do corpo de Zapata na calçada.

Em algum lugar, uma mulher gritava.

19

Maria Salazar estava sentada à mesa de interrogatório, com os ombros curvados para a frente e a cabeça abaixada enquanto secava as lágrimas. Quando jovem, Maria deveria ter sido incrivelmente bela. Aos 45, permanecia bonita, mas, através do espelho unidirecional, Jane via as raízes grisalhas despontando no topo de sua cabeça. Os braços, apoiados na mesa, eram pesados, porém sólidos, com músculos fortalecidos por anos de trabalhos domésticos. Enquanto esfregava, polia e varria casas de outras pessoas, quais ressentimentos haviam se acumulado dentro dela? Enquanto tirava a poeira da mobília antiga dos Ackerman e passava o aspirador de pó nos tapetes persas, ocorreu a ela que apenas uma pintura, um colar de esmeraldas da caixa de joias da Sra. Ackerman, poderia fazer seus problemas financeiros desaparecerem?

— Nunca — gemeu Marie na sala vizinha. — Nunca roubo nada!

Crowe, interpretando o guarda malvado em contrapartida ao guarda legal, Moore, debruçou-se sobre a mesa, com dentes expostos em uma agressividade incontida.

— Você desarmou o sistema de segurança para seu namorado.

— Não.

— Deixou a porta da cozinha destrancada.

— Não.

— Arrumou um álibi perfeito para si mesma, dizendo que cuidaria de seus sobrinhos, enquanto Andres entrava na casa dos Ackerman. Naquela noite ele iria só roubar ou assassinato sempre esteve no plano?

— Andres não machucou ninguém!

— As impressões digitais estão na porta da cozinha. Estão *dentro* da cozinha. — Crowe debruçou-se ainda mais sobre a mesa, e Maria encolheu-se. Jane quase sentiu pena da mulher, pois havia poucas coisas mais horrendas do que o rosnar de Darren Crowe enfiado em seu rosto. — Ele esteve na casa, Maria. Simplesmente entrou pela porta da cozinha.

— Ele trouxe meu celular! Eu esqueci o telefone em casa naquela manhã, então ele foi até a casa dos Ackerman.

— E deixou impressões digitais dentro da cozinha?

— Dei café a ele. Eu estava limpando o fogão, e ele sentou por um minuto.

— E a Sra. Ackerman não se importa com essa visita? Um estranho sentado na cozinha dela?

— Ela não se importa. A Sra. Ackerman sempre foi tão boa comigo.

— Deixe disso! Os Ackerman não eram como qualquer outro rico babaca? Não pagavam quase nada a você para se ajoelhar e esfregar as privadas?

— Não, eles me tratavam bem.

— Tinham todo o dinheiro do mundo, e veja só você, Maria. Lutando para pagar as contas. É tão injusto. Você merece mais, não acha?

Ela balançou a cabeça.

— Você está inventando isso. Não é a verdade.

— A *verdade* é que Andres tem uma ficha policial na Colômbia. Tráfico de drogas. Roubos.

— Ele nunca machucou ninguém.

— Sempre há uma primeira vez. Deve ser tentador quando falamos em pessoas tão ricas quanto os Ackerman. Todas aquelas coisas bonitas ali para serem pegas. — Ele tirou uma evidência da caixa que havia levado para a sala. — Encontramos isso no seu apartamento, Maria. Belos brincos de pérola. Como conseguiu comprar?

— A Sra. Ackerman deu para mim. De Natal.

— *Deu* para você? Claro.

— Ela *deu*.

— Valem cerca de 500 dólares. Um bônus muito bom.

— Ela não queria mais os brincos. Disse que eu poderia ficar com eles.

— Ou ela descobriu que você os tinha roubado? Talvez seja esse o motivo de Andres precisar matá-los: mantê-los em silêncio para que você não fosse presa.

Maria ergueu a cabeça, mostrando os olhos inchados e úmidos e o rosto vermelho de raiva.

— Você é um *demônio*!

— Estou apenas tentando manter a cidade segura.

— Inventando mentiras? Você não sabe quem eu sou. Não sabe quem é Andres.

— Sei que ele era um criminoso. Sei que fugiu. Isso me diz que é culpado.

— Ele estava com *medo*.

— De quê?

— Colômbia. Ele não pode voltar para a Colômbia. Matariam ele.

— Então ele preferiu morrer aqui?

Maria pousou o rosto nas mãos.

— Ele queria viver. — Ela soluçou. — Ele queria ser deixado em paz.

— Diga a verdade, Maria.

— Essa *é* a verdade.

— Conte a verdade ou... — Crowe parou quando Moore tocou seu ombro. Apesar de nenhuma palavra ter sido dita, Jane viu o olhar que os dois trocaram. Viu o movimento de cabeça de Moore, em reprovação, respondido pelo olhar de Crowe.

Abruptamente, Crowe aprumou-se.

— Pense a respeito, Maria — disse ele antes de sair da sala.

— Cara... — murmurou Frost ao lado de Jane. — Esse é um babaca e tanto.

Através do espelho unidirecional, Jane observou Moore permanecer sentado com Maria. Ele não ofereceu um toque reconfortante nem uma palavra tranquilizadora enquanto a mulher continuava soluçando, abraçando o próprio corpo como que tentando parar de tremer.

— Não há provas suficientes aqui — disse Jane.

— As impressões digitais na porta da cozinha? — inquiriu Frost. — O fato de que ele fugiu?

— Dá um tempo! Você parece o Crowe.

— E os brincos? Quem dá à empregada um presente caro como esse?

— Talvez seja verdade. Talvez a Sra. Ackerman fosse uma mulher generosa. Não podemos provar o contrário. E penso naquela casa e em todas as coisas que Zapata poderia ter roubado caso tivesse sido um roubo planejado. Até a caixa de joias foi deixada.

— Ele ficou assustado. Correu antes que pudesse pegar qualquer coisa.

— Isso soa plausível? Deve incomodar você. Com certeza, me incomoda.

Na sala ao lado, Maria levantou-se lentamente, apoiada na mão de Moore. Enquanto ele guiava a empregada até a porta, Jane disse, em voz baixa:

— Também incomoda Moore.

— O problema é que você não tem nada a seguir. Apenas um mau pressentimento.

Aquilo não bastava, mas tampouco era algo que ela pudesse ignorar. Um mau pressentimento era o subconsciente dizendo que você tinha deixado algo passar, um detalhe que poderia mudar o curso de uma investigação.

Algo que poderia mudar vidas.

O telefone de Jane tocou. Quando viu o nome de quem ligava, ela foi tomada por outro mau pressentimento.

— Frankie. — Ela atendeu com um suspiro.

— Telefonei duas vezes hoje e você não atendeu.

— Eu estava ocupada. — *Perseguindo suspeitos. Assistindo a um homem morrer.*

— Sim, bem, agora é tarde demais. Já bateu no ventilador.

— O que está acontecendo?

— Nós estamos na casa de mamãe, e Korsak acaba de chegar.

— *Nós*? Quer dizer que papai também está aí?

— Sim. Estão todos gritando uns com os outros.

— Jesus, Frankie! Você precisa afastar papai e Korsak. E tirar um deles daí.

— Juro que vão se matar, Jane.

— Certo, certo. Vou já aí. — Ela desligou.

— Lembre-se: não há nada mais perigoso do que uma ligação de casa — disse Frost, sendo espetacularmente inútil.

— Só espero não precisar chamar um advogado.

— Para o seu pai?

— Para mim. Depois de matá-lo.

20

Quando saiu do carro, Jane podia ouvir os gritos. Ela passou às pressas por três veículos que reconheceu largados diante da casa da mãe e bateu na porta. Bateu de novo quando ninguém respondeu, todos provavelmente surdos por causa da briga.

— Finalmente, a polícia chegou — disse uma voz rabugenta atrás dela.

Jane virou-se e viu a vizinha da casa ao lado, a Sra. Kaminsky, olhando fixamente para ela. A mulher já parecia uma anciã vinte anos atrás, e a passagem das décadas não mudara nada, como se ela tivesse ficado congelada no tempo, com o rosto cimentado em uma carranca.

— Essa vizinhança decaiu demais — continuou a Sra. Kaminsky. — Todos esses passeios com homens estranhos.

— Perdão? — disse Jane.

— Sua mãe costumava ser respeitável. Uma mulher boa e casada.

— Meu pai a abandonou.

— E isso é desculpa para enlouquecer por aí?

— Enlouquecer? Minha mãe?

A porta da frente se abriu.

— Graças a Deus você está aqui! — disse Korsak. — São dois contra um! — Ele agarrou o braço de Jane. — Venha me ajudar.

— Está *vendo*? — disse a Sra. Kaminsky, apontando para Korsak. — É *dele* que estou falando.

Jane entrou na casa, atrás de Korsak, aliviada por fechar a porta e livrar-se do olhar reprovador da vizinha.

— O que quer dizer com "dois contra um"?

— Estou sozinho aqui. Seu pai e Frankie insistem sem parar, tentando convencer sua mãe a me largar.

— O que mamãe diz?

— Quem sabe o que ela fará? A qualquer minuto, perderá a cabeça.

Colocar todos aqueles homens para fora seria um ótimo começo, pensou Jane enquanto seguia o som das vozes até a cozinha. É claro que esta batalha *precisava* acontecer na cozinha, onde uma faca afiada estava sempre à mão.

— É como se você tivesse sido tomada por *alienígenas* e não conseguisse pensar por conta própria — disse o pai de Jane.

— Mãe, não reconhecemos mais você — completou Frankie.

— Só quero a antiga Angela. Minha esposa e eu juntos, como costumávamos ser.

Angela estava sentada à mesa, segurando a cabeça com mãos firmes como que para abafar as vozes que a assediavam.

— Pai, Frankie — disse Jane. — Deixem a mamãe em paz.

Angela fitou a filha com olhos desesperados.

— O que faço, Janie? Estão me deixando tão confusa!

— Não há confusão aqui — disse Frank. — Somos casados e pronto.

— Na semana passada, iam se divorciar — disse Korsak.

— Foi um mal-entendido.

— E o nome dela era Sandie — murmurou Angela.

— Ela não significou nada!

— Não foi o que ouvi — disse Korsak.

— Isso não tem nada a ver com você — disse o irmão de Jane. — Por que ainda está aqui, babaca?

— Porque amo essa mulher, está bem? Depois que seu pai foi embora, fui eu quem ficou ao lado dela. Fui eu quem a fez rir de novo. — Korsak pousou uma mão possessiva no ombro de Angela. — Agora seu pai precisa seguir em frente.

— Não toque na minha esposa. — Frank deu um tapa na mão de Korsak, afastando-a.

Korsak eriçou-se.

— Você bateu em mim?

— O quê? Quer dizer esse tapinha? — Frank empurrou com força o braço de Korsak. — Ou quer dizer *isso*?

— Pai, não — interferiu Jane.

O rosto de Korsak corou até um vermelho perigoso. Com ambas as mãos, ele empurrou Frank Rizolli para trás, contra o balcão da cozinha.

— *Isso* foi agredir um oficial da polícia.

O irmão de Jane enfiou-se entre os dois homens.

— Ei. *Ei!*

— Você não é mais um policial! — gritou Frank. — E não é de surpreender! Gorducho com coração ruim!

— *Pai* — implorou Jane enquanto empurrava o porta-facas de madeira para longe do pai. — Parem. *Vocês dois!*

Korsak ajeitou a gola da camisa.

— Vou deixar passar o que aconteceu aqui por causa de Angela, mas não pense que esquecerei.

— Saia da minha casa, babaca — disse Frank.

— Sua casa? Você a abandonou — respondeu Korsak. — Isso faz com que a casa seja *dela*.

— Eu pago a hipoteca há vinte anos. Agora acha que pode simplesmente se intrometer na minha propriedade?

— Propriedade? — Angela, de repente, aprumou-se, como se tal palavra tivesse enfiado uma lança ao longo do seu corpo. — *Propriedade?* É isso que sou para você, Frank?

— Mãe... — disse Frankie. — Papai não quis dizer nesse sentido.

— Com certeza quis.

— Não, eu não quis — disse Frank. — Estou apenas dizendo...

Angela disparou contra ele um olhar de mil volts.

— Não sou propriedade de ninguém. Sou dona de mim mesma.

— Diga a eles, querida — disse Korsak.

Frank e Frankie ralharam ao mesmo tempo:

— Cale a boca.

— Quero que vocês saiam daqui — disse Angela, levantando-se do seu lugar à mesa, uma valquíria pronta para a batalha. — Saiam — ordenou ela.

Frank e Korsak entreolharam-se incertos.

— Bem, vocês ouviram — disse Korsak.

— Quero dizer todos vocês. *Todos* vocês — disse Angela. Korsak balançou a cabeça, perplexo.

— Mas Angie...

— Vocês estão me deixando com dor de cabeça com todos esses empurrões e gritos. É a minha cozinha, minha casa, e as quero de volta. *Agora.*

— Mãe, isso parece uma boa ideia — disse Frankie. — Uma ótima ideia. — Ele deu um tapinha nas costas do pai. — Vamos, pai. Dê tempo e ela recobrará os sentidos.

— *Isso* não ajudará seu pai. — Angela fulminou com os olhos os intrusos na cozinha. — Bem, o que estão esperando?

— *Ele* sai primeiro — disse Frank, apontando para Korsak.

— Por que eu?

— Estamos *todos* saindo, mãe — disse Jane. Ela pegou o braço de Korsak e puxou-o em direção à porta da frente. — Frankie, tire papai daqui.

— Não você, Jane — pediu Angela. — Você fica.

— Mas você acabou de dizer...

— Quero que os *homens* saiam. São eles que estão causando essa dor de cabeça. Quero que você fique para que possamos conversar.

— Cuide disso, Janie — disse Frankie, e ela não ignorou o tom ameaçador na voz dele. — Lembre-se de que somos uma *família*. Isso não muda.

Às vezes, era melhor mudar, pensou ela enquanto os homens saíam da cozinha, deixando um rastro de hostilidade tão espesso que ela quase podia sentir seu cheiro. Jane não ousou dizer nada e não moveu um músculo sequer até ouvir a porta da frente fechar e três motores de carros sendo acelerados ao mesmo tempo. Suspirando aliviada, Jane deslizou o porta-facas para o lugar habitual sobre o balcão e olhou para a mãe. Aquela era uma reviravolta inesperada nos acontecimentos. Frankie era o filho de quem Angela parecia mais orgulhosa, o filho que pertencia aos Fuzileiros Navais e que jamais errava, mesmo quando atormentava os irmãos.

Mas hoje Angela não pedira por Frankie, pedira por Jane, e agora que estavam a sós, a filha tomou seu tempo para estudar a mãe. O rosto dela continuava corado por causa de sua explosão, e, com a cor nas bochechas e o fogo nos olhos, Angela não parecia propriedade de nenhum homem. Parecia uma mulher que deveria estar brandindo uma lança e um machado de batalha, soltando fogo pelas narinas. Mas, ao ouvir os três carros partirem, a guerreira pareceu definhar, deixando apenas uma desgastada mulher de meia-idade, que desabou na cadeira e enterrou a cabeça nas mãos.

— Mãe? — chamou Jane.

— Tudo que eu queria era mais uma chance no amor. Mais uma chance de me sentir viva.

— O que quer dizer? Não se sentia assim?

— Sentia que era invisível. Todas as noites, eu servia o jantar para seu pai. Observava-o comer tudo sem fazer um elogio. Eu achava que deveria ser assim quando se é casado por 35 anos. Como eu saberia que as coisas podiam ser diferentes? Eu achava que era assim e pronto. Meus filhos cresceram e tenho uma casa com um belo quintal. Quem sou eu para reclamar?

— Jamais soube que você era infeliz, mãe.

— Eu não era. Era apenas... — Angela deu de ombros. — Presente. Respirando. Você ainda é recém-casada. Você e Gabriel provavelmente não sabem do que estou falando, e espero que jamais saibam. É terrível pensar que os melhores anos da sua vida já terminaram. Ele me fazia sentir assim.

— Mas você ficou tão transtornada quando ele se foi.

— É claro que fiquei transtornada! Ele me deixou por outra mulher!

— Quer dizer que você não o queria? Mas não queria que ela ficasse com ele.

— Por que é tão difícil entender?

Jane deu de ombros.

— Acho que entendo.

— E foi *ela* quem se deu mal. A vagabunda. — Angela riu, soltando um cacarejo alto e cínico.

— Acho que os dois se deram mal. É por isso que papai quer voltar para casa. Imagino que seja um pouco tarde demais?

O lábio inferior de Angela tremeu, e ela baixou o olhar para a mesa, na qual suas mãos repousavam. Décadas na cozinha, décadas de queimaduras de óleo quente e de cortes de facas tinham deixado marcas de batalha naquelas mãos.

— Não sei — murmurou ela.

— Você acabou de me dizer o quanto era infeliz.

— Eu era. Então, Vince apareceu e me senti uma nova mulher. Uma mulher jovem. Fazíamos loucuras juntos, coisas que jamais sonhei em fazer, como disparar uma arma. E nadar pelados.

— Informação demais, mãe. Informação *demais*.

— Ele me leva para dançar, Janie. Você se lembra da última vez em que seu pai me levou para dançar?

— Não.

— Nem eu. Aí é que está.

— Certo. — Jane suspirou. — Então lidaremos com essa situação. A decisão é sua, e, seja qual for, estarei do seu lado. — Mesmo que significasse usar um vestido de palhaço cor-de-rosa no casamento.

— O problema é esse, Janie. Não *consigo* decidir.

— Mas você disse o quanto Vince deixa você feliz.

— Mas Frankie disse a palavra mágica. *Família.* — Angela levantou os olhos atormentados. — Isso tem significado. Todos esses anos juntos. Ter você e seus irmãos. Seu pai e eu temos uma *história*, e isso é algo a que não posso apenas dar as costas.

— Quer dizer que *história* é mais importante do que ser feliz?

— Ele é seu pai, Jane. Isso importa tão pouco para você?

Jane balançou a cabeça, confusa.

— Isso não tem nada a ver comigo. É sobre você e o que você quer.

— E se o que eu quero fazer me deixa com um sentimento de culpa? E se eu me casar com Vince e passar o resto da vida arrependida por não ter dado uma segunda chance à nossa família? Frankie jamais me perdoaria. E há o padre Flanagan e todo mundo na igreja. E os vizinhos...

— Esqueça os vizinhos. — *São uma causa perdida.*

— Portanto, veja bem, há muito a considerar aqui. Era muito mais fácil quando eu era a mulher traída, e todos diziam coisas como "vá em frente, garota!". Agora, tudo virou de ponta-cabeça e sou eu quem está destruindo a família. Sabe o quanto é difícil para mim ser a Grande Prostituta Babilônia?

Melhor escarlate do que deprimida e cinzenta, pensou Jane. Ela estendeu a mão sobre a mesa para tocar o braço da mãe.

— Você merece ser feliz. É tudo que posso dizer. Não deixe que o padre Flanagan ou a Sra. Kaminsky ou Frankie convençam você a fazer o que não quer.

— Eu gostaria de ser como você, tão segura de si. Olho para você e me pergunto como criei uma filha tão forte. Alguém que faz o café da manhã, alimenta a filha e prende criminosos?

— Sou forte porque você me criou assim, mãe.

Angela riu e correu uma mão sobre os olhos.

— Sim, sei. Olhe para mim: uma boba chorona! Dividida entre meu amante e minha família.

— Esse membro da sua família deseja que você pare de se preocupar com isso.

— Impossível. Estão certos quando dizem que família é carne e osso. Se eu perder Frankie por causa disso, será como decepar meu próprio braço. Quando se perde a família, perde-se tudo.

Aquelas palavras ecoaram na cabeça de Jane enquanto ela dirigia para casa. A mãe estava certa: se você perde a família, perde tudo. Ela havia visto o que tinha acontecido a pessoas que perderam maridos ou esposas ou filhos em assassinatos. Ela vira o quanto o luto encolhia vidas, como rostos envelheciam de um dia para o outro. Por mais difícil que fosse lhes oferecer conforto, prometer-lhes resultados através da justiça, ela não conhecia realmente, nem gostaria de conhecer, as profundezas de seu sofrimento. Somente outra vítima compreenderia.

E era por isso que uma escola como Evensong existia. Era um lugar para que os feridos se curassem cercados por aqueles que compreendiam.

Ela havia conversado com Maura naquela manhã, mas não foi atualizada sobre o destino de Zapata. Com o principal suspeito morto, e Teddy presumivelmente fora de perigo, elas precisavam decidir se estava na hora de trazê-lo para Boston. Ela parou no estacionamento e estava prestes a ligar para o celular de Maura quando se lembrou de que não havia sinal em Evensong. Na listagem de chamadas, encontrou o número da linha fixa que Maura tinha usado na última vez.

Depois de seis toques, uma voz trêmula atendeu.

— Evensong.

— Dra. Welliver? Aqui é a detetive Rizzoli. — Ela aguardou uma resposta. — Alô? Está aí?

— Sim. Sim. — Uma risada assustada. — Ah, meu Deus, são tão lindos!

— O que é tão lindo?

— Nunca vi pássaros assim. E o céu... Cores tão estranhas...

— Hum, Dra. Welliver? Posso falar com a Dra. Isles?

— Não sei onde ela está.

— Poderia pedir a ela para me ligar? Você a verá no jantar, não?

— Não vou jantar. Tudo está com um gosto tão estranho hoje. Ah! Ah! — Welliver emitiu um guincho de deleite. — Se você ao menos pudesse ver esses pássaros! Eles estão tão próximos que quase posso tocar neles!

Jane ouviu-a pousando o fone. Ouviu passos afastando-se.

— Dra. Welliver? Alô?

Não houve resposta.

Jane franziu o rosto ao desligar, perguntando-se que espécie de pássaro poderia ter encantado tanto a mulher, e imaginou pterodátilos girando sobre as florestas do Maine.

No mundo que era Evensong, tudo parecia possível.

21

Assassina de galinha.

Apesar de ninguém dizer, Claire sabia o que sussurravam quando se inclinavam, aproximando as cabeças uns dos outros, ou olhavam para ela nas outras mesas no refeitório. *É ela.* Todos sabiam que Claire tinha tentado chutar Herman havia alguns dias, diante dos estábulos. O que a tornava a principal suspeita. No tribunal da fofoca, ela já havia sido julgada e condenada.

Claire cortou uma couve-de-bruxelas. O sabor era tão amargo quanto o ressentimento dela, mas comeu mesmo assim, mastigando mecanicamente enquanto tentava ignorar os sussurros e os olhares. Como sempre, Briana era a líder do grupo, apoiada pelas princesas. O único que olhava para Claire com alguma simpatia óbvia era Urso, o cachorro, que se levantou de seu lugar habitual aos pés de Julian e trotou até ela. Claire deu ao cão sorrateiramente um pedaço de carne, sob a mesa, e, piscando, verteu lágrimas quando ele lambeu sua mão, agradecido. Cães eram muito mais gentis do que humanos. Aceitavam você do jeito que você era. Ela esticou o braço e afundou a mão no pelo espesso de Urso. Pelo menos, ele sempre seria seu amigo.

— Posso me sentar à sua mesa?

Ela levantou os olhos e viu Teddy segurando uma bandeja com seu jantar.

— Fique à vontade. Mas sabe o que acontecerá se sentar.

— O quê?

— Jamais será um dos garotos legais.

— Nunca fui, de todo modo. — Ele sentou-se. Claire olhou para a refeição dele, composta por batatas assadas, couve-de-bruxelas e ervilhas.

— O que você é? Vegetariano?

— Sou alérgico.

— A quê?

— Peixe. Camarão. Ovos. — Ele usou os dedos para enumerar a lista de alergias. — Trigo. Amendoins. Tomates. E, talvez, mas não tenho certeza, morangos.

— Nossa, como você não morre de fome?

— Sou tão carnívoro quanto você.

Ela olhou para o rosto pálido de Teddy e seus braços finos e pensou que era o garoto com menos aparência de carnívoro que já conheceu.

— Gosto de carne. Ontem, comi galinha. — Ele fez uma pausa e, de repente, suas bochechas ficaram rosadas. — Desculpe — murmurou ele.

— Não matei Herman. Não importa o que todos estejam dizendo.

— Não são *todos* que estão dizendo.

Ela bateu o garfo na mesa.

— Não sou burra, Teddy.

— Will acredita em você. E Julian diz que um bom investigador sempre evita julgamentos apressados.

Ela olhou para a outra mesa e viu o sorriso de desdém de Briana.

— Aposto que *ela* não está me defendendo.

— Isso é por causa de Julian?

Ela olhou para Teddy.

— O quê?

— É por isso que você e Briana se odeiam? Porque vocês gostam de Julian?

— Não sei do que está falando.

— Briana diz que você tem uma queda por ele. — Teddy olhou para Urso, que balançava a cauda, esperando outro pedaço de carne. — E que é por isso que você vive mexendo com o cachorro dele. Para fazer com que Julian goste de você.

Seria o que todos pensavam? Ela empurrou Urso e ralhou.

— Pare de me incomodar, cachorro burro.

O refeitório inteiro ouviu e virou-se para Claire, que se levantava.

— Por que vai embora? — perguntou Teddy.

Ela não respondeu. Apenas deixou o refeitório e o castelo.

Lá fora, ainda não havia escurecido; era mais um crepúsculo de verão que resistia em morrer. As andorinhas giravam em círculos no céu. Claire seguiu o caminho de pedra ao redor do prédio, examinando as sombras sem muito ânimo, em busca de lampejos que revelassem vaga-lumes. Os grilos cricrilavam tão ruidosamente que ela não ouviu o ruído vindo de cima. Então, algo caiu com um baque aos seus pés. Um pedaço de ardósia.

Isso poderia ter me atingido!

Ela olhou para o alto e viu uma figura empoleirada na beira do telhado. Com a silhueta destacada contra o céu noturno, braços abertos como asas, parecia pronta para alçar voo.

"Não", Claire quis gritar, mas nada saiu de sua garganta. *Não.*

A figura saltou. No céu que escurecia, as andorinhas continuavam a circular e a subir, mas o corpo mergulhou diretamente para baixo, como um pássaro condenado despido das asas.

Quando Claire abriu os olhos, viu a poça negra espalhando-se, crescendo como uma corona ao redor do crânio estilhaçado da Dra. Anna Welliver.

O principal legista no estado do Maine era o Dr. Daljeet Singh, que Maura tinha conhecido anos antes em uma conferência sobre patologia forense. Em todas as convenções desde então, encontravam-se para jantar, discutiam casos estranhos e compartilhavam fotografias das férias e das famílias. Mas não foi Daljeet quem emergiu do SUV branco com placa especial do serviço de legista; em seu lugar, saiu uma jovem que usava botas, calças largas e um casaco de lã, como se houvesse chegado de uma caminhada em uma trilha. Ela aproximou-se entre veículos da polícia estadual do Maine com passos confiantes de alguém que sabia andar em uma cena de assassinato e caminhou diretamente até Maura.

— Sou a Dra. Emma Owen. Você é a Dra. Isles, certo?

— Boa dedução — disse Maura enquanto apertavam as mãos automaticamente, mesmo que fosse estranho fazer isso com outra mulher. Ainda mais com uma que sequer parecia velha o bastante para ter terminado a faculdade, muito menos a formação em patologia.

— Não foi uma dedução, na verdade. Vi sua foto no artigo que publicou ano passado no *Jornal de Patologia Forense*. Daljeet fala o tempo todo sobre você, então sinto como se já a conhecesse.

— Como está Daljeet?

— Está no Alasca esta semana, de férias. Do contrário, estaria aqui pessoalmente.

Com uma risada irônica, Maura disse:

— E essas deveriam ser as *minhas* férias.

— Que merda. Você vem ao Maine, e os corpos seguem você. — A Dra. Owen tirou protetores para sapatos que estavam no bolso e, com a graça de uma dançarina, colocou-os enquanto se equilibrava em uma perna. Assim como tantas jovens médicas que estavam mudando a cara da profissão, a Dra. Owen parecia inteligente, atlética e segura. — O detetive Holland já me passou as informações pelo telefone. Você achou que algo assim poderia acontecer? Reparou em algum sinal de desejo suicida ou depressão?

— Não. Estou tão chocada quanto todo mundo aqui. Para mim, a Dra. Welliver parecia perfeitamente bem. A única diferença foi não ter descido para o jantar.

— E a última vez em que a viu?

— No almoço. Creio que tenha atendido o último aluno à uma hora. Ninguém a viu depois. Até ela pular.

— Você tem alguma teoria? Alguma ideia de por que ela faria isso?

— Absolutamente nenhuma. Estamos todos perplexos.

— Bem — disse a mulher —, se uma especialista como a Dra. Isles não sabe, então *realmente* temos um mistério. — Ela colocou um par de luvas de látex. — O detetive Holland disse que há uma testemunha.

— Uma das alunas viu o que aconteceu.

— Ah, Deus. Isso vai causar pesadelos à garota.

Como se Claire Ward já não tivesse sua cota de pesadelos, pensou Maura.

A Dra. Owen olhou para o alto do castelo, com suas janelas acesas contra o céu noturno.

— Uau! Nunca estive aqui. Nem sabia que esta escola existia. Parece um castelo.

— Construído no século XIX por um barão ferroviário. A julgar pela arquitetura gótica, creio que se imaginava membro da realeza.

— Sabe de onde ela saltou?

— Da passarela no telhado. Leva até o torreão, onde fica o escritório dela.

A Dra. Owen levantou o olhar até o torreão, onde as luzes do escritório de Welliver ainda brilhavam.

— Parece ter uns 25 metros de altura, talvez até mais. O que acha, Dra. Isles?

— Eu concordo.

Ao descerem pelo caminho que contornava o castelo, Maura perguntou-se em que momento assumira o papel de "autoridade sênior", status evidenciado quando a jovem dirigiu-se a ela por *Dra. Isles*. À frente, havia os feixes de luz das lanternas carregadas por dois detetives da polícia do estado do Maine. O corpo que jazia aos pés deles estava coberto por um plástico.

— Boa noite, cavalheiros — disse a Dra. Owen.

— Não são sempre psicólogos que fazem esse tipo de coisa? — comentou um dos detetives.

— Ela era psicóloga?

— A Dra. Welliver era a psicóloga da escola — respondeu Maura.

O detetive grunhiu.

— Como eu dizia, acho que há um motivo para escolherem essa profissão.

Quando a Dra. Owen levantou o plástico, os dois policiais iluminaram o corpo. Anna Welliver estava deitada de costas, rosto exposto à luz, cabelo espalhado em torno da cabeça como um ninho cinza e embolado. Maura olhou para as janelas do dormitório do terceiro andar e viu a silhueta de alunos olhando para baixo, acompanhando uma cena que crianças jamais deveriam ver.

— Dra. Isles? — A Dra. Owen ofereceu um par de luvas a Maura. — Caso queira se juntar a mim...

Maura não recebeu o convite particularmente bem, mas colocou as luvas e agachou-se ao lado da colega mais nova. Juntas, apalparam o crânio, examinaram os membros e somaram as fraturas óbvias.

— Tudo que queremos saber é se foi acidente ou suicídio — disse um detetive.

— Já excluíram homicídio? — comentou a Dra. Owen.

Ele concordou com um gesto de cabeça.

— Conversamos com a testemunha. Uma menina chamada Claire Ward, 13 anos. Ela estava aqui fora, estava bem aqui quando aconteceu, e viu apenas a vítima no telhado. Disse que a mulher abriu os braços e mergulhou. — Ele apontou para o torreão iluminado. — A porta do escritório estava totalmente aberta e não detectamos qualquer sinal de luta. Ela saiu para a passarela do telhado, passou por cima do parapeito e saltou.

— Por quê?

O detetive deu de ombros.

— Isso deixarei para os psicólogos. Para os que *não* saltaram.

A Dra. Owen levantou-se rapidamente, mas Maura sentiu o peso da idade enquanto se levantava mais devagar, com o joelho direito rígido devido a anos demais de jardinagem e a quatro décadas de desgastes inevitáveis aos tendões e cartilagens. Mais um lembrete crepitante de que uma nova geração sempre estava aguardando sua vez.

— Portanto, tendo por base o que a testemunha te contou — disse a Dra. Owen —, não parece uma morte acidental.

— A menos que ela tenha subido *acidentalmente* no parapeito e saltado *acidentalmente* do telhado.

— Tudo bem. — A Dra. Owen tirou as luvas. — Preciso concordar. A forma de morte é suicídio.

— Exceto que nunca suspeitamos disso — disse Maura. — Não houve qualquer sinal.

No escuro, Maura não conseguia ver as expressões dos dois policiais, mas podia imaginá-los revirando os olhos.

— Quer um bilhete de suicídio? — sugeriu um detetive.

— Quero uma razão. Eu conhecia essa mulher.

— Esposas acham que *conhecem* os maridos. E pais acham que *conhecem* os filhos.

— É, escuto sempre a mesma coisa. *Não houve nenhum sinal.* Estou plenamente ciente de que as famílias, às vezes, não têm noção. Mas isso... — Maura fez uma pausa, ciente de três pares de olhos observando a distinta legista de Boston tentar defender algo tão ilógico quanto uma intuição. — Vocês precisam entender que o trabalho da Dra. Welliver era atender crianças traumatizadas. Ajudá-las na recuperação após traumas emocionais graves. Era o trabalho da vida dela. Por que ela os traumatizaria ainda mais? Por que morreria de modo tão impressionante?

— Você tem uma resposta?

— Não, não tenho. E tampouco os colegas dela têm. Ninguém aqui compreende.

— Parentes? — sugeriu a Dra. Owen. — Qualquer um que possa oferecer *insights*?

— Ela era viúva. Até aonde sabe o diretor Baum, ela não tinha família.

— Então, receio que seja apenas mais um caso sem explicação — disse a Dra. Owen. — Mas realizarei uma necropsia, ainda que a causa da morte pareça evidente.

Maura baixou o olhar para o corpo e pensou que determinar a causa da morte seria a parte mais fácil. Corte a pele, examine órgãos com rupturas e ossos quebrados e encontrará respostas. O que a preocupava eram as perguntas que não poderia responder. Os motivos e os tormentos secretos que levavam seres humanos a matar estranhos ou a tirar a própria vida.

Depois que o último veículo oficial finalmente partiu naquela noite, Maura subiu para a sala dos professores, onde a maioria dos funcionários estava reunida. O fogo ardia na lareira, mas ninguém tinha acendido lâmpadas, como se não conseguissem suportar nenhuma luz forte naquela noite trágica. Maura afundou em uma poltrona de veludo e observou a luz do fogo reluzir nos rostos. Ela ouviu um tilintar suave quando Gottfried serviu uma taça de conhaque. Sem uma palavra, ele sentou-se à mesa ao lado de Maura, presumindo que ela também se beneficiaria de uma bebida forte. Ela aquiesceu com um movimento da cabeça e, agradecida, tomou um pequeno gole.

— Alguém aqui deve ter uma ideia de por que ela fez isso — disse Lily. — Deve ter havido algum sinal, algo que não tenhamos percebido.

— Não podemos conferir os e-mails dela porque não sei sua senha — disse Gottfried —, mas a polícia revistou seus bens pessoais em busca de um bilhete de suicídio. Nada. Falei com o cozinheiro e o jardineiro, mas eles não viram nada significativo, nem mesmo um único sinal de que Anna tivesse tendências suicidas.

— Vi Anna no jardim pela manhã, cortando rosas para decorar sua mesa — disse Lily. — Isso soa como algo que uma mulher suicida faria?

— Como saberíamos? — murmurou o Dr. Pasquantonio. — Era *ela* a psicóloga.

Gottfried olhou para os colegas ao redor da sala.

— Todos vocês falaram com os alunos. Algum tem uma resposta?

— Nenhum — respondeu Karla Duplessis, a professora de literatura. — Ela tinha quatro sessões com alunos marcadas para hoje. Arthur Toombs era a última agendada, à uma hora da tarde, e ele disse que ela apenas parecia um pouco distraída, nada mais. As crianças estão tão perplexas quanto nós. Se você acha que é difícil para nós, imagine o quanto é duro para eles. Anna atendia às necessidades emocionais *deles*, e agora eles descobrem que ela era ainda mais frágil. Faz com que se perguntem se podem contar conosco. Se adultos são fortes o bastante para os defenderem.

— E é por isso que não podemos parecer fracos. Não agora. — As palavras roucas vieram de um canto sombrio da sala. Era Roman, o guarda-florestal, o único que não encontrava conforto em uma reconfortante taça de conhaque. — Precisamos cuidar dos nossos afazeres como sempre.

— Isso não seria natural — disse Karla. — Todos precisamos de tempo para processar o que aconteceu.

— *Processar?* Essa é só uma palavra bonita para fechar a cara e chorar. A mulher se matou. Não há nada a fazer exceto seguir em frente. — Com um grunhido, ele levantou-se e saiu da sala, deixando um rastro de cheiro de pinheiros e tabaco.

— Lá se vai a bondade humana — disse Karla, suspirando. — Com Roman como exemplo, não é de surpreender que tenhamos alunos matando galinhas.

— O Sr. Roman levantou um ponto válido sobre a importância de manter a rotina — disse Gottfried. — Os alunos precisam disso. Precisam de tempo para o luto, é claro, mas também precisam saber que a vida continua. — Ele olhou para Lily. — Vamos em frente com a viagem a Quebec?

— Não cancelei nada — disse ela. — Os quartos do hotel estão reservados, e as crianças estão falando sobre a viagem há semanas.

— Então deve levá-las, como prometido.

— Não são todas, são? — perguntou Maura. — Considerando a situação de Teddy, creio que seja perigoso demais ele ficar em público e exposto.

— A detetive Rizzoli deixou isso perfeitamente claro — disse Lily. — Ele permanecerá aqui, onde sabemos que está seguro. Will e Claire também ficarão. E, é claro, Julian. — Lily sorriu. — Ele me disse que deseja passar mais tempo com você. O que é um grande elogio, Dra. Isles, vindo de um adolescente.

— Isso ainda me parece errado, de alguma maneira — disse Karla. — Levá-los em uma viagem divertida quando Anna acaba de morrer. Deveríamos ficar aqui para honrá-la. Para descobrir o que a levou a fazer isso.

— Pesar — disse Lily em voz baixa. — Às vezes, ele te alcança. Mesmo anos depois.

Pasquantonio limpou a garganta.

— Aquilo aconteceu... Quando? Há 22 anos?

— Você está falando sobre o assassinato do marido de Anna? — perguntou Maura.

Pasquantonio concordou com a cabeça e estendeu a mão para pegar a garrafa de conhaque e encher sua taça.

— Ela me contou tudo a respeito. Como Frank foi retirado do carro. Como a companhia para a qual ele trabalhava pagou o resgate e como Frank acabou executado mesmo assim. Seu corpo foi abandonado dias depois. Ninguém jamais foi preso.

— Isto deve tê-la enfurecido — disse Maura. — E raiva voltada para dentro resulta em depressão. Se ela carregou essa raiva durante todos esses anos...

— Todos carregamos — disse Pasquantonio. — É por isso que estamos aqui. Por isso escolhemos este trabalho. Raiva é o combustível que nos mantém em movimento.

— Combustível também pode ser perigoso. Explode. — Maura olhou ao redor da sala, vendo um grupo de pessoas marcadas pela violência. — Tem certeza de que *vocês* conseguem lidar com ele? Seus alunos conseguem? Vi o que estava pendurado no salgueiro. Alguém aqui já provou que é capaz de matar.

Houve um desconfortável momento de silêncio enquanto os professores se entreolharam.

Gottfried disse:

— Isso nos preocupa — disse Gottfied. — É algo que Anna e eu discutimos ontem. Um de nossos alunos pode ser profundamente perturbado, talvez até...

— Um psicopata — completou Lily.

— E vocês não têm ideia de quem é?

Gottfried balançou a cabeça.

— Era o que mais incomodava Anna. Que ela não tivesse a menor ideia de que aluno pudesse ser.

Um psicopata. Profundamente perturbado.

A conversa incomodou Maura enquanto ela subia a escada mais tarde. Pensou nas crianças traumatizadas e no quanto a violência pode perverter a alma. Pensou em que tipo de criança mataria um galo por diversão, abriria sua barriga e o exibiria, com as entranhas para fora, pendurado em uma árvore. Perguntou-se em que quarto do castelo tal criança dormia naquele momento.

Em vez de retornar para o quarto, Maura continuou a subir em direção ao torreão. Ao escritório de Anna. Ela havia visitado a sala mais cedo naquela noite, com detetives da polícia do estado, de modo que, quando entrou no lugar e acendeu a luz, não esperava encontrar nenhuma surpresa, nenhuma revelação. E, realmente, a sala parecia estar como a tinham deixado. Os cristais de quartzo pendendo à janela. As pontas das varetas de incenso em cinzas. Sobre a mesa, uma pilha de pastas; a que estava no topo ainda aberta em um relatório da polícia de Saint Thomas. Era o arquivo de Teddy Clock. Ao lado, o vaso com flores que Anna tinha colhido pela manhã. Maura tentou imaginar o que teria passado pela cabeça da terapeuta enquanto cortava as flores e sentia seu perfume. *Esse é o último dia em que sentirei o perfume das flores?* Ou será que não existiu qualquer pensamento ligado ao tempo que se esgotava, nenhuma despedida da vida, apenas uma manhã comum no jardim?

O que fez aquele dia acabar tão tragicamente?

Ela andou pela sala, procurando qualquer vestígio remanescente de Anna. Maura não acreditava em fantasmas, e aqueles que se recusam a acreditar jamais encontrarão um. Mas ela parou na sala de todo modo, inspirando o perfume de rosas e incenso, respirando o ar que Anna havia respirado apenas recentemente. A porta para a passarela no telhado, pela qual Anna saíra, estava fechada contra o frio da noite. A bandeja com o bule e as xícaras de porcelana chinesa e o pote fechado que guardava café estavam na mesa de cabeceira, onde estiveram na manhã em que Jane e Maura tinham se sentado ali.

As xícaras estavam limpas e empilhadas e o bule, vazio. Anna tinha lavado e secado o bule e as xícaras antes de pôr fim à própria vida. Talvez fosse um ato final de consideração por aqueles que teriam que arrumar tudo posteriormente.

Se fosse isso, então por que tinha escolhido um jeito tão sujo de morrer? Uma saída que espalharia sangue no caminho do jardim e marcaria para sempre as memórias de alunos e colegas?

— Não faz sentido, faz?

Ela virou-se para ver Julian de pé à porta. Como sempre, o cão estava aos seus pés e, como o dono, Urso parecia desanimado. Pesaroso.

— Achei que tivesse ido dormir — disse ela.

— Não consigo dormir. Fui falar com você, mas não estava no quarto.

Ela suspirou.

— Também não consigo dormir.

O garoto hesitou à porta, como se entrar no escritório de Anna fosse desrespeitoso com os mortos.

— Ela nunca esquecia um aniversário — disse ele. — A gente descia para tomar o café da manhã e encontrava algum presentinho engraçado. Um boné dos Yankees para um garoto que gostava de beisebol. Um pequeno cisne de cristal para uma menina que tinha colocado aparelho nos dentes. Ela me deu um presente mesmo quando não era meu aniversário. Uma bússola. Para que eu sempre soubesse aonde estou indo e sempre lembrasse onde estive. — A voz dele baixou e se tornou um sussurro. — É o que acontece com as pessoas com quem me importo.

— O que acontece?

— Elas me deixam. — *Elas morrem* era o que ele queria dizer. E era verdade. O que restava da família de Julian havia falecido no último inverno, deixando-o sozinho no mundo.

Exceto por mim. Ele ainda tem a mim.

Ela puxou-o para si e abraçou-o. Julian era o mais próximo de um filho que Maura jamais teria, mas, em tantas maneiras, ainda eram estranhos um ao outro. Ele estava rígido nos braços dela, uma estátua de madeira abraçada por uma mulher que se sentia igualmente desconfortável com demonstrações de afeto. Nesse aspecto, eram tristemente parecidos, famintos por conexão, porém desconfiados. Por fim, ela sentiu a tensão abandoná-lo, e ele retribuiu o abraço, derretendo-se contra ela.

— Não abandonarei você, Rato — disse ela. — Você sempre poderá contar comigo.

— As pessoas dizem isso. Mas coisas acontecem.

— Nada vai acontecer comigo.

— Você sabe que não pode prometer isso — Ele se afastou e virou-se para a mesa da Dra. Welliver. — Ela disse que poderíamos contar com *ela*. E veja o que aconteceu. — Ele tocou as rosas no vaso; uma pétala caiu, tremulando como uma borboleta moribunda. — Por que ela fez isso?

— Às vezes, não há respostas. Enfrento essa pergunta com muita frequência no meu trabalho. Famílias tentando compreender por que alguém a quem amam cometeu suicídio.

— O que diz a elas?

— Para nunca se responsabilizarem. Para que não assumam a culpa. Porque só temos responsabilidade pelas nossas próprias ações.

Ela não compreendeu por que a resposta tinha feito Julian baixar a cabeça de repente. Ele correu uma mão sobre os olhos, uma esfregada rápida, constrangida, que deixou um rastro reluzente em seu rosto.

— Rato? — perguntou Maura em voz baixa.

— Eu *realmente* me sinto culpado.

— Ninguém sabe por que ela fez isso.

— Não em relação à Dra. Welliver.

— Então, a quem?

— Carrie. — Ele olhou para ela. — Seria aniversário dela semana que vem.

A irmã de Julian. No inverno anterior, a garota tinha morrido, com a mãe, em um solitário vale no Wyoming. Ele falava pouco sobre a família e raramente mencionava qualquer coisa que tinha ocorrido durante aquelas semanas desesperadoras nas quais Maura e ele lutaram para permanecerem vivos. Ela pensava que Julian havia superado o calvário, mas estava claro que não. *Ele é mais parecido comigo do que eu tinha me dado conta*, pensou ela. *Ambos enterramos nossas mágoas onde ninguém consegue vê-las.*

— Eu deveria ter salvado ela — disse ele.

— Como você poderia? Sua mãe não a deixaria partir.

— Eu deveria ter *obrigado* ela a partir. Eu era o homem da família. Era minha obrigação manter ela segura.

Uma obrigação que jamais deveria cair sobre os ombros de um garoto de 16 anos, pensou Maura. Ele podia ser alto como um homem, com os ombros largos de um homem, mas ela via as lágrimas de um garoto em seu rosto. Ele as esfregou com a manga do casaco e olhou ao redor em busca de lenços de papel.

Ela foi ao banheiro contíguo e desenrolou um pouco de papel higiênico. Ao rasgá-lo, um brilho captou sua visão, como grãos cintilantes de areia espalhados no vaso sanitário. Tocou-os e observou os grânulos aderindo aos seus dedos. Reparou que havia mais grãos brilhantes nos azulejos do banheiro.

Algo tinha sido esvaziado no vaso sanitário.

Ela voltou para o escritório e olhou para a bandeja de chá sobre a mesa de cabeceira. Lembrou-se de como Anna havia preparado o chá de ervas no bule de porcelana e servira três xícaras. Lembrou-se de que Anna tinha acrescentado três generosas colheradas de açúcar à própria xícara, uma extravagância que chamara a atenção de Maura. Ela levantou a tampa do pote de açúcar. Estava vazio.

Por que Anna jogaria o açúcar no vaso sanitário?

O telefone tocou, assustando tanto Maura quanto Julian. Eles se entreolharam, abalados por alguém estar telefonando para uma mulher morta.

Maura atendeu.

— Escola Evensong. Aqui é a Dra. Isles.

— Você não me ligou de volta — disse Jane Rizzoli.

— Eu deveria?

— Deixei uma mensagem com a Dra. Welliver horas atrás. Achei melhor tentar mais uma vez antes que ficasse muito tarde.

— Você falou com Anna? Quando?

— Em torno das cinco, cinco e meia.

— Jane, algo terrível aconteceu e...

— Teddy está bem, não está? — interrompeu Jane.

— Sim. Sim, está bem.

— Então o que foi?

— Anna Welliver está morta. Parece ter sido suicídio. Ela saltou do telhado.

Houve uma longa pausa. No fundo, Maura podia ouvir o som da TV, de água e do tilintar de louças. Sons domésticos que, de repente, fizeram-na sentir saudades da própria casa, da própria cozinha.

— Jesus. — Jane finalmente conseguiu falar.

Maura olhou para o pote de açúcar. Viu Anna esvaziando-o no vaso sanitário, voltando ao escritório, abrindo a porta do telhado e saindo para uma pequena caminhada rumo à eternidade.

— Por que ela cometeria suicídio? — perguntou Jane.

Maura ainda olhava para o pote de açúcar vazio quando respondeu:

— Não estou convencida de que cometeu.

22

— Tem certeza de que quer ficar aqui, Dra. Isles?

Estavam na antessala do necrotério, cercados por armários de suprimentos repletos de luvas, máscaras e protetores para sapatos. Maura fizera um coque no cabelo, vestira calças especiais e já estava cobrindo o cabelo com uma touca de papel.

— Enviarei a você o relatório final — disse a Dra. Owen. — E solicitarei um extenso exame de toxicidade, como você sugeriu. Você é bem-vinda, caso queira ficar, é claro, mas me parece...

— Estou aqui somente para observar, e não para interferir — disse Maura. — O show é seu.

Sob a touca de papel, a Dra. Owen corou. Mesmo sob luzes fluorescentes fortes, era um rosto jovial, com uma pele invejavelmente lisa, sem qualquer necessidade dos cremes e pós camufladores que começavam a aparecer no armário do banheiro de Maura.

— Não foi o que eu quis dizer — disse a Dra. Owen. — Só estou pensando no fato de que você a conhecia. Isso deve tornar a necropsia difícil para você.

Através de um vidro, Maura observava o assistente da Dra. Owen, um jovem grande e forte, preparar a bandeja de instrumentos. Sobre a mesa, jazia o corpo de Anna Welliver, ainda vestido. Quantos cadáveres já abri?, perguntou-se Maura. Quantos escalpos já puxei por sobre os crânios? Tantos que tinha perdido a conta. Mas todos pertenciam a estranhos com os quais não compartilhara nenhuma lembrança. Ela havia conhecido Anna, no entanto. Tinha reconhecido sua voz e seu sorriso e visto o brilho da vida em seus olhos. Era uma necropsia que qualquer patologista evitaria, contudo ali estava ela, colocando protetores nos sapatos, óculos de segurança e uma máscara.

— Devo isso a ela — disse Maura.

— Duvido que haverá qualquer surpresa. Sabemos como ela morreu.

— Mas não o que a levou a isso.

— Uma necropsia não nos dará tal resposta.

— Uma hora antes de saltar, ela agiu de modo estranho ao telefone. Disse à detetive Rizzoli que as comidas tinham um gosto estranho. E que via pássaros, pássaros estranhos, voando diante de sua janela. Estou me perguntando se não seriam alucinações.

— Foi por isso que solicitou o exame toxicológico?

— Não encontramos nenhuma droga com ela, mas é possível que tenhamos deixado passar algo. Ou que ela as tenha escondido.

Eles empurraram a porta e entraram na sala de necropsia.

— Randy, temos uma convidada distinta hoje — disse a Dra. Owen. — A Dra. Isles trabalha no Instituto Médico Legal de Boston.

O jovem fez que sim com a cabeça, nada impressionado, e perguntou:

— Quem vai cortar?

— Esse caso é da Dra. Owen — disse Maura. — Só estou aqui para observar.

Acostumada a estar no comando em seu próprio necrotério, Maura precisou resistir ao impulso de tomar o lugar habitual à mesa. Então, permaneceu afastada enquanto a Dra. Owen e Randy posicionavam bandejas de instrumentos e ajustavam luzes. Na verdade, ela não queria se aproximar mais, não queria olhar para o rosto de Anna. Ontem ela vira consciência naqueles olhos, e agora a ausência dela era um lembrete bruto de que corpos eram apenas conchas, que o que quer que constituísse a alma era fugaz e se extinguia com facilidade. Emma Owen tinha razão, pensou. Não era uma necropsia que ela deveria assistir.

Maura virou-se para ver os resultados dos raios X posicionados na caixa de luz. Enquanto a Dra. Owen e o assistente despiam o cadáver, Maura permaneceu focada em imagens que não possuíam um rosto familiar. Nada naqueles filmes a surpreendia. Na noite anterior, ela havia detectado fraturas côncavas no osso parietal esquerdo, e agora via as provas em preto no branco, uma sutil teia de aranha de rachaduras. Em seguida, voltou-se para a caixa torácica, na qual, mesmo através das vagas sombras das roupas, detectou fraturas massivas nas costelas esquerdas dois a oito. A força da queda livre também tinha provocado a fratura da pelve, comprimindo o forame sacral e partindo a ponta do osso pubiano. Exatamente o que se esperaria ver em um corpo jogado de certa altura. Antes mesmo de abrirem o peito, Maura podia predizer o que encontrariam na cavidade torácica, pois vira resultados de quedas livres em outros corpos. Apesar de quebrar costelas e estilhaçar uma pelve, o que matava era a força da desaceleração abrupta, puxando o coração e os pulmões, rompendo tecidos delicados e rasgando grandes canais. Quando abrissem o peito de Anna, muito provavelmente o encontrariam cheio de sangue.

— Como diabos ela arranjou isso? — perguntou Randy.

— Dra. Isles, você vai querer ver isso aqui — chamou a Dra. Owen.

Maura andou até a mesa. Eles haviam desabotoado a parte superior do vestido de Anna, mas ainda não o tinham removido. O sutiã, de tamanho médio, branco e prático, sem renda e sem frescuras, estava à mostra. Todos olharam para a pele exposta.

— Essas são as cicatrizes mais esquisitas que já vi — disse a Dra. Owen.

Maura continuou olhando, chocada com o que via.

— Vamos tirar o resto da roupa — disse ela.

Trabalhando juntos, os três removeram rapidamente o sutiã e tiraram o vestido pelos pés. Ao puxarem o elástico da calcinha sobre a cintura, Maura lembrou-se das fraturas pélvicas que vira nos resultados dos raios X e fez uma careta ao pensar nos fragmentos de ossos raspando uns nos outros. Pensou nos gritos que tinha ouvido uma vez, na emergência, vindos de um jovem cuja pelve havia sido esmagada em um acidente de balsa. Mas Anna encontrava-se além da dor e tinha entregado suas roupas sem choramingar. Despida, jazia exposta, com o corpo ferido e deformado por costelas, crânio e pelve quebrados.

Contudo, eram as marcas na pele que chamavam a atenção. Marcas invisíveis aos raios X, reveladas somente agora. As cicatrizes estavam espalhadas pela frente do torso, em uma feia rede de nós nos seios, no abdome e até nos ombros. Maura pensou nos modestos vestidos que Anna vestia mesmo nos dias quentes, escolhidos não por seu estilo excêntrico, mas para ocultar cicatrizes. Ela perguntou-se quantos anos se passaram desde a última vez em que Anna havia colocado um maiô ou tomado sol em uma praia. Aquelas cicatrizes pareciam antigas, lembranças permanentes de algum calvário indescritível.

— Podem ser algum tipo de enxerto de pele? — perguntou Randy.

— Não são enxertos de pele — respondeu a Dra. Owen.

— Então, o que são?

— Não sei. — A Dra. Owen virou-se para Maura. — O que você acha?

Maura não respondeu. Ela voltou a atenção para as extremidades inferiores. Esticando a mão em busca do foco de luz, redirecionou-o para as canelas, onde a pele era mais escura. Mais grossa. Ela olhou para Randy.

— Precisamos de raios X detalhados das pernas. Especialmente das tíbias e dos calcanhares.

— Já fiz o exame esqueletal — disse Randy. — Os filmes estão pendurados ali. Dá para ver todas as fraturas.

— Não estou preocupada com as fraturas novas. Estou à procura de fraturas antigas.

— Como isso ajuda a descobrir a causa da morte? — perguntou a Dra. Owen.

— É importante compreender a vítima. Seu passado, seu estado psicológico. Ela não pode falar conosco, mas seu corpo ainda pode.

Maura e a Dra. Owen esperaram na antessala, observando enquanto Randy, usando um avental de chumbo, posicionava o corpo de Anna para uma nova série de raios X. *Quantas cicatrizes está escondendo, Anna?* As marcas na pele eram óbvias, mas e os machucados emocionais que nunca se curam, que não podem ser fechados com fibrose e colágeno? Teriam sido antigos tormentos que finalmente a levaram a sair para o telhado e render o corpo à gravidade e à terra dura?

Randy prendeu um novo conjunto de filmes na caixa de luz e acenou para elas. Quando Maura e a Dra. Owen entraram no laboratório, ele disse:

— Não vejo nenhuma outra fratura nessas imagens.

— Elas seriam antigas — disse Maura.

— Nenhuma formação de cicatrizes, nenhuma deformidade. Eu *posso* reconhecer essas coisas, sabe?

Era impossível não perceber a irritação na voz dele. Maura era a intrusa, a especialista arrogante, vinda da cidade grande, que havia questionado sua competência. Ela optou por não responder e concentrou-se nos raios X. O que ele tinha falado estava correto: à primeira vista, não havia fraturas antigas nos braços ou nas pernas. Ela aproximou-se para estudar as tíbias direita e esquerda. A pele mais escura nas canelas de Anna tinha levantado suspeitas em Maura, e o que ela via naqueles filmes confirmava seu diagnóstico,

— Está vendo isso, Dra. Owen? — Maura apontou para o contorno da tíbia. — Repare nas camadas e na espessura.

A jovem patologista franziu a testa.

— É mais espessa, concordo — disse ela.

— Também há mudanças endósteas aqui. Está vendo? Elas são altamente sugestivas. — Maura olhou para Randy. — Podemos ver os filmes dos calcanhares?

— Sugestivas de quê? — perguntou ele, ainda não convencido pela especialista de Boston.

— Periostite. Mudanças inflamatórias da membrana que cobre o osso. — Maura removeu os raios X das tíbias. — Filmes dos calcanhares, por favor.

Com os lábios apertados, Randy enfiou as novas radiografias sob os clipes. O que Maura viu nos filmes eliminou qualquer dúvida. A Dra. Owen, ao lado dela, murmurou um perturbado "ah!".

— São mudanças ósseas clássicas — disse Maura. — Só as vi duas vezes antes. Em um imigrante da Algéria e em um corpo que apareceu em um cargueiro, um homem da América do Sul.

— Para onde estão olhando? — perguntou Randy.

— As mudanças no calcâneo direito — disse a Dra. Owen. Ela apontou para o osso do calcanhar direito.

— Dá para ver também no calcanhar esquerdo — disse Maura. — Essas deformações são devidas a múltiplas fraturas antigas curadas desde então.

— Os *dois* pés se quebraram? — questionou Randy.

— Repetidamente. — Ela olhou para os raios X e estremeceu diante do significado daqueles exames. — *Falaka* — continuou ela, em voz baixa.

— Li a respeito — disse a Dra. Owen. — Mas jamais pensei que veria um caso no Maine.

Maura olhou para Randy.

— Também é conhecido como *bastinado*. Batem nas solas dos pés, o que quebra ossos e rompe tendões e ligamentos. É conhecido em muitos lugares do mundo. No Oriente Médio, na Ásia. América do Sul.

— Quer dizer que alguém *fez* isso com ela?

Maura concordou com um movimento de cabeça.

— E as mudanças nas tíbias também são causadas por espancamentos repetidos. Algo pesado foi chocado contra as canelas. Pode não ter sido rígido o bastante para fraturar o osso, mas deixou mudanças permanentes no periósteo devido a hemorragias repetidas.

Maura voltou para a mesa em que jazia o corpo quebrado de Anna. Ela compreendia agora o significado daquela rede de cicatrizes nos seios, no abdome. O que ela não compreendia era *por que* tudo aquilo tinha sido feito com Anna. Nem quando.

— Isso ainda não explica por que ela se matou — disse a Dra. Owen.

— Não — admitiu Maura. — Mas é de se perguntar, não é? Se a morte dela está, de alguma maneira, ligada a seu passado. Ao que causou as cicatrizes.

— Você está questionando se foi suicídio?

— Depois de ver isso, questiono tudo. E agora temos outro mistério. — Ela olhou para a Dra. Owen. — Por que Anna Welliver foi torturada?

Uma cela em uma prisão diminui qualquer homem, e foi assim com Ícaro.

Visto através das barras, ele parecia menor, sem importância. Despido do terno italiano e do relógio de pulso Panerai, ele vestia um macacão laranja e sandálias de borracha. Sua cela solitária era mobiliada apenas com uma pia, uma privada e uma prateleira de concreto sobre a qual havia um colchão fino, no qual ele estava sentado.

— Sabe — disse ele —, todo homem tem seu preço.

— E qual seria o seu? — perguntei.

— Já o paguei. Tudo a que dei valor foi perdido. — Ele olhou para mim com os olhos azuis e brilhantes, tão distintos dos suaves olhos castanhos do filho morto, Carlo. — Eu estava falando do seu preço.

— Eu? Não posso ser comprada.

— Quer dizer que é apenas uma patriota simplória? Que faz isso por amor ao seu país?

— Sim.

Ele riu.

— Já ouvi isso antes. Significa é que a oferta não foi alta o bastante.

— Não existe oferta alta o bastante para me fazer vender meu país.

Ele me lançou um olhar similar à pena, como se eu fosse retardada.

— Pois bem. Então retorne ao seu país. Mas você sabe que retornará para casa mais pobre do que precisa ser.

— Diferentemente de algumas pessoas — provoquei-o —, eu posso ir para casa.

Ele sorriu. Aquele sorriso fez minhas mãos gelarem. Como se eu estivesse olhando para o meu futuro.

— Pode mesmo?

23

Jane precisava admitir que Darren Crowe ficava bem na TV. Sentada à sua mesa na Unidade de Homicídios, ela acompanhava a entrevista, admirando o terno estiloso de Crowe, seu cabelo modelado com secador e os dentes brilhantes. Ela se perguntou se ele clareava os dentes por conta própria com algum kit de farmácia ou se havia pagado a um profissional para deixá-los assim.

— Sanduíche Reuben com o dobro de chucrute — disse Frost, colocando uma embalagem sobre a mesa dela. Ele afundou na cadeira ao lado e desembrulhou seu almoço habitual: peru no pão branco, sem alface.

— Veja como aquela repórter está olhando para ele — disse Jane, indicando a repórter loura que entrevistava Crowe. — Juro que, a qualquer segundo, ela vai arrancar o blazer e gritar "me possua, policial!".

— Ninguém jamais diz isso para mim — disse Frost, com um suspiro, mordendo resignadamente seu sanduíche.

— Ele está explorando esse caso como um profissional. Ah, veja, lá vem ele com a expressão de *pensamentos profundos*.

— Vi ele praticando essa expressão no banheiro.

— Pensamentos profundos? — Ela riu jocosamente enquanto desembrulhava o sanduíche Reuben. — Como se ele tivesse algum. Pela maneira como está olhando para aquela garota, está pensando mais em *garganta profunda*.

Eles ficaram sentados, comendo os sanduíches, enquanto viam Crowe descrever a corrida contra Zapata. *Ele poderia ter se rendido, mas optou por fugir... Exercemos cautela em todos os momentos... Foram claramente as atitudes de um homem culpado...*

Com o apetite repentinamente suprimido, Jane colocou o sanduíche sobre a mesa.

Vamos lidar com imigrantes ilegais como Zapata, que trazem sua violência para nosso país. Essa é minha promessa aos bons cidadãos de Boston.

— Que besteira — falou ela. — Desse modo, ele fez com que Zapata fosse julgado e condenado pelo público.

Frost não disse nada, comendo o sanduíche de peru como se nada mais importasse, o que incomodou Jane. Em geral, ela apreciava a tranquilidade do parceiro. Nada de drama, nada de crises; somente um escoteiro enlouquecedoramente calmo que agora a lembrava uma vaca mastigando capim com tranquilidade.

— Ei! — disse ela. — Isso não incomoda você?

Ele olhou para ela com a boca cheia de peru.

— Sei que incomoda você.

— Mas tudo bem para você? Fechar o caso quando não temos a arma do crime nem nada que ligue Zapata aos Ackerman?

— Eu não disse que estava tudo bem para mim.

— Agora o Detetive Hollywood está ali na TV, apresentando a conclusão do caso como se fosse um presente de Natal. Um presente duvidoso. Isso deveria irritar muito você.

— Sim, deveria.

— *Alguma coisa* deixa você irritado?

Ele deu outra mordida no sanduíche de peru e mastigou, refletindo sobre a pergunta.

— Sim — disse ele finalmente. — Alice.

— É a função das ex-mulheres fazer isso.

— Você perguntou.

— Bem, esse caso também deveria irritar você. Ou ao menos incomodar você, como está incomodando a mim e a Maura.

Com a menção desse nome, ele finalmente pousou seu sanduíche e olhou para ela.

— O *que* a Dra. Isles pensa?

— O mesmo que eu: que as três crianças estão conectadas de alguma maneira. A psicóloga da escola acaba de saltar de um telhado, e Maura está se perguntando o que há em comum entre esses garotos que mata todos que são próximos a eles. É como se fossem amaldiçoados. Onde quer que vão, alguém morre.

— E agora estão todos no mesmo lugar.

Evensong. Ela pensou na floresta escura onde havia enfeites ensanguentados em salgueiros. Pensou em um castelo cujos ocupantes eram assombrados, vivendo à sombra da violência. Tanto Teddy quanto Maura estavam atrás daqueles portões trancados, com crianças familiarizadas demais com derramamentos de sangue.

— Rizzoli. — A voz assustou Jane, que girou na cadeira para ver o tenente Marquette atrás dela. Imediatamente, ela pegou o controle remoto e desligou a TV. — Não há o que fazer por aqui? — perguntou Marquette. — Vocês estão assistindo a novelas agora?

— A maior novela de todas — respondeu Jane. — O detetive Crowe contando ao bom povo de Boston como, sozinho, derrubou Zapata, o gênio do mal.

Marquette inclinou a cabeça.

— Preciso falar com você no meu escritório.

Ela viu a expressão de preocupação de Frost quando se levantou e seguiu Marquette em uma marcha rápida até o escritório. Ele fechou a porta; ela aguardou até que ele se acomodasse na própria cadeira antes de se sentar. Tentou manter o olhar firme enquanto ele olhava para ela por sobre a mesa.

— Você e Crowe jamais vão concordar em nada, vão? — perguntou ele.

— Qual é a reclamação agora?

— A ausência de uma frente unida no caso Ackerman. O fato de que você permanece levantando questões sobre ser um julgamento apressado.

— Culpada — reconheceu ela. — Acho que houve um julgamento apressado.

— É, ouvi todas as suas objeções. Mas você precisa entender o que vai acontecer se a imprensa souber tudo que anda dizendo. Será um pesadelo em termos de relações públicas. Esse caso já chamou a atenção de todos. Família rica, crianças mortas, tudo que Nancy Grace ama. E um vilão que metade dos Estados Unidos ama odiar: um imigrante ilegal. Zapata é o criminoso dos sonhos. E o melhor: está morto. É um caso fechado. Um final digno de conto de fadas.

— Se pesadelos fossem contos de fadas — disse ela.

— Mas você já leu as versões originais dos irmãos Grimm?

— Você está dizendo que eu deveria calar a boca e ficar satisfeita, como todo mundo?

Ele recostou-se na cadeira.

— Às vezes, Rizzoli, você é realmente um pé no saco.

— Tenho ouvido muito isso.

— E é por isso que você é uma boa investigadora. Você cutuca e remexe as coisas. Você cava buracos onde ninguém mais quer. Li seu relatório sobre as três crianças. Semtex em New Hampshire? Um avião explodido em Maryland? Essa coisa está parecendo um cemitério dos infernos. — Ele fez uma pausa, tamborilando os dedos na mesa enquanto a estudava. — Então, vá em frente. Faça o seu trabalho.

Ela não tinha certeza do que ele estava dizendo.

— Meu trabalho?

— Cavuque. Oficialmente, o caso Ackerman está fechado. Extraoficialmente, também tenho minhas dúvidas. Mas você é a única que sabe.

— Posso trazer Frost a bordo? Eu poderia usar sua ajuda.

— Não posso comprometer nenhum recurso. Sequer tenho certeza de que deveria deixar *você* gastar tempo com isso.

— Então por que está deixando?

Ele inclinou-se para a frente, encarando-a.

— Escute, eu adoraria fechar esse caso agora mesmo e dizer que vencemos. Quero que nossas estatísticas pareçam boas, é claro. Mas, assim como você, tenho instintos. Às vezes, somos forçados a ignorar esses pressentimentos e, quando descobrimos que estávamos certos, culpamos a nós mesmos. Não quero que algum dia esfreguem na minha cara que fechei esse caso rápido demais.

— Portanto, estamos cuidando de nós mesmos.

— Algo errado com isso? — ralhou ele.

— Absolutamente nada.

— Certo. — Ele recostou-se de volta. — Qual é o seu plano?

Ela precisou pensar por um momento e considerar que pergunta não respondida exigia prioridade. E decidiu que a pergunta número um era: O que os Ward, os Yablonski e os Clock tinham em comum, além da forma como tinham morrido? Eles se conheciam?

— Preciso ir a Maryland — disse ela.

— Por que Maryland?

— O pai de Will Yablonski trabalhava no Nasa-Goddard. Assim como o tio de Will, Brian Temple. Quero falar com os colegas deles. Talvez saibam por que aquele avião caiu. E por que Brian e a esposa tiveram tanta pressa em tirar o sobrinho de Maryland e levar para New Hampshire.

— Onde a fazenda explodiu.

Ela concordou com um movimento de cabeça.

— Essa história toda está começando a parecer muito grande e muito ruim. Quero Frost ao meu lado para ajudar a solucionar.

Depois de um momento, ele concordou.

— Certo, você tem Frost. Dou a vocês três dias.

— Conte conosco. Obrigada.

Ela levantou-se.

— Rizzoli?

— Sim, senhor?

— Seja discreta. Não conte a ninguém na unidade, especialmente a Crowe. No que diz respeito às pessoas em geral, o caso Ackerman está encerrado.

— Você sabe como dizem que para fazer certas coisas não é preciso ser um gênio? — perguntou Frost enquanto dirigiam pelo campus do Centro de Voo Espacial Goddard. — Bem, agora vamos passar algum tempo com gênios de verdade! Isso é tão legal. Olhe pela janela e apenas pense no QI desses caras que você vê caminhando por aí.

— O que isso faz de nós? Cérebros de passarinho?

— Toda a matemática, química e física que eles precisam saber. Eu não tenho a menor ideia de como lançar um foguete.

— Quer dizer que nunca lançou um foguete de brincadeira com vinagre e bicarbonato de sódio?

— Sim, claro. Como se fosse assim que o homem tivesse chegado à Lua.

Ela estacionou em uma vaga diante do Edifício de Ciências de Exploração; os dois colocaram os crachás de visitantes que receberam no portão de entrada.

— Cara, espero poder guardar isso! — disse ele, acariciando o crachá. — Seria uma lembrança tão legal.

— Dá para diminuir um pouco o lado nerd? Você está parecendo um *trekkie* e, francamente, isso é *tão* constrangedor.

— Eu *sou* um *trekkie*. — Quando saltaram do carro, ele levantou a mão em uma saudação vulcana. — Vida longa e...

— *Não* faça isso enquanto estamos aqui, certo?

— Ei, olhe só para isso! — Ele apontou para o adesivo no para-choque de um carro no estacionamento. — BEAM ME UP, SCOTTY!

— E daí?

— E daí que esse é o *meu povo*!

— Então talvez fiquem com você — murmurou ela enquanto alongava as costas para livrar-se das cãibras. Eles tinham pegado um voo cedo para Baltimore e, ao entrarem no edifício, Jane olhou ao redor com a esperança de encontrar uma máquina de café. Em vez disso, viu um homem enorme cambalear em direção a eles.

— Vocês são o pessoal de Boston? — perguntou ele.

— Dr. Bartusek? — perguntou Jane. — Sou a detetive Rizzoli. Esse é meu parceiro, o detetive Frost.

— Podem me chamar de Bert. — Sorrindo, Bartusek apertou a mão de Jane e sacudiu-a, entusiasmado. — Detetives de homicídio da cidade grande! Aposto que vocês têm trabalhos realmente interessantes.

— Não tão interessantes quanto o seu — disse Frost.

— O meu? — bufou Bartusek. — Nem de longe tão legal quanto caçar assassinos.

— Meu parceiro acha que é muito mais legal trabalhar para a Nasa — disse Jane.

— Bem, vocês sabem o que dizem sobre a grama do vizinho — comentou Bartusek com uma risada enquanto gesticulava para que seguissem pelo corredor. — Venham, vamos nos sentar no meu escritório. Os caras de cima me liberaram para falar com vocês. Claro, o que mais eu poderia fazer quando um policial me faz perguntas? Se eu não responder, vocês podem me prender! — Bartusek conduziu-os pelo corredor. Jane imaginou que quase conseguia sentir o prédio tremer a cada passo pesado que ele dava. — Eu mesmo tenho muitas perguntas — disse ele. — Meus colegas e eu queremos saber o que aconteceu com Neil e Olivia. Já falaram com o detetive Parris?

— Vamos nos encontrar com ele esta noite — respondeu Jane. — Presumindo que ele retorne da Flórida a tempo.

— Parris me pareceu um policial inteligente. Me fez praticamente todas as perguntas possíveis. Mas não creio que tenha chegado a uma resposta. — Ele olhou para Jane. — Dois anos depois, me pergunto se vocês chegarão.

— Você tem alguma teoria sobre a queda do avião?

Ele balançou a cabeça.

— Nunca fez sentido para nós que qualquer pessoa tivesse vontade de matar Neil. Um homem bom, um homem realmente bom. Conversamos muito sobre isso aqui e avaliamos todas as razões possíveis. Será que ele devia dinheiro a alguém? Ou irritou as pessoas erradas? Foi um crime passional?

— É uma possibilidade? Um crime passional? — perguntou Frost. — Ele ou a esposa tinham um caso?

Bartusek parou diante de uma porta. Seu corpo enorme bloqueava qualquer visão da sala.

— Não achei que fosse possível na época. Quero dizer, eram pessoas tão *comuns*. Mas a gente nunca sabe o que está realmente acontecendo em um casamento, não é? — Ele balançou a cabeça com tristeza e entrou em seu escritório. Nas paredes, pendia uma galeria de fotos impressionantes de galáxias e nebulosas, como amebas multicoloridas.

— Uau, a nebulosa Cabeça de Cavalo! — exclamou Frost, admirando uma foto.

— Você conhece bem o céu noturno, detetive.

Jane olhou para o parceiro.

— Você é mesmo um *trekkie*.

— Eu te disse. — Frost passou para outra fotografia. — Vejo seu nome aqui, Dr. Bartusek. Foi você quem as tirou?

— Astrofotografia é um dos meus hobbies. Você pensaria que, depois de passar o dia estudando o universo, eu preferiria tirar fotos de pássaros ou de flores. Mas, não, mantenho os olhos no universo. Sempre mantive. — Ele espremeu-se atrás da mesa e afundou em uma cadeira enorme, cujas molas emitiram um grunhido alto. — Pode-se dizer que é uma obsessão.

— Isso vale para todos os engenheiros espaciais? — perguntou Frost.

— Bem, tecnicamente falando, não sou realmente um engenheiro espacial. Eles são os caras que acendem velas e explodem coisas. Eles diriam a você que são eles que fazem os trabalhos divertidos.

— E o seu trabalho?

— Sou astrofísico. Nesse prédio, trabalhamos em pesquisa. Meus colegas e eu formulamos uma questão científica e deciframos quais dados precisamos para respondê-la. Talvez queiramos uma amostra da poeira de um cometa ou uma ampla varredura infravermelha do céu. Para obter esses dados, precisamos lançar um telescópio especial. É aí que recorremos aos engenheiros espaciais, que nos colocam onde queremos. A verdade é que falamos línguas distintas. Eles são técnicos. Eles pensam em nós como intelectuais.

— Qual deles era Neil Yablonski? — perguntou Jane.

— Neil era definitivamente um intelectual. Ele e o cunhado Brian Temple eram os caras mais inteligentes por aqui. Pode ser que por isso fossem amigos. Tão amigos, na verdade, que estavam planejando viajar juntos com as esposas para Roma. Foi onde Neil e Olivia se conheceram, e eles queriam visitar os lugares românticos por onde passearam.

— Não soa muito como uma viagem romântica se você leva outro casal.

— Não qualquer outro casal. Veja bem, Lynn e Olivia eram irmãs. Neil e Brian eram melhores amigos. Portanto, quando Lynn e Brian se casaram, *presto*, os quatro se tornaram amigos. Brian e Neil precisavam ir a Roma para uma reunião, portanto resolveram levar as esposas. Cara, como Neil estava animado! Ele me torturava falando sobre massas! Pizza! *Fritto misto!* —

Ele olhou para a barriga volumosa, que, de repente, roncou.

— Acho que engordei só por dizer essas palavras.

— Mas eles nunca chegaram a ir a Roma?

Bartusek balançou a cabeça com tristeza.

— Três semanas antes, Neil e Olivia partiram para o chalé de final de semana que tinham em Chesapeake. Neil tinha um pequeno Cessna, que gostava de pilotar quando viajavam para lá. O filho do casal, Will, tinha um projeto de ciências no qual precisava trabalhar, portanto ficou com os tios. Sorte para o garoto, pois, três minutos após decolar, o Cessna caiu em chamas. O clima estava perfeito, e Neil era um piloto muito cauteloso. Todos presumimos que foi algo mecânico. Até o detetive Parris e o FBI aparecerem aqui uma semana depois e começarem a fazer um monte de perguntas. Foi quando percebi que havia mais do que pensávamos a respeito da queda do avião. Parris jamais me disse com todas as palavras, mas depois li no jornal que a queda era suspeita, que poderia ter havido uma bomba a bordo do Cessna. Como vocês estão aqui, presumo que seja verdade.

— Discutiremos isso à noite com o detetive Parris — disse Jane.

— Quer dizer que não foi um acidente. Ou foi?

— Parece que não.

Bartusek recostou-se pesadamente contra a cadeira e balançou a cabeça.

— Não é de surpreender que Brian tenha surtado.

— O que quer dizer?

— No dia seguinte à queda do avião, Brian estava branco como um fantasma. Pegou uns papéis de pesquisa e disse que trabalharia em casa durante alguns dias, pois Lynn e o sobrinho não queriam ficar sozinhos. Uma semana depois, eu soube que ele tinha pedido demissão. Aquilo realmente me chocou, pois ele amava o trabalho. Depois de vinte e poucos anos aqui, não consigo imaginar o que o faria simplesmente se demitir. Ele não disse a nenhum de nós para onde iria. Eu sequer sabia que se mudaram para New Hampshire até Lynn e ele morrerem no incêndio na casa.

— Quer dizer que Brian não te deu nenhuma pista sobre por que deixou a cidade?

— Nenhuma palavra. Como eu disse, ele parecia bastante abalado, mas achei apenas natural. Seu melhor amigo e sua cunhada tinham acabado de morrer, e ele precisaria criar o filho de Neil. — Bartusek ficou em silêncio por um momento; seu rosto carnudo pendia com a memória. — O pobre garoto teve uns momentos difíceis na vida. Perder os pais com apenas 12 anos. — Ele balançou a cabeça. — Sabe, nunca mencionei isso ao detetive Parris, mas tínhamos uma teoria de que havia sido um engano. Talvez o assassino tenha colocado uma bomba no Cessna errado. Alguns figurões do mundo dos negócios mantêm seus aviões naquele campo. E também alguns políticos. Só Deus sabe quantos de nós adorariam derrubar *esses* aviões. — Ele fez uma pausa. — Foi uma piada. Sério. — Ele olhou de um detetive para o outro. — Mas posso ver que não apreciam essas brincadeiras.

— Falamos sobre Neil, mas e a esposa dele? — comentou Frost. — Existe algum motivo para que ela tenha sido o alvo?

— Olivia? De jeito nenhum. Ela era uma garota doce, mas um pouco sem graça. Sempre que eu a via em festas da Nasa, estava em um canto, parecendo perdida. Eu costumava fazer o máximo para dar atenção a ela, pois ficava sempre só, mas, francamente, nada que ela dizia era memorável. Ela tinha um trabalho chato como representante de vendas de equipamentos médicos.

Frost olhou para seu bloco de notas.

— Leidecker Suprimentos Hospitalares.

— Sim, isso mesmo. Ela não falava muito a respeito. Só ficava animada quando falava sobre Will. O garoto é um tipo de gênio, igual a Neil.

— Certo, retornemos a Neil — disse Jane. — Ele tinha algum conflito no trabalho? Algum colega com quem não se entendesse?

— Apenas o habitual.

— O que quer dizer?

— Um cientista propõe uma teoria e defende uma posição. Às vezes, ele se apega emocionalmente a essa posição quando outros discordam.

— Quem discordava de Neil?

— Não me lembro. Isso é muito normal. Ele e Brian estavam sempre envolvidos em debates empolgados, mas nunca eram hostis, entendem? Era mais como um jogo de cientistas. Faça os dois conversarem sobre discos de detritos e *uau*! São como dois garotos bagunceiros brincando em um parquinho, jogando brinquedos um no outro.

Frost levantou os olhos das anotações que fazia.

— Discos de detritos? O que é isso?

— Era o tema da pesquisa deles. Relacionado a núcleos de nuvens interestelares. Quando entram em colapso, o momento angular faz com que formem discos rotativos de gás e poeira ao redor de novas estrelas.

— Eles discutiam quanto a isso? — perguntou Jane.

— Ei, discutimos quanto a tudo aqui. Isso é o que torna a ciência tão incrivelmente envolvente. Sim, às vezes os debates podem se tornar pessoais, mas podemos lidar com isso. Somos todos grandinhos. — Ele olhou para a própria barriga e acrescentou, com um suspiro irônico. — Alguns maiores do que outros.

— Em que tipos de discussões vocês entrariam a respeito de um disco de poeira?

— Discos de detritos. Há muita controvérsia a respeito de como esses anéis de poeira e gás se transformam em sistemas solares com planetas. Alguns dizem que os planetas se formam por causa de múltiplas colisões, mas o que faz com que as partículas de detritos se grudem? Como a massa se acumula? Como se transforma um monte de partículas rotativas em um planeta como Mercúrio, Vênus ou Terra? É uma resposta que ainda não temos. Sabemos que o nosso não é o único sistema solar. Existem incontáveis planetas somente nesta galáxia, e muitos na zona habitável.

Frost, que poderia muito bem ter a palavra *TREKKIE* tatuada na testa, inclinou-se para a frente com interesse repentino.

— Quer dizer que poderíamos os colonizar?

— Talvez. *Zona habitável* quer dizer que *alguma* forma de vida poderia existir lá. Pelo menos, a vida baseada em carbono com a qual estamos familiarizados. Dados da missão Kepler identificaram uma série do que chamamos de planetas "Goldilocks". Não são quentes demais, nem frios demais, justamente no ponto certo. Na verdade, era por isso que Neil e Brian iriam a Roma. Para apresentarem seus dados para a equipe do observatório do Vaticano.

Frost deu uma risada surpresa.

— O Vaticano tem um observatório?

— Muito qualificado. Parte da Academia Pontifícia de Ciências. — Ele viu a sobrancelha levantada de Frost. — É, eu sei, soa estranho que seja a mesma igreja que atacou Galileu por acreditar que a Terra gira em torno do Sol. Mas a academia do Vaticano possui alguns astrônomos notáveis. Eles estavam ansiosos para ver a última pesquisa de Neil e Brian, pois tinha grandes implicações. Certamente para o Vaticano.

— Por que essa pesquisa interessava a Igreja católica? — perguntou Jane.

— Porque estamos falando de astrobiologia, detetive Rizzoli. O estudo da vida no universo. Pense a respeito. O que significa para nosso lugar no universo encontrarmos vida em outro planeta? O que acontece com o conceito da criação divina e com *que seja feita a luz*? Isso derrubaria a crença mais preciosa da humanidade: a ideia de que somos únicos. De que Deus nos criou. Poderia derrubar o pilar central da Igreja.

— Derrubar? Yablonski e Temple realmente tinham os dados para isso?

— Não sei se eu chamaria de provas, exatamente.

— Eles os compartilharam com você?

— Vi a análise inicial de dados de telescópios infravermelhos e de rádio. Eles vieram de um dos planetas "Goldilocks". Havia dióxido de carbono, água, ozônio e nitrogênio. Não somente os blocos de construção da vida mas também moléculas que indicam que está sendo realizada fotossíntese.

— O que significa vida vegetal — disse Frost.

Bartusek concordou.

— É altamente sugestivo.

— E como não ouvimos falar a respeito? — perguntou Frost. — Onde aconteceu a grande conferência, o grande anúncio da Casa Branca?

— Não se pode apenas anunciar isso sem que se tenha certeza absoluta, ou você vai acabar parecendo um idiota. Você *sabe* que será atacado. Você *sabe* que opositores loucos de toda estirpe virão atrás de você. Precisaríamos de planos de contingência para lidar com todos os loucos que tentariam lançar caminhões-bomba contra nossos prédios. — Ele parou para respirar e se acalmar. — Portanto, não. Não fazemos anúncios até que possamos provar algo acima de qualquer sombra de dúvida. O próprio E.T. precisaria aterrissar no jardim da Casa Branca para que algumas pessoas ficassem convencidas. Mas Neil e Brian achavam que tinham provas suficientes. Na verdade, essa foi uma das últimas coisas que Neil me contou.

Jane olhou fixamente para ele.

— Que ele tinha provas?

Bartusek concordou com a cabeça.

— De vida extraterrestre.

24

Jane e Frost dirigiram em silêncio para Columbia, ambos atordoados e tentando processar o que tinham ouvido. Depois da
visita à Nasa, aquela era uma viagem desanimadora por uma
estrada mundana rumo ao escritório nada emocionante onde
Olivia Yablonski trabalhava como representante de vendas de
equipamentos médicos.

— Estou me perguntando se entendemos errado — disse
Frost. — Não creio que o garoto era o alvo em New Hampshire.

Jane olhou para o parceiro, que franzia o rosto olhando
para a frente, como se tentasse enxergar através de uma névoa.

— Você acha que foi o tio do garoto. Brian Temple.

— Os dois estavam prestes a revelar algo que abalaria o
mundo. Neil é eliminado. Brian entra em pânico, foge com a
esposa e o sobrinho para New Hampshire. Os homens maus
vão atrás *dele*.

— O problema é que não sabemos quem são os homens
maus.

— Você ouviu Bartusek. Descobrir um extraterrestre cau-
saria um grande impacto. Faria as pessoas questionarem tudo
que aprenderam na aula de catecismo.

— Então, o quê? Temos algum monge albino assassino
matando cientistas da Nasa? — Ela riu. — Pensei que isso
fosse um filme.

— Considere o que fanáticos religiosos já fizeram para defender suas crenças. Os cientistas climáticos do MIT recebem ameaças constantes. Isso *realmente* tiraria os loucos de suas tocas. Se for anunciado. — Ele franziu a testa. — É interessante que a Nasa não o tenha feito.

— Soa como se a prova ainda não existisse.

— É verdade mesmo ou isso é sério demais para eles... para qualquer um?

Vida extraterrestre. Ela brincou com a possibilidade na cabeça, tentando vê-la por todos os ângulos, imaginar todas as repercussões possíveis. Um motivo para assassinato? As mortes dos Yablonski e dos Temple tinham sido definitivamente obra de profissionais que sabiam usar Semtex.

— Há um problema com essa teoria — disse ela. — Não explica a família de Claire Ward. Ele era um diplomata que trabalhava para o Departamento de Estado. Qual é a conexão dele com a Nasa?

— Talvez sejam casos não relacionados. Estamos ligando as mortes porque as duas crianças acabaram em Evensong.

Ela suspirou.

— Agora você está parecendo o Crowe. Crianças diferentes, casos diferentes. Apenas uma coincidência irem parar na mesma escola.

— Se bem que é interessante...

— O quê?

Ele apontou para uma placa de trânsito que indicava a saída para Washington.

— Erskine Ward não trabalhou em Washington D.C. durante um tempo?

— E em Roma. E em Londres.

— Pelo menos temos uma conexão geográfica entre os Ward e os Yablonski. Eles moraram dentro do mesmo raio de 80 quilômetros.

— Mas não a família de Teddy Clock. O trabalho de Nicholas Clock era em Rhode Island.

— É... — Frost deu de ombros. — Talvez estejamos tentando conectar coisas que não têm nenhuma ligação e complicando demais a situação.

Ela achou o endereço que estavam procurando e entrou em um estacionamento. Era mais um centro comercial, indistinguível de milhares de outros em todo o país. Haveria algum projeto universal de centros comerciais ensinado na faculdade de arquitetura, com plantas fotocopiadas entregues a todas as construtoras nos Estados Unidos? Ela parou em uma vaga e olhou para a mistura habitual de lojas. Uma farmácia, uma loja de roupas de tamanhos grandes, uma loja de bugigangas e um restaurante chinês. Aquela era uma constante com a qual você podia contar: o restaurante chinês.

— Não estou vendo — disse Frost.

— Deve ser no final. — Ela abriu a porta do carro. — Vamos esticar as pernas e andar.

— Tem certeza de que é o endereço certo?

— Confirmei com a gerente pela manhã. Ela está nos aguardando. — O celular de Jane tocou, mostrando o número do detetive que havia investigado o caso Yablonski em Maryland. — Rizzoli — atendeu ela.

— Aqui é o detetive Parris. Você já chegou em Baltimore? — perguntou ele.

— Estamos aqui. Ainda pode nos encontrar à noite?

— Sim, senhora. Estou na estrada, mas devo chegar à cidade na hora do jantar. Que tal nos encontrarmos no Long-Horn Steakhouse em torno das sete e meia? Fica na Snowden River Parkway. Até lá, estarei pronto para um pouco de carne vermelha. Prefiro que a gente não se encontre na minha casa.

— Compreendo. Também não gosto de misturar trabalho e família.

— Não, é mais do que isso. É esse caso.

— O que tem ele?

— Falaremos sobre isso mais tarde. Trouxe seu parceiro?

— O detetive Frost está aqui comigo.

— Ótimo. É sempre bom ter alguém que dê cobertura.

Ela desligou e olhou para Frost.

— Esse foi um telefonema estranho.

— O que não é estranho nesse caso? — Ele olhou para o centro comercial, com sua oferta nada empolgante de lojas. — Da Nasa para este lugar. — Ele suspirou. — Vamos em frente.

O escritório da Leidecker Suprimentos Hospitalares ficava no final do centro comercial, atrás de uma vitrine que exibia duas cadeiras de rodas e uma bengala de quatro pés. Ao entrar, Jane esperava ver uma sala de exposição repleta de equipamentos médicos. Em vez disso, encontraram um escritório com cinco mesas, carpete bege e duas palmeiras em vasos. Junto a uma mesa, uma mulher de meia-idade, com cabelos louros com laquê, falava ao telefone. Ela viu os visitantes e disse:

— Telefonarei mais tarde sobre este pedido, Sr. Wiggins. — Ao desligar, sorriu para os visitantes. — Posso ajudar vocês?

— Srta. Mickey? Detetives Rizzoli e Frost — disse Jane. — Conversamos mais cedo.

A mulher levantou-se para cumprimentá-los, revelando uma silhueta magra em um elegante terninho cinza.

— Por favor, podem me chamar de Carole. Realmente espero poder ajudar. Ainda me perturba, sabe. Sempre que olho para lá, para a mesa dela, penso em Olivia.

Jane olhou para as mesas desocupadas.

— Os outros colegas estão por aqui? Gostaríamos de falar com eles também.

— Receio que todos estejam fora da cidade em viagens de vendas. Mas eu conhecia Olivia havia mais tempo do que qualquer um aqui, portanto devo ser capaz de responder às suas perguntas. Por favor, sentem-se.

Enquanto se acomodavam nas cadeiras, Frost disse:

— Imagino que já tenham feito essas perguntas.

— Sim, um detetive esteve aqui várias vezes. Esqueci o nome dele.

— Parris?

— Isso mesmo. Uma semana após o acidente, ele telefonou para cá, perguntando... — Ela fez uma pausa. — Mas acho que agora sabemos que não foi um acidente.

— Não, senhora.

— Ele perguntou-me se Olivia tinha algum inimigo. Algum namorado antigo. Ou algum namorado *novo*.

— E você sabia de algum? — perguntou Jane.

Carole Mickey balançou a cabeça vigorosamente, mas nenhum cabelo se moveu em seu capacete louro e perfeito.

— Olivia não era esse tipo de pessoa.

— Muitas pessoas comuns têm casos, Srta. Mickey.

— Bem, ela não era apenas uma pessoa *comum*. Era a representante de vendas mais confiável que tínhamos. Se ela dizia que estaria em Londres na quarta-feira, ela estaria em Londres na quarta-feira. Nossos clientes sabiam que podiam contar com ela.

— E esses clientes? — perguntou Frost. — São hospitais? Consultórios médicos?

— Ambos. Vendemos para instituições em todo o mundo.

— Onde estão seus produtos? Não vejo muita coisa aqui.

Carole tirou de uma gaveta um catálogo pesado, que largou sobre a mesa diante deles.

— Esse é apenas nosso escritório de vendas. O catálogo mostra nossa extensa gama de produtos. Eles são enviados de armazéns em Oakland, Atlanta, Frankfurt, Cingapura. E mais alguns outros locais.

Jane folheou o catálogo e viu camas de hospitais e cadeiras de rodas, vasos sanitários portáteis e macas com rodas. Uma compilação brilhosa de tudo que ela esperava jamais precisar.

— A Sra. Yablonski viajava muito a trabalho?

— Todos os nossos representantes de vendas viajam. Esse escritório é a base central, de onde tento manter tudo sob controle.

— Você não viaja?

— Alguém precisa proteger o forte. — Carole olhou ao redor da sala com o carpete bege e as palmeiras falsas. — Mas, às vezes, é claustrofóbico aqui. Eu deveria melhorar um pouco o ambiente, não é? Talvez colocar alguns pôsteres de viagem. Seria agradável olhar para uma praia tropical para variar.

— Seus representantes fazem as visitas sozinhos ou viajam com colegas? — perguntou Frost.

Carole olhou intrigada para ele.

— Por que pergunta?

— Só quero saber se Olivia teria uma amizade especialmente próxima com qualquer colega.

— Nossos cinco representantes viajam sozinhos. E não, não havia amizades impróprias neste escritório. Céus, é de *Olivia* que estamos falando! Uma mulher casada e feliz, com um filho. Cuidei de Will algumas vezes, e você aprende muito sobre as pessoas vendo o tipo de criança que elas criam. Will é uma criança maravilhosa, muito educado e comportado. Obcecado por astronomia, como o pai. Apenas agradeço a Deus por ele não ter estado no avião naquele dia. Pensar na família toda morta...

— E quanto aos tios de Will, os Temple? Você também os conhecia?

— Não, receio que não. Ouvi que pegaram Will e se mudaram para longe, provavelmente para fugir de todas as memórias tristes. Dar um começo novo ao garoto.

— Você sabe que Lynn e Brian Temple estão mortos?

Carole encarou-a.

— Ah, meu Deus. Como isso aconteceu?

— A fazenda em que moravam em New Hampshire pegou fogo. Will não estava na casa na hora, portanto escapou.

— Ele está bem? Está com outros parentes?

— Está em um lugar seguro. — Era tudo o que Jane diria.

Claramente chocada pela notícia, Carole afundou-se na cadeira e murmurou:

— Pobre Olivia. Jamais o verá crescer. Sabe, ela era oito anos mais nova do que eu, e jamais imaginei que fosse viver mais do que ela. — Carole olhou para o escritório ao redor como que o vendo pela primeira vez. — Dois anos depois, o que fiz com *meu* tempo extra? Aqui estou, exatamente no mesmo lugar, e não mudei nada. Nem mesmo estas estúpidas palmeiras falsas.

O telefone tocou sobre a mesa. Carole respirou fundo e forçou um sorriso nos lábios ao atender:

— Ah, olá, Sr. Damrosch, como é bom falar com o senhor novamente! Sim, é claro que podemos atualizar o pedido para o senhor. É para múltiplos itens ou para apenas um específico? — Ela pegou uma caneta e começou a fazer anotações.

Jane não tinha interesse em ouvir uma conversa sobre bengalas e andadores e levantou-se.

— Com licença, Sr. Damrosch, pode aguardar um minuto? — Carole tapou o fone com a mão e olhou para Jane. — Me desculpe. Queria perguntar mais alguma coisa?

Jane olhou para o catálogo sobre a mesa. Pensou em Olivia Yablonski carregando o pesado volume de cidade em cidade, de compromisso em compromisso, vendendo cadeiras de rodas e comadres.

— Não temos mais perguntas — disse ela. — Obrigada.

O detetive Parris parecia ser um homem que amava carne e bebida. Encontraram-no já sentado no LongHorn Steakhouse, bebericando um martíni enquanto estudava o cardápio. Sua figura volumosa estava tão justamente encaixada no assento que Jane acenou para que ele se mantivesse sentado enquanto ela e Frost se acomodavam diante dele. Parris pousou o martíni e lançou a eles a típica olhada de um policial, o mesmo exame frio que Jane executava simultaneamente nele. Com pouco mais de 60 anos, provavelmente à beira da aposentadoria, ele tinha perdido havia tempos a aparência de garoto e quase todo o cabelo. A julgar pelo olhar penetrante, ainda havia um cérebro investigador por trás daqueles olhos, e ele estava avaliando Jane e Frost antes de se comprometer com a conversa.

— Me perguntei quando alguém finalmente viria indagar sobre o caso — disse ele.

— E aqui estamos — disse Jane.

— Humpf! Departamento de Polícia de Boston. A gente nunca sabe em que direção um caso vai seguir. Estão com fome?

— Sim, poderíamos comer — disse Frost.

— Acabo de passar uma semana muito longa com minha filha vegana em Tallahassee. Portanto, podem apostar que não estou aqui para comer nenhuma maldita salada. — Ele pegou o cardápio de novo. — Vou escolher o *porterhouse*. Quatrocentas e sessenta gramas com batata e cogumelos recheados. Isto deve compensar o sofrimento de uma semana a base de brócolis.

Ele pediu o filé malpassado e outro martíni. A semana em Tallahassee, pensou Jane, devia ter sido um verdadeiro calvário. Somente depois de tomar um pequeno gole da segunda dose, ele pareceu estar pronto para o trabalho.

— Leram o arquivo todo? — perguntou.

— Tudo que você nos enviou — disse Jane.

— Então sabem o que sei. À primeira vista, parecia mais um acidente com uma aeronave pequena. Um Cessna Skyhawk monomotor cai após a decolagem. Destroços espalhados em uma área florestal. Piloto descrito como um verdadeiro detalhista em relação à segurança, mas vocês sabem como é... É quase sempre um erro humano, seja do piloto ou do mecânico. Não me envolvi no caso até receber a chamada da NTSB. Nos destroços recuperados, encontraram sinais de penetração de fragmentos de alta velocidade, o que os levou a realizar testes para buscar resíduos de explosivos. Não contem comigo nos detalhes de química, mas usaram cromatografia líquida e espectrometria de massa. Encontraram algo chamado hexahidro blá-blá-blá. Também conhecido como RDX.

— Um explosivo do Departamento de Defesa — disse Frost.

— Você leu mesmo o relatório.

— Aquela parte me interessava. É usado pelos militares e é mais poderoso do que TNT. Misture com cera e é possível moldar. É parte do que constitui o Semtex.

Jane olhou para o parceiro.

— Agora sei por que você queria ser cientista espacial: para explodir coisas.

— E foi exatamente o que aconteceu com o pequeno Skyhawk dos Yablonski — disse Parris. — Explodiu. O RDX foi disparado por radiocontrole. Não por um temporizador nem por altitude. Alguém estava no local, viu o avião decolar e pressionou um botão.

— Quer dizer que não foi um engano — disse Jane. — Não era o avião errado.

— Tenho praticamente certeza de que os Yablonski eram o alvo. Provavelmente, não foi o que vocês ouviram dos colegas de Neil na Nasa. Eles se recusam a acreditar que qualquer um pudesse querer matá-lo. Jamais me dei ao trabalho de esclarecer.

— Sim, foi exatamente o que ouvimos do Dr. Bartusek — disse Jane. — Que foi um engano. Que Neil não tinha inimigos.

— Todos têm inimigos, mas do tipo que brincam por aí com RDX? — Ele balançou a cabeça. — Estamos falando de algo assustador. Explosivos de uso militar. Assustador o bastante para me fazer perguntar se...

Ele parou de repente, pois a garçonete trazia as refeições. Em comparação ao enorme pedaço de carne no prato de Parris, o filé de 200 gramas de Jane e o peito de frango de Frost pareciam entradas. Quando a garçonete se foi, Jane indicou para que Parris terminasse a frase.

— Fez você se perguntar o quê?

— Se eu seria o próximo a aparecer morto — murmurou ele, enfiando um suculento pedaço de carne na boca. Sumos sangrentos acumularam-se no prato enquanto ele cortava outro pedaço e tomava outro gole do martíni. Jane lembrou-se do que ele tinha falado ao telefone naquela tarde. *Prefiro que a gente não se encontre na minha casa.* Ela havia pensado que fosse apenas para manter o trabalho separado da vida pessoal. Agora, a afirmação ganhava um novo significado ameaçador.

— Isso assustou você tanto assim? — perguntou ela.

— Com certeza. — Ele olhou para ela. — Você começará a entender se continuar a investigar isso.

— Do que tem medo?

— Na verdade, não sei. Jamais saberei se estava sendo paranoico e imaginando coisas. Ou se realmente *havia* alguém grampeando meu telefone. Seguindo meu carro.

— Uau. — Jane riu. — É sério?

— Tão sério quanto um ataque do coração. — Ele pousou o garfo e a faca e olhou para ela. — É por isso que estou feliz que tenha vindo com seu parceiro. Alguém para dar cobertura. Sou antiquado o suficiente para achar que damas devem ser protegidas, mesmo que sejam policiais.

— Protegidas? — Jane virou-se para Frost. — Você tem fracassado nesse trabalho.

— Detetive Parris — disse Frost —, de onde você imagina que esta, hum, ameaça, esteja vindo?

— Percebo em sua voz que você não acredita em mim. Mas descobrirá muito em breve. Portanto, eis meu conselho: siga com atenção. Em todos os lugares para onde for, observe os rostos e perceberá que alguns começarão a parecer familiares. O cara na cafeteria. A garota no aeroporto. Então, uma noite, você vai reparar na van estacionada diante da sua casa. A van que nunca sai dali.

Frost olhou para Jane, mas o olhar não passou despercebido por Parris.

— É, tudo bem, vocês acham que sou maluco. — Ele deu de ombros e pegou o martíni. — Apenas sigam avançando e irão desenterrar certas coisas.

— Que coisas? — perguntou Jane.

— Vocês provavelmente já as remexeram, se estão aqui fazendo perguntas.

— Sobre Neil ou Olivia?

— Esqueça Olivia. A pobre garota só estava no avião errado na hora errada. — Parris acenou para a garçonete e apontou para o copo vazio. — Se não se incomodar — gritou ele.

— Você acha que o motivo foi profissional? — perguntou Frost.

— Quando você exclui amantes ciumentos, vizinhos enfurecidos e parentes gananciosos, o que resta é basicamente o local de trabalho.

— Você sabe sobre o que era a pesquisa dele na Nasa, certo?

Parris concordou com a cabeça.

— Vida alienígena. Dizem que ele e o amigo Brian Temple achavam que a haviam encontrado, ainda que ninguém na Nasa confirme oficialmente.

— Não confirmam porque estão escondendo isso? — perguntou Frost. — Ou porque não é verdade?

Wyman inclinou-se para a frente, com o rosto corado por causa do álcool.

— Não se explode alguém pode estar errado. É quando você está *certo* que as coisas ficam perigosas. E tenho uma sensação... — Ele parou de repente, com olhar fixo em algo atrás de Jane. Ela começou a se virar, mas ele sussurrou: — *Não*.

— O que é?

— Cara de óculos, camisa branca, jeans azuis. Sentado atrás de você. Acho que o vi em uma parada na estrada há duas horas.

Jane deixou o guardanapo cair no chão. Ela inclinou o corpo para pegá-lo e deu uma olhada para o homem em questão justamente quando uma mulher com uma criança no colo deslizou para o assento ao lado dele.

— A menos que estejam contratando crianças de 3 anos como espiões — disse Jane, aprumando-se —, não creio que precise se preocupar com o cara de óculos.

— Tudo bem — admitiu Parris. — Então errei. Mas outras coisas aconteceram.

— Como vans paradas diante da sua casa — disse ela, com a voz neutra.

Ele enrijeceu.

— Sei como soa. Quando começou, eu também não conseguia acreditar. Eu tentava chegar a uma explicação lógica, mas as coisas continuavam acontecendo. Mensagens de voz foram apagadas. Coisas na minha mesa mudaram de lugar, arquivos sumiram. Isso durou meses.

— E ainda está acontecendo?

Parris fez uma pausa quando a garçonete retornou com o terceiro martíni. Ele olhou para a bebida, como que ponderando a ideia de jogar mais álcool na corrente sanguínea. Finalmente, pegou o copo.

— Não. As coisas estranhas pararam na mesma época em que o caso perdeu fôlego. As agências do governo com as quais estávamos trabalhando, como a NTSB e o FBI, me disseram que as investigações estavam paradas. Acho que tinham outras prioridades. Tudo ficou quieto. As vans estranhas se foram, e minha vida voltou ao normal. Depois, há algumas semanas, eu soube através da polícia de New Hampshire sobre a fazenda dos Temple, explodida com Semtex. — Ele fez uma pausa. — Agora, *vocês* estão aqui. E estou apenas aguardando que as vans apareçam de novo.

— Tem alguma ideia de quem as envia?

— Não quero saber. — Ele recostou-se pesadamente. — Tenho 64 anos. Deveria ter me aposentado há dois anos, mas preciso da renda para ajudar minha filha. Este é meu trabalho, mas não é minha *vida*, entendem?

— O problema — disse Jane — é que pode haver outras vidas em jogo aqui. A vida do filho de Neil e Olivia, por exemplo.

— Não faria o menor sentido ir atrás de um garoto de 14 anos.

— Tampouco faz sentido ir atrás de outros dois garotos.

Parris franziu a testa.

— Que garotos?

— Durante a sua investigação, alguma vez se deparou com os nome Nicholas e Annabelle Clock?

— Não.

— E quanto a Erskine e Isabel Ward?

— Não. Quem são essas pessoas?

— Outras vítimas. Outras famílias assassinadas na mesma semana em que Neil e Olivia morreram. Em cada uma dessas famílias, uma criança sobreviveu. E agora as três crianças foram atacadas de novo.

Parris encarou Jane.

— Esses nomes jamais apareceram na minha investigação. É a primeira vez que os ouço.

— Os paralelos são assustadores, não são?

— Existe alguma conexão com a Nasa? Podem relacioná-los dessa forma?

— Infelizmente, não.

— Então, o que vocês *têm* que relacione as crianças?

— Era o que esperávamos que pudesse nos contar. A conexão.

Ele recostou-se, olhando para eles sobre o prato vazio, onde havia apenas uma poça de sangue.

— Você sabe tanto quanto eu sobre os Yablonski. Portanto, me conte sobre os Ward.

— Foram mortos a tiros em um beco em Londres, aparentemente um assalto que deu errado. Ele era um diplomata americano; ela era dona de casa. A filha de 11 anos também levou um tiro, mas conseguiu sobreviver.

— Ward era diplomata; Yablonski era um cientista da Nasa. Qual é a conexão? Quero dizer, astrobiologia não é exatamente uma questão diplomática.

De repente Frost ajeitou-se no assento.

— Se uma forma extraterrestre fosse inteligente, precisaríamos estabelecer relações diplomáticas, não é?

Jane suspirou.

— Chega de *Star Trek* para você.

— Não, pense sobre isso! Neil Yablonski e Brian Temple estão prestes a voar para Roma para encontrar cientistas do Vaticano. Erskine Ward já tinha trabalhado em Roma, portanto tinha contatos na embaixada. Provavelmente, falava italiano fluente.

— E quanto à família Clock? — perguntou Parris. — Vocês não falaram sobre eles. Existe alguma ligação com tudo isso?

— Nicholas Clock era consultor financeiro em Providence, Rhode Island — disse Jane. — Ele e a esposa, Annabelle, foram mortos a bordo do iate da família nos arredores de Saint Thomas.

Parris balançou a cabeça.

— Não vejo ligação com os Yablonski ou com os Ward. Nada que ligue as três famílias.

Somente que os três filhos estão na mesma escola. Um fato que Jane não revelou, pois a teria deixado desconfortável. Um assassino precisaria apenas rastreá-los até Evensong para que houvesse um massacre concentrado.

— Não sei o que nada disso significa — disse Parris. — Tudo que posso dizer é que tenho muito medo. RDX derrubou o avião dos Yablonski. Semtex explodiu a casa na fazenda dos Temple em New Hampshire. Não se trata de amadores. Assassinos como esses não ligam a mínima se somos policiais. Operam em um nível totalmente diferente, com treinamento especial e acesso a explosivos de uso militar. Vocês e eu somos apenas baratas para eles. Lembrem-se disso. — Ele tomou o resto do martíni e pousou o copo. — E isso é essencialmente o que tenho a dizer a vocês. — Ele acenou para a garçonete. — A conta, por favor!

— Deixe o jantar por nossa conta — disse Jane.

Parris concordou.

— Muito agradecido.

— Obrigada por encontrar conosco.

— Não que eu tenha acrescentado muita coisa — disse ele, levantando-se da cadeira. Apesar dos três martínis, ele parecia perfeitamente equilibrado. — Na verdade, eu deveria agradecer a *vocês*.

— Por quê?

O olhar que ele lançou para Jane foi compassivo.

— Isso me tira do foco. Agora, são vocês que eles vão vigiar.

Jane tomou um banho quente e deitou na cama do motel para olhar para a escuridão. A xícara de café que tomara com o jantar havia sido um erro. Cafeína, mais os acontecimentos do dia, mantinham sua mente desperta e remoendo o que ela e Frost tinham descoberto e o que tudo aquilo significava. Quando finalmente adormeceu, a confusão seguiu-a até seus sonhos.

Era uma noite clara, clara. Ela segurava Regina em meio a uma multidão, olhando para cima, para o céu, onde estrelas cintilavam. Algumas daquelas estrelas começaram a se mover como vaga-lumes, e ela ouviu a multidão murmurar, maravilhada, enquanto as estrelas ficavam mais brilhantes, viajando pelo céu em formação geométrica.

Não eram estrelas.

Horrorizada, ela se deu conta do que as luzes significavam e abriu caminho em meio à multidão, procurando desesperadamente por um lugar para se esconder. Um lugar onde as luzes alienígenas não pudessem encontrá-la. *Estão vindo nos pegar.*

Ela acordou com um sobressalto, o coração martelando tão forte que ela pensou que pularia para fora do peito. Ela ficou deitada, suando, enquanto o terror do pesadelo desaparecia lentamente. Era o que acontecia quando se jantava com um policial paranoico, pensou ela. Sonhava-se com invasões alienígenas. Não com extraterrestres amigáveis, mas sim com monstros com espaçonaves e raios mortais. E por que alienígenas não viriam à Terra como conquistadores? *Eles provavelmente são tão sedentos por sangue quanto nós.*

Jane sentou-se na lateral da cama, com a garganta seca e suor esfriando sobre sua pele. O relógio à cabeceira da cama brilhava, marcando duas e quatorze da manhã. Em apenas quatro horas, precisariam deixar o hotel e pegar um voo de volta para Boston. Ela levantou-se na escuridão e tateou o caminho até o banheiro para beber um gole d'água. Ao passar pela janela, um finíssimo raio de luz tremulou pela cortina e sumiu.

Ela moveu-se para a janela e recostou-se junto à cortina para espiar o estacionamento pouco iluminado. O motel estava completamente lotado; todas as vagas para carros estavam ocupadas. Ela procurou na escuridão, perguntando-se de onde tinha vindo o feixe de lanterna, e estava prestes a desistir quando uma luz acendeu de repente dentro de um dos veículos.

É o carro que alugamos.

Ela não tinha trazido uma arma, Frost tampouco. Estavam desarmados e sem reforços contra o quê? Ela pegou o celular e usou a discagem rápida. Alguns toques depois, Frost atendeu, com a voz ainda grogue de sono.

— Alguém está mexendo no nosso carro — sussurrou ela enquanto colocava os jeans. — Vou até lá.

— O quê? Espere!

Ela fechou o zíper.

— Trinta segundos e estou pronta.

— Espere, espere! Já vou.

Ela agarrou a lanterna e o cartão magnético que era a chave do quarto e saiu, descalça, pelo corredor, justamente quando Frost emergiu do quarto dele pela porta ao lado. Não era de surpreender que o parceiro tivesse sido tão rápido; ainda estava usando pijama. Um conjunto com listras vermelhas e brancas que não estava na moda desde Clark Gable.

Ele viu Jane o encarando e disse:

— O quê?

— Isso faz meus olhos doerem. Você parece um aviso em neon — murmurou ela enquanto seguiam para a saída lateral no final do corredor.

— Qual é o plano?

— Descobrir quem está no nosso carro.

— Talvez devêssemos telefonar para a polícia.

— Quando responderem, ele já terá partido há muito tempo.

Eles escaparam para a noite e esconderam-se atrás de um carro estacionado. Espiando atrás do para-choque traseiro, Jane olhou ao longo da fileira de automóveis na direção da vaga onde o veículo que alugaram estava estacionado. A luz do carro não estava mais acesa.

— Tem certeza do que viu? — sussurrou Frost.

Ela não gostou da dúvida que ouviu na voz dele. Àquela hora da noite, com o asfalto áspero arranhando seus pés descalços, a última coisa de que precisava era ter sua visão questionada pelo Sr. Pijamas de Neon.

Ela arrastou-se em direção ao carro alugado, sem saber e sem se importar com a companhia de Frost, pois começava a duvidar de si própria. Começava a se perguntar se a luz que tinha visto não se tratava apenas de um resquício do pesadelo. Alienígenas nos sonhos e, agora, alienígenas no estacionamento.

O carro estava a uma vaga de distância.

Ela parou; a mão suada estava pressionada contra o para-choque traseiro de uma picape. Tudo que precisava fazer era dar mais dois passos e tocaria no próprio carro. Agachada na escuridão, manteve-se atenta a qualquer movimento, a qualquer som, mas ouviu somente o zunir do tráfego ao longe.

Inclinou-se para a frente e olhou entre os dois veículos. Viu o espaço vazio. Aquele tom duvidoso que ouvira na voz de Frost ecoava em sua mente, ainda mais alto. Ele enviou-a, aos tropeços, para atrás do carro alugado, para espiar pelo lado do passageiro.

Ninguém ali, tampouco.

Ela levantou-se e sentiu a brisa noturna contra o rosto enquanto corria os olhos pelo estacionamento. Caso houvesse alguém a observando, ele a veria agora, totalmente exposta. E ali vinha Frost, um alvo ainda mais óbvio em seu pijama vermelho e branco.

— Ninguém — disse ele. Não foi uma pergunta; ele apenas afirmou o óbvio.

Irritada demais para responder, Jane ligou a lanterna em forma de caneta e contornou o carro. Não viu arranhões no acabamento nem pistas no asfalto ao redor, exceto por uma bituca de cigarro amassada que parecia estar ali há semanas.

— Meu quarto fica bem ali — disse ela, apontando para a própria janela. — Vi uma luz através das cortinas. Uma lanterna. Enquanto observava, a luz do carro acendeu. Alguém entrou no nosso carro.

— Você chegou a ver alguém?

— Não. Ele devia estar muito agachado.

— Bem, se entrou no nosso carro, então ele deve estar... — Frost parou. — Destrancado.

— O quê?

— Não está trancado. — Ele puxou a maçaneta da porta do motorista e a luz acendeu no interior do veículo. Ambos olharam para o carro iluminado sem dizer nada.

— Tranquei-o à noite — disse ela.

— Tem certeza?

— Por que fica me questionando? Eu *sei* que tranquei a maldita porta. Já me viu alguma vez *não* trancar meu carro?

— Não — admitiu ele. — Você sempre tranca. — Ele baixou os olhos para a maçaneta em que tinha acabado de tocar. — Merda. Impressões digitais.

— Estou mais preocupada em saber *por que* alguém estava no nosso carro. E o que estava procurando.

— E se não estivesse procurando por nada? — sugeriu ele.

Ela olhou pela janela para o assento dianteiro, e pensou em Neil e Olivia Yablonski embarcando no Cessna Skyhawk. Pensou em RDX, em Semtex e em uma casa de fazenda em New Hampshire que explodira em chamas.

— Vamos dar uma olhada sob o carro — disse ela em voz baixa.

Ela não precisou explicar nada; ele já havia recuado da porta do motorista e seguia Jane até o para-choque traseiro. Ela ajoelhou-se e sentiu o asfalto machucar as palmas das mãos enquanto se inclinava para estudar o chassi. O feixe da lanterna passou pelo silencioso, pelo cano de descarga e pelas chapas do piso. Nada chamou a atenção de Jane nem pareceu fora do lugar.

Ela levantou-se, sentindo o pescoço dolorido por causa da posição desconfortável. Massageando os músculos doídos, andou até a frente do veículo e, mais uma vez, agachou-se para investigar o chassi.

Nenhuma bomba.

— Devo abrir o porta-malas? — perguntou Frost.

— Sim. — *E vamos esperar que isso não nos exploda pelos ares.*

Frost hesitou, claramente compartilhando a ansiedade dela. Depois, esticou a mão sob o painel e puxou a alavanca para destravar.

Jane abriu o porta-malas e iluminou com a lanterna o espaço vazio. Nenhuma bomba. Ela levantou o carpete e espiou o vão que guardava o estepe. Nenhuma bomba.

Talvez eu tenha mesmo sonhado, pensou ela. Talvez tenha me esquecido de trancar o carro. E estamos aqui fora às três da manhã, com Frost nesses pijamas horrorosos, perdendo metade da noite de sono por nada.

Ela fechou o porta-malas e bufou, frustrada.

— Precisamos procurar dentro do carro.

— Tudo bem, tudo bem, eu olho — murmurou Frost. — Vamos passar a noite toda aqui.

Ele inclinou-se sobre o assento da frente, seu traseiro, coberto pelo pijama, despontava para fora da porta. Quem diria que ele adotaria o visual de prisioneiro listrado para dormir? Enquanto ele revirava o porta-luvas, ela ajoelhou-se e iluminou a roda traseira esquerda. Obviamente, não viu nada. Jane seguiu para a frente do carro, repetiu o exame das rodas da direita e da esquerda e, por fim, chegou à direita traseira. Ajoelhando-se, ela mirou o feixe de luz para o espaço acima do pneu.

O que ela viu fez com que congelasse imediatamente.

— Encontrei algo! — gritou Frost.

— Eu também. — Jane agachou-se, olhando para o vão da roda, enquanto um calafrio subia por sua espinha. — É melhor você dar uma olhada aqui.

Ele saiu do carro e agachou-se ao lado dela. O dispositivo não era maior do que um telefone celular e estava afixado ao lado inferior do vão da roda.

— O que é isso? — perguntou ela.

— Parece um rastreador GPS.

— O que você encontrou dentro do carro?

Ele pegou-a pelo braço e afastou-a alguns metros. Então, sussurrou:

— Está sob o assento do carona. Sequer se deram ao trabalho de fixar com fita adesiva. Imagino que quem quer que o tenha colocado ali teve que sair às pressas. — Ele fez uma pausa. — Por isso deixou a porta do carro destrancada.

— Não pode ser porque nos viu. Ele sumiu antes mesmo que chegássemos aqui.

— Você telefonou para mim pelo celular — disse Frost. — Deve ter sido isso.

Ela olhou para ele.

— Você acha que nossos telefones estão sendo monitorados?

— Pense só. Há um grampo sob o assento e um rastreador GPS no vão da roda. Por que não grampeariam nossos telefones?

Eles ouviram o som de um motor e viraram-se a tempo de ver um veículo saindo do estacionamento. Estavam em pé, descalços, ao lado do carro de aluguel grampeado e rastreado, plenamente despertos e abalados demais para voltarem para a cama.

— Parris não estava paranoico — disse Frost.

Ela pensou em fazendas incendiadas. Em famílias massacradas.

— Eles sabem quem somos — declarou Jane. *E onde moramos.*

25

O refeitório de Evensong estava estranhamente silencioso naquela manhã; alunos e professores murmuravam sobre o tilintar abafado da louça. O assento vago da Dra. Welliver era ladeado pelo Dr. Pasquantonio e pela Srta. Duplessis, que escrupulosamente evitavam olhar para a cadeira que a colega falecida ocupara apenas dias antes. É isto o que acontece quando você morre?, perguntou-se Claire. Todo mundo finge que você nunca existiu?

— Podemos nos sentar aqui, Claire?

Ela levantou os olhos para ver Teddy e Will diante dela, segurando suas bandejas de café da manhã. Aquilo era novo e diferente: agora *duas* pessoas queriam se juntar a ela.

— Tanto faz — respondeu.

Eles sentaram-se à mesa. Sobre a bandeja de Will, havia uma porção generosa de ovos e salsichas. No prato de Teddy havia apenas um triste montinho de batatas e uma única torrada. Eles não podiam ser mais diferentes, até mesmo quando se tratava da escolha das refeições.

— Existe alguma coisa à qual você *não* é alérgico? — perguntou ela a Teddy, apontando para o café da manhã dele.

— Não estou com fome.

— Você nunca está com fome.

Ele ajeitou os óculos no nariz branco e apontou para a salsicha no prato de Claire.

— Isso contém toxinas, sabe? Carne processada e cozida a altas temperaturas possui carcinogênicos de aminas heterocíclicas.

— Nham! Não é de surpreender que o gosto seja tão bom. — Claire colocou o resto da salsicha na boca somente para contrariá-lo. Depois de levar um tiro na cabeça, você ganha uma perspectiva diferente em relação a perigos tão sem importância quanto carcinogênicos.

Will inclinou-se para perto dela e disse em voz baixa:

— Haverá uma reunião especial depois do café da manhã.

— Que reunião?

— Os Jackals. Eles querem que você venha.

Ela concentrou-se no rosto de lua de Will, cheio de acne, e uma palavra saltou de repente em sua cabeça: *endomorfo*. Ela tinha aprendido no livro de biologia, um termo muito mais delicado do que aquele que Briana usava pelas costas de Will. *Gorducho. Porco sarapintado.* Claire e Will tinham pelo menos aquilo em comum; Teddy também. Eram os três desajustados, os alunos estranhos, gordos ou míopes demais para sequer serem convidados para a mesa dos garotos legais. Portanto, fariam daquela a mesa dos párias.

— Você virá? — perguntou Will.

— Por que me querem nessa reunião idiota?

— Porque precisamos colocar nossas cabeças para trabalhar e conversar sobre o que aconteceu com a Dra. Welliver.

— Já contei a todo mundo o que aconteceu — disse Claire. — Contei à polícia. Contei à Dra. Isles. Contei...

— Ele quer dizer o que *realmente* aconteceu — interrompeu-a Teddy.

Ela franziu a testa para ele. Teddy, o ectomorfo, outra palavra que ela havia aprendido com o livro de biologia. *Ecto* como em *ectoplasma*, pálido e fino como um fantasma.

— Está dizendo que não contei a verdade?

— Não foi o que ele quis dizer — interferiu Will.

— Foi o que pareceu.

— Estamos apenas nos perguntando... Os Jackals estão se perguntando...

— Estão falando pelas minhas costas? Vocês e o clube?

— Estamos tentando entender como aquilo aconteceu.

— A Dra. Welliver saltou do telhado e se espatifou no chão. Não é tão difícil entender.

— Mas *por que* ela fez isso?

— Metade das vezes, sequer sei por que *eu* faço as coisas que faço — disse ela, e levantou-se.

Will estendeu o braço sobre a mesa e segurou a mão dela para impedi-la.

— Faz *algum* sentido para você ela saltar do telhado?

Ela olhou para a mão dele.

— Não — admitiu ela.

— É por isso que você deveria vir — disse ele com urgência. — Mas não pode falar com ninguém a respeito. Julian disse que é somente para os Jackals.

Ela olhou para o outro lado do refeitório, onde Briana, com seus cabelos brilhantes, fofocava com os outros garotos legais.

— *Ela* vai estar lá? Isso é algum tipo de brincadeira?

— Claire, sou *eu* quem está pedindo a você — disse Will. — Você sabe que pode confiar em mim.

Ela olhou para Will, mas, desta vez, não se concentrou nas espinhas ou no rosto pálido de lua, e sim nos olhos dele. Aqueles olhos castanhos delicados, com cílios longos. Ela jamais o vira fazer ou dizer algo que não fosse gentil. Ele era atrapalhado, às vezes irritante, mas jamais a magoava. *Diferente de mim*. Ela pensou nas vezes em que o havia ignorado ostensivamente, revirado os olhos para algo que ele tinha dito ou rido, junto a todo mundo, dos respingos monstruosos que ele provocava ao saltar no lago. *Em algum lugar, um fazendeiro está com saudades do seu porco*, disseram as outras garotas, e Claire não havia questionado o comentário cruel. Agora, ao observar os olhos de Will, aquilo a envergonhava.

— Onde nos encontramos? — perguntou ela.

— Bruno nos indicará o caminho.

O caminho que os levou pela encosta atrás da escola era íngreme e rochoso, em uma direção que Claire ainda não explorara em suas caminhadas à meia-noite. A trilha era tão pouco demarcada que, sem Bruno Chinn para guiá-los, ela se perderia entre as árvores. Como ela, Bruno tinha 13 anos e era outro desajustado, mas um desajustado incansavelmente bem-humorado que parecia destinado a ser sempre o mais baixo do grupo. Ele subiu uma rocha com passos leves, como faria um cabrito montês, e lançou um olhar impaciente para os três colegas que deixara para trás.

— Alguém quer apostar corrida comigo até o topo? — perguntou ele.

Will parou, com o rosto cor-de-rosa e a camiseta colada ao torso rechonchudo.

— Estou morrendo, Bruno. Não podemos descansar?

Bruno gesticulou para que avançassem; um pequenino Napoleão sorridente liderando o ataque colina acima.

— Não seja tão preguiçoso. Você precisa entrar em forma como eu!

— Você quer matar Bruno? — murmurou Claire. — Ou eu mesma mato?

Will secou o suor do rosto.

— Preciso de apenas um minuto. Vou ficar bem. — Ele arfou. Will certamente não parecia bem enquanto avançava, ofegando e chiando, escorregando e deslizando no limo com seus sapatos enormes.

— Para onde estamos indo? — gritou Claire.

Bruno parou e virou-se para os colegas.

— Antes de prosseguirmos, todos vocês precisam prometer uma coisa.

— Prometer o quê?

— Que não revelarão esse lugar. É *nosso* lugar, e a última coisa que queremos é o velho e rabugento Sr. Roman nos dizendo que está fora dos limites.

Claire bufou.

— Você acha que ele ainda não sabe?

— Apenas prometam. Levantem a mão direita.

Com um suspiro, Claire levantou a mão. Will e Teddy fizeram o mesmo.

— Prometemos — disseram eles ao mesmo tempo.

— Muito bem, então. — Bruno virou-se e empurrou para o lado um emaranhado de arbustos. — Bem-vindos à cova dos Jackals.

Claire foi a primeira a entrar na clareira. Vendo degraus de pedra, escorregadios com limo, percebeu que aquela não era uma abertura natural entre as árvores, mas sim algo feito pelo homem. Algo muito antigo. Ela galgou os degraus até um patamar circular, feito de granito e já desgastado, e entrou em um círculo de 13 rochedos gigantes, onde seus colegas Lester Grimmett e Arthur Toombs encontravam-se sentados. Por perto, à sombra das árvores, havia um casebre de pedra, com telhado verde de musgo, cortinas cerradas e segredos trancados.

Teddy andou até o centro do círculo e, lentamente, girou o corpo para examinar os 13 rochedos.

— Onde estamos? — perguntou ele, maravilhado.

— Tentei pesquisar na biblioteca da escola — disse Arthur. — Acho que o Sr. Magnus construiu esse lugar quando ergueu o castelo, mas não consigo encontrar nenhuma referência.

— Como *vocês* encontraram esse lugar?

— Não fomos nós. Foi Jack Jackman, anos atrás. Ele declarou que o lugar pertenceria aos Jackals, e é nosso desde então. Aquela casa de pedra estava desmoronando quando Jackson a encontrou. Ele e os primeiros Jackals a reformaram e colocaram o telhado e as cortinas. Quando está frio, nos reunimos nela.

— Quem colocaria uma casa aqui no alto, no meio da floresta?

— É meio estranho, não é? Como os 13 rochedos. Por que *13*? — A voz de Arthur ficou mais baixa. — Talvez o Sr. Magnus tivesse um culto ou algo do gênero.

Claire baixou o olhar para os tufos de grama que cresciam através das rachaduras entre as pedras. Com o tempo, brotos e eventualmente árvores fariam seus trabalhos, camuflariam aquela fundação e partiriam o granito. Os anos já tinham feito seu estrago, mas naquela manhã de verão, com a neblina pairando ao longe, parecia a Claire que aquele lugar era atemporal, que sempre fora daquela maneira.

— Acho que isso é muito mais velho do que o castelo — disse ela. — Acho que está aqui há muito, muito tempo.

Ela caminhou até a beira do patamar. Através de um espaço entre as árvores, olhou para o vale embaixo. Lá estava a escola Evensong com suas muitas chaminés e torreões, e, além do castelo, as águas escuras do lago. Daqui, posso ver o mundo inteiro, pensou ela. Duas canoas sendo remadas através do lago, traçando rastros na água. Alunos a cavalo eram pontinhos movendo-se em um fiapo de trilha. De pé ali, com o vento batendo em seu rosto, Claire sentia-se onisciente e onipotente. Rainha do universo.

O latido de um cachorro informou que Julian estava se aproximando. Ela virou-se para vê-lo subir a passos largos os degraus até o patamar de pedra; Urso, como sempre, estava junto de seus calcanhares.

— Todos vocês conseguiram vir — disse ele, olhando para Claire. — Fizeram o juramento?

— Prometemos não falar a ninguém sobre esse lugar, se é o que quer dizer — disse ela. — Não é como se vocês fossem uma ordem secreta. Por que precisamos nos encontrar aqui?

— Para nos sentirmos livres para dizer exatamente o que pensamos. Ninguém pode nos ouvir. E o que é dito aqui fica aqui.

Julian olhou para o círculo de alunos, agora composto por sete. Era uma bela seleção, pensou Claire. Bruno, o pequeno cabrito montês bem-humorado. Arthur, que batia cinco vezes em qualquer coisa antes de usá-la. Lester, cujos pesadelos terminavam em gritos que despertavam todos no dormitório. Claire era a única menina no grupo, mas, mesmo entre aqueles esquisitões, sentia-se em evidência.

— Algo estranho está acontecendo — disse Julian. — Não estão nos dizendo a verdade sobre a Dra. Welliver.

— O que quer dizer com "a verdade"? — perguntou Teddy.

— Não estou convencido de que ela se matou.

— Eu a vi fazendo isso — disse Claire.

— Pode não ter sido o que realmente ocorreu.

Claire reagiu com raiva e na defensiva:

— Você está me chamando de mentirosa?

— Vi Maura enviar o açucareiro da Dra. Welliver para o laboratório forense. E quando voltou, depois de acompanhar a necropsia, ela teve uma longa reunião com alguns dos professores à noite. Eles estão preocupados, Claire. Acho que até estão com medo.

— O que isso tem a ver com nós três? — perguntou Will. — Por que nos pediu para vir até aqui?

— Porque vocês três estão, de alguma maneira, no centro do que aconteceu — disse Julian, virando-se para Will. — Ouvi Maura falando ao telefone com a detetive Rizzoli, e os nomes de todos vocês foram citados. Ward. Clock. Yablonski. — Ele olhou de Will para Teddy e para Claire. — O que vocês têm em comum?

Claire olhou para os outros dois e deu de ombros.

— Somos esquisitos?

Bruno soltou uma de suas risadas irritantes.

— Como se *essa* resposta não fosse óbvia.

— Há também as pastas — disse Arthur.

— O que tem as pastas? — perguntou Claire.

— No dia em que a Dra. Welliver morreu, eu tive uma consulta à uma hora. Quando entrei no escritório, vi que ela tinha três pastas abertas sobre a mesa, como se as estivesse lendo. Sua pasta, Claire. E as pastas de Will e de Teddy.

Julian completou:

— Naquela noite, depois que ela se matou, as três pastas permaneciam sobre a mesa da Dra. Welliver. Algo a respeito de *vocês três* chamou a atenção dela.

Claire olhou ao redor para os rostos cheios de expectativa.

— Vocês já sabem o motivo. É por causa das nossas famílias. — Ela virou-se para Will. — Conte como seus pais morreram.

Will olhou para seus pés, aqueles pés enormes dentro de tênis enormes.

— Disseram que foi apenas um acidente. Uma queda de um avião. Mas descobri depois...

— Não foi um acidente — disse Julian.

Will balançou a cabeça.

— Foi uma bomba.

— Teddy... — disse Claire. — Conte a eles o que me contou. Sobre sua família.

— Não quero falar sobre isso — sussurrou Teddy.

Ela olhou para os outros alunos.

— Eles foram assassinados. Como os pais de Will. Como os meus pais. É o que todos queriam ouvir, não é? É *isso* que temos em comum.

— Conte a eles o resto, Claire — disse Julian. — Conte o que aconteceu com suas famílias adotivas.

Todos os olhares voltaram-se para Claire.

— Vocês *sabem* o que aconteceu — disse ela. — Por que está fazendo isso? Só porque é divertido sacanear os garotos esquisitos?

— Estou apenas tentando compreender o que está acontecendo aqui. Com vocês e com a escola. — Julian olhou para os outros Jackals. — Todos falamos que queremos ser investigadores algum dia e fazer alguma diferença no mundo. Estudamos sobre tipos sanguíneos e insetos, mas tudo é apenas teórico. Agora temos uma investigação *real* ao nosso redor, bem aqui. E *esses três* estão no centro dela.

— Por que você simplesmente não pergunta à Dra. Isles? — sugeriu Will.

— Ela diz que não pode falar a respeito — respondeu ele num tom bastante ressentido. — Não comigo, de todo modo.

— Portanto vocês vão conduzir uma investigação própria? Um bando de crianças? — Claire riu.

— Por que não? — Julian aproximou-se de Claire, colocando-se tão perto que ela precisou olhar para cima para encontrar os olhos dele. — Você não se pergunta a respeito, Claire? Vocês também não se perguntam, Will e Teddy? Quem quer vocês mortos? Por que desejariam tanto isso que tentariam *duas vezes*?

— É como aquele filme de terror *Premonição* — disse Bruno, bem-humorado demais. — Sobre aqueles garotos que deveriam morrer em um acidente aéreo, mas escapam. E a Morte continua atrás deles.

— Isso não é um filme, Bruno — disse Julian. — Não estamos falando de algo sobrenatural. Pessoas de verdade estão fazendo isso, e por algum motivo. Precisamos decifrar por quê.

Claire deu uma risada de descrédito.

— Escutem só o que vocês estão dizendo! Acham que podem decifrar o que a polícia não consegue? Vocês são apenas um bando de garotos com seus microscópios e laboratórios de química. Portanto, me diga, Julian, como você vai fazer todo este trabalho policial entre as aulas?

— Começarei perguntando a *você*. É com você que isso está acontecendo, Claire. Você deve ter alguma ideia do que conecta vocês três.

Ela olhou para Will e Teddy. O endomorfo e o ectomorfo.

— Bem, com certeza não somos parentes, pois não nos parecemos.

— E estávamos morando em lugares diferentes — disse Will. — Meus pais foram mortos em Maryland.

— Meus pais foram mortos em Londres — disse Claire. *Onde também quase morri.*

— Teddy? — perguntou Julian.

— Já disse que não quero falar sobre isso — disse ele.

— Isso pode ser importante — argumentou Julian. — Você não quer respostas? Não quer saber por que eles morreram?

— Eu *sei* por que morreram! Porque estávamos em um barco. No barco *idiota* do meu pai no meio do nada. Se não estivéssemos nele, se estivéssemos em casa...

— Conte a eles, Teddy — pediu Claire delicadamente. — Conte a eles o que aconteceu no barco.

Durante muito tempo, Teddy não falou. Ficou parado, com a cabeça baixa, enquanto olhava para uma das rochas. Quando finalmente falou, foi em um tom tão baixo que mal conseguiram ouvi-lo.

— Havia pessoas com armas — sussurrou ele. — Ouvi gritos. Minha mãe. E minhas irmãs. E eu não podia ajudar. Tudo que podia fazer era... — Ele balançou a cabeça. — Odeio a água. Nunca vou entrar de novo em um barco.

Claire andou até Teddy e envolveu-o em seus braços. Sentiu o coração dele batendo rápido como o de um passarinho contra seu peito frágil.

— Não é culpa sua — murmurou ela. — Você não poderia salvá-los.

— Eu sobrevivi. E eles não.

— Não se culpe. Culpe as pessoas que fizeram isso. Ou esse mundo de merda. Ou até mesmo seu pai por ter colocado vocês naquele barco. Mas jamais culpe a si mesmo, Teddy.

Ele livrou-se dos braços de Claire, sacudindo o corpo, e recuou, afastando-se do círculo.

— Isso é uma besteira. Não quero jogar.

— Não é um jogo — disse Julian.

— É para *vocês*! — retrucou Teddy. — Vocês e seu clube idiota. Vocês não entendem? Para nós, isso é a vida real. São as *nossas* vidas.

— E é por isso que vocês precisam decifrar o que está ocorrendo. Vocês três — disse Julian. — Precisam pensar juntos. Descobrir o que têm em comum. Suas famílias, seus pais, suas escolas. O importante é encontrar uma ligação, a pessoa que conecta vocês.

— Pessoa? — perguntou Will tranquilamente. — Quer dizer, o assassino?

Julian concordou com a cabeça.

— Tudo se resume a isso. Existe alguém que passou por suas vidas ou pelas de seus pais. Alguém que pode estar procurando por vocês neste instante.

Claire olhou para Will e lembrou-se do que ele tinha dito: *Sinto que conheço você*. Ela não se lembrava dele. Ela não se lembrava de muitas coisas, mas era porque havia levado um tiro na cabeça. Muitas coisas poderiam ser atribuídas àquela bala: das notas medíocres que tirava à sua insônia e ao seu mau humor aberrante.

E agora a velha dor de cabeça tinha voltado. Ela culpava a bala por ela também.

Claire andou até um rochedo e sentou-se para massagear o couro cabeludo, tocando o velho defeito no crânio. Era um lembrete permanente de tudo que ela tinha perdido. Aos pés dela, uma pequena árvore mirrada havia crescido entre as pedras. Nem mesmo granito pode impedir o inevitável, pensou. Algum dia, a árvore vai penetrar, rachando e levantando aquela rocha. Mesmo que eu corte essa pequena árvore, outra irá surgir.

Assim como os assassinos.

Claire abriu o armário e estendeu o braço para pegar a caixa de papelão amassada que tinha guardado na prateleira. Ela não a pegava desde que havia chegado a Evensong, e mal se lembrava do que havia ali. Dois anos atrás, ela e Barbara Buckley tinham colocado na caixa lembranças do apartamento dos pais em Londres. Desde então, a caixa viajara com ela, de Londres para Ithaca e depois para Evensong, mas Claire não a olhara nenhuma vez. Ela temia rever os rostos, temia que aquilo a fizesse recordar tudo que perdera. Ela sentou-se na cama e colocou a caixa ao lado. Ela levou um minuto para se preparar antes de levantar as abas de papelão.

Havia um unicórnio de porcelana no topo. Izzy, pensou ela. Eu me lembro de seu nome. Ele pertencia à mãe, um badulaque que Isabel Ward tinha comprado em um mercado de pulgas em algum lugar; que ela chamou de seu amuleto da sorte. *A sorte acabou, mãe. Para todos nós.*

Delicadamente, Claire colocou o unicórnio sobre a mesa de cabeceira e pôs a mão na caixa para pegar um segundo item. Uma bolsa de veludo fechada por um cordão, contendo as joias da mãe. Os passaportes dos pais. Um lenço de seda que cheirava levemente a perfume, algo suave e cítrico. Finalmente, no fundo, dois álbuns de fotografia.

Ela pegou-os e colocou-os no colo. Era óbvio qual era o mais recente; o álbum mais novo ainda tinha algumas páginas vazias no final. Foi esse o volume que Claire abriu primeiro, vendo o próprio rosto sorrindo para o alto da primeira página de fotografias. Ela usava um vestido amarelo bufante e segurava um balão diante da entrada de um parque da Disney World. Quantos anos ela teria? Três? Quatro? Ela não era boa em avaliar idades de crianças. Se aquela foto não existisse, Claire jamais saberia que tinha colocado os pés ali.

Mais uma memória que perdi. Ela queria arrancar aquela página do álbum e rasgar a foto mentirosa em pedacinhos. Se não lembrava, então aquilo poderia muito bem não ter acontecido. Aquele álbum era um livro de mentiras, contando a infância de outra garota, as memórias de outra garota.

— Posso entrar, Claire? — perguntou Will, espiando pela porta aberta do quarto. Ele parecia ter medo de entrar e ficou esperando no corredor, com a cabeça baixa, como se ela pudesse atirar algo contra ele.

— Tanto faz — respondeu. Ela quis que soasse como um convite, mas quando ele recuou, ela gritou: — Ei, para onde está indo? Não queria entrar e conhecer meu quarto?

Somente então ele entrou, mas hesitou assim que passou pela porta e olhou nervoso para as prateleiras de livros, as escrivaninhas, as cômodas. Ele evitava olhar para qualquer cama, como se alguma pudesse saltar e mordê-lo.

— Meus colegas de quarto estão preparando as malas para Quebec — disse ele. — Que saco que não podemos ir com eles.

— Como se eu quisesse ficar presa em um ônibus durante horas e horas! Prefiro ficar aqui — comentou ela, apesar de não ser realmente verdade; era *mesmo* um saco ser deixada para trás. Ela virou uma página do álbum e viu outra foto de si mesma, usando um chapéu de caubói e montada em um pônei que parecia deprimido.

— É você? — Will riu. — Você está realmente fofa.

Irritada, Claire fechou o álbum.

— Estou apenas pesquisando, como Julian pediu.

— Também estou pesquisando. — Ele colocou a mão no bolso e desdobrou uma folha de papel. — Estou trabalhando em uma linha do tempo das nossas vidas. Todas as coisas que aconteceram com você, comigo e com Teddy, tentando descobrir como podem estar relacionadas. Quero ver se há alguma interseção entre nós. Ainda preciso obter as datas exatas de Teddy, mas tenho as suas. Gostaria de conferir?

Ela pegou a folha de papel e concentrou-se nas duas marcações que representavam suas tragédias pessoais. Primeiro, a data na qual ela e os pais levaram os tiros em Londres, um evento tão nebuloso em sua memória que poderia ter ocorrido com outra garota. Mas o segundo evento permanecia fresco o bastante para fazer o estômago de Claire se revirar, culpado. Ela havia evitado teimosamente pensar sobre ele nas últimas semanas, mas ver a data na linha do tempo de Will trouxe-o de volta em uma nauseante enxurrada de memórias. Quão indiferentemente ela fugira da casa dos Buckley naquela noite. Como Bob e Barbara pareciam cansados e preocupados quando a buscaram. *Eles morreram por minha causa. Porque fui uma babaca egoísta.*

Ela empurrou a linha do tempo de volta para Will.

— As datas estão certas.

Ele apontou para os álbuns de fotografias.

— Encontrou algo?

— Apenas fotos.

— Posso ver?

Ela não queria revelar mais uma foto constrangedora de si mesma, portanto colocou de lado o álbum mais recente e abriu o dos pais. Na primeira página, Claire viu o pai, Erskine, alto e elegante, vestindo terno e gravata.

— Esse é meu pai — disse ela.

— É o Monumento de Washington atrás dele! Estive lá. Meu pai me levou ao museu aeroespacial quando eu tinha 8 anos. É um lugar *tão* legal.

— *Iupi!*

Ele olhou para ela.

— Por que faz isso, Claire?

— O quê?

— Por que me coloca para baixo o tempo todo?

Uma negação borbulhou até os lábios de Claire, como um reflexo; depois, viu o rosto de Will e percebeu que o que ele dizia era verdade. Ela realmente o colocava para baixo o tempo todo. Ela suspirou.

— Não é a minha intenção.

— Então não é porque acha que mereço? Como se eu fosse, tipo, nojento ou algo assim?

— Não. É porque simplesmente não estou pensando. É um hábito idiota.

Ele concordou com um movimento de cabeça.

— Também tenho hábitos idiotas. Tipo usar sempre a palavra *tipo*.

— Então, pare.

— Vamos combinar que nós dois vamos parar. Combinado?

— Claro. Tanto faz. — Ela virou mais páginas do álbum, viu outras fotos do pai elegante posando em locações diferentes. Em um piquenique com amigos sob as árvores. Em uma praia com palmeiras. Ela chegou a uma fotografia dos pais juntos, com os braços dados, diante do Coliseu.

— Veja, é minha mãe — disse ela em voz baixa, acariciando a imagem com um dedo. De repente, o aroma do perfume naquele lenço penetrou a névoa de memórias perdidas, e Claire sentiu o cheiro do cabelo da mãe, sentiu as mãos da mãe em seu rosto.

— Ela é parecida com você — disse Will, maravilhado. — Ela é realmente linda.

Os dois eram lindos, pensou Claire, olhando saudosa para os pais. Eles provavelmente achavam que o mundo inteiro estava a seus pés quando aquela foto havia sido tirada. Eram excepcionalmente bonitos e tinham toda uma vida pela frente. E viviam em Roma. Teriam parado para pensar, teriam sequer imaginado, quão prematuramente seu futuro terminaria?

— Essa foto foi tirada há 19 anos — disse Will, reparando na data escrita no álbum pela mãe de Claire.

— Eles tinham acabado de se casar. Meu pai trabalhava na embaixada. Era secretário de um partido político.

— Em Roma? Legal. Foi onde você nasceu?

— Minha certidão de nascimento diz que nasci na Virgínia. Acho que minha mãe voltou para os Estados Unidos para o meu nascimento.

Eles viraram mais páginas, viram mais imagens do mesmo casal elegante e sorridente em um jantar, erguendo taças de champanhe em uma festa, acenando em uma lancha. Vivendo *la dolce vita*, como a mãe dela costumava dizer. A doce vida. E era o que Claire via naquelas fotos: um registro do que parecia uma sequência interminável de diversão com colegas e amigos. Mas são os melhores momentos da vida o que álbuns de fotografias devem mostrar. Os momentos que você deseja lembrar, e não aqueles que quer esquecer.

— Veja, essa deve ser você — disse Will.

Era uma foto da mãe de Claire, sorrindo na cama de um hospital enquanto aninhava um bebê nos braços. Ela viu a data anotada à mão e disse:

— Sim, foi o dia em que nasci. Minha mãe disse que foi muito rápido. Ela disse que eu estava com pressa para sair e que quase não chegaram a tempo no hospital.

Will riu.

— Você continua com pressa para sair.

Ela virou as páginas, passando por mais fotos enfadonhas de seu tempo de bebê. Em um carrinho, em uma cadeira de bebê. Segurando uma mamadeira. Nada a ajudava a se lembrar, pois todas as fotos tinham sido tiradas antes que suas memórias começassem a ser registradas. Poderia muito bem ser o álbum de outra criança.

Ela chegou à última página. Nas últimas duas fotos, Claire não aparecia. Tinham sido tiradas em outra festa, com outro grupo de estranhos sorridentes segurando taças de vinho. Aquele era o fardo da esposa do diplomata, brincava a mãe dela. *Sempre sorrindo, sempre servindo.* Claire estava prestes a fechar o álbum quando, de repente, Will colocou a mão sobre a dela.

— Espere — disse ele. — Essa foto.

— O que tem ela?

Will tomou o álbum de suas mãos e debruçou-se sobre ele para estudar a fotografia. Ela mostrava o pai de Claire, segurando um copo, no meio de uma gargalhada com outro homem. A legenda escrita à mão dizia: 4 DE JULHO. FELIZ ANIVERSÁRIO, EUA!

— Essa mulher... — murmurou Will. Ele apontou para uma morena magra, à direita de Erskine Ward. Ela usava um vestido verde decotado e um cinto dourado, o olhar dela estava fixo no pai de Claire. Era um olhar de admiração incontida. — Sabe quem ela é? — perguntou Will.

— Eu deveria?

— *Olhe* para ela. Tente se lembrar se já a viu.

Quanto mais ela olhava, mais familiar a mulher parecia, mas era apenas o vestígio de uma memória, algo de que ela não poderia ter certeza. Uma memória que sequer poderia existir, exceto através de um truque de esforço.

— Não sei — disse ela. — Por quê?

— Por que *eu* a conheço.

Ela franziu a testa para ele.

— Como pode conhecer? Esse é o *meu* álbum de família.

— E essa — disse ele, apontando para a mulher na fotografia — é minha mãe.

26

Anthony Sansone chegou a Evensong sob a proteção da escuridão, como havia feito anteriormente.

De sua janela, Maura viu a Mercedes ser estacionada no pátio abaixo. Uma figura familiar saiu do carro, alta e usando roupas pretas. Enquanto passava sob a luminária do pátio, lançou por um instante uma sombra longa e sinistra sobre os paralelepípedos e desapareceu.

Maura saiu do quarto para interceptá-lo. No patamar do segundo andar, parou e olhou para o saguão sombrio, onde Sansone e Gottfried falavam em voz baixa.

— ... ainda não está claro por que ela fez isso — disse Gottfried. — Nossos contatos estão muito confusos. Há coisas demais que não sabíamos sobre ela, coisas que *deveríamos* saber.

— Você acredita que *foi* suicídio?

— Se não foi, como podemos explicar? — Gottfried congelou quando um degrau rangeu. Os dois homens pararam ao ver Maura na escada.

— Dra. Isles — disse Gottfried, forçando instantaneamente um sorriso. — Sofrendo de insônia?

— Quero ouvir a verdade — disse ela. — Sobre Anna Welliver.

— Estamos tão perplexos com a morte dela quanto você.

— Não se trata da morte dela, mas da vida. Você disse que não tinha respostas para mim, Gottfried. — Ela olhou para Sansone. — Talvez Anthony tenha.

Sansone suspirou.

— Acho que é hora de ser honesto com você. Eu devo a você ao menos isso, Maura. Venha. Vamos conversar na biblioteca.

— Então, desejarei boa-noite a vocês — disse Gottfried, voltando-se para a escada, onde parou e olhou para Sansone. — Anna se foi, mas isso não quebra a promessa que fizemos a ela. Lembre-se disso, Anthony. — Ele subiu os degraus, sumindo nas sombras.

— O que isso significa? — perguntou Maura.

— Significa que há algumas coisas que não posso contar a você — disse ele enquanto entravam na passagem sombria que conduzia à biblioteca.

— Qual é o motivo para tanto segredo?

— O motivo é confiança. Anna nos revelou coisas sob a mais estrita confidência. Detalhes que não podemos compartilhar. — Ele parou no final do corredor. — Mas, agora, estamos nos perguntando se até *nós* sabíamos a verdade sobre ela.

Durante o dia, a luz do sol penetrava pelas janelas palladianas e brilhava nas mesas de madeira polida. Mas, agora, sombras cobriam o ambiente, transformando alcovas em pequenas cavernas escuras. Anthony acendeu uma única luminária sobre uma mesa e, em uma escuridão íntima, sentaram-se frente a frente. Ao redor deles, pairavam sombriamente fileiras e fileiras de livros sobre formação acadêmica, dois milênios de conhecimento. Mas era aquele homem que Maura se esforçava para ler agora, um homem tão difícil de decifrar quanto um livro fechado.

— Quem *era* Anna Welliver? — perguntou Maura. — Acompanhei a necropsia dela. O corpo estava coberto de cicatrizes antigas causadas por tortura. Sei que o marido dela foi assassinado, mas o que aconteceu com Anna?

Ele balançou a cabeça.

— Será sempre dessa maneira entre nós?

— O que quer dizer?

— Por que não podemos ter conversas normais, como as outras pessoas? Sobre o clima, sobre teatro? Em vez disso, falamos sobre seu trabalho, que não é dos assuntos mais agradáveis. Mas suponho que seja isso o que nos une.

— Morte, você quer dizer?

— E violência. — Ele inclinou o corpo para a frente, com olhos intensos como lasers. — Somos tão parecidos, você e eu. Há uma escuridão em você, e é esse o laço que compartilhamos. Ambos compreendemos.

— Compreendemos o quê?

— Que a escuridão é real.

— Não quero ver o mundo dessa maneira — disse ela.

— Mas você vê as provas disso sempre que um cadáver chega à sua mesa de necropsia. Você sabe que o mundo não é só alegria, e eu também.

— E é isso o que trazemos para essa amizade, Anthony? Danação e escuridão?

— Senti isso em você quando nos conhecemos. É algo profundo em você, por causa de quem você é.

Quem sou. A rainha dos mortos. Filha de monstros. A escuridão estendia-se até o sangue em suas veias, o mesmo sangue que corria em sua mãe, Amalthea, uma assassina que passaria o resto da vida na prisão.

O olhar de Sansone era tão intenso que Maura não conseguia manter contato visual. Ela se concentrou, então, na maleta dele. Eles se conheciam havia quase dois anos, mas, com apenas um olhar, ele ainda conseguia desequilibrá-la e fazê-la se sentir como um espécime sob uma lente, examinada e exposta.

— Não estou aqui para falar de mim — disse ela. — Você prometeu que contaria a verdade sobre Anna.

Ele concordou.

— O que *posso* contar, de todo modo.

— Você sabia que ela havia sido vítima de tortura?

— Sim. E sabíamos que ainda era profundamente assombrada pelo que havia acontecido com ela e o marido na Argentina.

— Ainda assim, você a contratou. Integrou-a à sua equipe como psicóloga de crianças vulneráveis.

— A diretoria da escola Evensong contratou-a.

— Você deve ter aprovado a contratação.

Ele concordou com um gesto de cabeça.

— Baseado nas referências e nas qualificações profissionais dela. Em sua dedicação a vítimas de crimes. E ela era uma de *nós*.

— Um membro da Sociedade Mefisto.

— Ela também havia sido marcada pessoalmente pela violência. Há 22 anos, Anna e o marido, que trabalhavam para uma multinacional na Argentina, foram sequestrados. Os dois foram torturados. O marido, Frank, foi executado. Os assassinos jamais foram capturados. A experiência ensinou a Anna que não se pode confiar na justiça. Que sempre há monstros entre nós. Ela deixou a empresa em que trabalhara, voltou para a faculdade e tornou-se psicóloga especializada em vítimas de crimes. Há 16 anos, juntou-se a nós.

— Vocês certamente não estão na lista telefônica. Como ela descobriu a sociedade?

— Da maneira que todos nossos membros descobrem. Através de um intermediário.

— Ela foi recrutada?

— O nome dela foi proposto à sociedade por um membro que trabalhava na polícia. Anna chamou a atenção por causa do seu trabalho excelente como psicóloga. Ele sabia que ela havia perdido o marido para a violência, que era especialmente eficaz com vítimas infantis e que tinha múltiplos contatos em agências de proteção infantil em todo o país. — Ele pegou a maleta que tinha carregado até a biblioteca e colocou-a sobre a mesa. — Depois que soube da morte de Anna, reli o arquivo dela.

— Todo membro possui um arquivo?

— Compilado no momento da proposta. Editei as informações delicadas, mas aqui está o que posso compartilhar com você.

— Não posso ver a pasta completa?

— Maura... — Ele suspirou. — Por mais que confie em você, algumas informações só podem ser compartilhadas entre membros.

— Então, por que me mostrar isso?

— Porque você se tornou parte da investigação. Participou da necropsia. Solicitou um exame completo de toxicologia, portanto presumo que tenha dúvidas de que Anna cometeu suicídio. Quando você levanta questões, eu escuto. Porque sei o quanto é boa no seu trabalho.

— Não tenho provas para sustentar minhas dúvidas.

— Mas algo disparou seus instintos. Algo em seu subconsciente captou detalhes sobre os quais você sequer se deu conta. Ele está dizendo que há algo errado. — Ele inclinou-se mais para perto dela, estudando seu rosto. — Estou correto?

Ela pensou no açucareiro vazio. E na desconcertante conversa telefônica entre Jane e Anna. Ela baixou os olhos para a ficha que Sansone tinha deslizado em sua direção sobre a mesa, e abriu-a.

A primeira página mostrava uma fotografia de Anna antes de seu cabelo se tornar grisalho. Ela havia sido tirada 16 anos antes, na época da indicação para a sociedade. Como sempre, Anna usava um vestido modesto, com mangas compridas e gola alta, uma escolha que a fazia parecer excêntrica, mas que Maura agora compreendia. Nada no sorriso de Anna nem em seus olhos falava de tormentos passados ou de um suicídio futuro.

Maura virou a página e encontrou uma compilação seca de dados biográficos. Nascida em Berlim, filha de um oficial do exército dos Estados Unidos. Obteve um diploma em psicologia através da Universidade George Washington em D.C. e casou-se com Franklin Welliver. Junto com o marido, trabalhou para uma empresa multinacional especializada em *headhunting* com escritórios no México, no Chile e na Argentina.

Ela virou a página e viu artigos de jornais sobre o sequestro do casal e o subsequente assassinato de Franklin na Argentina. Um segundo artigo informava que os assassinos jamais foram presos.

— Anna experimentou o fracasso da justiça — disse Sansone. — Isso fez dela uma de nós.

— Não é o tipo de qualificação que alguém deseja ter.

— Nenhum de nós se juntou à sociedade por *querer*, da maneira como alguém quer se associar a um clube. Cada um foi impelido a se juntar por causa de tragédias pessoais que nos deixaram com raiva ou indefesos ou desesperados. Nós compreendemos o que pessoas comuns não entendem.

— O mal.

— É uma palavra para o que aconteceu. — Ele apontou para a pasta. — Certamente, Anna compreendia. Depois da morte do marido, ela abandonou o emprego e voltou para os Estados Unidos para retomar os estudos, obtendo um diploma em aconselhamento psicológico. Ao seu modo, estava tentando combater o mal trabalhando com as famílias das vítimas. Oferecemos a ela a chance de ser ainda mais eficiente e remodelar toda uma geração. Não apenas como conselheira psicológica, mas como nossa olheira, decidindo sobre as admissões. Com os contatos que tinha nas agências de proteção infantil, ela podia identificar possíveis alunos em todo o país.

— Pescando casos de assassinato? Visando aos feridos?

— Já tivemos esta conversa antes, Maura. Sei que você não aprova.

— Porque cheira a recrutamento para sua causa pessoal.

— Olhe para Julian e veja como ele desabrochou. Me diga que a escola não tem sido boa para ele.

Ela não respondeu porque não podia. Evensong era exatamente onde Julian deveria estar. Em apenas poucos meses, ele adquirira tanto músculos quanto autoconfiança.

— Anna sabia que ele ficaria bem aqui — disse Sansone. — Julgando-o somente pelo histórico escolar em Wyoming, ninguém o consideraria um candidato promissor. Ele havia sido reprovado em metade dos cursos, tinha se envolvido em brigas e cometido pequenos crimes. Mas Anna viu que ele era um sobrevivente. Ela sabia que ele manteve você viva naquelas montanhas por nenhuma outra razão além de compaixão. E foi assim que ela soube que ele era um aluno para Evensong.

— Quer dizer que foi ela quem tomou a decisão.

— A aprovação de Anna foi fundamental. Ela escolheu metade dos alunos que você vê aqui. — Ele fez uma pausa e acrescentou: — Incluindo Claire Ward e Will Yablonski.

Ela considerou aquela informação por um momento. Pensou sobre a reunião que teve com Jane no escritório de Anna sobre as três crianças e se haveria alguma conexão entre elas. Anna tinha dito a elas que era meramente coincidência e que não valia a pena investigar. Contudo, no dia em que havia morrido, Anna andou estudando as pastas das mesmas três crianças.

A sala estava tão silenciosa que Maura ouvia o próprio coração bater. O silêncio amplificou o som de passos se aproximando, e ela virou-se quando quatro figuras emergiram das sombras e aproximaram-se sob o brilho da luminária.

— Precisamos falar com vocês — disse Julian. Ao lado dele, havia três colegas. *Os três.* Will, Teddy e Claire, o trio cujas tragédias pareciam não ter fim.

Apesar de ser quase onze horas e de que aquelas crianças deveriam estar na cama, Sansone tratou-as com o mesmo respeito que dedicaria a qualquer adulto.

— O que aconteceu, Julian? — perguntou ele.

— Os Jackals fizeram uma reunião sobre a Dra. Welliver esta manhã — disse o garoto. — E, desde então, esses três membros descobriram uma pista. Mas precisamos de sua ajuda para investigá-la.

Maura suspirou.

— Julian, sei que querem ajudar, mas está tarde. Sansone e eu temos coisas para...

— Queremos ver nossas pastas — interrompeu Claire. — Queremos saber tudo que a polícia sabe sobre nós e nossos pais. *Todos* os relatórios.

— Não tenho essas informações, Claire.

— Mas pode obter, certo? Ou a detetive Rizzoli.

— São investigações em andamento. O que significa que a informação não é destinada ao público.

— Não somos o público — argumentou Claire. — Isso é sobre *nossas* vidas e temos o direito de saber.

— Sim, vocês têm o direito de saber quando forem mais velhos. Mas são documentos oficiais e há detalhes que talvez vocês não entendam.

— Porque somos novos demais para lidar com a verdade? É o que está dizendo, não é? Que garotos de 13 anos não conseguiriam lidar com isto. É como se você não soubesse quem somos ou o que passamos.

— Mas eu sei, Claire — disse Maura em voz baixa. — Eu compreendo.

— Compreende o quê? *Que levei um tiro na cabeça?* É o que sabe a meu respeito, mas não tem ideia do que isso significa. Acordar em um hospital sem se lembrar de como tinha chegado ali. Sem saber que seus pais estão mortos. Sentindo que jamais será capaz de ler um livro inteiro ou dormir uma noite inteira ou sequer se deter a um único maldito pensamento. — Ela pressionou a mão contra a cabeça. — Quando abriram esse buraco na minha cabeça, também acabaram com a minha vida. Jamais serei como as outras pessoas. Sempre serei esquisita. Portanto, não me diga que me conhece ou que sabe qualquer coisa sobre mim.

Os garotos, atordoados com aquela explosão, olhavam para Claire, atônitos. Talvez até com admiração.

— Sinto muito — disse Maura. — Você está absolutamente certa, Claire. Eu não sei. — Ela olhou para Will e Teddy. — Exatamente como não sei como suas vidas têm sido, não de verdade. Abro cadáveres e vejo o que há dentro deles, mas é tudo que posso fazer. Vocês três, bem... apenas precisarão me dizer o que os arquivos não podem. Sobre suas vidas e quem são.

— Como Claire disse, somos os esquisitos — disse Will. Teddy concordou com um movimento da cabeça. — Somos aqueles que ninguém quer por perto. É como se, tipo, todos pudessem sentir que somos azarados e não quisessem ter nada a ver conosco. Como se fosse, tipo, contagioso. — Will baixou a cabeça. — E aí acabariam mortos, como a Dra. Welliver.

— Não há provas de que a morte da Dra. Welliver não tenha sido suicídio.

— Talvez — disse Will. — Mas nossas pastas estavam sobre a mesa dela no dia em que morreu. É como se tivesse sido amaldiçoada.

— Maura — disse Julian —, queremos ajudar a investigação. Temos informações.

— Os Jackals são um bom grupo, Julian, mas há profissionais investigando tudo que aconteceu.

— A investigação é somente para os profissionais, é isso?

— Sim, na verdade.

— E se tivermos descoberto algo que os profissionais não descobriram? — Ele olhou para Claire. — Mostre a eles.

Foi só agora que Maura reparou que Claire segurava um livro.

— Esse é meu álbum de família — disse Claire, entregando o volume a Maura.

Maura abriu o álbum em uma fotografia de um casal diante do Coliseu, ambos louros e impressionantemente atraentes.

— Seus pais? — perguntou ela.

— Sim. Meu pai trabalhava na embaixada. Para um partido político.

— Eram um belo casal, Claire.

— Mas não era isso que eu queria mostrar. — Claire foi até a última página do álbum. — É essa foto, a festa. Esse aqui é meu pai, conversando com esse cara. E está vendo essa mulher aqui ao lado, no vestido verde? Sabem quem é?

— Quem?

— É minha mãe — disse Will.

Maura virou-se para ele, surpresa.

— Tem certeza? Pode ser alguém parecido com ela.

— *É* minha mãe. Reconheço o vestido. Ela sempre o usava em festas. Era verde com um cinto dourado, e ela disse que foi o vestido mais caro que havia comprado, mas que peças com qualidade sempre valem a pena. Este era o lema dela, era o que sempre me dizia. — A voz de Will diminuiu e seus ombros caíram enquanto ele reafirmou delicadamente: — Esta é minha mãe.

Maura olhou para a legenda: "4 DE JULHO. FELIZ ANIVERSÁRIO, EUA!"

— Não diz o ano. Não sabemos quando a foto foi tirada.

— O que importa é que eles estiveram *juntos* na mesma festa — disse Julian. — E sabem quem mais estava lá?

— Ele — disse Claire. Ela apontou para o homem louro conversando com Erskine Ward. Fotografado de perfil, era mais alto do que Ward, com ombros largos e musculoso. Em uma sala repleta de pessoas bebendo vinho, ele era o único que segurava uma lata de cerveja.

— É meu pai — disse Teddy.

— *Aí* está a ligação — disse Julian. — Ela ainda não nos diz por que foram mortos ou por que alguém quer fazer mal aos filhos deles tantos anos depois. Mas essa é a prova que procuravam. O pai de Claire. O pai de Teddy. A mãe de Will. Eles se *conheciam*.

A imagem escaneada brilhava no monitor do computador de Frost, uma fotografia de convidados em uma festa, alguns sentados, outros de pé, a maioria com uma bebida na mão. As figuras centrais eram Erskine Ward e Nicholas Clock, que estavam de frente um para o outro, com os rostos parcialmente voltados para a câmera, como se alguém tivesse acabado de gritar "sorriam, cavalheiros!". A mãe de Will, Olivia, estava na periferia, ao lado de outra mulher, mas seu olhar estava voltado para Erskine Ward. Jane examinou os outros rostos, procurando os cônjuges, mas não os encontrou em meio à reunião próspera e claramente farta em bebidas.

— Essa é a expressão de uma mulher que está a fim de Ward — disse Frost.

— É o que vê no rosto dela?

— Não que ninguém olhe para mim desta maneira.

— Pode ser apenas o olhar de uma velha amiga. Alguém que o conhece bem.

— Então é curioso que não consigamos encontrar nada que ligue Olivia a Erskine.

Jane recostou-se na cadeira e alongou o pescoço para livrar-se de um torcicolo. Era quase meia-noite; todos na Unidade de Homicídios tinham ido embora. Deveríamos fazer o mesmo, pensou ela, mas essas fotos escaneadas, que Maura havia enviado por e-mail para o Departamento de Polícia de Boston, mantiveram Frost e Jane em suas mesas durante a última hora. Maura enviara oito fotografias do álbum de família de Claire, imagens de churrascos e de festas elegantes, de reuniões em locais fechados e em abertos. Em nenhuma das outras fotos Jane identificou Olivia Yablonski ou Nicholas Clock; aquela era a única imagem na qual ambos apareciam com Erskine Ward. Uma festa de 4 de Julho, ano não especificado, em uma sala com pelo menos uma dúzia de outras pessoas.

Onde e quando a fotografia havia sido tirada?

Frost passou para as outras imagens e parou em uma foto da família Ward sentada em um sofá branco. Claire parecia ter 8 anos. Todos vestiam suas melhores roupas; Erskine um terno cinza, Izabel um vestido caro, usando também um blazer. Atrás havia uma árvore de Natal com decorações elaboradas.

— É a mesma sala da festa — disse Frost. — Vê a lareira aqui, à direita? Está também na outra foto. E aqui... — Ele deu zoom em um canto da sala. — Não parece o mesmo acabamento no teto?

— Sim, parece — disse Jane. Ela franziu os olhos para ler a legenda escrita à mão no álbum: "NOSSO ÚLTIMO NATAL EM GEORGETOWN. LONDRES, AÍ VAMOS NÓS!" Ela olhou para Frost. — Esta foto foi tirada em D.C.

— Então a festa foi lá. A pergunta é: por que Nicholas Clock e Olivia Yablonski foram convidados para uma festa de diplomatas? Nicholas trabalhava com finanças. Olivia era representante de vendas de equipamentos médicos. Como essas três pessoas se conheceram?

— Volte para a outra foto — pediu ela.

Frost exibiu a fotografia da festa, que agora sabiam ter acontecido em Washington.

— Eles parecem mais novos aqui — disse Jane. Ela girou na cadeira para pegar a pasta da família Ward em sua mesa e abriu-a para consultar o *curriculum vitae* de Erskine Ward. — Oficial do Serviço Estrangeiro. Serviu em Roma durante 14 anos; em Washington, por cinco. Depois, foi alocado em Londres, onde foi morto um ano mais tarde.

— Portanto, essa festa aconteceu em algum momento durante os cinco anos que Ward passou em D.C.

— Certo. — Ela fechou a pasta. — Como se conheceram? Deve ter sido em Washington. Ou... — Ela olhou para Frost quando o mesmo pensamento parecia brotar na mente dele.

— Roma — disse Frost, sentando-se direito, animado. — Lembra-se do que aquele cara da Nasa nos contou? Neil e Olivia estavam ansiosos para viajar para Roma... Onde se conheceram.

Jane girou na cadeira para pegar a pasta dos Yablonski.

— Durante todo o tempo, nos concentramos em Neil e *seu* trabalho. Ficamos atrás daquela estúpida história da Nasa sobre alienígenas e outras bobagens enquanto era *Olivia* quem deveríamos investigar.

Olivia sem graça e com o trabalho tedioso, que ficava pelos cantos com ar de perdida durante as reuniões da Nasa do marido. Olivia, que viajava regularmente para o exterior para vender equipamentos médicos. *O que estava realmente vendendo?*

Jane encontrou a página que estava procurando.

— Aqui está. Data de casamento de Olivia e Neil Yablonski. Quinze anos atrás. Ela conheceu o marido em Roma, o que significa que estava lá no período em que Erskine Ward trabalhou na embaixada.

— E quanto a esse cara? — perguntou Frost, apontando para o pai de Teddy, Nicholas Clock, que tinha um corpo impressionante e atlético, um homem confiante o bastante para beber cerveja enquanto todos os outros bebericavam vinho, para usar calças cáqui e uma camisa polo em meio a um grupo com paletó e gravata. — Podemos situar Nicholas Clock em Roma no mesmo período? Estavam todos os três lá?

Jane folheou a pasta.

— Não sabemos o bastante sobre Clock. Boa parte do que temos é o que a polícia de Saint Thomas nos enviou.

— Ele era apenas um turista em Saint Thomas. Lá, ninguém o conhecia.

— Mas o conheciam em Providence, onde trabalhava. — Ela folheou a pasta. — Aqui. Consultor financeiro da Jarvis e McCrane, na Chapman Street. — Ela levantou o olhar. — Nossa próxima parada.

27

Eu não queria ir a Quebec de qualquer modo.

Claire estava amuada no pátio enquanto observava os colegas subirem no ônibus, animados para a viagem. Ela havia falado com Will que não queria ficar presa em um ônibus durante horas, mas aquele era um ônibus tão novo que reluzia, não um ônibus amarelo e barulhento como os usados pela maioria das escolas. Bruno piorou ainda mais a situação gritando pela janela do ônibus e anunciando todos os luxos a bordo.

— Ei, pessoal, tem TV! Fones de ouvido! Wi-fi!

Briana e as princesas saíam do castelo, puxando suas malas de viagem bonitinhas, as quais rolavam sobre os paralelepípedos em uma procissão real. Ao passarem por ela, Claire ouviu um murmúrio de desdém: *Lagarta da Noite.*

— Perdedora — disparou Claire de volta.

Briana deu meia-volta.

— Vou dizer bem aqui, em alto e bom som, para que todos ouçam, que meu quarto está *trancado.* Se eu descobrir qualquer coisa faltando quando voltar... *qualquer coisa...* todos saberemos quem foi.

— Entre no ônibus, Briana — disse a Srta. Saul com um suspiro enquanto ela e a Srta. Duplessis tentavam conduzir os alunos a bordo. — Precisamos partir agora se quisermos chegar lá na hora do almoço.

Briana lançou um olhar venenoso para Claire e embarcou no ônibus.

— Você está bem, Claire? — perguntou a Srta. Saul com delicadeza.

De todos os professores em Evensong, a Srta. Saul era a favorita de Claire, pois ela olhava para você como se realmente o enxergasse e se importasse. E o que via agora provavelmente era óbvio: que por mais que Claire negasse querer ir com eles, ela detestava ser deixada para trás.

— É apenas por você ainda ser tão nova em Evensong — disse a Srta. Saul. — Você poderá ir na próxima viagem. E não será agradável ter a escola inteira só para vocês quatro esse final de semana?

— Acho que sim — respondeu Claire sem ânimo.

— O Sr. Roman preparou os fardos de feno, caso queira disparar algumas flechas. Você será uma arqueira experiente quando retornarmos.

Não tem medo de que eu mate outra galinha?, pensou Claire, mas manteve a boca fechada enquanto a Srta. Saul embarcava no ônibus e as portas fechavam. Soltando uma nuvem de diesel, o ônibus manobrou e passou sob o arco de pedra. Claire ouviu latidos atrás dela e viu um lampejo de pelos negros quando o cão de Julian passou, disparado, perseguindo o ônibus.

— Urso! — gritou Claire. — Volte aqui!

O cão ignorou-a e saiu do pátio. Claire seguiu-o por todo o percurso até a beira do lago, onde ele parou, de repente, com o focinho levantado para o ar. Não parecia mais interessado no ônibus, que seguia descendo a estrada e desapareceu ao dobrar uma curva. Em vez disso, Urso guinou e partiu em outra direção.

— Para onde está indo agora? — gritou ela. Com um suspiro, Claire seguiu-o em torno do castelo, na direção da trilha que ascendia pela encosta. Ele já estava subindo através dos arbustos, movendo-se mais rápido, tão rápido que ela precisava usar as mãos para manter o ritmo. — Urso, *volte aqui!* — ordenou ela, e observou em frustração ele sumir em meio ao mato rasteiro. E lá se foi a obediência. Ela não conseguia nem mesmo fazer um cachorro demonstrar respeito por ela.

Na metade da subida, ela desistiu de segui-lo e sentou-se em um rochedo. De onde estava, podia ver a paisagem sobre o topo do telhado da escola. Não era uma vista tão espetacular quanto se tinha na cova dos Jackals, mas era boa o bastante, especialmente naquela manhã luminosa, com o sol cintilando no lago. Àquela altura, o ônibus já teria passado pelo portão e estaria a caminho de Quebec. Ao meio-dia, estariam comendo em algum restaurante francês chique — era sobre isso que Briana se gabava, de qualquer modo — e haveria uma visita ao museu Quebec Experience e um passeio em um elevador ao ar livre que subia um penhasco.

Enquanto isso, fico sentada nessa rocha estúpida.

Ela quebrou um pedacinho de líquen e jogou-o por sobre a beira da encosta. Perguntou-se se Will e Teddy já teriam terminado o café da manhã. Talvez quisessem disparar flechas com ela. Mas, em vez de descer a encosta, Claire deitou-se de costas, alongando-se como uma cobra aquecendo-se na rocha, e fechou os olhos. Ouviu o ganido de um cão e sentiu Urso roçar-se contra seus jeans. Ela acariciou as costas do cachorro, obtendo o conforto do toque de seu pelo. O que fazia da companhia de um cão tão reconfortante? Talvez o fato de que você nunca precisava esconder seus sentimentos, jamais precisava dissimular um sorriso.

— Bom e velho Urso — murmurou ela, e abriu os olhos para ver. — O que trouxe para mim?

O cão tinha algo na boca, algo que não parecia disposto a entregar. Somente quando Claire deu um puxão ele finalmente deixou cair. Era uma luva de couro, preta. Onde, naquela floresta, Urso teria encontrado uma luva? Ela cheirava mal e a saliva do cachorro brilhava nela.

Fazendo careta, ela pegou a luva e sentiu que estava pesada. Olhando no interior, viu algo branco reluzindo. Ela virou a luva e sacudiu-a com força. O que saiu rolando fez Claire gritar e tropeçar para trás, afastando-se do objeto que jazia, fedendo, na rocha.

Uma mão.

— São sempre os cachorros que encontram — disse a Dra. Emma Owen.

Maura e a médica-legista do Maine estavam sob a sombra salpicada da floresta, com insetos zunindo em torno de seus rostos e sentindo o ar denso com o fedor do cadáver. Maura pensou nos corpos que havia examinado ao longo dos anos, também desencavados por cães, cujos focinhos estão sempre alerta para tesouros enterrados. Apesar de aqueles restos estarem a centenas de metros encosta acima, Urso tinha captado o cheiro e o havia rastreado até uma área de mata fechada, onde a vegetação rasteira densa ocultava parcialmente o corpo. O homem, que parecia musculoso e em forma, vestia calças cargo camufladas, um grosso casaco verde-escuro, uma camiseta e botas de caminhada. Uma faca serrilhada permanecia presa ao tornozelo e um rifle com mira telescópica estava apoiado em um rochedo próximo. Ele estava deitado de lado, com a face direita e o pescoço expostos ao clima. Carniceiros tinham estado em atividade, removendo avidamente o couro cabeludo e o rosto, mastigando a cartilagem nasal e mexendo na órbita direita, que agora era um buraco totalmente vazio, oco. Canídeos, pensou Maura, reparando nas marcas de dentes na pele remanescente, nas perfurações no fino osso orbital. Coiotes, mais provavelmente. Ou, naquela área remota, talvez lobos. Mesmo naquele emaranhado de plantas, era fácil detectar a causa da morte: uma flecha de alumínio, cuja ponta se cravara profundamente no olho esquerdo, com penas na cauda tingidas de verde-escuro.

Em outras circunstâncias, Maura poderia presumir que se tratava apenas de um caçador sem sorte, derrubado na floresta pelo descuido de outro caçador. Mas aquele homem andou invadindo a propriedade de Evensong e, do rochedo no qual seu rifle estava posicionado, tinha uma visão total do vale e da escola. Ele poderia ter observado quem chegava e quem partia.

Apesar de habituada a cheiros desagradáveis, Maura precisou se virar quando o corpo foi rolado sobre um plástico, levantando um fedor tão pútrido que ela teve ânsias de vômito e levantou o braço para cobrir o nariz. A equipe da Dra. Owen estava totalmente uniformizada e usava máscaras, mas Maura, por estar ali como mera observadora, havia ficado satisfeita com luvas e protetores para sapatos — a legista da cidade grande tentando provar que era experiente demais para permitir que um cadáver em decomposição a derrotasse.

A Dra. Owen agachou-se sobre o corpo.

— Mal há *rigor mortis* persistente aqui — disse ela, testando os membros para checar o alcance dos movimentos.

— Fez 10 graus ontem à noite — disse um dos detetives da polícia estadual. — Agradável.

A legista levantou a camiseta da vítima para expor o abdome. As mudanças causadas por autólise eram óbvias mesmo para Maura, que estava afastada. A morte desencadeia uma série de mudanças nos tecidos à medida que enzimas digerem proteínas e desintegram membranas. Células sanguíneas se desintegram e vazam através das paredes dos vasos e, nesta sopa de nutrientes, as bactérias fazem um banquete e expandem o abdome com gases. Enfrentando o fedor, Maura agachou-se ao lado da Dra. Owen. Viu veias azuis marcando como mármore a barriga inchada e soube que, caso tirassem as calças do cadáver, encontrariam o escroto inchado pelos mesmos gases.

— Acho que 48 a 72 horas — disse a Dra. Owen. — Concorda?

Maura fez que sim com a cabeça.

— Tendo por base a quantidade relativamente pequena de danos por carniceiros, eu consideraria o intervalo *post mortem* mais curto. Os ataques limitam-se à cabeça e ao pescoço e... — Maura fez uma pausa, olhando para o osso despontando da manga do casaco. — A mão. O pulso provavelmente estava exposto. Foi como chegaram a ele. — Ela se perguntou se Urso teria provado o sabor antes de trazer o troféu pútrido para Claire. *Uma lambidinha amiga não será muito bem-vinda agora.*

A Dra. Owen cutucou o casaco e as calças cargo da vítima.

— Há algo aqui — disse ela, e retirou uma fina carteira de um bolso das calças. — E temos a identidade. Carteira de motorista da Virgínia. Russell Remsen, 1,85m, 95 quilos. Cabelo castanho, olhos azuis, 37 anos. — Ela olhou para o cadáver. — Pode ser. Vamos torcer para que tenha raios X da arcada dentária nos arquivos da polícia.

Maura olhou para o rosto da vítima, metade mastigada, a outra metade inchada e manchada com fluidos purgados. Uma bolha *post mortem* havia inchado a pálpebra intacta, transformando-a em uma bola. No lado direito, carniceiros haviam arrancado a pele e os músculos do pescoço; os danos se estendiam até a gola das roupas, onde dentes afiados tinham perfurado e desfiado o tecido, tentando penetrar na saída torácica. A evisceração teria sido o próximo passo: coração, pulmões, fígado e baço removidos e devorados. Membros seriam arrancados das articulações, troféus a serem carregados até as tocas e os filhotes. A floresta também faria sua parte: plantas se retorceriam ao redor das costelas, insetos penetrariam o corpo, devorando-o. Em um ano, pensou ela, Russell Remsen seria pouco mais do que fragmentos de ossos espalhados entre as árvores.

— Esse cara não estava carregando um rifle de caça comum — disse o detetive da polícia estadual, examinando a arma apoiada no rochedo. Com mãos enluvadas, ele trouxe o rifle para mostrá-lo à Dra. Owen, virando-o para revelar o selo do fabricante no receptor inferior.

— Que tipo de rifle é este? — perguntou Maura.

— Um M110. Armamento da cavalaria, semiautomático e com apoio. — Ele olhou para a arma, claramente impressionado. — Possui ótica excelente, pente de vinte tiros. Melhor que .308 ou .762 OTAN. Alcance efetivo de 800 metros.

— Minha nossa — disse a Dra. Owen. — Você poderia acertar um veado no condado vizinho.

— Não foi projetada para caçar veados. É de uso militar. Um rifle de atirador muito bom e muito caro.

Maura franziu a testa para o homem morto. Para as calças camufladas.

— O que ele estava fazendo aqui com um rifle de atirador?

— Bem, um caçador de veados *poderia* usar essa arma. É muito útil se você quiser derrubar um veado a longa distância. Mas é um pouco como usar um Rolls-Royce para ir até o mercado. — Ele balançou a cabeça. — Acho que é o que se chamaria de ironia. Aqui estava ele, equipado com uma arma de primeira, e foi derrubado por algo tão primitivo quanto uma flecha. — Ele olhou para a Dra. Owen. — Presumo que é essa a causa da morte.

— Sei que a causa da morte parece óbvia, Ken, mas vamos aguardar a necropsia.

— Eu sabia que você diria isso.

A Dra. Owen se virou para Maura.

— Você é bem-vinda a se juntar a mim no necrotério amanhã.

Maura pensou em cortar aquela barriga, madura de decomposição e de gases fétidos.

— Acho que vou deixar passar — disse ela e levantou-se. — Eu deveria estar de férias. Mas a Morte continua me encontrando.

A Dra. Owen também se levantou. Seu olhar pensativo deixou Maura desconfortável.

— O que está acontecendo aqui, Dra. Isles?

— Eu gostaria de saber.

— Primeiro, um suicídio. Agora, isso. E sequer posso dizer o que é *isso*. Acidente? Homicídio?

Maura concentrou-se na flecha que despontava do olho do morto.

— Seria preciso um atirador excelente.

— Na verdade, não — disse o detetive estadual. — A mira em um alvo de arco e flecha é menor do que uma órbita ocular. Um arqueiro decente conseguiria acertá-lo a uma distância de 30, 60 metros, especialmente com uma besta. — Ele fez uma pausa. — Presumindo que *quisesse* atingir este alvo.

— Está me dizendo que pode ter sido um acidente? — perguntou a Dra. Owen.

— Estou apenas supondo situações aqui — disse o policial. — Digamos que dois amigos venham caçar nesta propriedade, sem permissão. O cara com o arco vê um veado, anima-se e solta uma flecha. Ops, lá se vai seu amigo. O cara com o arco perde a cabeça e foge. Não conta a ninguém porque sabe que estavam invadindo uma propriedade particular. Ou está em liberdade condicional. Ou simplesmente não quer problemas. — Ele deu de ombros. — Posso imaginar algo assim.

— Vamos torcer para que essa *seja* a história — disse Maura. — Porque não gosto da alternativa.

— Um arqueiro homicida à espreita nessa floresta? — indagou a Dra. Owen. — Não é um pensamento reconfortante, tão próximo de uma escola.

— E há outro pensamento perturbador. Se este homem não estava caçando veados, o que fazia aqui com um rifle de atirador?

Ninguém respondeu, mas a resposta pareceu óbvia quando Maura olhou para o vale abaixo. Se eu fosse um atirador, pensou, eu aguardaria aqui. Onde estaria camuflada pela mata rasteira, com uma visão clara do castelo, do pátio, da estrada.

Mas quem era o alvo?

Aquela pergunta a incomodou enquanto ela descia com dificuldade a trilha, uma hora depois, sobre rochedos sem vegetação, sob sol e sombra e sol novamente. Ela pensou em um atirador de elite posicionado na colina. Imaginou uma mira fixa em suas costas. Um rifle com alcance de 800 metros. Quase 1 quilômetro. Ela jamais perceberia que alguém a estaria observando, mirando nela. Até sentir o tiro.

Finalmente, ela tropeçou para fora de um emaranhado de plantas para o jardim nos fundos da escola. Enquanto tirava gravetos e folhas presos em suas roupas, ouviu vozes de homens, exaltadas e em discussão. Vinham do casebre do guarda-florestal à beira da floresta. Ela se aproximou do lugar e, através da porta aberta, viu um dos detetives que tinha conhecido mais cedo na encosta da colina. Ele estava com Sansone e o Sr. Roman. Não perceberam a presença de Maura quando ela entrou no casebre, onde viu uma série de ferramentas típicas de guarda-florestal. Machados, cordas e sapatos para neve. E, pendurados em uma parede, havia pelo menos uma dúzia de arcos, além de aljavas cheias de flechas.

— Não há nada de especial nestas flechas — disse Roman. — Podem ser encontradas em qualquer loja de artigos esportivos.

— Quem tem acesso a todo este equipamento, Sr. Roman?

— Todos os alunos. É uma escola, não percebeu?

— Ele é nosso instrutor de arco e flecha há décadas — disse Sansone. — É uma habilidade que ensina disciplina e foco aos alunos. Virtudes valiosas e relevantes em todas as disciplinas.

— E todos os alunos estudam arco e flecha?

— Todos que desejarem — disse Roman.

— Se ensina há décadas, você deve ser muito bom — disse o detetive para Roman.

O guarda-florestal grunhiu.

— Razoavelmente bom.

— O que quer dizer?

— Eu caço.

— Veados? Esquilos?

— Não há carne suficiente em um esquilo para compensar o trabalho.

— A questão é se você conseguiria atingir um.

— Consigo atingir seu olho a 100 metros. É o que quer saber, não é? Se eu derrubei aquele cara na encosta.

— Você teve a oportunidade de examinar o corpo?

— O cachorro nos levou a ele. Não precisei examinar o corpo. Estava claro o que o matara.

— Aquele não pode ser um alvo fácil, uma flecha no olho. Qualquer um na escola conseguiria?

— Depende da distância, não é mesmo?

— Cem metros.

Roman bufou.

— Ninguém aqui exceto eu.

— Nenhum dos alunos?

— Ninguém se dedicou o bastante. Ou teve o treinamento adequado.

— Como você foi treinado?

— Aprendi sozinho.

— E você caça apenas com um arco? Nunca com um rifle?

— Não gosto de rifles.

— Por que não? Parece que um rifle seria muito mais eficaz quando se caça veados.

Sansone interrompeu:

— Creio que o Sr. Roman já disse o que você queria saber.

— É uma pergunta simples. Por que não usa um rifle? — O detetive encarava Roman e aguardava uma resposta.

— Você não precisa responder mais nenhuma pergunta, Roman — disse Sansone. — Não sem um advogado.

Roman suspirou.

— Não, vou responder. Parece que ele já sabe sobre mim, de qualquer modo. — Ele encarou o policial. — Há 25 anos, matei um homem.

Naquele silêncio, a inspiração brusca de Maura fez o policial finalmente olhar para ela.

— Dra. Isles, você se incomodaria de sair? Quero dar continuidade ao interrogatório em particular.

— Deixe-a ficar. Não me importo — disse Roman. — Melhor esclarecer tudo agora para que não haja segredos. Eu jamais quis manter segredo, de qualquer modo. — Ele olhou para Sansone. — Mesmo que você achasse melhor.

— Você sabia, Sr. Sansone? — perguntou o policial. — E emprega ele aqui mesmo assim?

— Deixe que Roman conte as circunstâncias — disse Sansone. — Ele merece ser ouvido, nas próprias palavras.

— Muito bem. Ouçamos o que tem a dizer, Sr. Roman.

O guarda-florestal foi até a janela e apontou para as colinas.

— Cresci ali, apenas poucos quilômetros além da encosta. Meu avô era o caseiro desse castelo há muitos anos, antes da escola. Ninguém vivia aqui na época; era apenas um castelo vazio, aguardando um comprador. É claro, havia invasores. Alguns vinham somente para caçar e partiam. Pegavam os veados e iam embora. Mas alguns vinham para criar problemas. Quebrar janelas, incendiar o pórtico ou pior. Quando você se deparava com eles, não dava para saber com que tipo estava lidando...

Ele respirou fundo.

— Eu me deparei com ele ali, saindo da floresta. Não havia lua naquela noite. Ele apareceu de repente. Era um sujeito grande, carregando um rifle. Nós nos vimos, e ele ergueu a arma. Não sei em que ele estava pensando. Jamais saberei. Tudo que posso dizer é que reagi puramente por instinto. Atirei no peito dele.

— Com uma arma de fogo.

— Sim, senhor. Com uma carabina. Derrubei-o na hora. Ele provavelmente morreu em cinco respirações. — Roman sentou-se, parecendo ter envelhecido uma década, mãos descansando nos joelhos. — Eu tinha acabado de fazer 18 anos. Mas acho que você sabe.

— Pedi para checarem seu histórico.

Roman concordou com um gesto de cabeça.

— Não há segredos por aqui. Acontece que ele não era um santo, ainda que fosse filho de um médico. Mas o matei, portanto fui para a cadeia. Quatro anos. Homicídio culposo. — Roman baixou os olhos para suas mãos, marcadas pelos anos de trabalhos ao ar livre. — Nunca mais peguei uma carabina. Foi assim que fiquei tão bom com um arco.

— Gottfried Baum contratou-o assim que saiu da prisão — disse Sansone. — Não existe um homem melhor.

— Ele precisa ir à cidade assinar o depoimento. — O policial virou-se para o guarda-florestal. — Vamos, Sr. Roman.

— O diretor Baum fará alguns telefonemas, Roman — disse Sansone. — Ele encontrará você na cidade. Não diga uma palavra, não até ele chegar com um advogado.

Roman seguiu o policial até a porta e, de repente, parou para olhar para Sansone.

— Não acho que vou retornar essa noite. Portanto, quero avisar que você tem um problema grande aqui, Sr. Sansone. Eu sei que não matei aquele homem. O que significa que é melhor o senhor descobrir quem matou.

28

A neblina de verão cobria a estrada para Providence, e Jane esticava o pescoço para a frente, espiando por trás do volante carros e caminhões que deslizavam como fantasmas na névoa. Ela e Frost estavam perseguindo mais um fantasma naquele dia, pensou Jane enquanto o limpador deslizava pela película cinzenta do para-brisa. O fantasma de Nicholas Clock, pai de Teddy. Nascido na Virgínia, formado em economia pela West Point, ávido por atividades ao ar livre e navegador. Casado, três filhos. Trabalhava como consultor financeiro na Jarvis e McCrane, um emprego que exigia constantes viagens para o exterior. Nenhuma prisão, nenhuma multa de trânsito, nenhuma dívida pendente.

Pelo menos, era assim que Nicholas Clock parecia ser. Cidadão estável. Homem de família.

A névoa girava na estrada. Não havia nada estável, nada real. Nicholas Clock, como Olivia Yablonski, era um fantasma, voando silenciosamente de país em país. E o que significava exatamente *consultor financeiro*? Era uma daquelas descrições vagas que conjuravam homens de negócios em ternos, carregando maletas, falando a linguagem dos cifrões. Pergunte a um homem o que ele faz, e essas duas palavras — *consultor financeiro* — não responderão nada.

Da mesma maneira que *representante de vendas de suprimentos médicos*.

Ao lado dela, Frost atendeu seu celular. Jane olhou rapidamente para o parceiro quando ele disse, um momento depois:

— Você está de brincadeira. Como *isso* aconteceu?

— O quê? — perguntou ela.

Ele dispensou-a com um gesto, concentrado na ligação.

— Quer dizer que vocês não terminaram a análise? Não há nada mais que possam nos dizer?

— Quem é? — perguntou ela.

Finalmente, ele desligou e virou-se para ela com uma expressão atordoada.

— Sabe aquele rastreador GPS que retiramos do carro alugado? Desapareceu.

— Foi o laboratório que ligou?

— Disseram que ele desapareceu do laboratório em algum momento ontem à noite. Eles obtiveram apenas um exame preliminar. Não há selo do fabricante e é impossível de rastrear. Equipamento muito avançado.

— Meu Deus. Obviamente avançado demais para permanecer nas mãos do Departamento de Polícia de Boston.

Frost balançou a cabeça.

— Estou ficando *seriamente* nervoso.

Ela olhou para as espirais de neblina com um aspecto espectral na estrada.

— Vou te dizer quem mais está nervoso... — disse ela, apertando com mais força o volante. — Gabriel. Ontem à noite, ele quase me amarrou e me jogou dentro do armário. — Ela fez uma pausa. — Deixei Regina com minha mãe. Apenas por segurança.

— Posso me esconder com sua mãe também?

Ela riu.

— É disso que gosto em você. Não ter medo de admitir que está com medo.

— Quer dizer que você não está com medo? É o que está dizendo?

Ela dirigiu por um momento, sem responder; os limpadores moviam-se de um lado para o outro enquanto Jane olhava para uma estrada tão nebulosa quanto o futuro. Pensou em aviões caindo, balas estilhaçando crânios e em tubarões alimentando-se de cadáveres.

— Ainda que estejamos nervosos, que escolha temos? — disse ela. — Quando você já está afundado até o pescoço, o jeito é seguir em frente e chegar ao final.

Quando chegaram aos arredores de Providence, a névoa estava mais espessa e tornava-se uma garoa. A empresa Jarvis e McCrane ficava na extremidade sudeste da cidade, perto do porto industrial, uma vizinhança lúgubre formada por prédios abandonados e ruas desertas. Quando chegaram ao endereço, Jane já estava preparada para o que encontrariam.

O armazém de dois andares era ladeado por estacionamentos vazios. Ela viu marcas desbotadas de grafites e janelas fechadas com tábuas de madeira no primeiro andar e soube que o prédio estava desocupado havia meses, se não anos.

Frost examinou o vidro quebrado na calçada.

— Nicholas Clock comprou um iate de 75 pés trabalhando *aqui*?

— Obviamente, este não era seu local de negócios. — Ela abriu a porta do carro. — Vamos dar uma olhada, de qualquer modo.

Eles saíram do automóvel para uma garoa que fez Jane fechar o zíper e levantar a gola do casaco. As nuvens estavam tão baixas que parecia que o próprio céu fazia pressão contra eles, prendendo-os nas sombras. Atravessaram a rua, esmigalhando vidro quebrado sob os sapatos, e encontraram a entrada trancada.

Frost recuou e examinou as janelas dos andares superiores; a maioria tinha o vidro estilhaçado.

— Não vejo nenhuma placa para Jarvis e McCrane.

— Conferi os registros de impostos. Estão listados como donos dessa propriedade.

— Isso parece uma empresa para você?

— Vamos até os fundos.

Eles dobraram a esquina, passaram por caixotes quebrados e por uma caçamba de lixo completamente cheia. Nos fundos do prédio, Jane encontrou um estacionamento vazio, onde o mato forçava caminho através das rachaduras no asfalto.

A tranca da porta dos fundos tinha sido arrombada.

Com o pé, Jane empurrou a porta, que se entreabriu com um rangido, revelando uma escuridão cavernosa no interior. Ela parou na entrada, sentindo os primeiros arrepios de receio.

— Certo... — sussurrou Frost, com uma voz tão próxima que a assustou. — Agora precisamos investigar o prédio assustador.

— Foi por isso que eu trouxe você. Para que não perdesse toda a diversão.

Eles se entreolharam e, simultaneamente, sacaram suas armas. O lugar não estava na jurisdição deles, sequer no estado deles, mas não ousariam se aventurar desarmados naquelas trevas. Ela acendeu a lanterna e correu os olhos pela escuridão. Viu o chão de concreto, um jornal amassado. Sentiu o coração acelerar quando atravessou a porta.

Estava ainda mais frio dentro do prédio, como se aquelas paredes de tijolo tivessem reunido anos de umidade e qualquer coisa pudesse estar incubando ali. Aguardando. Jane ouvia Frost por perto, atrás dela, enquanto avançavam no interior do prédio, correndo os feixes de luz das lanternas por pilastras e caixotes quebrados. Frost chutou acidentalmente uma lata de cerveja, e o barulho do alumínio sobre o concreto foi tão alarmante quanto um tiro. Ambos congelaram enquanto os ecos diminuíam até retornar ao silêncio.

— Desculpe — sussurrou Frost.

Jane respirou com dificuldade.

— Bem, agora todas as baratas sabem que estamos aqui. Mas não parece haver mais ninguém... — Ela parou, voltando a cabeça para o teto.

Acima deles, as tábuas do assoalho rangeram.

O coração de Jane começou a bater mais rápido enquanto ela permanecia atenta para mais movimento acima. Frost estava atrás dela e avançavam até uma escada de metal. Na base dos degraus, Jane parou, espiando para o segundo andar, onde a luz cinzenta penetrava através de uma janela. O som que tinham ouvido podia não significar nada. Talvez fosse apenas o prédio se acomodando. Tábuas de madeira se contraindo.

Ela começou a subir a escada de metal; cada passo emitia um leve clangor que fazia a escuridão murmurar e anunciava *aqui vamos nós*. Perto do topo, ela se agachou, com as palmas das mãos suadas, e levantou lentamente a cabeça para olhar sobre o patamar do segundo andar.

Algo avançou na direção dela pelo meio das sombras.

Jane encolheu-se quando algo passou zunindo por sua bochecha e ouviu um vidro quebrar-se na parede atrás enquanto via uma figura agachada como um caranguejo recuar na escuridão.

— Estou vendo, estou vendo ele! — gritou ela enquanto subia desajeitadamente até o patamar. — Polícia! — gritou Jane, com o olhar fixo na figura escura e volumosa no canto. Ele estava encolhido; o rosto preto era obscurecido pelas sombras. — Mostre suas mãos — ordenou ela.

— Cheguei primeiro — rosnou uma voz. — Vá embora. — A figura levantou um braço, e Jane viu outra garrafa em sua mão.

— Largue isso *agora*! — mandou ela.

— Eles disseram que eu podia ficar aqui! Eles me deram permissão!

— Abaixe a garrafa. Só queremos conversar!

— Sobre o quê?

— Esse lugar. Esse prédio.

— É meu. Eles deram para mim.

— Quem?

— Os homens no carro preto. Disseram que não precisavam mais e que eu podia ficar aqui.

— Certo. — Jane baixou a arma. — Por que não começamos de novo? Qual é o seu nome, senhor?

— Denzel.

— Sobrenome?

— Washington.

— Denzel Washington. É claro. — Ela suspirou. — Para mim, é um nome tão bom quanto qualquer outro. Bem, Denzel, que tal deixarmos nossas armas e relaxarmos? — Ela colocou a arma no coldre e levantou ambas as mãos. — Justo?

— E ele? — perguntou Denzel, apontando para Frost.

— Assim que você abaixar a garrafa, senhor — disse Frost.

Depois de um momento, Denzel colocou a garrafa entre os pés com um baque enfático.

— Só preciso de um instante para atirar com ela — disse ele. — Portanto, é melhor que vocês se comportem.

— Há quanto tempo mora aqui? — perguntou Jane.

Denzel acendeu um fósforo e inclinou o corpo para acender uma vela. Sob a luz da chama, ela viu um chão coberto de lixo, com os restos estilhaçados de uma cadeira quebrada. Ele posicionou-se ao lado da vela, um afro-americano desgrenhado e esfarrapado.

— Alguns meses — respondeu ele.

— Quantos?

— Sete, oito. Eu acho.

— Alguém mais veio checar este lugar?

— Apenas os ratos.

— Você mora aqui sozinho?

— Por que quer saber?

— Denzel — disse Jane, sentindo-se ridícula ao dizer aquele nome. — Estamos tentando descobrir quem é o proprietário desse prédio.

— Já te disse. Sou eu.

— Não são Jarvis e McCrane?

— Quem são esses?

— E quanto a Nicholas Clock? Já ouviu esse nome? Já encontrou esse homem?

De repente, Denzel virou-se e rosnou para Frost:

— O que está fazendo aí? Está tentando roubar as minhas coisas?

— Não há nada para roubar, cara — disse Frost. — Só estou olhando. Há muitas limalhas de ferro no chão. Deve ser alguma antiga fábrica de ferramentas...

— Escute, Denzel, não estamos aqui para incomodar você — declarou Jane. — Só queremos saber sobre o negócio que havia aqui dois, três anos atrás.

— Não havia nada aqui.

— Você conhecia o prédio?

— Esta é a minha vizinhança. Tenho olhos.

— Conhece um homem chamado Nicholas Clock? Mais ou menos 1,90m, louro, forte? Cerca de 45 anos e bonito?

— Por que está *me* perguntando sobre caras bonitos?

— Só estou perguntando se viu Nicholas Clock por aqui. Este endereço estava listado como o local de trabalho dele.

Denzel bufou.

— Ele deve ser *muito* bem-sucedido.

A cabeça de Denzel voltou-se para Frost e ele ralhou:

308

— Você não ouve, não é mesmo? Eu disse para não ficar olhando pela minha casa.

— Mas que merda — disse Frost, olhando pela janela quebrada. — Tem alguém no nosso carro!

— O quê? — Jane andou até a janela e olhou para seu Subaru. Viu que a porta do carona estava entreaberta. Então, pegou sua arma e ralhou: — Vamos!

— Não, não vão — disse Denzel, pressionando repentinamente o cano de uma pistola contra a nuca de Jane. — Vocês vão largar suas armas. Os dois. — A voz dele, não mais arrastada e descuidada, era agora firme e fria.

Jane deixou a Glock cair no chão.

— Você também, detetive Frost — ordenou o homem.

Ele sabe nossos nomes.

A segunda arma caiu no chão com um baque. Denzel agarrou o casaco de Jane e empurrou-a para que se ajoelhasse. A arma continuava pressionada contra seu crânio com tanta força que era como a ponta de uma broca prestes a perfurar um buraco. Quem encontraria os corpos naquele prédio amaldiçoado? Poderia levar dias, até mesmo semanas, antes que qualquer pessoa reparasse no carro abandonado. Antes que qualquer um pensasse em rastrear o proprietário.

Frost caiu de joelhos ao lado dela. Ela ouviu os bipes de um celular. Depois, Denzel disse:

— Temos um problema. Quer que eu resolva?

Jane olhou para Frost e viu terror na expressão dele. Se fossem reagir, aquela era a última chance. Os dois contra um homem armado. Um quase certamente levaria um tiro, mas o outro poderia fugir. *Faça agora enquanto ele está ao telefone e distraído.* Músculos retesando, Jane respirou talvez pela última vez. *Gire, agarre, desvie...*

Passos ressoaram na escada. De repente o cano da arma foi removido do couro cabeludo de Jane quando Denzel se afastou, colocando-se fora do alcance dela. Além de qualquer esperança de desarmá-lo.

Os passos subiram até o topo da escada e moveram-se em direção a eles; os saltos altos batiam em um tom agudo contra o chão de madeira.

— Bem, isso *é* um problema — disse uma voz chocantemente familiar. Uma voz de mulher. — Podem levantar, detetives. Creio que esteja na hora de abandonar os fingimentos.

Jane levantou-se e virou-se para se deparar com Carole Mickey. Mas não aquela loura com laquê que alegava ser colega de Olivia Yablonski na Leidecker Suprimentos Hospitalares. Esta mulher usava calças jeans azuis e botas pretas, e, em vez de um capacete de matrona laqueado com spray, seu cabelo louro estava preso em um rabo de cavalo firme, que enfatizava os proeminentes ossos do rosto de modelo. Outrora, ela provavelmente devia ter possuído uma beleza estonteante, mas agora a meia-idade estava marcada em seu rosto, nas rugas despontando de seus olhos.

— Presumo que não exista nenhuma companhia chamada Leidecker Suprimentos Hospitalares — disse Jane.

— É claro que existe — replicou Carole. — Você viu nosso catálogo. Vendemos os modelos mais modernos de cadeiras de rodas e assentos para chuveiro.

— Através de representantes de vendas que parecem jamais estar no escritório. Eles existem ou são todos como Olivia Yablonski, executando operações pelo mundo para a CIA?

Carole e Denzel entreolharam-se.

— Esse é um grande salto, detetive — disse Carole finalmente, mas aquela pausa tinha indicado a Jane que ela havia atingido o alvo.

— E seu nome não é realmente Carole, é? — perguntou Jane. — Porque eu *sei* que o nome dele não é Denzel.

— Esses nomes servirão por enquanto.

— Eles me perguntaram sobre Nicholas Clock — disse Denzel.

— Naturalmente. Não são idiotas. — Carole pegou as armas que estavam no chão e entregou-as a Jane e Frost. — Por isso decidi que é hora de trabalharmos juntos. Vocês não acham?

Jane pegou sua arma e considerou, apenas por um instante, apontá-la para Carole e mandá-la se ferrar, junto com aquela merda de "trabalharem juntos". Aquelas pessoas tinham apontado uma arma para ela e forçado Frost e ela a se ajoelharem com a certeza plena de que morreriam. Aquilo não era algo que se resolvia facilmente, com um beijinho e fazendo as pazes. Mas ela engoliu a raiva e enfiou a arma no coldre.

— Como você simplesmente apareceu por aqui?

— Sabíamos que vocês vinham para cá. Temos observado vocês.

— Esse lugar é como a companhia Leidecker — disse Frost. — Outro negócio fajuto, dessa vez usado como fachada para Nicholas Clock.

— E seria aqui que eles viriam procurar — disse Carole.

— Mas Clock está morto. Ele morreu a bordo de seu iate.

— *Eles* não sabem disso. Durante semanas, vazamos boatos de que Clock está vivo, de que alterou sua aparência por cirurgias plásticas.

— Quem o está procurando? — perguntou Jane.

Carole e Denzel trocaram olhares. Depois de um momento, ela pareceu chegar a uma decisão e disse a Denzel:

— Preciso que você vigie a rua. Nos deixe.

Com um movimento brusco da cabeça, ele deixou a sala; todos ouviram os passos reverberando ao descer a escada. Carole observou pela janela e não falou até ver o parceiro na rua.

Ela virou-se para Jane e Frost.

— Caixas dentro de caixas. É como a Companhia controla informações. Denzel sabe o que há em sua caixinha, mas nada fora dela. Portanto, vou dar a vocês uma caixa, que pertence somente a vocês. Não é para ser compartilhada. Compreendem?

— E quem sabe tudo? — perguntou Jane. — Quem possui todas as caixas?

— Não posso dizer.

— Não pode ou não quer?

— Isto não é parte de sua caixa.

— Portanto, não teremos ideia de onde você está na hierarquia.

— Sei o suficiente para coordenar esta operação. O bastante para saber que ter vocês fuçando por aí ameaça tudo pelo que trabalhei.

— A CIA não é autorizada a realizar operações em território americano — destacou Frost. — Isso é ilegal.

— Também é necessário.

— Porque o FBI não está resolvendo esse caso?

— Essa confusão não pertencia a eles. Pertence a nós. Estamos apenas limpando o que deveria ter sido concluído anos atrás.

— Em Roma — disse Jane, em voz baixa.

Carole não respondeu, mas seu silêncio repentino confirmou a suspeita de Jane. Havia sido em Roma que tudo tinha começado. Onde as vidas de Nicholas, de Olivia e de Erskine se cruzaram em algum evento catastrófico que ainda repercutia nas vidas dos filhos.

— Como sabia? — perguntou Carole finalmente.

— Há 16 anos, todos estavam em Roma. Erskine, trabalhando como oficial do governo americano. Olivia, trabalhando como suposta representante de vendas. — Jane parou e fez uma dedução educada. — E Nicholas viajando como consultor para Jarvis e McCrane. Uma companhia que existe somente no papel.

Ela viu a confirmação no rosto de Carole. A mulher olhou pela janela e suspirou.

— Eles eram muito arrogantes. Muito seguros de si. Nós já tínhamos feito aquilo antes, portanto o que poderia dar errado? *Nós.*

— Você também estava lá — disse Jane. — Em Roma.

Carole afastou-se da janela; as botas estalavam contra a madeira.

— Era uma operação simples. Somente Olivia era nova na equipe. O resto já havia trabalhado junto. Conhecíamos Roma, especialmente Erskine. Era a base dele, e ele tinha todos os recursos locais preparados. Pessoas posicionadas. Tudo que precisávamos fazer era entrar, agarrar o alvo e retirá-lo do país.

— Quer dizer... Um *sequestro*?

— Você soa tão crítica.

— Quanto a sequestros? É, costumo ser.

— Não seria se conhecesse o sujeito em questão.

— Quer dizer sua vítima.

— Um criminoso que é responsável, tanto direta quanto indiretamente, pela morte de centenas de pessoas. Estamos falando de cidadãos americanos, detetive. Compatriotas assassinados em diversos países. Não somente militares mas também inocentes no exterior. Turistas, executivos, famílias. Alguns monstros apenas precisam ser exterminados, pelo bem da sociedade. Certamente vocês compreendem isso, considerando seu trabalho. Afinal de contas, é o que *vocês* fazem. Caçam monstros.

— Mas agimos dentro dos limites da lei — disse Frost.

— A lei só vai até certo ponto.

— A lei nos diz quando cruzamos os limites.

Carole bufou.

— Me deixe adivinhar, detetive Frost. Você foi escoteiro?

Jane olhou para o parceiro.

— Bem, *essa* foi bem no alvo.

— Fazemos o que precisa ser feito — disse Carole. — Todos sabem que medidas extremas precisam ser tomadas de vez em quando, mas ninguém quer admitir isso. Ninguém quer reconhecer. — Ela moveu-se na direção de Jane, aproximando-se o bastante para intimidá-la. — Se você quer um mundo mais seguro, precisa de alguém para fazer o trabalho sujo. Esse alguém somos nós. Estávamos lá para tirar um monstro de circulação.

— Está falando de rendição extraordinária — disse Frost.

— Isso faz com que soe tão clínico. Mas, sim, o nome é esse. Há 16 anos, nossa missão era capturá-lo, levá-lo para uma pista de decolagem privada e voar para um centro de detenção em um país cooperativo.

— Para interrogação? Tortura? — perguntou Jane.

— É muito menos do que ele fez com suas vítimas. Esse homem não era motivado por política ou convicções religiosas. Ele estava nesse ramo pelo dinheiro e fez uma fortuna. Em troca de determinada quantia, ele providenciaria a explosão de uma casa noturna em Bali. Ou derrubaria um avião decolando de Heathrow. Sua fortuna tornava-o intocável, pelo menos através dos caminhos normais. Sabíamos que ele jamais encararia a justiça na Itália. Portanto, precisamos aplicar a justiça de outra maneira. Tínhamos uma chance, e somente uma, para capturá-lo. Se pisássemos na bola, se Ícaro escapasse, ele desapareceria. Com seus recursos, jamais teríamos outra chance de capturá-lo.

— Ícaro?

— Apenas um codinome. O nome real não é importante.

— Imagino que não tenha ido bem.

Carole retornou à janela e olhou através de vidraças rachadas.

— Ah, realizamos a missão. Aguardamos diante de seu restaurante favorito, onde ele estava jantando com a esposa e os filhos e dois guarda-costas. Quando saíram, estávamos prontos para eles. Uma equipe fechou o veículo dos guarda-costas. Outra equipe seguiu o carro com Ícaro e a família. — Ela virou-se para olhar para eles. — Já dirigiram em uma montanha lá?

— Nunca fui à Itália — disse Jane.

— Eu jamais poderei voltar. Não depois do que aconteceu.

— Você disse que concluiu a missão.

— Sim. De maneira espetacularmente sangrenta. Estávamos perseguindo-o. Éramos quatro, em dois carros, fazendo curvas assassinas. Quase o pegamos quando o caminhão fez a curva. Ícaro bateu na mureta e derrapou. O caminhão atingiu-o de lado. — Carole balançou a cabeça. — Foi uma confusão dos infernos. A esposa e o filho mais velho foram esmagados com o impacto. O mais novo dava os últimos suspiros.

— E Ícaro?

— Ah, ele estava vivo. Não apenas vivo, mas lutando contra nós. Nicholas e Erskine o contiveram e o atiraram em um dos nossos veículos. Seis horas depois, ele estava em um avião, algemado e sedado. Ele acordou em uma cela. Sabe o que disse quando me viu? *Vocês estão mortos. Todos vocês.*

— Você matou a família dele — destacou Jane.

— Foi uma infelicidade. Danos colaterais. Mas alcançamos o objetivo da missão. O caminhoneiro estava abalado demais para fornecer à polícia italiana qualquer detalhe sobre nós. Erskine manteve o posto na embaixada. Nicholas retornou à fachada de consultor financeiro.

— E Olivia voltou a vender comadres inexistentes.

Carole riu.

— Pelo menos, Olivia foi para casa com um souvenir. Ela permaneceu na Itália por algumas semanas. Conheceu um turista maçante chamado Neil Yablonski. Sob a luz de velas, em um restaurante em Roma, creio que até um cara maçante se torne bonito. Um ano depois, casou-se com ele.

— E todos vocês seguiram com suas vidas.

— Era como *deveria* ter sido.

— O que deu errado?

— Ícaro escapou.

No silêncio que se seguiu, Jane conectou tudo. O motivo pelo qual as três famílias foram massacradas.

— Vingança — disse ela.

Carole concordou com a cabeça.

— Pelo que fizemos a ele e à sua família. Ele passou 13 anos na prisão e tornou-se um monstro ainda pior. Teve tempo para cultivar o ódio, alimentá-lo e aumentá-lo até que o consumisse. A fuga foi organizada por dentro; é a única maneira como pode ter sido executada. Tenho certeza de que ele ofereceu a fortuna de um rei a quem quer que o tenha ajudado. Depois da fuga, não tínhamos ideia de para onde foi, nem mesmo de sua aparência. Jamais chegamos a localizar suas contas secretas, portanto ele ainda controlava uma fortuna. Tenho certeza de que comprou um rosto novo. E novos amigos em lugares importantes.

— Você disse que ele passou 13 anos na prisão — disse Frost.

— Sim.

— Portanto, ele escapou há três anos. — Frost olhou para Jane. — Deve ter sido por isso que Nicholas Clock e a família fizeram as malas e partiram no veleiro.

Carole concordou.

— Depois da fuga de Ícaro, Nicholas ficou nervoso. Todos ficamos, mas ele foi o único a ficar suficientemente preocupado para levantar acampamento e efetivamente abandonar a Companhia. Eu não imaginava que Ícaro nos localizaria com facilidade. Até o governo italiano se envolver.

— Por quê? — indagou Jane.

— Culpe a política, WikiLeaks, o que for. A imprensa descobriu que a CIA havia realizado uma rendição extraordinária em solo italiano. Os italianos estavam furiosos. Violação da soberania. Uma operação da CIA que tinha matado três civis inocentes. Nossos nomes foram suprimidos de todos os relatórios, mas o dinheiro abre portas. Especialmente se for muito dinheiro. — Ela retornou à janela e olhou para fora; sua silhueta esguia foi emoldurada pela luz cinzenta. — Erskine e a esposa foram mortos. A tiros, em um beco em Londres. Dias depois, Olivia e o marido também estavam mortos, quando o avião deles caiu. Tentei avisar Nicholas, mas a mensagem não chegou a tempo. No decorrer de uma semana, meus três colegas estavam mortos.

— Como você teve a sorte de permanecer viva? — perguntou Jane.

— Sorte? — O riso de Carole foi amargo. — Essa não seria a palavra que eu escolheria para descrever minha vida. Está mais para *amaldiçoada*. Ficar olhando por sobre o ombro. Dormir com um olho aberto. Durante dois anos, vivi dessa maneira, e, mesmo que a Companhia faça o possível para me manter viva, tenho a sensação de que jamais será o bastante. E não será o bastante para manter aquelas três crianças vivas.

— Ícaro iria tão longe? Ele mataria as crianças?

— Quem mais faria isso? Ele matou Nicholas, Olivia e Erskine em um intervalo de uma semana. Agora, está caçando os filhos deles, exterminando as linhagens até o último sobrevivente. Não percebem? É tudo uma questão de fazer valer um ponto de vista. É uma mensagem dirigida a qualquer um que ouse se opor a ele. *Me deixe furioso e massacrarei você e todos que ama.* — Ela andou em direção a Jane; o rosto dela parecia entalhado ainda mais profundamente com exaustão. — Ele tentará de novo.

O som de um carro passando na rua fez Carole virar-se para a janela. Ela observou enquanto o veículo passava. Muito depois de o som do carro sumir, ela permanecia no mesmo lugar, procurando ou aguardando o ataque.

Jane sacou seu celular.

— Vou telefonar para a polícia estadual do Maine. Pedirei que enviem uma equipe...

— Não podemos confiar neles. Não podemos confiar em *ninguém*.

— Aquelas crianças precisam de proteção *agora*.

— O que contei a vocês é confidencial. Não podem compartilhar nenhum detalhe com as agências da lei.

— Ou o quê? Você precisará nos matar? — questionou Jane, bufando.

Carole moveu-se na direção dela sem qualquer indício de humor no rosto.

— Não se engane. Se eu precisar, é o que farei.

— Se é tão confidencial, por que está nos contando tudo isso?

— Porque vocês já estão muito envolvidos. Porque uma interferência de vocês poderia comprometer tudo.

— Comprometer exatamente o quê?

— Minha melhor chance, talvez minha única chance, de capturar Ícaro. Esse era meu plano, pelo menos. Colocar as três crianças no mesmo lugar, para que ele não resistisse ao alvo.

Jane e Frost entreolharam-se atônitos.

— Você *planejou* isso? — perguntou ela. — Você providenciou para que as três crianças fossem para Evensong?

— Começou como uma precaução, não como um plano. A Companhia acreditava que elas estavam seguras em suas locações distintas, mas eu tinha dúvidas. Eu estava monitorando cada uma. E quando o primeiro ataque ocorreu, contra a garota...

— *Você* foi a boa samaritana. A loura misteriosa que apareceu magicamente na cena do crime. E depois desapareceu.

— Fiquei com Claire por tempo suficiente para me assegurar de que ela estaria segura. Quando a polícia chegou, sumi. Providenciei para que ela fosse levada diretamente para Evensong, onde já tínhamos uma pessoa instalada.

— A Dra. Welliver.

Carole concordou balançando a cabeça.

— Anna aposentou-se da Companhia há anos, depois que o marido foi morto na Argentina, mas sabíamos que poderíamos confiar nela. Também sabíamos que Evensong era suficientemente isolada para manter a garota segura. Motivo pelo qual também enviamos a segunda criança para Evensong.

— Will Yablonski.

— Foi por pura sorte que ele não estava na casa quando a bomba explodiu. Cheguei a tempo de tirá-lo dali.

— E o que aconteceu com Teddy Clock? Você sabia o que estava prestes a acontecer. Você sabia que ele seria o próximo alvo.

— Aquele ataque não deveria ter ocorrido. A casa era segura, o sistema estava armado. Algo deu terrivelmente errado.

— Você acha? — retrucou Jane.

— Eu tinha agentes posicionados fora da residência 24 horas por dia. Mas eles receberam ordens para abandonar seus postos naquela noite.

— Quem deu as ordens?

— Eles alegaram que fui eu. Não é verdade.

— Eles mentiram?

— Todos têm um preço, detetive. Você só precisa oferecer cada vez mais até chegar a ele. — Carole começou a caminhar, nervosa, em um círculo em torno da sala. — Agora não sei em quem confiar ou até que nível na hierarquia da Companhia isso vai. Tudo que sei é que *ele* está por trás dos assassinatos e que ainda não terminou. Ele quer as três crianças. E também me quer. — Ela parou e virou-se para olhar para Jane. — Preciso colocar um fim nisso.

— Como? Se não pode confiar no seu próprio pessoal?

— Por isso procurei *fora* da Companhia. Estou fazendo isso do meu jeito, com pessoas escolhidas a dedo, com quem posso contar.

— E está nos dizendo tudo isso porque confia em *nós*? — Jane olhou para Frost. — Isso é uma novidade.

— Vocês, pelo menos, não foram corrompidos por Ícaro.

— Como sabe?

Carole riu.

— Dois detetives de homicídios, incluindo um escoteiro. — Ela olhou para Frost. — Pesquisei seus antecedentes. Não estava brincando quando te chamei de escoteiro. — Ela olhou para Jane. — E você tem certa reputação.

— Tenho? — questionou Jane.

— Se eu usar a palavra *megera*, não fique ofendida. É como chamam mulheres como nós. Porque não fazemos concessões e não paramos no meio do caminho. Chutamos a bola até o final do campo. — Ela fez uma leve mesura. — Existe honra entre megeras.

— Nossa, estou lisonjeada.

— A minha ideia é que está na hora de trabalharmos juntos — disse Carole. — Se quiserem manter aquelas crianças vivas, precisam de mim, e eu preciso de vocês.

— Você tem algum plano em mente ou esta é apenas uma daquelas alianças *em teoria*?

— Eu não estaria viva se não fizesse planos. Faremos Ícaro se revelar.

— Como?

— Envolve as crianças.

— Bem — disse Frost —, não gosto do que estou ouvindo.

— Você ainda não ouviu.

— Você mencionou as crianças. Está fora de cogitação colocá-las em qualquer perigo.

— Elas *já* estão em perigo, não entendem? — ralhou Carole. — Sou o único motivo por Claire e Will estarem vivos. Porque eu estava lá para salvá-los.

— E agora quer usá-los? — Frost olhou para Jane. — Você sabe o que ela está planejando.

— Dê a ela a chance de falar — disse Jane, com o olhar fixo em Carole. Ela não sabia nada a respeito daquela mulher, sequer seu nome real, e não decidira se podia confiar nela. *Honra entre megeras* só funcionava se você conhecesse a outra megera. Tudo que Jane sabia era o que via: uma loura atlética na casa dos 40 anos, usando botas caras e um relógio de pulso ainda mais caro. Uma mulher que emanava um vago ar de desespero. Se o que Carole tinha contado era verdade, então trabalhava para a Companhia desde os 20 e poucos anos. Durante os últimos dois anos, ela havia permanecido em movimento, sob diferentes nomes, o que teria sido difícil se tivesse de levar uma família consigo. É um lobo solitário, pensou Jane. Uma sobrevivente que fará o necessário para permanecer viva.

— Sei que estão preocupados com as crianças — disse Carole —, mas, se não pusermos um fim nisso, elas jamais estarão seguras. Enquanto viverem, representarão um fracasso para Ícaro. Ele precisa mostrar ao mundo que ninguém pode ferrar com ele. Que, se alguém o prejudicar, ele será incansável. Pensem em como será a vida dessas crianças se nós não o matarmos. Todos os anos, elas precisarão de novas identidades, novos lares. Fugindo, sempre fugindo. Sei como é isso, e não é vida para uma criança. Certamente não para adolescentes famintos por amigos e estabilidade. Essa é a melhor chance que eles têm de uma vida normal e sequer precisam saber o que está acontecendo.

— Como vai esconder isso?

— Eles já estão onde precisam estar. Um lugar defensável. Uma estrada de acesso monitorada. Uma escola com professores que os defenderão.

— Espere. Está dizendo que Anthony Sansone sabe a respeito?

— Ele sabe apenas que estão em perigo e precisam de proteção. Pedi à Dra. Welliver que compartilhasse isso com ele, mas não os detalhes.

— Então ele não sabe a respeito dessa operação?

Carole desviou o olhar.

— Nem mesmo a Dra. Welliver sabia.

— E agora ela está morta. Como isso aconteceu?

— Não sei por que ela se matou. Mas já tenho um agente na propriedade e outros a caminho. Esses são os filhos sobreviventes dos meus colegas e *vou* manter todos em segurança. Devo isso a eles.

— Isso é realmente sobre as crianças? — perguntou Jane. — Ou é somente sobre você?

A verdade estava ali, no rosto de Carole, no arco astuto de sua sobrancelha e na leve inclinação de sua cabeça.

— Sim, desejo minha vida de volta. Mas isso não acontecerá até que o derrubemos.

— Isso se você o reconhecer.

— Qualquer intruso armado será derrubado. Podemos identificar os corpos depois.

— Como sabe que Ícaro aparecerá?

— Porque o compreendo. As crianças são alvos de alto valor para ele. Eu também. Ele quer a satisfação de ver nossas mortes. Com todos nós no mesmo lugar, ele não será capaz de resistir à isca.

Ela olhou para seu relógio.

— Estou perdendo tempo aqui. Preciso ir para o Maine.

— O que espera de nós? — perguntou Jane.

— Que fiquem fora da operação.

— Teddy Clock é *minha* responsabilidade. E, senhorita, você está *muito* fora da sua jurisdição.

— A última coisa de que preciso são policiais sem noção atirando nas próprias sombras. — Ela baixou o olhar quando o celular tocou. Dando meia-volta, atendeu bruscamente: — Fale.

Apesar de não conseguir ver o rosto da mulher, Jane viu sua coluna enrijecer de repente e os ombros se aprumarem.

— Estamos a caminho — disse ela, e desligou.

— O que aconteceu? — perguntou Jane.

— Eu tinha um agente em posição. Na escola.

— Tinha?

— O corpo dele acaba de ser descoberto. — Carole olhou para Jane. — Parece que chegamos ao último ato.

29

— Deveríamos evacuar o castelo — disse Sansone enquanto destrancava o cofre no gabinete de curiosidades. Ele o abriu para revelar uma pistola guardada. Maura observou-o carregar rapidamente balas de 9 milímetros no pente e ficou surpresa com sua óbvia familiaridade com a arma. Ela jamais o vira segurar uma pistola; era óbvio que ele não estava somente familiarizado com a arma como também preparado para usá-la. — Se acordarmos os garotos agora — disse ele —, podemos estar na estrada em dez minutos.

— E para onde os levaríamos? — perguntou Maura. — Fora dos portões da escola, estamos vulneráveis. Você transformou esse castelo em uma fortaleza, Anthony. Vocês têm um sistema de segurança e portas que ninguém conseguirá arrombar. — *E uma pistola*, pensou ela, observando-o inserir o pente na arma. — Jane disse para nos protegermos e aguardarmos até que ela chegue aqui. É o que deveríamos fazer.

— Por mais seguro que eu tenha tornado o castelo, ainda somos um alvo parado.

— Mais seguros aqui do que lá fora. Jane foi muito clara ao telefone. *Permaneçam juntos. Permaneçam no castelo. Não confiem em ninguém.*

Ele enfiou a arma no cinto.

— Vamos fazer uma última varredura do perímetro — disse ele, saindo do gabinete de curiosidades.

A noite tinha esfriado novamente o ar e, enquanto Maura o seguia até o saguão de entrada, a temperatura pareceu cair ainda mais. Ela abraçou a si mesma enquanto observava Sansone checar a porta principal, conferir o painel eletrônico de segurança e confirmar que o sistema estava ligado, com todas as áreas protegidas.

— A detetive Rizzoli poderia ter nos dito mais pelo telefone — disse Sansone enquanto entrava no refeitório, onde inspecionou as janelas e testou os trincos. — Não sabemos contra o que diabos estamos lutando.

— Ela disse que não tinha permissão para contar mais. Apenas precisamos fazer exatamente o que ela disse.

— O julgamento dela não é infalível.

— Bem, confio nela.

— E não confia em mim. — Não era uma pergunta, mas uma afirmação, que ambos sabiam ser verdadeira. Ele virou-se para encará-la, causando nela uma sensação perturbadora de atração. Mas Maura viu sombras demais nos olhos dele, segredos demais. E pensou na facilidade impressionante com a qual ele havia manuseado a pistola, mais um detalhe que não sabia a respeito dele.

— Sequer sei quem você é, Anthony — disse ela.

— Algum dia — disse ele, com um leve sorriso —, talvez você queira descobrir.

Eles deixaram o refeitório e seguiram para a biblioteca. Com a maioria dos alunos e professores viajando, o castelo estava sombriamente silencioso e, àquela hora da noite, era fácil acreditar que os dois se encontravam totalmente a sós. Os últimos habitantes de uma cidadela abandonada.

— Você acha que algum dia poderia aprender a confiar em mim, Maura? — perguntou ele enquanto caminhava de janela em janela, um guardião sombrio movendo-se na escuridão.

— Ou sempre haverá essa tensão entre nós?

— Você poderia começar por ser mais aberto comigo — disse ela.

— Nós dois poderíamos seguir esse conselho. — Ele fez uma pausa. — Você e Daniel Brophy. Ainda estão juntos?

Com a menção do nome de Daniel, Maura parou onde estava.

— Por que pergunta?

— Você deve ter uma resposta. — Ele virou-se para ela; as sombras da alcova acima ocultavam seus olhos.

— O amor não é uma ciência, Anthony. É confuso e pode partir o coração. Às vezes, não há finais.

Na escuridão, ela mal podia discernir o sorriso perspicaz de Sansone.

— Mais uma coisa que nos torna parecidos. Além de nossas tragédias pessoais, além do trabalho que realizamos. Ambos somos solitários — disse ele em voz baixa.

No silêncio da biblioteca, o toque repentino do telefone foi ainda mais surpreendente. Enquanto ele cruzava a sala para atender a extensão, Maura permaneceu onde estava, perturbada pelo que ele havia falado. E abalada pela verdade contida naquelas palavras. *Sim, somos solitários. Nós dois.*

— A Dra. Isles está aqui — disse ele ao telefone.

"*Jane está telefonando*" foi o primeiro pensamento de Maura, mas quando ela pegou o telefone, ouviu a legista do Maine na linha.

— Eu não sabia se você tinha recebido meu recado, pois não me retornou — disse a Dra. Emma Owen.

— Você telefonou? Quando?

— Perto da hora do jantar. Falei com um dos professores. Um cara com ar rabugento.

— O Dr. Pasquantonio.

— Sim, foi ele. Acho que se esqueceu de falar com você. Estou prestes a ir dormir e pensei em telefonar de novo, porque você me pediu para agilizar isso.

— É sobre o exame toxicológico?

— Sim. Preciso perguntar algo... A Dra. Welliver era *realmente* psicóloga?

— Ela era psicóloga clínica.

— Bem, ela estava fazendo algumas experiências de manipulação mental em si mesma. O exame toxicológico deu positivo para ácido lisérgico.

Maura virou-se e encarou Sansone enquanto continuava:

— Isso não pode estar certo.

— Ainda precisamos confirmar com HPLC-Fluorescência, mas parece que a Dra. Welliver estava viajando no LSD. Sei que alguns psicólogos consideram a substância terapêutica. Um meio de abrir a mente para experiências espirituais e blá-blá-blá. Mas ela trabalhava em uma escola, meu Deus. Tomar ácido não é exatamente um exemplo a ser seguido.

Maura estava totalmente imóvel e pressionava o telefone contra o ouvido com tanta força que conseguia ouvir a própria pulsação.

— Aquela queda do telhado...

— Muito possivelmente foi resultado de alucinações. Ou de psicose aguda. Lembra do experimento da CIA realizado anos atrás em que deram a um pobre rapaz um pouco de LSD e ele saltou pela janela? Não se pode prever como um sujeito reagirá sob o efeito da droga.

Maura pensou sobre os cristais dispersos pelo chão do banheiro, espalhados quando alguém havia esvaziado o açucareiro no vaso sanitário. *Descartando evidências.*

— Precisarei reclassificar a morte como acidental. Não suicídio — disse a Dra. Owen. — Queda de um local alto após a ingestão de alucinógenos.

— LSD pode ser sintetizado — interrompeu Maura.

— Hum, sim. Suponho que sim. A substância não foi isolada pela primeira vez a partir de fungos que crescem em plantas de centeio?

E quem sabe mais sobre plantas do que o professor David Pasquantonio?

— Ah, meu Deus — sussurrou Maura.

— Algum problema?

— Preciso ir. — Ela desligou e virou-se para Sansone, que estava ao lado dela, com olhos cheios de perguntas. — Não podemos ficar — disse ela. — Precisamos pegar as crianças e partir *agora.*

— O quê? Maura, o que aconteceu?

— O assassino — disse ela. — Ele já está dentro do castelo.

30

— Onde estão os outros? — perguntou Maura.

Julian franziu os olhos para eles, na porta de seu quarto, com olhos ainda entorpecidos de sono. Ele estava sem camisa, usando apenas cuecas samba-canção, com cabelos arrepiados em todas as direções. Um adolescente sonolento que só queria se arrastar de volta para a cama. Bocejando, esfregou o queixo, onde brotavam os primeiros sinais escuros de barba.

— Não estão dormindo?

— Will, Teddy e Claire não estão em seus quartos — disse Sansone.

— Estavam lá quando conferi.

— Quando?

— Não sei. Dez e meia, talvez. — De repente, Julian concentrou-se na arma presa à cintura da calça de Sansone e aprumou-se, alarmado. — O que está acontecendo?

— Julian — começou Maura —, precisamos encontrá-los agora. E precisamos ser discretos.

— Esperem — pediu ele, entrando no quarto.

Um momento depois, apareceu vestindo calças jeans e tênis. Com Urso aos calcanhares, seguiu pelo corredor e entrou no quarto de Will e Teddy.

— Não entendo — continuou ele, franzindo a testa para as camas vazias. — Os dois estavam aqui, já de pijama.

— Eles não disseram nada sobre sair?

— Eles *sabiam* que deveriam ficar aqui essa noite. Especialmente essa noite. — Julian virou-se e atravessou o corredor. Maura e Sansone seguiram-no até o quarto de Claire, onde todos viram livros espalhados desordenadamente sobre a mesa e um agasalho e meias sujas jogados em uma pilha em um canto. Nada alarmante ali, apenas a bagunça típica de um quarto de adolescente. — Não faz sentido que tenham saído — disse Julian. — Eles não são burros.

De repente, Maura percebeu a profundidade do silêncio. Tão profundo quanto a terra, tão profundo quanto uma sepultura. Se havia outras almas no castelo, ela não as conseguia ouvir. Maura tinha horror da ideia de procurar em cada cômodo, em cada alcova e escadaria de uma fortaleza que já havia sido invadida por um assassino.

O ganido do cachorro a assustou. Ela baixou os olhos para Urso, que retornou o olhar com um misterioso brilho de inteligência.

— Ele pode nos ajudar a procurar — disse Maura. — Urso só precisa do cheiro deles.

— Ele não é um cão de caça — ressaltou Julian.

— Mas é um cão e tem o olfato de um cão. Ele pode rastreá-los se compreender o que estamos procurando. — Ela olhou para a pilha de roupas sujas de Claire. — Faça-o cheirar as roupas. Vejamos aonde nos levará.

Julian tirou uma guia do bolso, prendeu-a à coleira no pescoço de Urso e conduziu-o à pilha de roupas sujas.

— Aqui, garoto — impeliu ele. — Dê uma boa cheirada. Esse é o cheiro de Claire. Você conhece Claire, não conhece? — Ele segurou a enorme cabeça do cachorro com ambas as mãos e olhou diretamente nos olhos de Urso. A conexão entre eles era profunda, até mesmo sagrada. Ela havia se formado nas montanhas de Wyoming, onde o garoto e o cachorro aprenderam a depender um do outro, onde a sobrevivência significava confiança absoluta entre eles. Maura observou, maravilhada, a compreensão iluminar os olhos do cachorro. Urso virou-se para a porta e latiu.

— Vamos — disse Julian. — Vamos encontrar Claire.

Urso puxava a coleira, conduzindo o garoto para fora do quarto. Mas, em vez de seguir para a escada principal, o cão seguiu pelo corredor na direção da ala deserta do castelo, onde as sombras eram mais profundas e onde portas jaziam abertas, revelando cômodos vazios com mobília coberta por lençóis. Passaram por um retrato a óleo de uma mulher com roupa vermelha, uma mulher cujos olhos pareciam encarar Maura com uma inteligência estranhamente metálica, como que iluminada por algum conhecimento secreto.

— Ele está seguindo para a antiga escada dos criados — disse Sansone.

Urso parou e olhou escada abaixo, como que ponderando se era boa ideia descer naquela escuridão. Ele olhou para Julian, que fez um movimento afirmativo com a cabeça. O cachorro começou a descer os degraus estreitos, batendo as unhas na madeira. Diferente da grande escadaria, o corrimão de carvalho dessa escada não era adornado com entalhes elaborados e a madeira havia sido alisada ao longo das décadas pelas mãos de diversos criados que silenciosamente mantiveram o castelo arrumado e os hóspedes alimentados. Um frio parecia pairar no ar, como se os fantasmas dos serviçais mortos havia tanto tempo ainda permanecessem naquela passagem, flutuando para cima e para baixo com vassouras e bandejas de café da manhã. Maura quase sentia fantasmas farfalharem por ela como uma brisa gelada. Ela olhou sobre o ombro, mas viu apenas degraus desertos ascendendo na escuridão.

Eles desceram dois andares rumo ao porão. Maura jamais tinha descido tanto até a parte mais profunda de Evensong. Aqueles degraus pareciam conduzir ao coração da montanha, a lugares fechados. Ela sentia o cheiro no ar, sentia a umidade.

O grupo chegou à base da escada e entrou em uma cozinha cavernosa, onde Maura viu enormes fogões de aço inoxidável, uma geladeira industrial e suportes no teto dos quais pendiam caçarolas e panelas. Então era ali que os ovos que comiam pela manhã eram fritos e os pães, assados. Àquela hora, a cozinha estava deserta; as louças e os utensílios ficariam guardados até a manhã.

Urso parou de repente, olhando para uma porta do porão. Os pelos de seu pescoço se eriçaram e ele rosnou, emitindo um som que fez o medo subir pela coluna de Maura. Havia algo atrás daquela porta, algo que alarmou o cachorro e o fez se curvar, como que se preparando para atacar.

Um som de metal contra metal, alto como um prato de bateria.

Maura se assustou e sentiu o coração batendo forte, conforme os ecos diminuíam na cozinha. Sentiu a mão de Sansone em seu braço, mas não se lembrava de quando ele a havia colocado ali. Ela simplesmente estava lá, como se ele sempre estivesse pronto para tranquilizá-la.

— Acho que o vejo — disse Sansone em voz baixa. Tranquilamente. Ele soltou o braço de Maura e começou a atravessar a cozinha.

— Anthony...

— Está tudo bem. Está tudo bem. — Ele contornou a bancada no centro da cozinha e ajoelhou-se, sumindo. Apesar de não conseguir vê-lo, Maura ouviu a voz dele murmurar delicadamente: — Ei, você está seguro. Estamos aqui, meu filho.

Ela e Julian entreolharam-se, tensos, e seguiram Sansone ao redor da bancada no centro da cozinha, onde o encontraram agachado sobre um trêmulo Teddy Clock. O garoto estava encolhido e tenso, com os joelhos apertados contra o peito, abraçando a si próprio.

— Ele parece estar bem — disse Sansone, levantando os olhos para Maura.

— Ele não está bem — declarou ela. Agachando-se ao lado de Teddy, Maura puxou-o em um abraço e segurou-o contra seu peito. Ele estava frio e tremia com tanta intensidade que ela ouvia seus dentes baterem. — Pronto, pronto — murmurou ela. — Estou com você, Teddy.

— Ele esteve aqui — sussurrou o garoto.

— Quem?

— Sinto muito, sinto muito mesmo — gemeu ele. — Eu não deveria tê-los deixado, mas eu estava com tanto medo. Então fugi...

— Onde estão os outros, Teddy? — perguntou Julian. — Onde estão Claire e Will?

O garoto pressionou o rosto contra o ombro de Maura, como que tentando escavar um caminho até um local seguro onde ninguém conseguiria encontrá-lo.

— Teddy, você precisa falar conosco — pediu Maura, afastando-o de seu corpo. — Onde estão os outros?

— Ele colocou todos na sala... — Os dedos do garoto eram como garras cravando-se desesperadamente nos braços dela.

Ela alavancou os dedos de Teddy e forçou-o a olhar para ela.

— Teddy, onde eles estão?

— Não quero voltar para aquela sala!

— Você precisa nos mostrar. Estaremos ao seu lado. Apenas nos aponte para o lugar. É tudo que precisa fazer.

O garoto respirou, trêmulo.

— Posso... Posso segurar o cachorro? Quero que o cachorro fique comigo.

— Claro, garoto — disse Julian. Ajoelhando-se, ele entregou a coleira a Teddy. — Segure-o e ele vai te proteger. Urso não tem medo.

Aquilo pareceu dar a Teddy a coragem de que ele precisava. Levantou-se com instabilidade, agarrando a coleira do cachorro como se fosse salvá-lo de um precipício, e atravessou a cozinha até uma porta. Respirando fundo, abriu o trinco. Ela se abriu.

— É a antiga adega — disse Sansone.

— Fica lá embaixo — sussurrou Teddy, olhando para a escuridão. — Não quero ir.

— Está tudo bem, Teddy. Você pode esperar aqui — disse Sansone. Ele olhou para Maura e começou a descer os degraus.

A cada degrau que desciam, o ar ficava mais espesso, mais frio e mais úmido. Lâmpadas descobertas pendiam do teto, lançando um brilho amarelado sobre fileiras e mais fileiras de prateleiras vazias que um dia armazenaram milhares de garrafas de vinho, sem dúvida somente as melhores safras francesas para um magnata ferroviário e seus hóspedes. O vinho tinha sido consumido havia muito tempo, e as prateleiras estavam abandonadas, formando um memorial silencioso a uma era de extravagância.

Eles chegaram a uma porta pesada, cujas dobradiças foram pregadas firmemente à pedra. Uma despensa antiga. Maura olhou para Julian.

— Por que não sobe até a cozinha e espera com Teddy?

— Urso está com ele. Ele ficará bem.

— Não quero que você veja isso. Por favor.

Porém, Julian permaneceu obstinadamente ao lado de Maura enquanto Sansone levantava o trinco. Na cozinha, Urso começou a uivar, soltando um som desesperado. Maura sentiu o terror subir por seu corpo quando Sansone abriu a porta. Foi então que sentiu o odor do cômodo escuro. O cheiro de suor. O fedor de terror. O que ela mais temia jazia na escuridão. Quatro corpos, apoiados contra a parede.

As crianças. Meu Deus, são as crianças.

Sansone encontrou o interruptor e acendeu a luz.

Um dos corpos levantou a cabeça. Claire olhou para eles com olhos arregalados e emitiu um choramingo horrorizado, abafado por fita isolante. Os outros se mexeram — Will, o cozinheiro e o Dr. Pasquantonio, todos atados com fita isolante e esforçando-se para falar.

Estão vivos. Estão todos vivos!

Maura agachou-se ao lado da garota.

— Julian, está com sua faca?

Os uivos do cachorro ficavam mais altos, mais nervosos, como que implorando para que tivessem *pressa, pressa.*

Com um clique, Julian abriu seu canivete e ajoelhou-se.

— Não se mova, Claire, ou não conseguirei soltar você — ordenou ele, mas a garota se contorcia, os olhos arregalados de pânico como que lutando para respirar. Maura removeu a fita que cobria sua boca.

— É uma armadilha! — gritou Claire. — Ele não foi embora! Ele está bem... — A voz sumiu, seu olhar fixo em algo... alguém... atrás de Maura.

Com o sangue rugindo nos ouvidos, Maura virou-se e viu um homem imponente à porta. Viu ombros largos e olhos cintilantes em um rosto manchado com tinta preta, mas foi na arma em sua mão que ela se concentrou. O silenciador. Quando ele disparasse, não haveria um estampido ensurdecedor; a morte viria com um baque surdo, ouvida apenas naquela sala de pedra enterrada nas profundezas da montanha.

— Largue sua pistola, Sr. Sansone — ordenou ele. — *Agora.*

Ele sabe nossos nomes.

Sansone não teve escolha; tirou cuidadosamente a arma presa à cintura e deixou-a cair no chão.

Julian, já ajoelhado ao lado de Maura, estendeu o braço para segurar sua mão. Apenas 16 anos, tão jovem, pensou ela enquanto estavam de mãos dadas, apertadas com força.

Urso uivou de novo, com raiva. Com frustração.

Julian olhou para cima de repente, e Maura viu sua expressão intrigada. Ao mesmo tempo que o menino, ela percebeu que aquilo não fazia sentido. *Se Urso ainda está vivo, por que não está nos defendendo?*

— Chute-a na minha direção — disse o homem.

Sansone empurrou a arma com o pé, e ela deslizou pelo chão, parando junto à porta, onde o desconhecido estava.

— Agora, de joelhos.

Quer dizer que é assim que terminará para nós, pensou Maura. Todos de joelhos. Uma bala em cada cabeça.

— *Agora!*

Sansone baixou a cabeça em rendição conforme se agachava no chão. Mas era apenas a preparação para um último movimento desesperado. Como uma mola disparando, ele saltou na direção do invasor.

Ambos atravessaram a porta, agarrando-se desesperadamente na escuridão da adega.

A arma de Sansone permanecia no chão.

Maura levantou-se desajeitadamente, mas antes que pudesse pegar a pistola, outra mão fechou-se em torno do cabo e levantou o cano na direção de sua cabeça.

— Para trás! *Para trás!* — gritou Teddy para Maura. As mãos dele tremiam, mas seu dedo já estava no gatilho quando mirou a arma para a cabeça dela. Ele gritou sobre o ombro: — Vou atirar nela, Sr. Sansone. Juro que vou.

Maura agachou de novo. Ajoelhou-se, atordoada, enquanto Sansone era empurrado para a despensa e forçado a ajoelhar-se ao lado dela.

— O cão está preso, Teddy? — perguntou o invasor.

— Amarrei-o ao armário da cozinha. Ele não conseguirá se soltar.

— Amarre as mãos deles. Seja rápido — disse o homem. — Eles chegarão aqui a qualquer momento e precisamos estar prontos.

— Traidor! — Claire cuspiu enquanto Teddy puxava tiras de fita isolante e amarrava os pulsos de Sansone atrás das costas. — Nós éramos *amigos*. Como pôde fazer isso conosco?

O garoto ignorou-a enquanto passava para as mãos de Julian.

— Teddy nos enganou para que descêssemos até aqui — disse Claire a Maura. — Disse que vocês estavam esperando, mas era tudo uma armadilha. — Ela olhou para o garoto, com a voz embargada pelo nojo. Condenada, a garota era destemida, até inconsequente. — Foi você. *Sempre* foi você. Pendurando aqueles *estúpidos* bonecos de gravetos.

Teddy puxou outra tira de fita e enrolou-a com firmeza em torno das mãos de Julian.

— Por que eu faria aquilo?

— Para nos assustar. Para nos apavorar.

Teddy olhou para ela com franca surpresa.

— Eu não fiz aquilo, Claire. Aqueles bonecos eram para *me* assustar. Para *me* fazer pedir socorro.

— E a Dra. Welliver? Como pôde fazer aquilo com ela?

Um lampejo de arrependimento passou pelos olhos de Teddy.

— Aquilo não deveria matar! Deveria apenas deixar ela confusa. Ela estava trabalhando para *eles*. Sempre me observando, aguardando até que eu...

— Teddy — ralhou o homem. — Se lembra do que ensinei a você? O que está feito está feito e precisamos seguir em frente. Portanto, termine o trabalho.

— Sim, senhor — respondeu o garoto, cortando mais uma tira de fita. Ele enrolou-a tão apertada em torno dos pulsos de Maura que nenhum tipo de torção ou força a libertaria.

— Bom garoto. — O homem entregou a Teddy um par de binóculos com visão noturna. — Agora suba e observe o pátio. Me avise quando eles chegarem e quantos são.

— Quero ficar com você.

— Preciso que você fique longe da linha de fogo, Teddy.

— Mas quero ajudar!

— Você já ajudou bastante. — O homem pousou a mão sobre a cabeça do garoto. — Seu trabalho é no telhado. Preciso que seja meus olhos. — Ele baixou o olhar para o cinto quando um alarme emitiu um "bip". — Ela chegou ao portão. Coloque os fones, Teddy. Vá. — Ele empurrou o garoto para fora da despensa e seguiu-o.

— Eu era sua *amiga* — gritou Claire enquanto a porta se fechava. — Eu confiei em você, Teddy!

Eles ouviram o cadeado ser trancado. Acima, na cozinha, Urso ainda latia, ainda uivava, mas a porta abafava o som, tornava-o distante como o uivo de um coiote.

Maura olhou para a porta fechada.

— Era *Teddy* — murmurou ela. — Todo esse tempo, nunca imaginei...

— Porque ele é só uma criança. — A observação amarga veio de Claire. — Ninguém presta atenção em nós. Ninguém nos dá crédito. Até surpreendermos vocês. — Ela olhou para o teto. — Eles vão matar a detetive Rizzoli.

— Ela não está sozinha — disse Maura. — Ela me disse que está trazendo pessoas. Pessoas que sabem se defender.

— Mas não conhecem o castelo como esse homem. Teddy tem deixado ele entrar depois do anoitecer. Ele conhece cada cômodo, cada escada. E está pronto para eles.

Na cozinha, Urso parou de uivar. Até ele devia ter compreendido a futilidade da situação em que se encontravam.

Jane. Está tudo em suas mãos.

31

O castelo parecia abandonado.

Jane e Frost pararam no estacionamento de Evensong e olharam para as janelas escuras e para o telhado serrilhado pairando contra o céu estrelado. Não tinha encontrado ninguém para encontrá-los no portão nem para atender ao telefone quando ela ligara da estrada, meia hora atrás, usando um último e tênue sinal de celular. Um SUV preto parou ao lado deles. Através das janelas, Jane viu as silhuetas de Carole e de seus dois parceiros — Denzel e outro homem musculoso e silencioso, com a cabeça raspada. Quando pararam para abastecer uma hora antes, os homens não falaram; estava claro que era Carole quem mandava nas coisas.

— Algo está errado — disse Jane. — Deveríamos ter disparado os sensores na estrada; Maura deveria saber que chegamos. Onde está todo mundo?

Frost olhou para o SUV.

— Eu me sentiria muito melhor se tivéssemos reforços da polícia estadual. Deveríamos tê-los chamado de qualquer jeito. Dane-se a CIA.

Portas de carro foram fechadas; Carole e seus homens saíram. Para o alarme de Jane, todos se armavam. Denzel já se movia na direção do castelo.

Jane saiu às pressas do carro.

— O que pensam que estão fazendo?

— Você vai nos colocar dentro do castelo, detetive — disse Carole ao colocar fones de ouvido e microfone. — Vá até a porta e fale ao interfone. Deixe que ouçam sua voz para que saibam que não há problema em nos deixar entrar.

— Viemos apenas pegar os garotos para levar a um local seguro. Foi o que combinamos. Por que estão com esse equipamento de Rambo?

— Mudança de planos.

— Desde quando?

— Desde que decidi que precisamos revistar o castelo. Depois de entrarmos, você aguardará em seu veículo até avisarmos que o local está liberado.

— Você disse que seria *apenas* uma evacuação. Foi o único motivo pelo qual concordamos em ajudar vocês. Agora, parece que vão lançar um ataque.

— Uma precaução necessária.

— Foda-se. Há *crianças* na escola. Não vou permitir que atirem para todos os lados.

— A porta, detetive. *Agora.*

— Ela não está trancada — disse Denzel, retornando. — Não precisamos deles.

Carole voltou-se para ele.

— O quê?

— Eu chequei. Podemos apenas entrar.

— Agora *sei* que há algo errado — disse Jane. Ela virou-se para o castelo.

Carole bloqueou instintivamente o caminho dela.

— Volte para o carro, detetive.

— Minha amiga está lá dentro. Vou entrar.

— Acho que não. — Carole ergueu sua arma. — Peguem as armas deles.

— *Ei!* — exclamou Frost quando Denzel obrigou ele e Jane a se ajoelharem. — Podemos nos acalmar um pouco?

— Você sabe o que fazer com eles — rosnou Carole para Denzel. — Se eu precisar de você, avisarei.

Jane olhou para cima enquanto Carole e o outro homem caminhavam na direção do castelo.

— Mocinha, você está *tão* fodida! — gritou ela.

— Como se ela se importasse — disse Denzel, rindo. Ele apoiou o pé na base das costas de Jane e empurrou-a, fazendo-a cair nos paralelepípedos. Puxou as mãos dela para trás, e Jane sentiu braçadeiras plásticas morderem seus pulsos.

— Babaca — resmungou ela.

— Ah, diga mais coisas doces para mim — respondeu Denzel. Ele passou para Frost, prendendo os pulsos dele com uma eficiência espantosa.

— Vocês sempre agem assim? — perguntou Jane.

— É como *ela* age. A Rainha de Gelo.

— E você não tem problemas com isso?

— O trabalho acaba feito. Todos ficam felizes. — Ele aprumou-se e afastou-se alguns passos enquanto falava ao microfone. — Tudo seguro aqui fora. Sim, entendo. Apenas diga quando.

Jane virou-se de lado para olhar para o castelo, mas Carole e o outro homem já tinham desaparecido. Agora, estavam vagando pelos corredores vazios, com a adrenalina pulsando e instintos aguçados para disparar contra qualquer sombra. Aquela missão não era para salvar vidas; as crianças eram apenas peões em uma guerra travada por uma mulher com um objetivo em mente. Uma mulher com gelo nas veias.

Os passos de Denzel moveram-se na direção de Jane, que o viu sobre si. A silhueta dele estava destacada contra o céu estrelado, a arma parecendo uma extensão de sua mão, uma varinha negra da morte. Ela pensou no que Carole tinha dito a ele — *Você sabe o que fazer* —, e aquelas palavras assumiram um sentido novo e assustador. Então, Denzel deu mais um passo, afastando-se dela. Ele não olhava para Jane. Sua cabeça virou para a esquerda e para a direita, procurando na escuridão, e ela ouviu-o sussurrar:

— Mas que diabos?

Algo farfalhou no vento, como uma faca cortando seda.

Denzel caiu sobre o peito de Jane com tanta força que o ar escapou dos pulmões dela. Pressionada pelo peso, ela lutou para respirar. Sentiu o corpo do homem contorcendo-se em espasmos mortais enquanto algo quente e molhado encharcava a blusa dela. Jane ouviu Frost gritar seu nome, mas não conseguia se mover sob aquele peso morto, não conseguia fazer nada além de olhar enquanto passos se aproximavam. Lentos, deliberados.

Ela olhou para o céu noturno. Para estrelas, tantas estrelas. A Via Láctea estava mais brilhante do que ela jamais a vira.

Os passos pararam. Um homem surgiu sobre ela. Os olhos brilhavam em um rosto manchado de preto. Ela sabia o que aconteceria em seguida. O corpo de Denzel escorrendo sangue sobre ela dizia tudo que Jane precisava saber.

Ícaro está aqui.

32

Foi o cachorro quem os alertou. Através da porta da despensa, Claire ouviu Urso uivar novamente, alto o bastante para ecoar através da adega e descer pela escada. Ela não sabia o que o havia atiçado. Talvez ele houvesse compreendido que o tempo se esgotara e que a Morte estava descendo os degraus para reivindicá-los naquele instante.

— Ele está voltando — disse Claire.

Naquele cômodo sem circulação de ar, ela podia sentir o cheiro de medo, pungente e elétrico, o cheiro de animais aguardando o abate. Will aproximou-se; sua pele estava úmida de suor. Ele finalmente conseguira remover a fita que cobria sua boca e inclinava-se para sussurrar algo a ela:

— Venha para trás de mim e fique abaixada, Claire. O que quer que aconteça, finja que está morta.

— O que está fazendo?

— Estou tentando proteger você.

— Por quê?

— Você não sabe? — Ele olhou para ela, e, apesar de ser o Will gorducho e cheio de espinhas que ela conhecia tão bem, Claire viu algo novo nos olhos dele, algo em que não havia reparado e que brilhava tão intensamente que era impossível não ver. — Não terei outra oportunidade de dizer — sussurrou ele —, mas quero que saiba que...

O cadeado fez um barulho metálico. Ambos congelaram quando a porta abriu, rangendo, e viram o cano de uma arma segurada por mãos enluvadas. A arma traçou um arco pela despensa, como que procurando um alvo e não o encontrando.

Um homem de cabeça raspada entrou na despensa e gritou:

— Ele não está aqui! Mas os outros estão.

Uma mulher entrou no cômodo, esguia e graciosa, com o cabelo escondido sob um gorro.

— Aquele cachorro só podia estar uivando para algo aqui embaixo — disse ela.

Eles estavam lado a lado; dois invasores vestidos de preto, inspecionando o cômodo com os prisioneiros atados. O olhar da mulher caiu sobre Claire.

— Já nos encontramos — disse ela. — Você se lembra, Claire?

Levantando os olhos para a mulher, Claire pensou em faróis disparando em sua direção. Lembrou-se da noite virando de ponta-cabeça e do som de vidro sendo estilhaçado e de tiros. E lembrou-se do anjo da guarda que tinha aparecido magicamente para retirá-la do carro destruído.

Venha comigo. Se quiser viver.

A mulher virou-se para Will, que a olhava boquiaberto.

— E também nos conhecemos, Will.

— Você estava lá — murmurou ele. — Foi você...

— Alguém precisava salvar você. — Ela sacou uma faca. — Agora, preciso saber onde está aquele homem. — Ela ergueu o objeto, como que o oferecendo como recompensa pela cooperação.

— Me liberte — disse Sansone. — E ajudarei vocês a capturá-lo.

— Lamento, mas esse jogo não é para civis — respondeu a mulher. Olhou ao redor para os rostos. — E Teddy? Alguém sabe onde ele está?

— Dane-se Teddy — disse Claire. — Ele é um traidor. Ele nos trouxe para essa armadilha.

— Teddy não sabe o que está fazendo — disse a mulher. — Foi corrompido. Mentiram para ele. Me ajudem a salvá-lo.

— Ele não vai aparecer. Está escondido.

— Onde?

— No telhado — disse Claire. — É onde ele deve esperar.

A mulher olhou para o parceiro.

— Então precisaremos subir e pegá-lo. — Em vez de libertar Sansone, a mulher ajoelhou-se atrás de Claire e cortou a fita que prendia seus pulsos. — Você pode nos ajudar, Claire.

Com uma arfada de alívio, Claire esfregou os pulsos e sentiu o bem-vindo fluxo de sangue nas mãos.

— Como?

— Você é colega dele. Ele ouvirá você.

— Ele não ouvirá nenhum de nós — disse Will. — Ele está ajudando aquele homem.

— *Aquele homem* está aqui para matar vocês — disse a mulher, voltando-se para Will. — Para matar todos nós. Tento capturá-lo há três anos. — Ela olhou para Claire. — Como se chega ao telhado?

— Há uma porta. No torreão.

— Nos leve até lá. — A mulher puxou Claire, levantando-a.

— E quanto a eles? — perguntou Claire, apontando para os outros.

A mulher jogou a faca no chão.

— Eles podem se soltar. Mas precisam permanecer aqui. É mais seguro.

— O quê? — protestou Claire enquanto a mulher a empurrava para fora da despensa.

— Eles não podem nos atrapalhar — disse a mulher, fechando a porta.

Dentro da despensa, Sansone praguejava, gritando:

— *Abram a porta!*

— Não está certo — insistiu Claire. — Deixar todos trancados.

— É o que preciso fazer. É o melhor para eles, para todos. Inclusive para Teddy.

— Não me importo com Teddy.

— Mas eu, sim. — A mulher sacudiu Claire com força. — Agora, nos leve até a torre.

Eles subiram da adega para a cozinha, onde Urso latia e estava com uma aparência deplorável, quase estrangulado ao lutar para se livrar da coleira. Claire quis soltá-lo, mas a mulher arrastou-a para a escada de serviço. O homem seguiu na frente, observando constantemente os degraus acima. Claire jamais havia conhecido pessoas capazes de se mover tão silenciosamente quanto aqueles dois. Eram como gatos, com passos silenciosos e olhos sempre em movimento. Espremida entre os dois, Claire não conseguia ver à frente ou atrás, portanto concentrou-se nos degraus, em mover-se de maneira tão silenciosa quanto o homem e a mulher. Eles eram alguma espécie de agentes secretos, pensou ela, que estavam ali para salvá-los. Até mesmo para salvar Teddy, o traidor. Ela teve muito tempo para pensar a respeito enquanto esteve sentada na despensa com as mãos atadas, ouvindo os choramingos do cozinheiro e os ruídos nasais do Dr. Pasquantonio. Ela pensou em todas as pistas que tinha deixado passar. Em como Teddy jamais deixava ninguém ver a tela de seu computador e sempre apertava a tecla ESC quando ela entrava no quarto. Ele estava enviando mensagens para o homem, pensou ela. Durante todo o tempo, ele esteve ajudando o homem que tinha vindo matá-los.

Ela apenas não sabia por quê.

Estavam no terceiro andar. O homem de cabeça raspada parou e olhou para Claire, atrás dele, aguardando uma orientação.

— Ali — disse ela, apontando para a escada em espiral que conduzia ao torreão. Ao escritório da Dra. Welliver.

Ele subiu a escada de pedra; Claire o seguiu lentamente. Os degraus eram altos, e tudo que ela conseguia ver eram a parte de trás da cintura e a faca de luta pendendo do cinto do homem. Estava tudo tão silencioso que ela ouvia o farfalhar das roupas enquanto subiam um degrau de cada vez.

A porta para a torre estava entreaberta.

O homem empurrou-a suavemente e estendeu a mão para ligar o interruptor. Eles viram a mesa e o arquivo da Dra. Welliver. O sofá com o estofamento florido e as almofadas fofas. Era uma sala que Claire conhecia bem. Quantas horas ela não tinha passado naquele sofá, contando a Welliver sobre suas noites insones, suas dores de cabeça, seus pesadelos?

Naquela sala que cheirava a incenso, decorada em tons pastéis e com cristais mágicos, Claire sentira-se segura o bastante para revelar segredos. E a Dra. Welliver tinha escutado pacientemente, concordando com gestos de sua cabeça de cabelo grisalho e frisado, com uma xícara de chá de ervas sempre ao seu lado.

Claire parou ao lado da porta enquanto o homem e a mulher revistavam rapidamente o escritório e o banheiro anexo. Eles conferiram atrás da mesa e abriram o armário. Nada de Teddy.

A mulher voltou-se para a porta que levava à passarela no telhado. A mesma porta pela qual Welliver saíra para dar seu salto fatal. Enquanto a mulher saía, o vento de verão entrou na sala, quente, doce e com cheiro de pinheiros. Claire ouviu alguém correndo e um grito. Segundos depois, a mulher voltou à sala, arrastando Teddy pela camisa, e o garoto estatelou-se no chão.

Teddy olhou para Claire.

— Você contou a eles! Você me dedurou!

— Por que eu não deduraria? — retrucou Claire. — Depois do que você fez conosco.

— Você não sabe quem são essas pessoas!

— Eu sei quem *você* é, Teddy Clock. — Claire mirou um chute nele, mas a mulher agarrou o ombro dela e arrastou-a para um canto.

— Fique aí — ordenou. Depois, virou-se para Teddy. — Onde ele está? — Teddy enrolou-se e balançou a cabeça. — Qual é o plano? Me diga, Teddy.

— Não sei — gemeu o garoto.

— É claro que sabe. Você o conhece melhor do que ninguém. Apenas me conte e tudo ficará bem.

— Você matará ele. É por isso que está aqui.

— E você não gosta de ver pessoas morrerem. Não é?

— Não — sussurrou Teddy.

— Então não vai gostar disso. — A mulher deu meia-volta e pressionou a arma contra a testa de Claire.

A menina congelou, chocada demais para dizer qualquer coisa. Teddy estava atordoado e calado, os olhos arregalados em terror.

— Me conte, Teddy — disse a mulher. — Ou vou ter que espalhar os miolos da sua amiga sobre esse belo sofá.

O parceiro da mulher parecia igualmente chocado por aquela reviravolta.

— O que está fazendo, Justine?

— Tentando obter alguma cooperação. E então, Teddy? O que acha? Quer ver sua amiga morrer?

— Não sei onde ele está!

— Vou contar até três. — Ela pressionou a arma contra a testa de Claire. — Um...

— Por que está fazendo isso? — gritou Claire. — Vocês deveriam ser *os mocinhos*!

— Dois.

— Você disse que estavam aqui para nos ajudar!

— Três.

A mulher levantou a arma e disparou contra a parede, lançando uma chuva de gesso sobre a cabeça de Claire. Com uma bufada de desgosto, voltou-se para Teddy.

Imediatamente, Claire afastou-se e escondeu-se atrás da mesa, tremendo. *Por que isso está acontecendo? Por que eles se voltaram contra nós?*

— Como isso não funcionou, talvez você realmente não saiba onde ele está. Portanto, vamos ao plano B. — A mulher agarrou o braço de Teddy e arrastou-o até a passarela do telhado.

O parceiro disse:

— Isso é uma loucura. São apenas crianças.

— Precisa ser feito.

— Viemos atrás de Ícaro.

— Nosso *alvo* é quem quer que eu diga. — Ela arrancou o *kit* de comunicação de Teddy e arrastou-o para a passarela externa no telhado. — Agora, vamos pendurar uma isca — disse ela, segurando-o sobre o corrimão.

Teddy gritou, movendo freneticamente os pés e tentando encontrar um apoio no telhado íngreme de ardósia. Tudo que o impedia de mergulhar para a morte era a mulher que segurava seu braço.

Ela falou ao microfone do garoto.

— Não, aqui não é Teddy. Adivinhe quem eu tenho pendurado no telhado? Um garoto tão doce... Tudo que preciso fazer é soltá-lo, e ele não será mais que uma mancha no chão.

— O garoto não é parte disso — protestou o parceiro dela.

A mulher ignorou-o e seguiu falando à unidade de comunicação de Teddy.

— Sei que você está aí. E você sabe o que está acontecendo. Também sabe como pôr um fim nisto. Nunca gostei de crianças, portanto não é grande coisa para mim. E ele está ficando pesado.

— Isso é demais — disse o homem, andando na direção dela. — Puxe o garoto.

— Fique aí embaixo — ordenou ela. Depois, rosnou ao microfone de Teddy: — Trinta segundos! É tudo que você tem! Apareça ou o soltarei.

— Justine! — exclamou o homem. — Puxe o garoto. *Agora.*

— Jesus Cristo... — A mulher puxou Teddy sobre o corrimão e colocou-o na passarela. Depois, mirou o parceiro e disparou.

A força do tiro fez o homem voar para trás. Ele caiu contra a mesa e deslizou, batendo com a cabeça no chão, ao lado de onde Claire se escondia. Ela olhou para o buraco acima do olho direito do homem. Viu sangue escorrendo e encharcando o carpete cor-de-rosa da Dra. Welliver.

Ela o matou. Ela matou o homem que estava com ela.

Justine agachou, pegou a arma do colega morto e prendeu-a à cintura da calça. Depois, jogou os fones de Teddy para o lado e falou na própria unidade de comunicação:

— Onde você está? O alvo está subindo para a torre. Preciso de você *agora.*

Passos subiam a escada.

Instantaneamente, a mulher levantou Teddy e segurou-o diante de si, usando-o como escudo humano contra o homem que atravessava a porta. O mesmo homem que, mais cedo, Claire tinha pensado ser o inimigo. Nada mais fazia sentido, pois Claire havia imaginado que aquela mulher seria sua salvadora. E o homem que a amarrara, com o rosto manchado de preto e roupas camufladas, tivesse vindo matá-los. *Qual deles é meu amigo?*

O homem avançou lentamente, com a arma apontada para a mulher, mas Teddy estava na linha de fogo, com o rosto pálido e tremendo, preso pela mulher.

— Solte-o, Justine. Isso é entre você e eu — disse ele.

— Eu sabia que conseguiria fazer você aparecer.

— Essas crianças não têm nada a ver com o que aconteceu.

— Eles são meu trunfo, e aqui está você. Ainda em forma, percebo. Se bem que eu gostava mais de seu rosto antigo. — Ela pressionou o cano da pistola contra a têmpora de Teddy. — Você sabe o que tem que fazer, Nick.

— Você o matará de qualquer jeito.

— Sempre há a chance de eu não fazer isso. Em oposição à certeza de que você precisará vê-lo morrer.

Ela disparou. Teddy gritou, sentindo o sangue escorrendo de sua orelha rasgada pelo tiro.

— A próxima bala será no queixo dele — continuou a mulher. — Portanto, largue a arma agora.

Teddy soluçou.

— Sinto muito, pai. Sinto muito mesmo.

Pai?

O homem largou a arma e ficou desarmado diante dela.

— Você acha mesmo que eu entraria aqui sem uma garantia, Justine? Me mate e tudo explodirá na sua cara.

Claire olhou para o homem, procurando qualquer semelhança com o Nicholas Clock que vira na foto com seu pai. Ele tinha os ombros largos e o mesmo cabelo louro, mas o nariz e o queixo eram diferentes. Cirurgia plástica. Justine não tinha falado isso? *Eu gostava mais de seu rosto antigo.*

— Você deveria estar morto — murmurou Claire.

— Eu tinha certeza de que você apareceria depois do que aconteceu em Ithaca — disse Justine. — De que você faria *alguma* coisa para salvar o filho de Olivia. Mas, no final, acho que tudo se resumiu a salvar o sangue do seu sangue.

Claire compreendeu, de repente, que aquela mulher ordenara o assassinato de Bob e Barbara. E matara os tios de Will. Tudo para fazer Nicholas Clock voltar do mundo dos mortos. Agora, aquela mulher o enviaria de volta para o além. Ela enviaria todos eles.

Faça algo.

Claire baixou os olhos para o homem em quem Justine atirara. A mulher tomara a pistola, mas ele também tinha uma faca. Claire lembrou-se do objeto pendendo do cinto dele enquanto ela o seguia pela escada. Justine não estava olhando para a menina; estava completamente concentrada em Clock.

Claire debruçou-se sobre o cinto do morto e enfiou a mão sob o corpo, tateando em busca da faca.

— Se me matar — disse Clock —, te asseguro de que você vai cair. Todas as principais agências de notícias encontrarão um arquivo de vídeo em suas caixas de e-mail. Todas as provas que recolhi contra você ao longo dos últimos três anos, Justine. Tudo que Erskine, Olivia e eu conseguimos reunir. A Companhia vai trancar você em um buraco negro tão profundo que você esquecerá como é o céu.

Justine manteve o braço firme em torno de Teddy e a arma pressionada contra a mandíbula do garoto, mas a incerteza fez com que hesitasse. Será que, ao matá-lo, ela estaria desencadeando uma cadeia desastrosa de acontecimentos?

Claire pegou o cabo da faca. Tentou puxá-la, mas o peso do morto a mantinha presa contra o chão.

Nicholas Clock falou em voz baixa e racionalmente:

— Você não precisa fazer isso. Me deixe levar meu filho. Nos deixe desaparecer.

— E jamais saberei quando você aparecerá e começará a falar.

— A verdade certamente virá à tona se eu morrer — disse Clock. — Como você ajudou Ícaro a fugir da prisão. Como esvaziou as contas dele. A única pergunta sem resposta é onde você desovou o corpo depois de torturar ele para obter os códigos de acesso.

— Você não tem provas.

— Tenho o suficiente para fazer tudo desmoronar sobre a sua cabeça. Finalmente nós três ligamos os pontos. Você matou nosso pessoal, Justine, só por dinheiro. Você sabe o que acontece depois.

Da escada, veio o som de passos.

Agora. É sua última chance.

Claire agarrou a faca com um puxão e atacou. Ela mirou o alvo mais próximo que poderia alcançar: as costas da coxa de Justine. A lâmina cortou o tecido facilmente e cravou-se fundo na carne, quase até o cabo.

Justine gritou e caiu para o lado, soltando Teddy. Em um instante, Nicholas Clock estava mergulhando para o chão em direção à sua arma caída.

Justine disparou primeiro. Três tiros. Um jato vermelho de sangue sujou a parede atrás de Clock após um tiro que o fez rolar no chão. Ele caiu de costas, já perdendo a consciência.

— Pai! — gritou Teddy. — *Pai!*

Com o rosto branco de dor e fúria, Justine virou-se para Claire, a garota que ousara reagir. A garota que enganara a morte duas vezes apenas para encontrá-la agora, ali. Claire viu a arma ser erguida na direção de sua cabeça. Viu os braços de Justine se esticarem enquanto ela firmava a arma para disparar. Foi a última imagem que viu antes de fechar os olhos.

A explosão a fez cair para trás contra a mesa. Não um mero estampido abafado, mas uma trovoada que fez seus ouvidos zunirem. Ela aguardou pela dor. Por algo que doesse, mas tudo que registrou foi a própria respiração frenética.

E a voz de Teddy gritando, em desespero:

— Ajude ele! Por favor, ajude meu pai!

Ao abrir os olhos, Claire viu a detetive Rizzoli agachada sobre Nicholas Clock e Justine caída de costas, olhos abertos e vítreos, com uma poça de sangue espalhando-se sob sua cabeça.

— Frost! — gritou Rizzoli. — Traga Maura! Temos um homem ferido.

— Papai! — implorou Teddy, puxando o braço de Clock, indiferente à própria dor e ao sangue ainda pingando da orelha rasgada. — Você não pode morrer. Por favor, não morra.

O sangue de Justine continuava espalhando-se, movendo-se como uma ameba na direção de Claire, ameaçando envolvê-la. Com um calafrio, a menina levantou-se e tropeçou até um canto, afastando-se de todos os corpos. Afastando-se dos mortos.

Mais passos subiram a escada e, então, a Dra. Isles irrompeu na sala.

— É o pai de Teddy — disse Rizzoli em voz baixa.

A Dra. Isles ajoelhou-se e pressionou dois dedos contra o pescoço do homem. Abriu a camisa dele com um puxão, revelando o colete Kevlar. A bala, porém, penetrara na carne acima do colete, e Claire viu um rio de sangue escorrendo do ferimento, formando um lago onde a Dra. Isles estava ajoelhada.

— Você pode salvar meu pai — gritou Teddy. — Por favor. Por favor...

Ele ainda soluçava a súplica quando o último brilho de consciência sumiu dos olhos do pai.

33

Nicholas Clock não recobrou a consciência.

Os cirurgiões vasculares no Eastern Maine Medical Center repararam a veia subclávia rompida, drenaram o hemotórax do pulmão e consideraram a operação bem-sucedida, mas Clock não despertou da anestesia. Ele estava respirando por conta própria e seus sinais vitais permaneciam estáveis, mas continuava em coma, e, a cada dia que passava, Jane ouvia o pessimismo aumentar nas vozes dos médicos. *Grave perda de sangue com hipoperfusão cerebral. Danos neurológicos permanentes.* Eles não falavam mais em recuperação; a discussão era sobre cuidados a longo prazo, transferência para casa, sonda de Foley, tubos de alimentação e outros produtos que Jane vira no catálogo falso da Leidecker Suprimentos Hospitalares.

Apesar de estar em coma, Nicholas Clock encontrou um meio de contar a verdade ao mundo.

Sete dias após o tiroteio, o vídeo veio à tona. A emissora Al Jazeera foi a primeira a transmiti-lo, lançando-o ao ar para que jamais pudesse ser contido. Quarenta e oito horas depois, Nicholas Clock aparecia em monitores de computadores e televisões por todo o mundo, relatando tranquila e metodicamente os acontecimentos ocorridos 16 anos antes na Itália. Ele descreveu a vigilância e a captura de um financiador terrorista cujo codinome era Ícaro, em um caso de rendição extraordinária. Ele revelou detalhes do aprisionamento e os intensos métodos de interrogação. E falou sobre a fuga de Ícaro do local secreto e de alta segurança no norte da África, uma fuga auxiliada por uma desonesta agente da CIA chamada Justine McClellan. Nada que surpreenderia ou impressionaria um mundo que havia muito tempo se tornara cínico.

Mas o assassinato de famílias americanas em seu próprio país chamou a atenção dos Estados Unidos.

Na sala de conferência no Departamento de Polícia de Boston, os seis detetives que investigaram os assassinatos dos Ackerman assistiam ao noticiário noturno da CNN, que não poupou esforços para explicar o que realmente tinha acontecido com os Ackerman. A família não havia sido assassinada por um imigrante colombiano chamado Andres Zapata. Na verdade, tinha sido executada pelo mesmo motivo que as outras duas famílias adotivas: fazer com que Nicholas Clock acreditasse que seu filho Teddy estava correndo perigo, obrigando o ex-agente a sair do esconderijo.

Enquanto Justine pensasse que eu estava morto, Teddy estaria seguro. Ela não tinha motivo para atacá-lo. Se eu o pegasse e fugíssemos, Justine jamais desistiria de nos caçar. Estaríamos sempre olhando por sobre nossos ombros, preocupados. Teddy sabe que estou vivo. Ele compreende por que optei por permanecer invisível. É por ele; é tudo por ele.

Mas agora tudo mudou. Justine deve ter interceptado alguma mensagem e sabe que estou vivo. Não tenho muito tempo. Esta pode ser minha única chance de compartilhar as provas que reuni nos últimos dois anos. Provas de que Justine Elizabeth McClellan auxiliou a fuga do terrorista conhecido como Ícaro. De que ela quase certamente assassinou Ícaro depois de obter os números e as senhas das contas dele. De que ela, ou seus agentes remunerados, foram responsáveis pelas mortes dos Ward, dos Yablonski e da minha família. Porque tínhamos iniciado uma investigação sobre sua riqueza repentina, e ela precisava nos fazer parar.

Nossas famílias foram apenas testemunhas inocentes.

As três crianças sobreviventes — Claire, Will e Teddy — são agora peões na caçada. Justine reuniu as três como iscas para me fazer sair do esconderijo. Ela está usando todos os seus recursos, tanto oficiais quanto extraoficiais, e levou a CIA a acreditar que Ícaro permanece vivo. Que ele é seu alvo.

Mas sou eu quem ela quer.

Se alguém estiver assistindo a este vídeo, significa que Justine conseguiu. Significa que estou em uma sepultura. Mas a verdade não morre comigo. E eu, Nicholas Clock, juro que tudo que disse aqui é realmente a verdade...

Jane olhou para os outros detetives sentados à mesa. Crowe tinha os lábios contraídos e uma expressão de raiva, o que não era de se espantar: seu triunfo público como principal investigador do caso Ackerman havia sido destruído com uma marreta, e todo repórter criminal em Boston sabia que ele tinha fracassado. Aquela pressa em condenar Andres Zapata mancharia seu histórico para sempre. Crowe viu que ela o observava e o olhar que lançou a Jane poderia evaporar água.

Para Jane, a sensação deveria ser de vitória, uma vingança de seus instintos, mas aquilo não trazia um sorriso aos seus lábios. Nicholas Clock jazia em um coma que podia ser permanente e Teddy estava de novo sem um pai. Ela pensou em quantas pessoas tinham morrido: os Clock, os Yablonski, os Ward. Os Ackerman, os Temple, os Buckley. Mortos, todos mortos, porque uma mulher não conseguira resistir à tentação de uma riqueza incalculável.

A transmissão chegou ao fim. Quando os outros detetives se levantaram para deixar a sala, Jane permaneceu na cadeira, pensando sobre justiça. Sobre como os mortos jamais eram beneficiados por ela. *Para eles, a justiça sempre chega tarde demais.*

— Foi um bom trabalho, Rizzoli — disse o tenente Marquette.

Ela levantou os olhos e viu-o junto à porta.

— Obrigada.

— Então, por que parece que seu melhor amigo acaba de morrer?

— Simplesmente não é gratificante, entende?

— Foi você quem derrubou Justine McClellan. O que pode ser mais gratificante do que isso?

— Talvez trazer os mortos de volta?

— Isso está acima da nossa faixa salarial. Somos apenas a equipe de limpeza. — Ele olhou com raiva para o celular, que começava a tocar. — Parece que a imprensa está surtando. E essa história é delicada demais.

— Agente desonesta? Americanos mortos? — Ela bufou. — Com certeza.

— Os chefes nos amordaçaram. Portanto, por enquanto é *sem comentários*, certo? — Ele inclinou a cabeça. — Agora, saia daqui. Vá para casa e tome uma cerveja. Você merece.

Aquela foi a coisa mais gentil que Marquette já lhe disse. Uma cerveja realmente soava bem. E ela realmente merecia. Jane recolheu suas pastas, deixou-as sobre sua mesa e saiu da delegacia.

Mas não foi para casa.

Em vez disso, dirigiu até Brookline, ao lar de alguém que estaria igualmente deprimida com aquela transmissão. Alguém que não teria ninguém a quem recorrer. Quando chegou à casa, Jane ficou aliviada ao ver que nenhuma emissora de TV estava lá ainda, mas a imprensa certamente apareceria em breve. Todos os repórteres em Boston sabiam onde a Dra. Maura Isles morava.

As luzes estavam acesas, e Jane ouviu música clássica, as notas chorosas de um violino. Foi preciso tocar a campainha duas vezes antes que a porta fosse aberta.

— Oi — disse Jane. — Você viu na TV? Está em toda a internet!

Maura concordou com um movimento de cabeça e um ar desgastado.

— A diversão está apenas começando.

— Foi por isso que vim para cá. Imaginei que você poderia precisar de companhia.

— Acho que não serei uma boa companhia. Mas estou feliz que esteja aqui.

Jane seguiu Maura até a sala de estar, onde viu uma garrafa de vinho tinto aberta e uma taça quase vazia sobre a mesa de centro.

— Quando você traz a garrafa para a sala, é porque planeja beber de verdade.

— Gostaria de uma taça?

— Posso pegar uma cerveja na geladeira?

— Fique à vontade. Ainda deve haver uma garrafa desde sua última visita.

Jane entrou na cozinha e viu bancadas imaculadas, sem um único prato sujo. Parecia suficientemente limpo para realizar uma cirurgia, mas Maura era assim. Tudo em seu lugar. De repente, Jane percebeu o quanto tudo parecia estéril, sem bagunça, sem o menor indício de desordem. Como se nenhum humano vivesse ali de fato. Como se Maura tivesse limpado e escovado tanto a própria vida que, no final, tivesse esterilizado a alegria de viver.

Ela encontrou a garrafa de cerveja Adam's, provavelmente há meses ali, e abriu-a. Depois, voltou para a sala de estar.

A música seguia tocando, mas em volume mais baixo. As duas se sentaram no sofá. Maura bebericou o vinho e Jane bebeu um gole da cerveja, com cuidado para não deixar cair sequer uma gota no estofado imaculado de Maura ou no caro tapete persa.

— Você deve se sentir plenamente vingada — disse Maura.

— É... Sou um verdadeiro gênio. A melhor parte foi fazer Crowe cair um pouco de seu pedestal. — Jane tomou outro gole de cerveja. — Mas não é o bastante, é?

— O quê?

— Fechar um caso. Saber que acertamos. Isso não muda o fato de que Nicholas Clock provavelmente jamais despertará.

— Mas as crianças estão em segurança — disse Maura. — É isso que importa. Falei com Julian pela manhã, e ele disse que Claire e Will estão bem.

— Mas não Teddy. Não tenho certeza de que jamais ficará bem — disse Jane, olhando para a cerveja. — Visitei-o em sua casa adotiva ontem à noite. Deixamos ele com os Inigo, que cuidaram dele antes. Ele não quis dizer nenhuma palavra a mim, nenhuma palavra. Acho que ele me culpa. — Ela olhou para Maura. — Ele culpa todos nós. Você, eu. Sansone.

— Ainda assim, Teddy será sempre bem-vindo em Evensong.

— Você conversou com Sansone a respeito?

— Sim, essa tarde. — Maura pegou a taça de vinho, como se precisasse se fortalecer para o assunto. — Ele me fez uma oferta interessante, Jane.

— Que oferta?

— Trabalhar para a Sociedade Mefisto como consultora forense. E ser parte de Evensong, onde eu poderia "moldar mentes jovens", como ele colocou.

Jane ergueu uma sobrancelha.

— Você não acha que ele está oferecendo algo mais pessoal?

— Não, foi exatamente o que ele disse. Preciso julgá-lo por suas palavras. Não pela minha interpretação.

— Jesus... — Jane suspirou. — Vocês estão dançando um em torno do outro como se fossem cegos.

— Se eu não fosse cega, o que estaria vendo?

— Que Sansone é uma escolha muito melhor do que Daniel jamais foi.

Maura balançou a cabeça.

— Não creio que eu deveria estar escolhendo *qualquer* homem. Mas estou considerando a oferta dele.

— Deixar o trabalho de legista? Deixar Boston?

— Sim. É o que isso significaria.

A música do violino cresceu para uma nota aguda, triste. Uma nota que parecia perfurar o peito de Jane.

— Está pensando seriamente a respeito?

Maura pegou o controle remoto e desligou o aparelho de som. O silêncio pairou, pesado como uma cortina de veludo, entre elas. Ela olhou ao redor da sala de estar para o sofá de couro branco, para o mogno polido.

— Não sei o que me espera, Jane.

Luzes brilharam através da janela, e Jane levantou-se para espiar pelas cortinas.

— Infelizmente, *eu* sei o que te espera.

— O quê?

— A van de uma emissora de TV acaba de estacionar. As malditas hienas sequer podem esperar a coletiva. Precisam aparecer na porta da sua casa.

— Me disseram para não falar com eles.

Jane virou-se com o cenho franzido.

— Quem te disse?

— Recebi um telefonema há meia hora. Do gabinete do governador. Estão sob pressão de Washington para manter tudo o que aconteceu sob panos quentes.

— Tarde demais. Já está na CNN.

— Foi o que eu disse a ele.

— Quer dizer que você não vai falar com a imprensa?

— Temos alguma escolha?

— Sempre temos uma escolha — disse Jane. — O que *você* quer fazer?

Maura levantou-se do sofá e parou ao lado de Jane junto à janela. As duas observaram um operador de câmera tirar equipamentos da van, preparando-se para a invasão do jardim diante da casa de Maura.

— A escolha fácil é apenas dizer a eles *sem comentários* — respondeu Maura.

— Ninguém pode obrigar a gente a falar.

Maura refletiu a respeito enquanto observavam a segunda van chegar.

— Mas não foi assim que tudo isso aconteceu? — perguntou ela. — Segredos demais. Pessoas demais que não disseram a verdade. Quando se acende uma luz forte, um segredo perde todo o poder.

Da maneira que Nicholas Clock fez com seu vídeo, pensou Jane. Acender a luz da verdade custara-lhe a vida. Mas tinha salvado seu filho.

— Sabe de uma coisa, Maura? É exatamente nisso que você é tão boa. Você acende uma luz e faz os mortos revelarem seus segredos.

— O problema é que *os mortos* são as únicas relações que pareço ter. Preciso de alguém um pouco mais quente do que a temperatura ambiente. Não creio que vou encontrar ele nessa cidade.

— Eu detestaria se você deixasse Boston.

— Você tem uma família aqui, Jane. Eu, não.

— Se quiser uma família, darei meus pais a você. Que eles deixem *você* louca. Até incluirei Frankie, para que você possa compartilhar a alegria.

Maura riu.

— Essa alegria é sua, e só sua.

— O que importa é que uma família não nos torna imediatamente felizes. Seu trabalho não importa? E... — Ela fez uma pausa. E acrescentou em voz baixa: — E seus amigos?

Lá fora, na rua, mais uma van estacionou, e elas ouviram portas de veículos se fecharem.

— Maura — disse Jane. — Não tenho sido uma amiga boa o bastante. Sei disso. Prometo que serei melhor. — Ela foi até a mesa de centro pegar a taça de vinho de Maura e a própria cerveja. — Portanto, vamos brindar a amigas serem amigas.

Sorrindo, brindaram e tomaram um gole de suas bebidas. O celular de Jane tocou. Pegando-o na bolsa, ela viu um número com código de área do Maine.

— Rizzoli. — Ela atendeu.

— Detetive, aqui é o Dr. Stein, do Eastern Maine Medical Center. Sou o neurologista responsável pelo Sr. Clock.

— Sim, nós nos falamos recentemente.

— Eu, hum, não sei bem como dizer isso, mas...

— Ele está morto — disse Jane, já adivinhando o motivo do telefonema.

— Não! Quero dizer... *Acho* que não.

— Como você pode não saber?

Houve um suspiro constrangido do outro lado da linha.

— Realmente não podemos explicar como aconteceu, mas, quando a enfermeira entrou no quarto essa tarde para conferir os sinais vitais, a cama estava vazia e a via intravenosa estava desconectada. Passamos as últimas quatro horas procurando pela área do hospital, mas não conseguimos encontrá-lo.

— Quatro *horas*? Ele está desaparecido há tanto tempo?

— Talvez mais. Não sabemos exatamente quando saiu do quarto.

— Doutor, telefonarei para você em um minuto — interrompeu Jane e desligou. Imediatamente, ela telefonou para a residência dos Inigo. Tocou uma vez. Duas.

— O que está acontecendo? — perguntou Maura.

— Nicholas Clock desapareceu.

— *O quê?* — Maura encarou Jane. — Pensei que estivesse em coma.

Ao telefone, Nancy Inigo atendeu:

— Alô?

— Teddy está aí? — perguntou Jane.

— Detetive Rizzoli, é você?

— Sim. E estou preocupada com Teddy. Onde ele está?

— Está no quarto. Ele voltou da escola e subiu para o quarto. Eu estava prestes a chamá-lo para jantar.

— Por favor, confira se ele está bem. Agora.

Os passos de Nancy Inigo rangeram na escada enquanto ela perguntava a Jane:

— Pode me dizer o que está acontecendo?

— Não sei. Ainda não.

Jane ouviu Nancy bater na porta e chamar:

— Teddy, posso entrar? Teddy? — Uma pausa. Depois, alarmada, ela respondeu a Jane: — Ele não está aqui!

— Procure pela casa! — ordenou Jane.

— Espere. Espere, há um bilhete aqui na cama. Escrito por Teddy.

— O que ele diz?

Pelo telefone, Jane ouviu o farfalhar do papel.

— É endereçado a você, detetive — disse Nancy. — Está escrito: "*Obrigado. Ficaremos bem agora.*" Só isso.

Obrigado. Ficaremos bem agora.

Jane imaginou Nicholas Clock despertando milagrosamente do coma, removendo a própria via intravenosa e saindo do hospital. Imaginou Teddy colocando o bilhete sobre a cama antes de escapulir da casa dos Inigo e desaparecer na noite. Ambos sabiam para onde estavam indo, pois dividiam o mesmo destino: um futuro juntos, como pai e filho.

— Você tem alguma ideia do que esse bilhete significa? — perguntou Nancy.

— Sim. Acho que sei exatamente o que significa — disse Jane, delicadamente, e desligou.

— Quer dizer que Nicholas Clock está vivo — comentou Maura.

— Não apenas vivo. Finalmente está com o filho. — Jane olhou para as vans dos noticiários de TV e para o grupo crescente de repórteres e câmeras.

E, apesar de sorrir, de repente as luzes de todos aqueles veículos se borraram através de suas lágrimas. Ela inclinou a garrafa de cerveja em um brinde para a noite e sussurrou:

— A você, Nicholas Clock.

Fim de jogo.

34

Sangue é removido com mais facilidade do que memórias, pensou Claire. Ela estava no escritório da Dra. Welliver, examinando os tapetes e a mobília novos. A luz do sol brilhava em superfícies imaculadas e a sala cheirava a ar fresco e limões. Através da janela aberta, ela ouvia a gargalhada de alunos remando no lago. Sons de sábado. Olhando para a sala, era difícil acreditar que qualquer coisa terrível tivesse ocorrido ali, tão completa havia sido a transformação que a escola fizera no ambiente. Mas, não importava o quanto esfregassem, nada apagaria as imagens gravadas na mente de Claire. Ela olhou para o carpete verde-claro e, sobre o padrão de plantas e frutos, viu um morto olhando para ela. Ela virou-se para a parede e viu o sangue de Nicholas Clock espalhado sobre ela. Olhou para a mesa e ainda conseguia ver o corpo de Justine caído para o lado, derrubado pelos tiros da detetive Rizzoli. Em todos os cantos, ela via corpos. O fantasma da Dra. Welliver ainda permanecia ali, sorrindo atrás da mesa, bebericando suas intermináveis xícaras de chá.

Tantos fantasmas. Será que ela deixaria de vê-los?

— Claire, você vem?

Ela virou-se para Will, que estava junto à porta. Ela não via mais o menino gorducho e cheio de espinhas; via *seu* Will, o garoto cujo último impulso foi protegê-la. Ela não tinha certeza de que aquilo era amor, sequer tinha certeza do que sentia em relação a *ele*. Tudo que sabia era que nenhum outro garoto tinha feito aquilo por ela, e isso significava algo. Talvez significasse tudo.

E ele tinha olhos lindos.

Ela lançou um último olhar para o cômodo, despediu-se silenciosamente dos fantasmas e concordou com um gesto de cabeça.

— Estou indo.

Juntos, desceram a escada e saíram do castelo, onde colegas desfrutavam aquele sábado ensolarado, mergulhando no lago, rolando na grama, lançando flechas nos alvos que o Sr. Roman montara naquela manhã. Claire e Will subiram a trilha que conheciam bem agora, um caminho que levava encosta acima, seguindo sinuosamente através de árvores e rochas cobertas de liquens, passando por arbustos mirrados de zimbro. Eles chegaram aos degraus de pedra e subiram até o patamar e o círculo de 13 rochedos.

Os outros os aguardavam. Ela viu os rostos: Julian e Bruno, Arthur e Lester. Naquela manhã de sol, um coral de pássaros cantava nas árvores, e Urso, o cão, cochilava em uma rocha aquecida pelo sol. Ela andou até a beira do patamar e olhou para baixo, para o topo serrilhado do telhado do castelo. Ele parecia despontar no vale abaixo como uma antiga cordilheira. Evensong. *Lar*.

Julian disse:

— Inicio agora esta reunião dos Jackals.

Claire virou-se e juntou-se ao círculo.

Este livro foi composto na tipografia
Minion Pro Regular, em corpo 11/15, e impresso em
papel off-white no Sistema Digital Instant Duplex
da Divisão Gráfica da Distribuidora Record.